서유기 3

서유기 3: 오묘한 삼장 경전

제1판 제 1쇄 2010년 1월 25일
제1판 제16쇄 2025년 8월 18일

지은이 오승은
옮긴이 임홍빈
그린이 김종민
펴낸이 이광호
펴낸곳 ㈜문학과지성사
등록번호 제1993-000098호
주소 04034 서울 마포구 잔다리로7길 18 (서교동 377-20)
전화 02) 338-7224
팩스 02) 323-4180(편집) 02) 338-7221(영업)
전자우편 moonji@moonji.com
홈페이지 www.moonji.com

ⓒ임홍빈 · 김종민, 2010. Printed in Seoul, Korea.

ISBN 978-89-320-2028-0 44820
ISBN 978-89-320-2025-9(세트)

서유기 3

오묘한 삼장 경전

문학과지성사
2010

1. 사리 도둑

삼장법사와 그 제자 세 사람은 마음을 합치고 힘을 보태, 화염산의 뜨거운 불길을 잡고 무사히 산을 넘었다.

하루도 못 되어 8백 리 아득한 산길을 지나 스승과 제자 일행이 한 갓진 마음으로 서쪽을 향해 나아가다 보니, 어느덧 가을도 다 지나고 초겨울로 접어들었다. 대지의 기운은 차분히 가라앉고 하늘의 기운이 위로 떠오르며, 마을마다 벼 낟가리 거둬들이고 들국화 남은 꽃송이 다 떨어지는 계절, 연못과 늪에 살얼음이 잡히면서 소나무와 대나무가 싸늘하게 얼어붙어 그 빛깔이 더욱 푸르기 시작했다.

네 사람이 하염없이 얼마나 걸었을까, 앞쪽에 또 성채 하나가 나타났다. 당나라 스님은 말을 멈춰 세우고 제자를 불렀다.

"오공아, 저편으로 누각이 우뚝 솟았는데, 저기가 어떤 곳이냐?"

손오공이 바라보니 과연 규모가 으리으리하게 큰 성채였다.

"사부님, 저 성은 어느 나라인지 몰라도 분명 제왕이 다스리는 도성입니다."

삼장법사는 말을 몰아 성문 안으로 들어섰다. 성안 장터에는 온갖 상품들이 넘쳐날 뿐 아니라, 흥정하는 사람이나 행인들의 생김새와 옷차림새도 무척 멀끔하고 호화스러웠다.

이리저리 둘러보며 걷고 있는데, 어디선가 10여 명의 승려들이 나타났다. 목덜미에 하나같이 칼을 쓰고 쇠사슬에 묶인 채 이집 저집 동냥하며 기웃거리는 꼴이 차마 눈뜨고 볼 수 없을 정도로 처참하여, 삼장법사의 입에선 자기도 모르게 탄식이 흘러나왔다. 그는 수제자에게 무슨 죄로 형벌을 받고 있는지 알아보라고 일렀다.

"어이, 스님들! 무슨 일로 그렇게 칼을 쓰고 사슬에 묶여 다니는 거요?"

승려들은 이 말을 듣고 그 자리에 꿇어 엎드려 하소연했다.

"나리, 저희들은 금광사 승려입니다. 억울한 누명을 쓰고 이렇듯 고초를 겪고 있습니다."

"어째서 억울한 죄를 뒤집어썼는지 얘기해주시겠소?"

그들은 삼장법사 일행을 찬찬히 훑어보더니 고개를 갸우뚱거리면서 이렇게 말했다.

"어디서 오시는 나리들인지 모르겠으나, 저희들 눈에 무척 낯이 익습니다. 하지만 여기서 말씀드릴 수 없으니, 저희들하고 같이 절간으로 가시지요."

이리하여 삼장 일행은 스님들과 함께 절간으로 발길을 돌렸다. 산문 앞에 다다르니, 문 위에 금빛으로 '호국 금광사(護國金光寺)'라는 다섯 글자를 쓴 편액이 덩그러니 매달려 있었다.

스승과 제자 일행은 산문 안으로 들어섰다. 어인 일인가, 절간의 풍경을 둘러보니 썰렁하기 그지없다. 땅바닥에는 낙엽과 꽃잎이 뒹굴고, 처마 끝에는 거미줄이 제멋대로 얽혀 있다. 종루에는 북틀이 비었으며 범종도 들보에 덩그러니 매달린 채 울리는 사람 없고, 부처님 앞에 향로가 놓였으나 재는 이미 싸늘하게 식은 상태였다.

삼장법사는 눈물을 흘리며 대웅전 문을 열고 들어가 부처님 상에 참배의 예를 올렸다. 그동안 스님들이 달려나와 머리를 조아리고 물었다.

"여러 어르신께선 생김새가 다르기는 합니다만, 혹시 동녘 땅에서 오신 분들이 아니신지요?"

초면인데 족집게처럼 알아맞히니, 손오공은 기가 막혀 껄껄대고 웃었다.

"허허! 이 절간 스님들은 점도 쳐보지 않고 알아맞히는 재주가 있는 모양이로군. 그렇소, 우리가 바로 당나라에서 온 사람들이긴 하오만, 어떻게들 알아보셨소?"

손오공이 시인하며 되묻자, 승려들이 이번엔 더 놀라운 사연을 들려주었다.

"어르신네, 저희한테 어찌 알아맞히는 재주가 있겠습니까. 너무나 억울한 죄를 쓰고 원통함을 호소하려 해도 밝혀줄 데가 없어 날마다 천지신명께 부르짖기만 했을 따름이지요. 그 정성에 하늘이 감동하셨는지, 어젯밤에 저희 모두 같은 꿈을 꾸었습니다. 꿈속에 신령님이 말씀하시기를, '동녘 땅 당나라에서 오시는 성승께서 너희 목숨을 건겨주고 억울한 누명도 벗겨주시리라' 했습니다. 그래서 오늘 어르신네께서 이렇듯 색다른 모습으로 나타나셨기에, 이내 알아뵐 수 있었던 것입니다."

삼장법사는 이 말을 듣고 흐뭇해하며 다시 물었다.

"여기가 어떤 곳이오? 또 무슨 일로 억울한 누명을 쓰셨다는 말이오?"

"어르신, 이곳은 제새국(祭賽國) 도성입니다. 서방 세계에서 이름난 강대국이지요. 여러 해 전에는 동서남북 사방의 오랑캐 나라가 조공을 바칠 정도로 큰 나라였습니다. 우리나라에서 무력으로 정벌하지 않아도 저들이 상국(上國)으로 떠받들고 섬겨온 것입니다."

"이 나라 군주께서 위엄과 덕망이 높으신 모양이로군요."

"아니올시다. 저희 금광사는 오랜 옛날부터 보탑 위에 언제나 상서로운 구름이 감돌고 서광이 비쳐 만 리 밖에 있는 나라에서도 바라보이는 까닭으로 사방의 오랑캐들이 두려워하여 조공을 바쳐왔던 것입니다. 그런데 삼 년 전 어느 날 밤, 피처럼 붉은 비가 쏟아져 우리 절간을 더럽혔습니다. 그날부터 저희 절간에 있는 황금 보탑이 핏물에 더러워져 지난 이 년 동안 서기가 빛을 잃자, 다른 나라에서 조공을 바치지 않게 되었습니다. 임금과 대신들은 금광사 승려들이 보탑에 모셔놓은 사리를 훔쳐 그런 변괴가 생겼다고 믿고, 사나운 관리들을 시켜 저희들을 잡아다 매질하고 혹독한 고문을 가했습니다. 그리하여 선배님들은 모진 고문과 매질에 못 이겨 세상을 떠나시고, 이제 남은 저희들만 여전히 칼을 쓰고 쇠사슬에 묶인 채 죄를 추궁당하고 있는 것입니다. 하오나 부처님을 섬기는 저희가 어찌 감히 양심을 속이고 탑에 모셔둔 사리를 훔쳐낼 리 있겠습니까? 바라건대 어르신들께서 부디 자비로운 법력을 베푸시어 저희 목숨을 건져주십시오."

삼장법사는 그 말을 듣고 한숨을 내쉬었다.

"이 사건은 모호한 점이 많아 진상을 가려내기 어렵겠소. 이 나라 군신들이 잘못한 점도 있겠지만, 스님들께서 이런 재난을 당할 사유가 있을지도 모르는 일 아니오?"

그러고는 수제자를 돌아보고 물었다.

"오공아, 지금이 어느 때쯤 되었느냐?"

"아마 신시(申時. 15~17시)가량 되었을 겁니다."

손오공의 대답을 듣고 나서 삼장법사가 말을 이었다.

"내일 국왕을 뵙고 통행문서에 확인을 받아야 하는데, 이곳 스님들의 사정을 분명히 모르니 국왕께 아뢰기가 어렵구나. 내 당초 장안 성을 떠날 때 마음속으로 정한 바가 있다. 서방 세계로 가는 길에 사원을 만나면 부처님께 절하고, 불탑을 보면 깨끗이 소제하겠노라고 말이다. 오늘 이곳에 이르러 억울한 죄를 받고 있는 스님들을 만나게 되었는데, 이 또한 보탑이 재앙을 입고 더럽혀진 탓이 아닌가 한다. 네가 빗자루를 하나 마련해다오, 탑에 올라가 청소부터 하면서 왜 그런 더러운 일이 생겨 광채를 잃게 되었는지 그 까닭을 알아봐야겠다."

칼을 쓰고 사슬에 묶인 스님들이 그 말을 듣더니, 동자승들을 시켜 부지런히 목욕물을 끓여 대령하고 저녁상을 차려 내오게 했다.

스승과 제자 일행이 저녁식사를 마쳤을 때는 벌써 하루 해가 저물고 날이 점점 어두워지기 시작했다. 승려 한둘이 장터에 나가 빗자루 두 개를 동냥해 가지고 돌아와 삼장법사에게 올렸다.

이윽고 목욕재계를 끝낸 삼장법사가 소매 짧은 적삼을 걸치고 허리띠를 동인 다음 빗자루를 들고 나섰다. 이때 손오공이 걱정스런 기색으로 여쭈었다.

"탑은 혈우(血雨)로 더럽혀졌고, 또 오랫동안 빛을 잃어 무슨 악물(惡物)이 생겨났을지 모릅니다. 밤중이라 외지기도 하려니와 바람도 찬데 동행하는 사람 없이 혼자 올라가셨다가 무슨 변고라도 생기면 어쩝니까. 저하고 함께 가시는 게 어떨까요?"

"그것 참 좋은 생각이다. 우리 함께 올라가자꾸나."

이리하여 두 사람은 빗자루를 하나씩 들고 우선 대웅전으로 건너가 부처님 제단에 향을 살랐다.

"제자 진현장은 오늘 금광사에 이르러 승려들이 보탑을 더럽혔다는 죄목으로 벌 받고 있음을 보았사온데 진상을 규명하기 어렵나이다. 이제 불초 제자는 정성껏 보탑을 청소하고자 하오니, 바라옵건대 우리 부처님의 영험으로 보탑이 더럽혀진 사유를 밝혀주시어, 저들이 원통한 고초를 면케 하여주소서."

축원을 마친 삼장법사는 손오공과 함께 탑문을 열고 들어가 아래층부터 쓸기 시작했다. 십삼층 불탑의 규모는 엄청나게 컸지만, 휑하니 비어 썰렁하기 그지없었다. 정성스럽게 일층을 쓸고 나서 다시 칠층까지 쓸어 올라갔을 때는 벌써 이경(二更, 21~23시) 무렵, 당나라 스님은 차츰 피곤을 느끼더니 다시 세 층을 더 올라갔을 때에는 다리가 저려 그만 십층 바닥에 주저앉고 말았다.

"오공아, 내 대신에 나머지 세 층을 깨끗이 쓸고 내려오너라."

스승의 분부를 받은 손오공이 기운차게 십일층으로 올라갔다. 비질을 삽시간에 끝내고 어느덧 십이층으로 올라섰다. 열심히 비질하고 있으려니, 문득 탑 꼭대기에서 두런두런 사람의 말소리가 들려왔다.

손오공은 고개를 갸우뚱하며 혼잣말로 중얼거렸다.

"그것 참 이상하군! 밤도 삼경이 다 된 이 시각에 웬 사람들이 탑 꼭대기에서 얘기를 하고 있단 말인가? 어디 한번 올라가 살펴봐야겠다!"

손오공은 빗자루를 옆구리에 낀 채 들창문을 열고 바깥 복도로 나왔다. 그리고 허공에 구름을 딛고 올라서서 조심스레 위층을 들여다보았다. 아니나 다를까, 십삼층 탑 한복판에서 요정 두 마리가 음식과 술병을 앞에 놓고 마주 앉아 권커니 잣거니 사이좋게 술을 나눠 마시고 있는 게 아닌가!

빗자루를 내동댕이친 손오공이 그 자리에서 철봉을 꺼내 들기 무섭게 탑문을 가로막고 냅다 호통부터 질렀다.

"요런 못된 녀석들 봤나! 간 덩어리가 어지간히도 크구나. 그러고 보니 탑에 모셔둔 사리를 훔쳐간 것이 네놈들이렷다?"

느닷없이 터뜨린 호통 소리에, 두 괴물은 기절초풍하다시피 놀라 자리를 박차고 일어서더니 술병과 음식 쟁반 할 것 없이 손에 잡히는 대로 마구 내던지기 시작했다. 손오공은 철봉 자루로 그것들을 일일이 막아내면서 또 한 차례 호통을 쳤다.

"꼼짝 말고 게 서 있어라! 단매에 때려죽였다가는 진상을 자백할 놈이 없어질 테니, 산 채로 잡아가야겠다!"

철봉을 가로 뉘어 논바닥에 써레질하듯 밀어붙였더니, 두 괴물은 뒷걸음치며 밀리다 끝내 등줄기가 벽에 닿아 꼼짝달싹 못하게 되고 말았다. 더 이상 빠져나갈 데가 없자, 두 괴물은 엎드려 손바닥이 닳도록 싹싹 빌기 시작했다.

"목숨만 살려주십쇼! 우리는 그 도둑질과 아무 상관이 없습니다.

사리를 훔쳐간 도둑은 따로 있습니다!"

손오공은 대꾸 없이 한 손에 하나씩 움켜잡고 십층으로 내려왔다.

"사부님, 불가의 보배를 훔쳐간 도적놈들을 잡았습니다!"

피곤에 못 이겨 꾸벅꾸벅 졸고 있던 삼장법사가 그 말 한마디에 정신이 번쩍 들었는지 화들짝 놀라 일어나며 반색을 했다.

"뭐라고, 도둑을 잡았다고! 그래 어디서 잡았느냐?"

손오공은 두 괴물을 스승 앞에 떠다밀어 꿇리면서 자초지종을 말씀드렸다.

"요놈들이 탑 꼭대기에서 술판을 벌이고 있기에 붙잡아왔습니다. 어느 곳에 사는 요물이며 훔쳐간 보배는 어디다 감추었는지 닦달해보십쇼."

두 괴물은 무릎 꿇고 주저앉은 채 애걸하다가 손오공이 두 눈을 사납게 부릅뜨고 흘겨보는 바람에 찔끔해서 마침내 자백하기 시작했다.

"저희들은 난석산(亂石山) 벽파담(碧波潭)에 사는 만성용왕이 보낸 파수꾼들입니다. 우리 용왕님이 몇 해 전 사위 되시는 구두부마와 함께 오셔서 혈우를 한바탕 쏟아내려 보탑을 더럽히고 탑에 안치된 부처님의 사리를 훔쳐가셨습니다. 용궁에 사리를 가져다놓았더니 금빛 광채가 저녁노을처럼 밤낮없이 빛을 내기 시작했지요. 그런데 요즈음 소문을 들자니, 손오공이란 무서운 자가 서천으로 불경을 받으러 가는 길에 누구든지 못된 짓을 저지르면 용서 없이 처단한다기에, 용왕님은 저희들을 이곳에 보내 순찰 돌게 하시고 만약 그 손오공이 나타나거든 즉시 보고하라 명하셨습니다."

괴물의 자백이 미처 끝나기도 전에 아래층에서 어수선한 소리가 들리더니 저팔계가 동자승에게 등롱을 하나씩 들려 가지고 위층으로 올라왔다.

"아니, 사부님, 탑을 청소하셨으면 돌아와 주무시지 않고, 여기서 무슨 얘기판을 벌이고 계시는 겁니까?"

손오공이 그를 손짓해 가까이 불렀다.

"여보게, 마침 잘 왔네. 탑에 모셔두었던 보배는 만성용왕이 훔쳐 갔다네. 여기 이놈들은 그 용왕의 지시를 받고 염탐하러 왔다가 내 손에 붙잡혔지 뭔가."

미련퉁이 저팔계는 이 말을 듣기가 무섭게 쇠스랑을 번쩍 들고 툴툴거렸다.

"도둑한테 자백을 받아냈으면 바로 때려죽이지 않고 뭘 기다리시는 거요?"

손오공은 그 손길을 가로막으면서 대답했다.

"자네, 모르는 소리 말게. 살려두어야 임금 앞에 내세워 얘기하기가 좋지 않겠나? 또 그 주범을 잡고 보배를 찾으러 나설 때 끄나풀로 이용할 수도 있고 말일세."

미련한 녀석은 그제야 쇠스랑을 거둬들이더니, 손오공과 함께 요괴 한 마리씩 움켜잡고 탑에서 내려왔다. 어린 동자승은 한발 앞서 동료 스님들에게 달려가 이 기쁜 소식을 알렸다. 잠시 후 절간 승려들이 모두 뛰쳐나와 기뻐 어쩔 줄 모르고 춤추기 시작했다. 손오공은 그들에게 부탁을 했다.

"철사가 있거든 가져오시오. 이놈들의 어깨뼈를 꿰어서 묶어둘 테니, 밤새 잘 지키도록 하시오. 내일 아침에 끌고 입궐하여 임금 앞에서 증언하게 하리다."

도둑의 누명을 벗게 된 승려들은 신바람이 나서 두 눈을 부릅뜬 채 괴물을 단단히 지키고, 삼장법사 일행을 편히 쉬도록 했다.

어느덧 날이 밝았다. 삼장법사는 손오공 하나만 데리고 대궐에 이르러 수문장에게 자기 신분과 방문 용건을 밝혔다.

당직관이 조정에 들어가 그대로 아뢰자, 제새국 임금은 즉시 입궐시키라는 명을 내렸다.

삼장법사는 수제자와 함께 조정에 들어가 섬돌 아래 서서 임금 앞에 예를 올리고 용건을 아뢰었다.

"소승은 남성부주 동녘 땅 당나라에서 파견되어, 천축 뇌음사로 부처님을 찾아뵙고 경전을 받으러 가는 길이옵니다. 폐하께서 통행증을 확인해주시는 대로 곧 떠나고자 하나이다."

통행문서를 받아 훑어본 국왕이 부러운 기색으로 이렇게 말했다.

"당나라 군주는 참 영특하시오. 그대처럼 훌륭한 고승을 가려 뽑아 불원천리 머나먼 길을 떠나보내 부처님의 경을 받으러 가도록 배려하셨는데, 과인의 나라 중놈들은 그저 도둑질할 궁리만 하여 나라를 망치고 임금을 속일 뿐이니, 이 어찌 통탄할 노릇이 아니겠소!"

삼장법사는 공손히 합장하고 여쭈었다.

"어찌하여 승려들이 도둑질하고 폐하를 속인다 하시나이까?"

"과인이 다스리는 이 나라는 서역의 상국으로서 언제나 사방의 오랑캐들이 조공을 바쳐왔는데, 그 모두가 성내 금광사 황금보탑 꼭대기에 상서로운 빛이 늘 충천하였기 때문이었소. 그런데 몇 해 전 그

16

절간 중놈들이 탑에 모셔놓은 보배를 훔쳐내는 바람에 지난 삼 년 동안 광채가 사라졌고 외국에서도 조공을 바치지 않게 되었소. 이 때문에 과인이 그 중놈들을 미워하게 된 것이오."

삼장법사는 이 말을 듣더니 빙그레 웃으며 다시 한 번 두 손을 모으고 아뢰었다.

"폐하, 옛말에 '떠날 때 털끝만 한 차이로 천리 길이 어긋난다' 하였듯이, 처음에 생각 한번 잘못 먹으면 만사를 그르치게 되는 법입니다. 소승은 어제 저녁 폐하의 도성에 이르러 벌 받는 승려들을 보았나이다. 금광사 절간에 유숙하는 동안 자세히 알아보았더니 보배를 잃어버린 것은 그 승려들과 아무런 상관이 없사오며, 간밤에 소승이 탑을 쓸다가 보배를 훔쳐낸 요망한 도적을 붙잡았나이다."

"무엇이? 도적을 잡았다고?"

국왕이 크게 기뻐하면서 다급하게 물었다.

"그래, 그 도적은 지금 어디 있소?"

"지금 소승의 제자들이 금광사에 묶어두었나이다."

국왕은 당장 호위대를 금광사에 보내 도적을 잡아오게 했다. 삼장법사도 수제자 손오공을 딸려 보냈다. 이윽고 절간에 들이닥친 호위대 장병들은 당나라 스님의 제자들과 함께 오랏줄로 단단히 결박한 요괴 두 마리를 삼엄하게 에워싸고 궁궐로 돌아왔다.

"국보를 훔쳐간 요사스런 도적을 압송해왔나이다!"

보고를 받은 국왕이 용상에서 내려서더니, 신하들을 거느리고 두 도적의 생김새를 요모조모 살펴보기 시작했다. 보면 볼수록 해괴망측한 생김새였다. 한 놈은 사납게 불거져 나온 볼따구니에 시커먼 껍질을 뒤집어썼고, 주둥이가 뾰족하게 나온 데다 이빨이 날카롭기 짝이 없었다. 또 한 놈은 번들번들한 살갗에 배가 불룩 나오고 입이 엄청나게 클 뿐 아니라 두 가닥 수염이 기다랗게 뻗친 것이, 비록 두 다리로 걷기는 하지만 아무래도 무슨 동물이 사람의 모습으로 탈바꿈한 것이 분명했다. 국왕이 직접 문초하기 시작했다.

"네놈들은 어느 고장에 사는 괴물이며, 언제 우리 강토에 숨어 들어와 보배를 훔쳤느냐? 또 일당은 몇이나 되는지 낱낱이 실토하렷다!"

요괴 두 마리는 임금 앞에 무릎 꿇고 엎드린 채, 철사를 꿴 목덜미에서 피가 흘러내리는데도 아픈 줄 모르고 사실대로 털어놓았다.

"삼 년 전 칠월 초하룻날, 만성용왕이 일가친척을 거느리고 여기서 동남쪽으로 백 몇십 리 떨어진 난석산 벽파담 깊은 연못에 옮겨와 지금까지 살고 있나이다. 슬하에 딸을 하나 두었는데 이 공주는 맵시 있고 아리따운 자태를 지닌 천하절색이라 용왕이 구두부마를 사위로 맞아들였으며, 이 사위는 신통력이 천하무적이라, 폐하의 도성 금광사 보탑에 진기한 보배가 있음을 알아차리고 장인 되는 용왕과 결탁하여 신통력으로 한바탕 혈우를 퍼붓고 탑 꼭대기에 모셔놓은 사리를 도둑질해갔나이다. 저희 둘은 도적의 우두머리가 아니옵고 만성용왕이 염탐꾼으로 보낸 졸개들로서, 저는 메기의 요정이며, 이 친구는 가물치의 요정이옵니다."

문초를 끝낸 임금은 즉시 호위병들에게 명하여 괴물들을 감옥에 가두어 단단히 지키도록 한 다음, 신하들에게 교지를 내렸다.

"보배를 훔쳐간 범인의 정체가 밝혀졌으니, 금광사 승려들에게 씌운 칼과 사슬을 모두 풀어주도록 하라. 그리고 잔치 자리를 마련하여 도적을 잡은 성승 일행의 공로를 사례할 것이며, 아울러 도적의 괴수들을 어떻게 잡아올 것인지 그 방책을 의논할 것이다."

어명이 떨어지자, 잔치를 맡은 관원들은 서둘러 음식을 두루 갖추어 연회석을 마련했다. 임금은 삼장법사 일행 네 사람을 그리로 데려가 융숭히 대접했다. 흥겨운 잔치가 무르익을 무렵, 임금이 은근한 말씨로 떠보았다.

"성승 일행 가운데 어느 분이 요괴를 잡고 보배를 찾으러 가실 수 있겠소?"

삼장법사는 한마디로 손오공을 지목했다.

"소승의 수제자를 보낼까 합니다."

임금은 다시 손오공을 돌아보고 물었다.

"손 장로께서 가시겠다면 군대는 얼마나 필요하며 또 어느 때에 출동하시려오?"

이때 저팔계가 큰소리치며 나섰다.

"이런 젠장! 군사 따위가 무슨 소용 있으며, 또 무슨 때를 가려서 출동한단 말이오? 이제 술도 얼큰히 취했고 밥도 배터지게 먹었으니, 이 김에 당장 내가 형님을 모시고 달려가서 깡그리 잡아오면 될 거 아니오!"

미련퉁이가 모처럼 팔뚝을 걷어붙이고 나서자, 당나라 스님은 몹시 기뻐하며 둘째 제자를 추켜세웠다.

"팔계가 늘 게으름만 부리는 줄 알았더니, 제법 부지런을 떠는 때도 있었구나! 그래, 너희 둘이서 얼른 다녀오도록 해라."

임금은 두 사람만 보내겠다는 말에 안심을 못하고 다시 물었다.

"군대가 소용없다면 두 분께서 쓰실 병기라도 골라 가져야 하지 않겠소이까?"

저팔계는 어처구니가 없어 껄껄대고 웃었다.

"당신네 병기 따위는 우리한테 쓸모가 없소이다. 우리에겐 우리의 병기가 따로 있으니, 그런 염려는 마시구려."

임금은 더 말을 붙이지 못하고 큼지막한 술잔에 술을 가득 채워 이 왁살스런 승려들에게 건넬 수밖에 없었다. 그러나 손오공은 그 전별의 술잔을 받는 대신에 이렇게 부탁했다.

"호위병에게 분부하셔서 두 요괴 녀석이나 저희에게 넘겨주십쇼. 그놈들을 길라잡이로 써야겠습니다."

임금은 즉석에서 명령을 내려 감옥에 가두어두었던 요괴 두 마리를 끌어내 손오공에게 넘겨주었다.

손오공과 저팔계는 요괴 두 마리를 하나씩 움켜잡고 바람을 일으켜 타더니 순식간에 동남쪽으로 사라졌다.

"앗, 저분들이 구름을 타고 날아가시는구나!"

제새국 임금과 신하들은 딱 벌어진 입을 다물지 못했다. 그들은 일제히 하늘을 우러러 절하며 찬탄해 마지않았다.

"예부터 소문으로만 들었더니, 헛된 말이 아니었구나. 오늘에야 비로소 활불(活佛)이 계시다는 것을 알아보았도다!"

광풍을 휘몰아 도성을 떠난 손오공은 저팔계와 함께 두 요괴를 겨드랑이에 끼고 치달리더니 눈 깜짝할 사이에 난석산 벽파담까지 들이닥쳐 구름을 멈추고 내려섰다. 못가에 다다르자 그는 가물치와 메

기 요정의 어깨뼈를 철사에 꿴 채로 놓아주면서 엄하게 호통쳤다.

"냉큼 가서 만성용왕이란 녀석에게 내 말을 전해라. 제천대성 나리께서 여기 와 계시니, 일족들의 목숨이나마 붙여 살아가려거든 제새국 금광사 불탑에서 훔쳐간 보배를 내놓을 것이요, 만약 거부했다는 내 이 벽파담 못물을 깡그리 뒤엎고 그놈의 일가족을 모조리 죽여 없앨 것이라고 단단히 일러두어라!"

졸개 요괴 두 마리는 목숨 하나 건진 것만으로도 감지덕지하여 아픔을 참아가며 물속으로 첨벙 뛰어들었다. 느닷없이 뛰어든 두 요괴를 보고 악어, 새우, 거북 같은 물고기 정령들이 깜짝 놀라 우르르 몰려들더니 그것들을 에워싸고 너도 나도 한마디씩 물었다.

"아니, 너희 두 녀석은 이게 무슨 꼴이냐? 철사에 어깨뼈를 꿰어 질질 끌고 돌아오다니!"

동료들의 물음에, 가물치와 메기 요정은 도리질을 해가며 냅다 용왕의 궁전으로 뛰어 올라갔다.

"아이고 대왕님, 큰일 났습니다!"

이 무렵, 만성용왕은 사위 구두부마와 마주앉아 술을 마시다가 별안간 뛰어든 두 녀석이 악쓰는 소리를 듣고 야단을 쳤다.

"시끄럽다, 이놈들! 무슨 큰일이 났다고 호들갑이냐?"

부하 요괴 두 마리는 사실대로 아뢰었다.

"간밤에 순찰을 돌다가, 때마침 탑을 쓸러 올라온 당나라 화상과 제천대성 손오공에게 붙잡히고 말았습니다. 보십쇼! 그놈들이 이렇게 철사로 저희 어깨뼈를 꿰어놓지 않았습니까? 오늘 아침에는 제새국 임금 앞에 끌려가 문초를 당하고, 지금 다시 손오공이란 놈과 저팔계한테 붙잡혀 이리로 끌려왔는데, 탑에 모셔두었던 보배를 내놓으라는 말씀을 대왕님께 전하라고 이렇게 돌려보냈습니다."

늙은 용왕은 제천대성이 쳐들어왔다는 말을 듣자 너무도 놀란 나머지 와들와들 떨면서 사위를 붙잡고 늘어졌다.

"여보게, 다른 놈이 쳐들어왔다면 그래도 무슨 계책을 써보겠지만, 진짜 천궁을 뒤엎었다는 그놈이라면 이거 보통 큰일이 아닐세!"

구두부마가 껄껄 웃으면서 용왕을 안심시켰다.

"장인어른, 마음 푹 놓으십쇼. 이 사위가 어릴 적부터 무예 좀 익히고 도를 닦은 몸이라, 그따위 녀석쯤은 겁내지 않습니다. 제가 당장 나가서 단번에 항복시킬 테니 걱정하실 것 없습니다."

제천대성을 무시해버릴 만큼 대담무쌍한 요괴는 급히 무장을 갖추고 손에 초승달 모양의 삽날처럼 생긴 월아산(月牙剷)이란 병기를 꺼내 들더니 용궁을 벗어나 물살을 가르고 수면 위로 솟구쳐 올라왔다.

"제천대성이 어떤 녀석이냐! 냉큼 이리 나서서 목숨을 바쳐라!"

손오공과 저팔계가 벽파담 기슭에 서서 바라보았더니 요괴의 생김새가 상상을 뛰어넘을 만큼 흉측스럽기 짝이 없었다. 눈부신 갑옷 투구는 그렇다 치고 머리통 하나에 눈과 입이 아홉 개 달린 괴물인 데다 고함치는 목소리는 하늘까지 쩌렁쩌렁 울릴 만큼 날카로워 듣기만 해도 소름이 끼칠 지경이었다.

어이가 없어 멍청하니 바라보던 손오공이 그제야 철봉 자루를 고쳐 잡으면서 앞으로 나섰다.

"바로 날세. 이 손 선생이 제천대성이야."

"서천으로 경을 구하러 가는 놈이라면 제 갈 길이나 갈 것이지, 무얼 또 얻어먹겠다고 남의 나랏일에 끼어들어 여기까지 쳐들어왔느냐?"

"내가 비록 이 나라 임금에게 은혜를 입은 적이 없고, 이 나라의 물한 방울, 쌀 한 톨 거저 얻어먹은 일이 없으니 그 사람을 위해서 애쓸처지는 아니다만, 네놈들이 부처님의 보배를 도둑질하고 불탑을 더럽힌 탓으로 금광사 승려들이 억울한 누명을 뒤집어썼다. 그들은 우리와 똑같이 부처님을 섬기는 동문들인데, 우리가 나서서 억울한 누명을 벗겨주는 것이 어째서 잘못이란 말이냐?"

"오냐, 좋다! 끝내 싸워볼 작정이로구나. 그럴 만한 솜씨가 있거든어서 덤벼 날 쓰러뜨리고 보배를 찾아가봐라!"

"이 못된 도둑 괴물아! 잔소리 말고 이 어르신의 철봉 맛이나 봐라!"

성미 급한 손오공의 여의봉이 바람을 가르고 날아들자, 구두부마도당황한 기색 하나 없이 병기 자루로 철커덕 막아내더니 곧바로 삽날을 되돌려 반격해왔다.

둘이서 일진일퇴 치고받기를 무려 30여 차례, 그래도 좀처럼 승부를 가리지 못했다. 저팔계는 한 곁에 우뚝 서 있다가 저들의 싸움판이한창 무르익는 걸 보자 더는 참지 못하고 쇠스랑을 번쩍 치켜들더니요괴의 등 뒤로 돌아가면서 냅다 한 대 후려 찍었다. 그러나 이 괴물은 머리통 하나에 사면팔방으로 눈알이 열여덟 개나 달렸기 때문에주변 상황을 빠뜨리지 않고 내다볼 수 있었다. 그는 저팔계가 등 뒤로다가드는 것을 보자, 재빨리 삽자루 끄트머리로 쇠스랑을 가로막는한편, 삽날 쪽으로 손오공의 철봉을 들이받아 쳤다. 그리고 또 참을성 있게 치고받기를 대여섯 차례, 하지만 앞뒤에서 정신없이 번갈아들이치는 협공을 감당할 길이 없게 되자, 그는 마침내 비장의 수단을 쓰기로 결심했다. 한 자루 병기가 들이치고 물러나는 순간, 이 괴물은 땅바닥에 몸을 누이고 떼굴떼굴 한두 바퀴 구르더니 허공으로 훌쩍 뛰어올라 본색을 드러냈다. 그 정체는 구두부마(九頭駙馬)라는 이름 그대로 머리통 아홉 달린 거대한 괴조였다. 두 다리의 발톱은 갈고리처럼 날카롭고, 머리통 하나마다 눈알 두 개가 불길처럼 타오르면서 번쩍번쩍 금빛 광채를 쏟아내는데, 저팔계가 먼저 그 흉악한 꼬락서니에 기가 질려 손오공을 돌아보고 소리쳤다.

"형님! 내가 사람 노릇을 한 뒤로 저렇게 추악한 놈은 처음 보았소! 도대체 어디서 저따위 날짐승이 태어났는지 모르겠구려!"

손오공 역시 놀랍기는 마찬가지였다.

"세상에 별 해괴한 놈도 다 보겠군! 정말 보기 드문 괴물일세. 잠깐 기다리게. 내가 쫓아가서 때려잡아야겠네!"

용감한 손오공이 급히 구름을 일으켜 타고 허공으로 뛰어오르더니, 철봉을 번쩍 들어 괴조의 머리통을 냅다 후려쳤다.

그러자 괴조는 거대한 몸뚱이를 자랑하듯 불쑥 드러내면서 두 날개를 활짝 펼치더니, '쏴아!' 하는 바람 소리를 내며 기우뚱하고 몸을 뒤채기가 무섭게 산등성이를 스칠 듯이 날아갔다. 저팔계는 '앗' 소리조차 지를 틈이 없었다. 괴조가 한 바퀴 빙그르르 맴돌았다고 생각하는 찰나, 그놈의 커다란 아홉 아가리 중 하나가 핏물 담긴 항아리처럼 쩍 벌어지면서 멀찌감치 떨어져 있던 저팔계를 한입에 덥석 물고 쏜살같이 벽파담 못물 속으로 들어가버린 것이다.

물속으로 뛰어든 괴조는 용궁 밖에 이르러 다시 인간의 모습으로 돌아와 저팔계를 땅바닥에 내던지면서 졸개들을 외쳐 불러냈다.

"애들아, 이 중놈을 저편에 묶어두어라. 순찰 나갔다가 봉변당한 녀석들의 원수를 갚아주어야겠다."

용궁 안에서 놀던 청어, 우럭, 잉어, 쏘가리와 같은 물고기 요정들과 자라, 거북, 악어처럼 껍질 단단한 괴물들이 우르르 달려들더니 저팔계를 안으로 떠메고 들어갔다. 마중 나온 늙은 용왕 역시 기뻐 어쩔 줄 모르고 즉석에서 술판을 벌여 사위의 공로를 치하한 것은 더 말할 나위도 없다.

한편 손오공은 괴조가 저팔계를 한입에 거뜬히 물고 유유히 사라지는 것을 보자, 그 역시 속으로 여간 겁을 먹은 것이 아니었다.

"정말 지독스럽기 짝이 없는 괴물이다. 그러니 장차 이 노릇을 어쩌면 좋을꼬? 내가 빈털터리로 혼자 돌아가 사부님을 뵈었다가는 이 나라 임금한테 비웃음이나 사기 십상일 테고, 다시 한 번 싸움을 걸자니 내 한 몸으로 벅찬 상대라 어떻게 당해낼 수 있을까 모르겠다. 가만있자…… 우선 둔갑술법으로 물속에 들어가 그 괴물이 팔계 녀석을 어떻게 했는지 살펴봐야겠다. 그러다가 빈틈이 나거든 팔계란 놈부터 구해놓고 나서 다시 어떻게 손을 써보기로 하자꾸나!"

한다 하면 곧바로 행동에 옮기는 손오공, 입으로 중얼중얼 주문을 외우면서 몸뚱이 한번 꿈틀하는 사이에 방게 한 마리로 둔갑하더니, 물속으로 첨벙 뛰어들기 무섭게 곧바로 가라앉아 용궁 문턱 패루(牌樓) 앞에 당도했다. 용왕의 궁궐 아래까지 게걸음쳐 살금살금 다가가 보았더니, 늙은 용왕과 구두부마는 일가친척을 다 모아놓고 흥겹게 축하의 술판을 벌이느라 여념이 없었다.

손오공은 다시 동편 낭하 밑으로 기어갔다. 이리저리 살펴보니 새우 요정, 게 요정 몇 마리가 웅성웅성 어울려 놀고 있는 광경이 눈에 띄었다. 그는 잠시 걸음을 멈추고 요정들끼리 주고받는 대화를 엿듣고 나서, 그 말투를 배워 가지고 슬그머니 끼어들었다.

"여보게들, 부마 어르신께서 잡아온 그 주둥이 기다란 중 녀석 말일세. 벌써 죽었을까, 아니면 여태 살아 있을까?"

새우 요정, 게 요정이 한마디씩 대꾸하는 소리가 똑같았다.

"벌써 죽다니, 천만에! 아직은 죽지 않았네. 저기 저 서편 낭하에 묶여서 끙끙 앓고 있는 게 바로 그놈 아닌가?"

손오공은 옳다 됐구나 싶어, 또다시 살금살금 게걸음으로 기어서 그쪽으로 건너갔다. 과연, 미련퉁이 저팔계 녀석은 기둥뿌리에 단단히 묶인 채 끙끙거리고 있었다. 손오공은 그 앞으로 가까이 다가가서 한마디 건넸다.

"팔계, 나를 알아보겠나?"

"아이고, 형님 왔구려! 이게 도대체 어찌 된 영문인지 모르겠소. 이 저팔계가 그 못된 괴물을 때려잡기는커녕 도리어 그놈에게 붙잡히고 말다니……"

깜짝 놀라 반색하는 소리를 듣는 둥 마는 둥, 손오공은 우선 주변부터 살펴보고 나서 아무도 없는 것을 확인하자 그 즉시 집게발로 밧줄을 깨물어 끊어준 다음 이렇게 말했다.

"아무도 없을 때 어서 빨리 도망치게!"

그러나 미련퉁이 저팔계는 느슨해진 밧줄에서 팔목을 뽑아내며 시무룩한 기색으로 투덜거렸다.

"뺑소니치는 거야 문제없지만, 내 병기를 그놈이 가져갔으니 어찌면 좋겠소?"

"어디로 가져갔는지 보아두었나?"

"가만 보니, 그놈이 쇠스랑을 떠메고 궁전으로 올라갑디다."

"그럼 됐네! 자네는 먼저 패루 밑에 가서 날 기다리고 있게."

"알았소."

겨우 목숨을 건진 저팔계가 슬금슬금 빠져나갔다. 손오공은 또다시 궁전으로 기어 올라가 이곳저곳 사방을 두리번거렸다. 짐작은 딱 들어맞았다. 궁궐 모퉁이 한 구석에서 번쩍번쩍 빛을 내고 있는 것이 바로 저팔계의 애용 병기 쇠스랑 아닌가! 그는 재빨리 은신술법을 써서 감쪽같이 형체를 숨긴 다음 쇠스랑을 훔쳐내기 무섭게 패루 아래로 뺑소니를 쳤다.

"팔계! 자네 병길세. 받게!"

손오공이 던져 주는 쇠스랑을 선뜻 받아 쥐고 보니 저팔계는 당장 기운이 펄펄 솟구쳤다.

"형님, 먼저 나가 계시오! 내 이 길로 저놈의 궁전에 쳐들어가 한바탕 때려 부숴야 직성이 풀리겠소. 힘에 부치면 도망쳐 나갈 테니, 그때 형님이 못가에서 기다리고 있다가 달려들어 구해주시구려."

미련퉁이가 모처럼 투지를 불태우니, 손오공은 기특한 마음에 조심하라고 신신당부를 하고 저팔계만 남겨둔 채 혼자서 수면 위로 떠올라 나왔다.

저팔계는 검정빛 승복 자락을 단단히 여미고 나서 두 손으로 쇠스랑 자루를 움켜잡은 채, 고래고래 악을 쓰면서 곧장 궁궐 안으로 쳐들어가기 시작했다.

"이놈들, 어디 있느냐!"

난데없는 외마디 고함 소리가 용궁 안을 들썩거리니, 물고기 족속들은 기절초풍하다시피 놀라 허겁지겁 궁전 위로 뛰어가 급보를 알렸다.

한창 느긋이 마음 풀어놓고 권커니 잣거니 술판을 벌이던 늙은 용왕과 구두부마, 그리고 온 집안 식구들은 느닷없는 멧돼지의 습격에 놀란 나머지 미처 손써볼 엄두도 내지 못한 채 이리 뛰고 저리 뛰고 갈팡질팡 도망치느라 야단법석이 났다.

집돼지가 성을 내면 호랑이도 피한다더니, 과연 이 미련한 저팔계는 생사를 돌보지 않고 죽기 살기로 궁전 한복판에 뛰어들기 무섭게 쇠스랑을 마구잡이로 휘둘러가며 눈에 띄는 것이라면 모조리 때려 부숴 말끔히 박살내고 말았다.

이때서야 공주를 안채 깊숙이 숨겨놓고 한숨 돌린 구두부마가 황급히 월아산을 찾아 들고 궁궐 앞채로 달려나오더니 무시무시한 목소리로 냅다 고함쳐 꾸짖었다.

"이 고약한 멧돼지 녀석! 어딜 감히 내 일가족을 놀라게 만드느냐!"

그러나 신바람이 날 대로 난 저팔계도 지지 않고 맞고함쳐 욕설을 퍼부었다.

"이런 도적놈의 괴물아! 누가 너더러 날 붙잡아 이리로 끌고 오랬더냐? 어서 빨리 보배나 돌려다오. 그걸 내놓지 않았다가는 네놈의 일족을 씨알머리도 남기지 않고 모조리 저승 귀신으로 만들어버릴 테다!"

독이 오를 대로 오른 구두부마는 어금니를 악물고 저팔계에게 덤벼들었다. 이 무렵쯤 되어서 놀란 가슴을 가라앉히고 겨우 정신을 가다듬은 만성용왕이 자손들에게 창칼을 들려 가지고 한꺼번에 몰려나와 저팔계를 에워싼 채 들이치기 시작했다.

형편이 재미적게 돌아가는 것을 보자, 저팔계는 쇠스랑으로 한 차례 건성으로 휘둘러 위협한 다음, 재빨리 몸을 빼어 궁궐 바깥으로 도망쳐 나갔다. 만성용왕은 부하 요정들을 이끌고 저팔계의 뒤꿈치를 물어뜯을 듯이 바짝 추격해왔다. 쫓기는 저팔계와 뒤쫓는 패거리가 삽시간에 벽파담 연못 푸른 물살을 박차고 수면 위로 줄줄이 솟구쳐 올라갔다.

한편 못가에 우뚝 서서 기다리고 있던 손오공은 고요하던 물결이 급작스레 뒤집히면서 저팔계가 먼저 뛰어나오고 뒤따라 늙은 용왕을 선두로 추격대가 줄줄이 솟구쳐 오르는 것을 발견했다. 그는 즉시 물가를 떠나 수면 위에서 안개구름을 딛고 선 채 철봉을 꼬나들고 냅다 호통을 질렀다.

"이놈들, 꼼짝 말고 게 섰거라!"

뒤미처 내리치는 철봉 한 대에, 선두로 솟구쳐 오르던 만성용왕은 앞머리를 정통으로 얻어맞고 다시 물속에 떨어졌다.

"풍덩!"

얼마나 독하게 마음먹고 후려쳤는지, 용의 머리가 수박 쪼개지듯 단번에 박살나고 말았다. 그 뒤를 따라 정신없이 수면 위로 솟구쳐 오르던 용왕의 자손들은 이 끔찍스런 광경을 보고 기겁을 하여, 제각기 목숨 하나 건지려고 물속으로 머리를 처박기가 무섭게 꽁무니를 뺐다. 다급한 와중에도 구두부마는 장인의 시체를 거두어 가지고 용궁으로 돌아갔다.

손오공과 저팔계는 그 뒤를 쫓지 않고 일단 언덕으로 올라갔다. 앞으로 해야 할 일들을 상의하기 위해서였다. 넉살 좋은 저팔계가 먼저 무용담을 한바탕 늘어놓고 나서 얘기가 시작되었다.

"하하! 형님, 지금쯤 그놈들의 기가 푹 꺾였을 거요. 이제 저것들이 돌아가서 용왕의 장사를 치르느라 여간해서는 기어 나오지 않을 텐데, 어쩌면 좋겠소? 더구나 해도 저물었고 말이오."

"이 사람아! 날이 저물건 말건 그게 무슨 상관인가? 우선 자네가 또 한 번 물속에 들어가서 들이치게. 무슨 일이 있어도 보배를 찾아야만 돌아갈 수 있네."

그러나 저팔계는 게으름을 부리면서 어물쩍 넘어가려고 했다.

"나더러 또 깜깜한 물속에 들어가라고? 그건 힘든데……"

"뭘 망설이는 거야? 바로 좀 전에 했던 것처럼 끌고 나오기만 하면 내가 때려잡을 테니 어서 들어가기나 하게!"

둘이서 들어가라느니 못 간다느니 옥신각신 입씨름을 벌이는데, 갑작스레 모진 광풍이 한바탕 휘몰아치면서 음침한 안개가 자욱이 깔리고 동편 하늘에서 웬 패거리가 무시무시한 소리를 내며 남쪽으로 달려가는 기척이 들려왔다.

손오공이 두 눈을 부릅뜨고 안개구름 속을 뚫어지게 올려다보니, 그 패거리는 다름 아닌 현성 이랑진군 일행이었다. 매산 여섯 형제를 거느리고 송골매와 사냥개를 몰아가며 돌풍과 안개구름 속을 신바람 나게 달려가는 중인데, 사냥터에서 잡은 여우와 토끼, 노루, 사슴을 어깨에 둘러메고 있었다.

손오공이 그들을 가리키면서 저팔계에게 외쳤다.

"팔계, 마침 잘됐네. 저 친구들을 이리로 불러내려 우리 싸움을 좀 거들어달라고 해야겠어."

"이랑진군 형제들이라면 도와달라고 부탁할 수 있겠구려."

"하지만 문제가 좀 있네. 저들 가운데 이랑현성은 내가 그 사람한 테 굴복당한 일이 있기 때문에 직접 가서 만나보기가 거북스럽네. 그러니 자네가 올라가서 구름을 가로막고 소리 한번 질러주지 않겠나?"

"나더러 뭐라고 소리를 지르라는 거요?"

"그야 간단하지. '이랑진군! 거기 잠깐 멈추시오. 제천대성이 좀 뵙고 인사드리겠답니다!' 하면 그만일세. 내가 여기 있단 소리를 들으면 걸음을 멈출 테니까, 그때 내가 나서서 만나보면 될 게 아닌가?"

미련한 저팔계는 급히 산꼭대기 상공으로 솟구쳐 오르더니 구름 앞을 떡 가로막고 시킨 대로 버럭 고함쳐 불러 세웠다.

"이랑진군, 잠깐만 걸음을 멈추십쇼! 제천대성께서 뵙고 인사를 드리겠답니다."

아니나 다를까, 옥황상제의 조카 이랑진군은 즉시 가던 길을 멈추고 저팔계를 반겨 맞았다.

"제천대성은 어디 계신가?"

"지금 저 산 밑에서 기다리고 있습니다."

이랑진군은 이 말을 듣고 매산 여섯 형제들에게 분부했다.

"여보게 아우님들, 냉큼 달려가 모셔오게나."

맏형의 분부가 떨어지자, 매산 육형제들은 행렬에서 뛰쳐나와 산 밑으로 내려갔다. 그리고 큰 소리로 외쳐 불렀다.

"손오공 형님! 큰형님께서 부르십니다!"

거간꾼을 내세워 체면치레를 한 손오공이 그제야 모습을 드러내고 여섯 형제들과 함께 산 위로 올라갔다. 현성 이랑진군이 반갑게 그 손을 잡고 인사를 나누었다.

"대성, 오래간만일세! 자네가 큰 고난에서 벗어나 승려가 되었을 뿐 아니라, 이제 공덕을 이룰 날이 머지않다니, 정말 축하할 일일세!"

지레 축하를 받은 손오공이 사뭇 떨떠름한 기색으로 변명했다.

"원 별말씀을 다 하십니다. 제새국 땅을 지나는 길에 억울하게 누명을 쓴 승려들을 구해주려고 부처님의 보배를 도둑질한 요괴를 붙잡으러 왔는데, 때마침 형님께서 지나가시는 걸 뵙게 되었지 뭡니까. 염치없는 부탁인 줄 압니다만, 절 좀 도와주실 수 없겠습니까?"

이랑진군이 껄껄껄 호탕하게 웃어가며 대답했다.

"나처럼 한가한 사람이 어디 있겠나? 하도 심심하기에 아우님들과 사냥을 나갔다가 돌아오는 길일세. 대성이 요괴를 잡는 일에 힘을 보태달라는 데야 내 어찌 거절하겠나? 한데 이 고장에 어떤 괴물이 살고 있는가?"

"이곳은 난석산이고, 산 밑의 벽파담이 바로 만성 늙은이의 용궁입니다."

이 말에 이랑진군이 흠칫 놀라더니 미심쩍은 기색으로 중얼거렸다.

"만성용왕이라? 그 늙은것이 말썽을 일으키지는 않을 텐데, 어쩌자고 부처님의 보배까지 훔쳐내는 엉뚱한 짓을 저질렀는지 모르겠군."

손오공은 만성용왕이 구두부마란 괴조를 사위로 맞아들이고 서로 공모하여 금광사에 혈우를 퍼부어 더럽히고 불탑에서 사리를 훔쳐낸 일부터 시작해서, 그동안 벌어졌던 경위를 차근차근 다 얘기해주었다. 그리고 마지막에 이렇게 덧붙였다.

"······방금 전에 그놈들을 물 바깥으로 끌어내어 만성용왕은 때려 죽였습니다만, 그놈들이 시신을 거두어 장사를 지내러 돌아가더니 코빼기도 내비치지 않습니다. 그래서 우리 두 형제가 어떻게 하면 그놈들을 다시 끌어낼까 의논하고 있던 차에, 때마침 형님 일행이 지나가시기에 염치없이 불러 세워 부탁드리는 겁니다."

"흠흠, 늙은 용이 죽어서 장사를 치른다면 들이치기에 지금이 딱좋겠군. 그것들이 미처 손쓸 새도 없게 만들어놓고 놈들의 소굴을 아예 뒤엎어야 할 게 아닌가?"

이랑진군이 팔뚝을 걷어붙이고 당장 나설 기미를 보이자, 곁에서 게으름뱅이 저팔계가 이거 골치 아프게 됐구나 싶어 얼른 한마디 건넸다.

"하지만 오늘은 벌써 날이 저물었는데요?"

"병법에도 '전쟁에는 때를 기다리지 않는다'고 했네. 해가 저물었기로서니 그게 무슨 상관있나!"

이때 다행스럽게도 매산 여섯 형제가 저팔계를 편들고 나섰다.

"큰형님, 서두르실 것 없습니다. 그놈의 일족이 장사를 치르느라 여기에 다 몰려 있을 테니, 당장 어디로 도망칠 데도 없을 겁니다. 제천대성 둘째 형님과 천봉원수 저강렵 역시 귀한 손님인데, 모처럼 만난 김에 축배나 드는 것이 어떻겠습니까. 마침 여기 사냥해온 들짐승이 몇 마리 있고 술도 가져온 것이 있으니 아이들더러 화톳불을 피워놓게 하고 이 자리에서 한판 벌여보는 것도 좋은 일이지요. 옛정도 풀어가며 이 한밤 즐기다가 날이 밝거든 싸움을 걸어도 늦지 않을 듯

싶습니다."

정겨운 형제들끼리 한자리에 둘러앉아 술잔 놓고 밤새껏 회포를 풀어보자는 데야 성격이 누구보다 호방한 이랑진군도 마다할 리 없다.

"옳거니, 아우님들 말씀이 지당하네!"

이래서 여러 형제들은 달빛과 별빛 아래 하늘을 장막으로 삼고 땅을 거적 삼아 술잔 돌려가며 회포를 풀기 시작했다.

외롭고 쓸쓸한 밤은 지루하게 길고, 즐거운 환락의 밤은 워낙 짧은 법, 어느덧 하룻밤이 다 지나고 동녘이 훤히 밝아왔다. 독한 술 몇 잔에 거나하게 취한 저팔계는 기운이 펄펄 나는지, 꼭두새벽부터 성급하게 동료들을 재촉하고 나섰다.

"날이 거의 다 밝았소. 이 저팔계가 물속에 들어가서 싸움을 걸 테니, 모두들 준비하고 계시구려."

옷자락을 척척 걷어붙이고 쇠스랑 자루를 단단히 거머쥔 저팔계가 물속으로 풍덩 뛰어들더니, 솜씨 좋게 물살을 가르며 용궁으로 자맥질해 내려갔다. 패루 아래 당도한 그는 한숨 돌리기가 무섭게 느닷없이 고함을 지르면서 궁궐 안으로 돌진했다.

이 무렵, 만성용왕의 아들은 상복 차림으로 아비의 시신을 지키며 통곡하고, 손자 녀석과 구두부마는 관을 준비하느라 뒤채에 가 있었다. 벼락같이 들이닥친 저팔계는 쇠스랑을 번쩍 치켜들더니 불문곡직하고 아들 녀석의 뒤통수를 내리찍어 단번에 아홉 구멍을 뚫어놓았다. 이 끔찍스런 광경을 보고 혼비백산한 용파(龍婆)와 일가족은 허둥지둥 안채로 달아나면서 큰 소리로 울부짖기 시작했다.

"아이고! 저걸 어쩌나! 주둥아리 긴 중놈이 또 내 아들마저 때려죽였네!"

　용파의 울부짖는 소리에 구두부마가 당장 월아산을 찾아 들고 바깥
채로 달려나오더니 두말없이 저팔계에게 덤벼들었다. 그 뒤에 용왕의
손자가 따라붙었다.

　씨근벌떡 달려드는 적을 맞아, 저팔계는 쇠스랑을 높이 쳐들고 일
진일퇴, 한참 동안 싸우던 끝에 슬금슬금 뒷걸음쳐가며 궁궐 바깥으
로 끌어내더니, 나중에는 못 견디는 척하고 수면 위로 솟구쳐 올랐다.
용손과 구두부마가 뒤미처 뛰어나오자, 미리 기다리고 있던 제천대성
과 매산 여섯 형제들이 한꺼번에 달려들더니 창칼로 만성용왕의 손자
녀석을 찌르고 후려쳐서 순식간에 고기 떡으로 만들어버리고 말았다.

　이 광경을 본 구두부마는 더 이상 당해낼 수 없음을 깨닫자, 그 즉
시 산자락 밑에서 떼굴떼굴 구르더니 다시 본색을 드러내고 두 날개
를 활짝 펼치기가 무섭게 허공으로 솟구쳐 날아올랐다.

　현성 이랑진군은 재빨리 황금 탄궁(彈弓)을 꺼내 들고 은빛 탄환을
쟁인 다음, 시위가 보름달처럼 늘어나도록 힘껏 당겨 쏘았다. 탄환이
무서운 기세로 날아들자, 괴조는 급히 날개를 움츠리더니 산기슭을
스칠 듯이 한 바퀴 맴돌고 나서 다시 제 위치로 돌아와 이랑진군을 습
격했다. 뒤미처 불쑥 뻗어 나온 머리통이 핏빛 아가리를 쩍 벌리고 물
어뜯으려는 순간, 주인 곁에 도사려 앉았던 사냥개 한 마리가 '으르
렁!' 소리를 내며 달려들더니, 오히려 괴조의 머리통을 한입에 덥석
물어 피투성이가 될 때까지 끈덕지게 물고 늘어졌다.

　정신없이 활갯짓을 쳐 사냥개의 아가리에서 가까스로 빠져나온 괴
조는 치명상을 입고 겨우 목숨 하나 건진 채 고통스런 비명을 질러가

며 북해(北海) 쪽 어디론가 도망쳐 사라지고 말았다.

저팔계가 곧바로 뒤쫓으려 했으나, 손오공은 그 앞을 가로막았다.

"쫓아갈 것 없네. '궁지에 몰린 도적은 쫓지 말라' 하지 않았는가? 저놈은 사냥개한테 머리통을 깨물려 목 줄기가 끊어질 지경이 되었으니까 살아날 가망성은 없을 걸세. 이제부터 내가 저놈의 모습으로 둔갑할 테니, 자넨 물길을 헤쳐 열고 내 뒤를 추격하는 것처럼 바짝 따라오게. 우리 함께 들어가서 공주를 속여 넘기고 그 보배나 되찾기로 하세."

저팔계는 벽수담 물속으로 텀벙 뛰어들더니 물길을 열어놓고 손오공더러 앞장서라는 신호를 보냈다. 이윽고 구두부마의 모습으로 탈바꿈한 손오공이 앞장서서 자맥질해 들어가고, 저팔계가 멀찌감치 고래고래 악을 써가며 뒤쫓는 형국이 되었다. 용궁에 차츰 가까워지자, 헐레벌떡 달려오는 손오공을 제 남편으로 잘못 알아본 만성공주가 황급히 달려나와 맞아들이며 물었다.

"부마님, 일이 어찌 되었기에 이토록 창황하게 돌아오십니까?"

손오공은 일부러 가쁜 숨을 몰아쉬면서 대답했다.

"저기 저팔계란 놈이 승세를 타고 날 쫓아 쳐들어오고 있소! 얼마나 사납게 설쳐대는지 도대체 감당할 재간이 있어야지. 아무래도 안 되겠소. 당신, 그 보배를 어서 빨리 내오구려."

공주는 너무나 당황한 나머지 눈앞의 남편이 진짜인지 가짜인지 분간할 겨를조차 없어, 부리나케 후궁으로 들어가더니 황금 상자 한 개를 들고 나와 손오공에게 넘겨주었다.

"이게 부처님의 보배 사리예요. 당신이 어디다 깊숙이 감춰두세요. 그동안 제가 나가서 저팔계란 놈하고 싸워 막아내고 있겠어요."

천연덕스레 상자를 받아 든 손오공이 손바닥으로 얼굴을 쓰윽 문지르더니 본래의 원숭이 모습을 드러내고 히죽히죽 비웃었다.

"공주, 이 낯짝을 그대 낭군으로 보셨는가?"

만성공주는 기겁을 하도록 놀라 다급히 상자를 도로 빼앗으려고 덤벼들었다. 그러나 때맞춰 들이닥친 저팔계가 쇠스랑으로 냅다 공주의 어깻죽지를 후려 찍어 땅바닥에 거꾸러뜨렸다.

하나 남은 용파가 딸의 죽음을 보고 펄쩍 뛰더니 그대로 도망치기 시작했다. 저팔계는 그것마저 용서하지 않고 쇠스랑으로 내리찍으려 들었다. 손오공이 급히 그 손을 막으면서 소리쳐 일깨웠다.

"잠깐만! 그것마저 죽이지는 말게. 하나쯤은 살려서 조정에 끌고 가야만 우리 공적을 입증할 수 있지 않겠나?"

"그거 참 좋은 생각이오!"

공로를 자랑할 증인으로 삼겠다는 데야 미련퉁이가 마다할 까닭이 어디 있으랴. 이래서 저팔계는 용파를 번쩍 쳐들고 물 위로 솟구쳐 올라갔다. 손오공은 보배 상자를 떠받든 채 뒤따라 물 밖으로 나왔다. 그러고는 이랑진군에게 감사를 드렸다.

"형님이 위대하신 법력으로 도와주신 덕분에 보배를 되찾고 요망한 도적들도 모조리 소탕했습니다."

"나야 무슨 공이 있겠나. 자네가 공덕을 이루었으니, 우리도 이제 그만 작별하고 떠나야겠네."

손오공은 고마움을 이기지 못하여 그더러 함께 제새국 임금을 만나 보러 가자고 권했으나, 천성이 소탈한 이랑진군은 굳이 사양하고 매산 여섯 형제 일행과 더불어 본고장으로 돌아갔다.

이윽고 두 형제도 떠나갔다. 삽시간에 제새국 도성에 이르러 구름을 낮추고 지상에 내려서자 누명을 벗은 금광사 승려들이 성문 바깥으로 달려나와 무릎 꿇고 영접했다. 그중 한 사람은 대담하게도 궁궐 안까지 뛰어들어 아뢰었다.

"폐하! 손 장로와 저 장로 두 어르신께서 도적을 잡으시고 보배를 찾아 돌아오셨나이다."

임금은 이 말을 듣고 부랴부랴 섬돌 아래 내려서서 당나라 스님, 사오정과 함께 마중을 나갔다. 그리고 허리 굽혀 사례했다.

"두 분 성승께서 신통한 법력으로 도적을 잡고 보배를 되찾아주시니 무어라 감사의 말씀을 드려야 좋을지 모르겠습니다."

"얘들아, 이렇듯 하루 밤낮이 지나서 돌아온 걸 보니 무척 힘들었던 모양이구나. 수고들 많았다! 그래, 어떻게 요망한 도적들을 소탕했느냐?"

삼장법사도 제자들의 노고에 치하를 아끼지 않으면서 궁금했던 점을 물었다. 손오공은 구두부마를 상대로 악전고투를 벌였던 일, 만성용왕을 유인해 잡아 죽인 일, 그리고 이랑진군 일행의 도움을 받아 구두부마의 정체를 밝혀내 치명상을 입히고 보배를 되찾기까지 그간의 경위를 소상하게 말씀드렸다.

제새국 임금이 다시 물었다.

"저 노파는 누구인가요?"

저팔계가 대답하면서 쇠스랑 자루를 고쳐 잡았다.

"저것은 만성용왕의 아내로서 머리 아홉 달린 괴물의 장모 노릇을 하던 계집입니다. 저런 요물은 당장 육시처참을 해야 마땅합니다."

그러나 손오공의 생각은 미련한 저팔계와 달라, 용파를 보고 이렇게 말했다.

"한집안 식구라고 해서 모두를 공범으로 몰 수 없는 법, 내가 폐하께 아뢰어 그대의 죄를 용서하겠다. 그 대신에 앞으로 죽는 날까지 금광사 불탑 위의 보배를 지키면서 살아야 한다."

용파는 고개를 끄덕이며 그 조건을 받아들였다.

"한목숨만 살려주신다면 무슨 일이든 시키는 대로 하오리다."

손오공은 더 이상 말없이 관원에게 쇠사슬과 철사를 가져오게 하여 철사로 어깨뼈를 꿰뚫어 매고 사슬로 팔다리를 단단히 묶었다. 그리고 제새국 임금과 신하들이 지켜보는 가운데 금광사 보탑으로 올라가 십삼층 꼭대기 보병(寶甁)에 부처님의 사리를 모시고 탑 한복판에 세워진 기둥뿌리에 용파를 묶어놓았다. 그러고 나서 진언을 외워 그곳 신령들을 모조리 불러내더니, 사흘에 한 끼니씩 음식을 먹이되 추호라도 탑지기의 소임을 게을리할 때에는 가차 없이 목을 치라고 단단히 일러두었다.

이때서야 모든 것이 예전대로 정리되고 새로워져 노을빛과 같은 광채, 상서로운 기운이 천 갈래 만 갈래로 뻗쳐나갔으니, 옛날처럼 팔방에서 바라볼 수 있고 사방에 있는 오랑캐 나라들도 제새국을 다시 우러러보게 되었다.

탑을 내려온 임금이 삼장 일행에게 거듭 사례하자, 손오공은 이렇게 아뢰었다.

"폐하, 금광사란 이 사찰의 이름은 상서롭지 못합니다. '금빛 광채'란 본디 영구불변한 것이 아니올시다. '금(金)'에는 항상 이리저리 옮겨 다니는 기질이 있으며, '광(光)'은 한순간 번쩍였다가 사라지는 빛에 지나지 않습니다. 요사스런 용왕을 항복시켰으니, 이 절의 이름을 '복룡사(伏龍寺)'로 고쳐서, 국운을 영원히 떨칠 수 있게 하심이 어떠하리까?"

제새국 임금은 그 즉시 대신들에게 명하여 손오공이 건의한 대로 사찰 이름을 고치고 편액을 새로 써서 산문 위에 내다 걸었다. 이리하여 금광사는 '호국 복룡사'로 거듭나게 되었다.

모든 일이 마무리되자, 임금은 성대한 사은의 잔치를 베풀어 대접하는 한편, 이름난 화공(畵工)에게 삼장법사 일행 네 사람의 모습을 생생히 그리게 하여 대궐 누각 위에 걸어 놓았다.

이윽고 일행이 떠날 때가 되었다. 국왕은 어가(御駕)를 준비시켜 삼장법사 일행을 태우고 도성 문밖까지 전송의 예를 극진히 갖추었다. 금은보석으로 그들의 노고에 보답하려 했으나, 스승과 제자들은 굳이 사양하고 털끝만치도 받아들이지 않았다.

2. 소뇌음사

서쪽으로 떠난 삼장 일행이 하염없이 길을 가다 보니, 또다시 겨울
이 지나고 화창한 봄날이 돌아왔다.

파릇파릇 돋아난 새싹이 온 땅에 깔려 초록빛 일색을 이루고, 나뭇
가지마다 움터 나온 버들눈이 강둑에 가득 차서 맑고도 깨끗한 빛깔
을 돋보였다. 영마루 고갯길은 온통 복사꽃이 피어 붉은 비단 폭을 널
어놓은 듯한데, 작은 시내 아지랑이 가물거리는 속에 물줄기가 벽록
빛깔의 비단처럼 맑아 보였다.

얼마쯤 걸었을까, 또 앞길에 높은 산이 나타나는데 까마득히 치솟
은 봉우리가 하늘과 맞닿은 것 같았다. 삼장법사를 태운 백마는 날아
갈 듯이 치달려 순식간에 산자락 밑에 이르렀다. 그리고 일행은 한 걸
음씩 내디뎌가며 산등성이를 오르기 시작했다. 높다란 산꼭대기를 넘
어가는 도중에 맹수들도 적지 않게 나타났으나, 제자들의 왁살스런
엄포에 기가 질려 모두 슬그머니 꼬리를 내리고 달아나기 일쑤였다.

산등성이 너머 서쪽 평지로 내려서니, 갑자기 눈부신 광채가 자욱이 덮인 가운데 채색 구름이 뿌옇게 일기 시작했다. 짙은 안개 속을 헤쳐가며 좀더 자세히 바라보니 전당과 누각들이 어렴풋이 내다보이는데, 종소리와 석경을 두드리는 소리가 은은히 울려 퍼지고 있었다.

"얘들아, 저기가 혹시 사원은 아니냐?"

스승의 물음에 손오공이 고개를 치켜들고 이마에 손바닥을 얹어 주변을 유심히 살펴보았다.

"사부님, 저곳이 사원이기는 합니다만, 분위기가 상서롭기는 하나 다소 흉흉한 기운이 감돌고 있으니 어인 까닭인지 모르겠습니다. 경관을 살펴보건대 천축 뇌음사 같기도 한데 길이 영 다릅니다. 혹시 요사스런 괴물의 독수에 걸릴지도 모르니 함부로 들어설 곳이 아닙니다."

삼장법사는 그게 무슨 말이냐는 듯이 제자를 다그쳤다.

"뇌음사 같은 경관이라면 바로 여기가 천축 영취산이란 얘기 아니냐? 공연한 소리로 내 지극한 정성을 그르치지 말려무나."

"천만에요! 그게 아닙니다. 영취산으로 가는 길은 저도 몇 차례 가보아서 잘 아는데, 절대로 이런 길이 아니었습니다."

이때 저팔계가 나섰다.

"길이 다르고 뇌음사는 아니라 해도 승려가 사는 절간인 것만은 틀림없잖소?"

사오정 역시 스승 편을 거들었다.

"큰형님, 너무 의심이 많은 것 같소. 어차피 저 산문 앞을 지나쳐 가야 하니까 직접 가보면 알 수 있지 않겠소?"

스승과 저팔계는 그렇다 처도 일행 가운데 제일 세심한 사오정까지 이렇게 나오니, 손오공도 어쩔 수 없었다.

"그렇군, 오정의 말에 일리가 있네."

수제자의 허락이 떨어지자, 당나라 스님은 곧바로 말을 몰아 단숨에 산문 앞까지 달려갔다. 문턱에 서서 올려다보니 '소뇌음사'라고 쓰인 편액이 큼지막하게 걸려 있었다. 당황한 삼장법사는 급히 말안장에서 굴러떨어지다시피 내려서더니 땅바닥에 무릎 꿇고 엎드리면서 혼잣말로 투덜투덜 원망을 했다.

"이런 못된 원숭이 녀석! 뇌음사라고 씌었는데도 날 속이려 들다니. 날 골탕 먹일 작정이로구나!"

손오공은 멋쩍게 웃으면서 스승을 일깨워주었다.

"사부님, 역정 내지 마시고 다시 한 번 잘 보십쇼. '뇌음사' 석 자가 아니라 '소뇌음사'라고 넉 자가 씌었지 않습니까?"

"경전에 '삼천 제불(三千諸佛)이라' 하였으니, 소뇌음사라 해도 부처님은 계실 것이다. 잔소리 말고 어서 들어가보자."

"들어가시면 안 됩니다! 이곳에는 길한 일보다 흉한 일이 많습니다."

"왜 안 된다는 게냐? 난 꼭 들어가야겠다!"

스승이 끝끝내 고집을 부리고 나오니, 손오공도 어쩔 도리가 없었다. 나중에 딴소리 못하게 다짐이나 받아둘밖에.

"정 들어가시겠다면 더 이상 말리지는 않겠습니다만, 저 안에서 무슨 재앙이나 환난을 당하시더라도 나중에 제 탓이라고 나무라지는 마십쇼."

삼장법사는 제자의 말을 귓등으로도 듣지 않고, 그 자리에서 장삼 가사를 바꿔 입은 다음, 매무새를 단정히 가다듬고 조심스럽게 산문 안으로 들어섰다.

그러나 미처 문턱을 넘어서기도 전에 안쪽으로부터 누군가 소리쳐 부르는 사람이 있었다.

"당나라 화상은 동녘 땅에서 우리 부처님을 뵈러 왔다면서 어찌하여 이토록 태만하게 구는가!"

호통쳐 꾸짖는 소리가 머리 위에 떨어지니, 혼비백산을 한 삼장법사는 그 자리에 넙죽 엎드려 큰절부터 올렸다. 저팔계와 사오정 역시 무릎을 꿇고 엎드렸다. 그러나 손오공만큼은 말고삐를 잡은 채 뒷전에 멀찌감치 물러서 있을 따름이었다.

둘째 문에 들어서고 보니, 대웅전 연화대 아래 오백 나한, 사대 금강, 여덟 보살, 비구니, 그리고 수없이 많은 수도승들이 줄지어 늘어선 가운데, 상서로운 기운이 퍼져 나오고 있었다. 삼장법사와 저팔계, 사오정은 그 엄숙한 분위기에 압도되어 한 걸음을 옮겨놓을 때마다 큰절 한 번씩 드려가며 조심스럽게 연화대 앞으로 나아갔다. 손오공은 여전히 참배의 예를 올리지 않은 채 버젓이 서서 그 뒤를 따랐다.

아니나 다를까, 연화대 위에서 무시무시하게 호통쳐 꾸짖는 목소리가 떨어졌다.

"저 손오공은 어째서 여래부처님을 뵙고도 참배하지 않느냐!"

손오공은 한순간 얼떨떨한 기색으로 주춤했으나, 이내 정신을 가다듬고 연화대 위를 올려다보았다. 그리고 호통친 목소리의 주인공이 여래부처가 아니라 가짜임을 한눈에 꿰뚫어보았다. 그는 말고삐를 놓고 여의봉부터 꺼내 들었다.

"이 발칙하기 짝이 없는 요물, 간 덩어리가 어지간히도 크구나! 부처님의 존함을 사칭하고 그분의 맑은 덕행을 더럽히다니. 꼼짝 말고 게 있어라!"

천둥 벼락 치는 고함 소리와 함께 두 손으로 여의봉 자루를 휘둘러 가며 연화대 위로 들이쳐 올라가는 손오공. 그런데 갑자기 반공중에서 느닷없이 '뎅그렁!' 하는 쇳소리가 울리더니, 솥뚜껑처럼 생긴 황금 바라 한 벌이 툭 떨어져 손오공의 정수리부터 발끝까지 한꺼번에 뒤집어씌우는 것이 아닌가! 손오공을 가둬 넣기가 무섭게 바라 두 짝은 위아래가 마치 대합조개 입 다물듯이 딱 합쳐져 빈틈 하나 드러내지 않았다.

뜻밖의 변고에 기절초풍한 저팔계와 사오정이 부리나케 쇠스랑과 항요보장을 뽑아 들었으나, 이미 때가 늦었다. 연화대 아래 줄지어 늘어섰던 오백 나한, 사대 금강, 여덟 보살과 숱한 수도승들이 우르르 몰려들더니, 두 형제를 에워싸고 바짝바짝 조여들기 시작한 것이다. 이리하여 두 사람은 미처 손 한번 써볼 겨를도 없이 모조리 사로잡히고 말았다. 삼장법사도 예외는 아니었다. 결국 세 사람은 거짓 불자(佛子)들의 손에 붙잡혀 단단히 결박당하는 신세가 되고 말았다.

손오공의 예감은 정확히 들어맞았다. 연화대에 높이 올라앉아 거짓 부처로 가장하고 있던 자는 역시 요괴 임금이었다. 그리고 오백 나한과 사대 금강을 비롯한 패거리들도 모두가 요정들이었다. 마침내 부처님의 법상(法相)을 거둬들이고 요괴의 정체를 드러낸 그들은 삼장과 두 제자를 뒤곁에 가둬놓고, 손오공을 황금 바라 속에 잡아넣은 채 연화대 위에 놓아두었다. 바라를 열지 않고 그대로 사흘 낮과 밤을 방치해두면 녹아버리기 때문에 손오공을 이런 방식으로 처치해버린 다음,

나머지 세 사람을 찜통에 잡아 넣고 푹 쪄 먹을 속셈이었던 것이다.

　한편, 바라 속에 간힌 손오공은 그 속이 암흑 천지 캄캄절벽이라 답답하기도 하려니와, 무덥기 짝이 없어 온몸에 진땀이 비 오듯 흘러내려 도무지 견딜 수가 없었다. 이리저리 몸부림치고 사방으로 부딪쳐보았으나 바라 두 짝은 위아래로 맞붙은 채 꼼짝달싹하지 않았다. 성급한 기질에 초조감을 건디다 못해 철봉을 마구잡이로 들이쳐봐도 바라는 요지부동이었다. 몸뚱이를 크게 늘려 바깥쪽으로 버티고 철봉으로 깨뜨려 부수면 어떨까 싶어 비결을 외우고 키를 1만여 척 높이쯤 늘어나게 했더니, 웬걸! 바라 두 짝도 그가 늘어나는 대로 부쩍부쩍 자라서 똑같은 크기가 될 뿐 빛 한줄기 새어 들어올 틈서리라곤 눈곱만치도 보이지 않았다. 이번에는 몸뚱이를 오그라뜨려 겨자씨만 하게 줄여보았으나 역시 헛수고, 바라 속의 면적도 똑같은 크기로 오그라든 채 바늘 끝 하나 들어갈 틈바구니가 없었다.

　생각다 못한 그는 철봉에 숨 한 모금 불어넣고 외마디 소리를 쳤다.

　"변해라!"

　철봉은 당장 깃대 모양으로 죽죽 늘어나 바라 두 짝을 위아래로 높다랗게 떠받쳤다. 그는 또다시 뒤통수 터럭 중에서 제법 기다란 놈을 두 가닥 뽑아 들고 입김을 쐬어 송곳으로 만들어 가지고 철봉에 기댄 자세로 밑바닥을 뚫기 시작했다. 하지만 그것도 허사였다. 수천 수백 번이나 쑤시고 후벼댔어도 그저 '쨍쨍!' 하는 쇳소리만 날 뿐, 밑바닥에 송곳 자국 한 군데 보이지 않았다. 조바심을 참다못해 다급해진 손오공은 주문을 외워 육정육갑 신령들을 모조리 불러냈다. 느닷없이

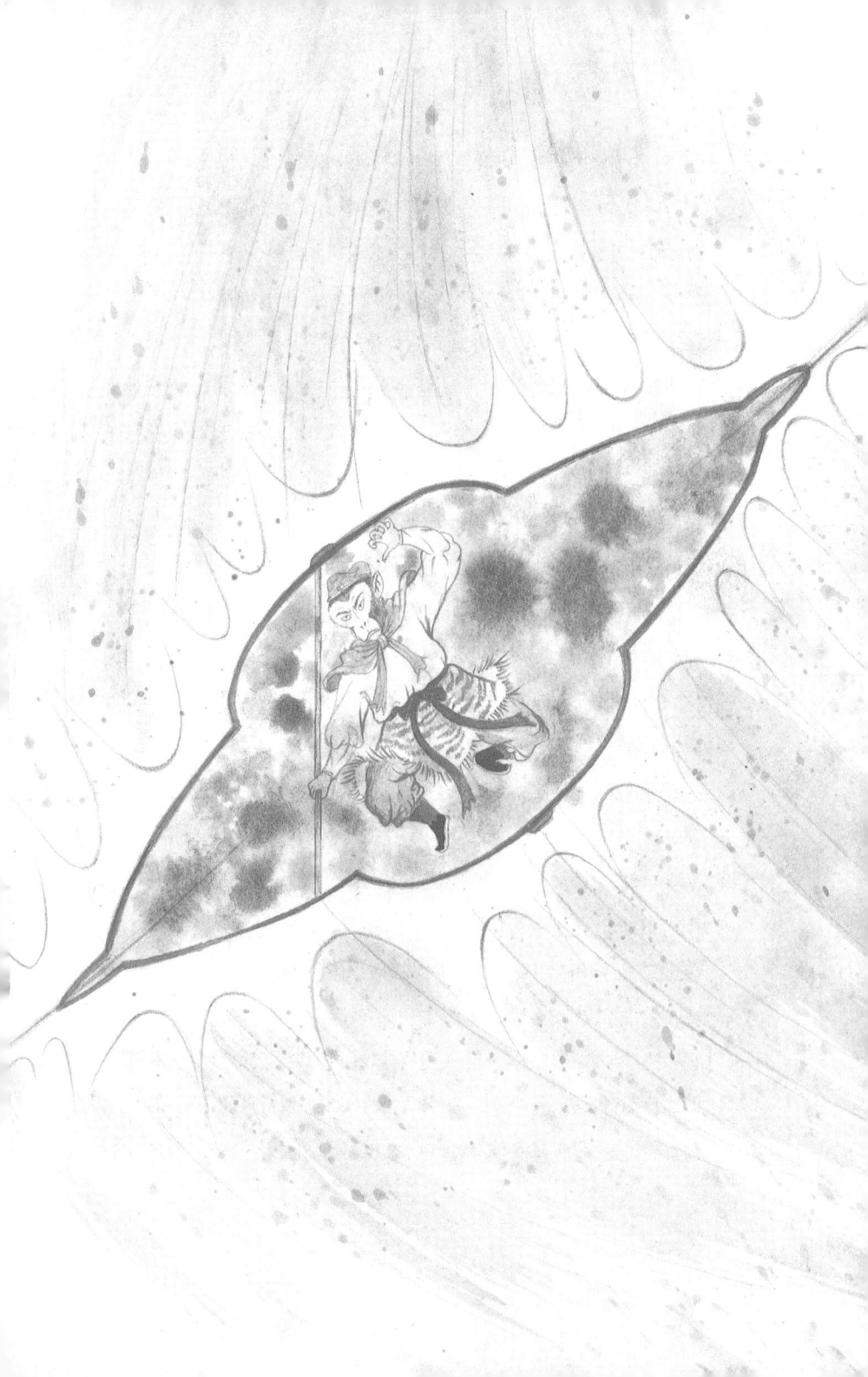

끌려나온 호법 신령들은 바라 바깥에 나타나 불만스레 여쭈었다.

"제천대성 어르신, 저희들은 요마가 당나라 스님을 해치지 못하도록 보호해드리고 있는데, 무슨 일로 또 불러내셨습니까?"

"우리 사부는 내 말을 통 듣지 않고 당신 고집대로 하다가 이 꼴을 당했으니 죽어도 불평은 못하실 게다! 경위야 어찌 됐든 간에, 자네들이 이 빌어먹을 바라 속에서 날 좀 빼내줄 수 없겠나? 무슨 재주를 부려서라도 이 바라 두 짝을 뻐개주었으면 좋겠네. 내가 여기서 빠져나가야만 또 무슨 방도를 강구해볼 텐데, 이 속은 빛줄기라곤 전혀 통하지 않는 캄캄절벽인 데다 가마솥처럼 뜨거워 못 견디겠네. 설마 자네들이 나더러 이 속에서 숨통 막혀 죽으라는 건 아니겠지?"

으름장 섞인 마지막 말에, 신령들은 이거 큰일 나겠다 싶어 부랴부랴 바라를 뻐개보려고 한꺼번에 덤벼들었다. 그러나 아무리 들추고 짓밟고 비틀어도, 바라 두 짝은 밑바닥에 뿌리박힌 듯 털끝만치도 움직이지 않았다. 신령의 우두머리 금두게체(金頭揭諦)가 풀이 죽은 목소리로 조심스럽게 결과를 아뢰었다.

"대성님, 이 황금 바라는 도대체 무슨 보배인지 모르겠으나, 위아래가 꼭 달라붙어 한 짝이 되어 있습니다. 소신들은 힘이 모자라 도무지 뻐갤 수가 없습니다."

"하긴 그럴 거야. 나도 이 속에서 몇 번이나 신통력을 부려봤지만 꼼짝도 할 수 없었으니 말일세."

대꾸하는 제천대성의 목소리도 잔뜩 풀이 죽었다. 금두게체는 육정 육갑 열두 신령들을 두 패로 나누어 당나라 스님 일행과 손오공이 갇힌 황금 바라를 지켜 보호하게 한 다음, 자신은 서둘러 구름을 일으켜 타고 남천문으로 올라가 천궁의 옥황상제를 찾아뵈었다.

"폐하! 지금 당나라 스님 일행이 서천으로 가던 도중, 사악한 요마가 함정으로 꾸며놓은 소뇌음사를 영취산으로 잘못 알고 찾아들어가 재난에 부닥쳤나이다. 특히 제천대성은 바라 두 쪽에 갇혀 빠져나오지 못하고 죽기만을 기다려야 하는 절박한 처지가 되었사옵니다."

옥황상제가 즉시 명을 내렸다.

"이십팔 수 별자리들을 파견하여 속히 당나라 삼장 일행의 재난을 풀어주고 요마를 항복시키도록 하라!"

칙명이 떨어지니, 스물여덟 별자리들은 잠시도 지체하지 못하고 금두게체와 함께 서둘러 천궁의 문을 벗어나 하계로 내려갔다. 그들이 소뇌음사에 다다랐을 때는 벌써 이경(二更. 21~23시) 무렵, 부하 요괴들은 제각기 숙소에 돌아가 잠들어 있었다.

스물여덟 별자리들은 요괴가 놀라 깨지 않도록 살그머니 움직여 바라 바깥에 이르렀다.

"제천대성, 저희는 옥황상제께서 보내신 이십팔수(二十八宿)들인데, 대성 어른을 구해드리러 여기 와 있습니다."

손오공은 별들의 목소리를 알아듣고 크게 기뻐하며 이렇게 일렀다.

"잘들 왔네! 어서 빨리 연장 같은 것으로 이 빌어먹을 놈의 바라부터 때려 부수고 이 손 선생을 내보내주게!"

이 말에 여러 별자리들이 펄쩍 뛰었다.

"이 물건은 몸통 전체가 쇠붙이로 만들어진 보배라, 조금만 건드려도 쇳소리가 날 테고 그 소리에 요괴 마왕이 모두 놀라 깰 것이니, 그때에는 도리어 대성 어른을 구해드리기가 더욱 어려워질 것입니다.

저희들이 병기로 살금살금 아귀를 벌려놓을 테니 틈이 벌어져 빛줄기가 스며들거든 그리로 빠져나오십쇼."

"그것 참 좋은 생각일세."

이리하여 스물여덟 명의 별자리들이 저마다 창칼 도끼 같은 병기를 뽑아 들고 일제히 바라 두 짝에 덤벼들었는데, 한 식경이 다 지나도록 쑤셔대고 후벼대고 틈을 벌리고 구멍을 뚫어보려고 애썼으나 바라 두 짝은 마치 쇳물을 통째로 부어 만든 것처럼 움쭉달싹도 하지 않았다. 그 속에 갇힌 손오공도 이리저리 엉금엉금 기어다니면서 틈바구니를 찾아보고 온갖 재주를 다 부려보았으나, 빛줄기라곤 어느 구석에서도 비쳐들지 않았다.

안팎에서 모두들 지쳐 나자빠졌을 때, 스물여덟 별자리 가운데 하나인 항금룡(亢金龍)이 기발한 꾀를 하나 짜냈다.

"대성님, 이 바라는 상대방의 움직임에 따라 반응하여 자기 뜻대로 변화하는 여의(如意) 보배가 분명합니다. 이제부터 대성님은 그 속에서 바라 두 짝이 맞물린 부위를 더듬어 찾아 두드려주십쇼. 그럼 제가 뾰족한 뿔 끝을 그리로 들이밀 테니, 그 벌어진 틈으로 몸을 작게 해서 빠져나오십시오."

"알겠네. 그리 함세!"

손오공은 두 손바닥으로 바라 안쪽 어둠 속을 휘저은 끝에, 희미하게나마 바라 두 짝이 맞물린 금을 찾아내어 손가락 마디로 툭툭 쳐 신호를 보냈다. 그러고는 용의 뿔 끄트머리가 뚫고 들어오기만을 기다렸다.

이윽고 항금룡이 몸뚱이를 움츠러뜨려 가지고 뿔을 가느다랗게 만든 다음, 바라 두 짝이 합쳐진 금을 찾아내어 바늘 끝처럼 생긴 끄트머리를 들이박고 있는 힘껏 밀어 넣기 시작했다. 용의 뿔은 가련하게도 천근 힘을 다 쏟아 붓고 나서야 간신히 틈서리를 비집고 들어갔다. 뿔이 들어박힌 것을 확인하자, 항금룡은 다시 본래의 몸집으로 바뀌더니 뿔에다 술법을 걸고 외마디 소리로 주문을 외었다.

"늘어나라!"

바늘 끝처럼 가느다랗던 뿔은 삽시간에 대접만큼이나 굵다랗게, 그리고 길게 늘어났다. 하지만 바라의 대응도 만만치 않았다. 그것은 쇠붙이로 만든 것이 아니라 마치 살덩어리로 뭉쳐진 것처럼 부풀더니 항금룡의 굵다란 뿔을 잔뜩 물고 그대로 아물어 실오리만 한 틈도 벌리지 않았던 것이다.

바라 안의 손오공은 간신히 뚫고 들어온 용의 뿔을 안타깝게 만지작거리다가 갑자기 무슨 꾀가 났는지, 바깥쪽에 대고 다시 한 번 외쳤다.

"틈서리가 없어 빠져나가지 못하겠네! 비상수단을 써볼 테니, 자네가 좀 아프더라도 꾹 참고 있게!"

그는 송곳으로 용의 뿔 끄트머리에 구멍을 하나 뚫어놓은 다음, 자기 몸뚱이를 겨자씨만큼 작게 움츠려 그 구멍 속에 틀어박혔다.

"이제 됐네! 어서 뿔을 도로 뽑아내게. 뽑아내!"

항금룡이 또 용을 쓰기 시작했다. 찰떡같이 달라붙은 채 물고 늘어져 틈새에 낀 뿔을 다시 당겨 뽑느라 얼마나 힘을 썼는지, 가까스로 뿔을 뽑아내자마자 항금룡은 그만 기진맥진해서 땅바닥에 엉덩방아를 찧고 털썩 주저앉고 말았다.

뿔 끄트머리 송곳 구멍에 틀어박혔던 제천대성 손오공, 훌쩍 뛰쳐

나와 본상을 드러내기 무섭게 여의봉을 번쩍 들어 여전히 맞물린 황금 바라 두 짝을 겨누고 냅다 후려갈겼다.

"쾅!"

약이 오를 대로 오른 철봉이 분풀이로 내리쳤으니, 제아무리 굉장한 신통력을 지닌 보물이라 해도 배겨날 도리가 없다. 이리하여 황금 바라 두 짝은 요란한 쇳소리와 함께 맥없이 산산조각 나고 말았다.

고요한 밤중, 난데없이 울린 엄청난 굉음에 스물여덟 별자리들도 기겁을 해서 두 눈이 휘둥그레지고, 육정육갑 신령들 역시 머리터럭이 죄다 곤두섰다.

놀란 것은 이들만이 아니었다. 곤히 잠들어 있던 마왕과 부하 요괴들도 너 나 할 것 없이 단꿈에서 깨어났다. 마왕은 두 눈을 부릅뜨고 벌떡 일어서더니 북을 두드려 부하들을 비상소집했다. 이윽고 무장을 갖춘 요괴들이 마왕 앞에 모여들었다.

이 무렵 하늘은 벌써 훤히 밝아오고 있었다. 마왕이 부하 요괴들을 이끌고 연화대 아래로 달려가 보니, 손오공과 여러 별자리들이 산산조각으로 부서진 바라의 잔해를 에워싸고 웅기중기 몰려 서 있었다. 대경실색을 한 마왕은 즉시 부하들에게 명령을 내렸다.

"얘들아! 저것들이 한 놈도 빠져나가지 못하게 에워싸고 앞문을 단단히 잠가라!"

손오공은 이 소리를 듣자, 그 즉시 스물여덟 별자리들과 신령들을 한꺼번에 휘몰아 구름을 일으켜 타고 까마득히 높은 하늘 위 허공으로 솟구쳐 올라갔다.

마왕은 깨어진 바라 조각을 낱낱이 주워 모아 연화대 위에 쌓아놓은 다음, 졸개들을 이끌고 뒤쫓아 나가 산문 밖에 정렬시켰다. 분통이 터져 죽을 노릇이었으나 이미 놓쳐버린 손오공을 어쩌겠는가. 그는 한 손에 늑대 송곳니처럼 날카로운 가시들이 촘촘히 박힌 자루 짧은 몽둥이를 잡은 채 손오공에게 악을 썼다.

"손오공! 네놈도 떳떳한 사내대장부일 터인데 비겁하게 등 돌리고 뺑소니칠 수야 있느냐. 이리 썩 내려와 나하고 딱 한판만 싸워보자!"

한바탕 호된 곤욕을 치른 끝에 바라를 깨부수고도 성이 덜 풀린 데다 공공연히 도전까지 받았으니 그냥 참고 넘겨버릴 제천대성이 아니었다. 그는 여의봉을 불쑥 내지르면서 호통쳐 물었다.

"네놈은 도대체 어떤 괴물이기에 감히 부처님으로 가장하고 엉터리 뇌음사까지 차렸느냐?"

마왕도 지지 않고 마주 고함쳐 응수했다.

"요 원숭이 녀석이 아직 내 이름조차 모르고 있었구나. 이곳으로 말하자면 소서천(小西天)이요, 내 법호는 황미노불(黃眉老佛) 어른이시다. 내 오래전부터 네놈의 수단이 제법 대단하다는 소문을 듣고 있던 참이라, 한번 솜씨를 겨뤄보고 싶어 서천으로 가는 길목에 일부러 절간을 세워놓고 너희 일행을 끌어들였다. 어떠냐? 만일 나하고 싸워 이겨낼 때에는 너희 스승과 아우들을 곱게 돌려보낼 테지만, 나를 이기지 못한다면 네놈들을 몽땅 죽여버리고 내가 대신 여래부처를 찾아가서 경전을 받아 당나라에 전해주마."

손오공은 이 말을 듣고 기가 막혀 웃음이 나왔다.

"요 발칙한 요물이 허풍 한번 크군 그래! 오냐, 좋다! 입담은 작작 떨고 내 여의봉이나 한대 받아봐라!"

느닷없이 들이치는 여의봉을, 황미 대왕이 늑대 이빨 돋친 낭아봉으로 솜씨 좋게 맞받아쳤다. 이리하여 소뇌음사 산문 앞에서 한판 싸움이 벌어졌다.

뒤미처 스물여덟 별자리와 육정육갑 신령들이 저마다 병기를 휘두르며 우르르 달려들어 졸개 요괴들을 휩쓸어 쫓아버린 다음 황미 대왕을 한복판에 몰아넣고 포위망을 바싹 조여들기 시작했다.

그러나 열세에 몰린 황미 대왕은 여전히 두려워하는 기색 없이 태연자약, 낭아봉을 휘둘러 천신들의 공세를 척척 막아내는 한편 다른 한 손으로 허리춤에서 다 낡아빠진 하얀 무명자루 한 폭을 끌어내더니 하늘 위로 훌쩍 던져올렸다. 뒤이어 무명 자루가 '펄러덩!' 하고 활짝 펼쳐지는 소리와 함께 손오공을 비롯하여 스물여덟 별자리와 열두 신령들은 미처 영문도 모른 채 모조리 무명 자루 속에 고스란히 빨려 들어가고 말았다.

마왕은 자루를 어깨에 둘러메고 유유히 발걸음을 돌려 소뇌음사 절간으로 돌아갔다. 그제야 졸개 요괴들도 환호성을 지르며 의기양양하게 주인의 뒤를 따랐다. 소굴로 돌아간 마왕은 부하들을 시켜 튼튼한 밧줄을 사오십 발쯤 가져오게 하더니 자루 속에서 한 사람씩 끄집어내는 대로 단단히 결박해 땅바닥에 내동댕이쳤다. 그러고 나서 술판을 차려놓고 해 저물녘까지 질탕하게 퍼마시다가 제각기 흩어져 잠자리로 돌아갔다.

어처구니없이 포로 신세가 된 제천대성 손오공은 여러 신령들과 함께 한밤중까지 결박당한 채로 나뒹굴어 있었는데, 갑자기 어디선가 슬피 흐느껴 우는 소리를 듣고 두 귀를 곤두세웠다. 그것은 다름 아닌 스승 삼장법사의 울음소리였다.

"오공아! 너는 지금 어디 있느냐……? 내 당초 네 말을 듣지 않고 이 지경으로 횡액을 당했으니 그저 내 자신이 원망스러울 뿐이다. 아아, 어찌하면 이 재난에서 벗어나 서방 세계에 계신 부처님을 만나뵈올 수 있으랴……!"

스승의 울음 섞인 푸념을 듣고 있으려니, 손오공은 저도 모르는 사이에 딱하고 가여운 생각이 들었다.

"사부님은 내 말을 듣지 않으셨지만, 이제 이런 횡액을 당하고 환난에 빠지게 되니까 역시 이 손 선생이 그리워 찾으시는구나. 밤은 조용하고 요괴 녀석들은 모두 잠들었으니, 더는 경계하는 놈도 없을 게다. 이 틈에 살그머니 빠져나가 여러 사람을 풀어주고 살려내도록 해야겠다."

이리하여 용감한 제천대성은 둔신술법으로 형체를 숨긴 채 우선 몸뚱이를 작게 만들어 결박에서 벗어난 다음 살그머니 스승 곁으로 걸어갔다.

"사부님!"

삼장법사는 수제자의 목소리를 알아듣고 반가운 나머지 버럭 소리쳤다.

"오공아, 네가 어떻게 여길 왔느냐?"

"쉬잇! 목소리를 낮추십쇼."

"오공아, 어서 날 좀 구해다오! 앞으로는 무슨 일이든지 네가 하자는 대로 무조건 따라 하고 절대로 억지를 부리지 않으마."

스승이 고집을 부리지 않겠다고 다짐까지 하니, 손오공은 그동안 서운했던 감정이 봄눈 녹듯 다 스러졌다. 그는 우선 스승의 결박부터 풀어드린 다음, 저팔계와 사오정, 스물여덟 별자리와 열두 신령들을 하나씩 풀어주었다. 그리고 마지막으로 뒤꼍에 매여 있던 백마까지 끌고 요괴의 소굴을 빠져나갔다.

그런데 산문 밖에 이르렀을 때 짐 보따리가 생각나서 발길을 돌렸다. 곁에서 저팔계가 한마디 던졌다.

"형님 혼자 다녀오시구려, 우리는 먼저 큰길에 나가 기다리고 있으리다."

이리하여 저팔계와 사오정, 그리고 스물여덟 명의 별자리를 비롯한 여러 신령들은 삼장법사를 보호한 채 돌개바람을 일으켜 타고 절간 높은 담을 뛰어넘더니 큰길로 내달아 산비탈 아래 자리 잡고 손오공이 돌아올 때까지 기다리기 시작했다.

때는 삼경(三更, 23~01시)도 다 지날 무렵, 소뇌음사로 되돌아간 손오공은 보따리가 있을 만한 삼층 누각에 뛰어올랐으나, 창문이 모두 잠겨 하는 수 없이 박쥐로 둔갑하고 기와 구멍이 막히지 않은 서까래 밑으로 비집고 들어갔다.

어둠 속에서 날갯짓을 치며 이리저리 둘러보니, 과연 텅 빈 마루에 눈 익은 보따리가 흐트러져 있었다. 통행문서와 스승의 의발(衣鉢)을 찾아낸 손오공은 반가운 나머지 제대로 꾸릴 겨를도 없이 냉큼 집어 들기가 무섭게 어깨에 둘러메고 아래층으로 내리뛰었다. 그러나 너무 기쁘고 경황이 없는 바람에 대충 서둘러 챙긴 보따리 한쪽 매듭이 풀리면서 마룻바닥에 떨어지고 말았다.

"퉁……!"

쥐 죽은 듯 고요한 밤, 휑뎅그렁하니 너른 누각에서 느닷없이 요란한 소리가 나고 보니, 그 아래 침실에서 잠자던 황미 대왕이 깜짝 놀라 눈을 떴다.

"거기 누구냐! 얘들아, 도둑이 들었다!"

마왕이 악을 쓰는 소리에 부하 요괴들이 예서 제서 등불을 켜들고 달려나왔다.

뜻하지 않은 실수에 당황하던 손오공은 마왕의 그물에 다시 걸려들까 겁이 나서 보따리를 챙기지도 못한 채 부리나케 근두운을 일으켜 타고 누각 창문 바깥으로 빠져나와 뺑소니치고 말았다.

뒤미처 포로들이 모두 달아났다는 보고를 받은 황미 대왕이 부하들을 총동원하여 이끌고 뒤쫓기 시작했다. 산중을 한참 뒤지다 보니, 스물여덟 별자리와 신령들이 산등성이 아래 몰려 있는 것을 발견했다.

"하하! 요것들아, 어딜 도망치려고!"

마왕은 껄껄대고 코웃음 치더니 휘파람을 불어 사오 천 마리나 되는 부하 요괴들을 사면팔방으로 휘몰아 천신들과 삼장법사 일행을 에워싸기 시작했다. 손오공은 스물여덟 별자리와 열두 명의 육정육갑, 또 저팔계와 사오정까지 합쳐 모두들 병기를 꺼내 잡고 일대 혼전을 벌였다. 이른 새벽부터 벌어진 싸움은 동녘에 뜬 아침 해가 서산에 저물고 달이 떠오를 때까지 하루 온종일 계속되었으나, 악착같이 덤벼드는 요괴들의 포위망이 좁혀들면서 손오공 일행과 천신들은 차츰 한복판으로 몰려 이제 전멸당할 위기에 빠져들고 말았다.

그런데 마왕은 해가 저물어 주변이 컴컴해지는 것을 보자 또다시 어둠 속에서 상대를 놓칠까 걱정스러운 나머지, 부하들에게 휘파람 신호로 주의를 환기시켰다. 그리고 낭아봉을 한 손에 바꿔 잡은 채 나머지 한 손으로 허리춤을 뒤적거리더니 흰 무명으로 만든 자루를 슬금슬금 풀어내기 시작했다.

눈치 빠른 원숭이 손오공이 그것을 먼저 발견하고 외마디 소리를 쳤다.

"큰일 났다! 어서 도망쳐라!"

다급해진 손오공은 외마디 소리만 질렀을 뿐, 저팔계와 사오정, 여러 신령들마저 돌볼 겨를도 없이 허둥지둥 근두운을 일으켜 타고 눈 깜짝할 사이에 하늘로 까마득히 솟구쳐 달아났다. 신령들과 삼장법사 일행은 그게 무슨 소린지 영문을 모르고 엉거주춤 서 있다가, 마왕이 던져 올린 무명 자루에 송두리째 빨려들어가고 말았다.

황미 대왕은 군사를 거두고 유유히 절간으로 돌아갔다. 그리고 하나씩 끄집어내는 대로 단단히 결박하고, 당나라 스님과 저팔계, 사오정을 대들보에 높이 매달아놓는 한편, 여러 신령들은 지하 토굴 속에 처박히는 신세가 되었다.

한편 하늘 꼭대기로 까마득히 솟구쳐 올라 겨우 목숨을 건진 손오공은 마왕이 군사를 거두어 돌아간 것을 보고서야 우군 동료들이 모두 사로잡혔다는 사실을 알아차리고, 구름을 낮추어 산머리에 내려섰다. 교활하기 짝이 없는 마왕의 짓거리에 이가 갈리도록 분하기도 하려니와 스승이 겪고 있을 고초를 생각하니 눈물이 앞을 가려 하늘마저 뿌옇게 흐려 보였다. 홀로 외톨이가 되어 하염없이 훌쩍거리던 제천대성 손오공은 한참 만에야 겨우 슬픔을 가라앉히고 생각을 다듬어

보았다.

"도대체 이 요마는 무슨 자루를 쓰기에 저토록 많은 사람을 한꺼번에 잡아 넣는단 말인가? 방금 전만 해도 하늘의 스물여덟 별자리, 육정육갑 열두 명까지 송두리째 그놈의 자루 속에 빨려들어가지 않았던가? 그 숱한 천신들과 신령들을 몽땅 잃어버렸으니, 이제 내가 또다시 하늘에 올라가 구원해달라고 빌어봤자 옥황상제에게 꾸지람이나 듣기 십상일 게다. 자 어떻게 해야 좋단 말이냐……?"

하지만 아무리 생각해도 뾰족한 수가 떠오르지 않아 텅 빈 싸움터만 하염없이 굽어보다 지쳐 자기도 모르는 사이에 눈이 스르르 감기고 졸음이 오기 시작했다.

얼마나 졸았을까, 한데 갑자기 누군가 소리쳐 깨우는 소리가 들려왔다.

"대성님, 졸지 마십쇼! 잠들 때가 아닙니다. 어서 빨리 사부님을 구출할 방도를 찾으십시오!"

깜짝 놀라 눈을 번쩍 뜨고 보니, 목소리의 주인은 그날 한낮 당직을 맡은 일유신(日遊神)이었다. 잇따른 좌절감에 분풀이할 데를 찾던 제천대성이 눈앞에 멀뚱멀뚱 서 있는 떠돌이 신령을 보자 반갑기보다 먼저 부아가 왈칵 치밀었다.

"이 빌어먹을 조무래기 잡귀신 녀석! 그동안 어디로 눈이 벌게져서 인간 세상 제물만 얻어먹고 돌아다녔느냐. 속상하던 참에 마침 잘 만났다. 그 종아리를 냉큼 걷어붙이고 이리 내밀어라. 철봉 한 두어 대 안겨 분풀이라도 해야겠다!"

성깔 사나운 제천대성이 저 무시무시한 철봉으로 몽둥이찜질을 안

긴다는 말에, 기겁을 한 떠돌이 신령은 그 자리에 넙죽 엎드려 싹싹 빌었다.

"아이고 대성님, 고정하세요! 이러고만 계실 것이 아니라 속히 구원병을 청해오셔야 할 게 아닙니까?"

"난 이제 안 되겠네. 부끄러워 천궁에 올라갈 수도 없고 저승에 내려가지도 못하겠네. 몸도 마음도 다 지쳐서 귀찮기만 하고 아무 생각도 나지 않네."

"대성님, 낙담하지 마시고 마음을 너그럽게 가지십쇼. 정예 구원병이 어디 있는지 소신은 알고 있습니다. 그들을 청해오시면 요괴 마왕을 굴복시킬 수 있을 것입니다. 남섬부주 두 군데에 마귀를 소탕할 만한 분이 계십니다."

"남섬부주라니, 그곳 어디에 누구 말인가?"

손오공은 물에 빠진 사람이 지푸라기라도 잡는 심정으로 귀가 솔깃해졌다.

"남섬부주 무당산 태화궁에 탕마천존 어른이 계시지 않습니까. 그분으로 말씀드리자면 거북과 구렁이의 혼합체 귀사이장과 벼락을 때리는 오뢰 신장, 그리고 거대한 독룡을 거느리고 북방 세계 모든 요망한 무리들을 토벌하여 옥황상제께 진무대제로 책봉되신 분입니다. 또 같은 남섬부주 우이산에 계신 국사왕보살 어른 휘하에도 저 옛날 요사스런 물귀신 수모낭랑을 굴복시킨 소장태자가 있습니다. 이 두 군데 맹장들을 모셔오시면 황미 노괴 하나쯤은 넉넉히 제압하실 수 있을 것입니다."

"아차, 내가 너무 서글픈 나머지 그런 곳을 잊고 있었구나……!"

제천대성 손오공이 손바닥으로 이마를 때렸다. 떠돌이 신령에게 고맙다는 말을 남기고 그는 그 자리에서 근두운을 일으켜 타고 먼저 남섬부주 무당산을 향해 쏜살같이 날아갔다.

반공중에서 잠시도 멈추지 않고 날아간 끝에, 그는 하루가 못 되어 벌써 탕마천존의 선경이 바라다보이는 무당산에 이르렀다. 구름을 낮추고 지상에 내려 태화궁 문턱을 넘어서니, 도가의 호법신 오백 영관(靈官)들이 떼를 지어 맞아들였다. 손오공은 그들에게 제천대성의 신분을 밝히고 탕마천존을 뵙게 해달라고 부탁했다.

영관들이 안으로 들어가 아뢰자, 진무대제 탕마천존은 즉시 전당에서 내려와 태화궁까지 마중하러 나왔다.

손오공은 진무대제 앞에 공손히 절하고 화두를 꺼냈다.

"제가 천존 어르신께 한 가지 폐를 끼칠 일이 있어 찾아뵈었습니다."

"폐를 끼칠 일이라니, 무슨 일인가?"

진무대제가 묻자, 그는 당나라 스님 일행이 서우화주 소서천을 지나다 황미 노괴의 함정에 빠져들게 된 경위와 천신들의 도움을 받아 탈출하려다 또다시 스물여덟 별자리들까지 사로잡혀 곤경에 처한 사정을 낱낱이 말씀드렸다. 그리고 마지막으로 구원병을 출동시켜줄 것을 간청했다.

손오공의 하소연을 조용히 귀담아듣던 탕마천존은 무겁게 입을 열었다.

"손 대성께서 이렇듯 찾아와 간청하니 의당 내가 직접 나서야 옳겠네만, 옥황상제께서 칙명을 내리지 않았으니 함부로 움직일 수가 없네. 지금 내 휘하의 귀사이장과 다섯 신룡이 동북 지역에서 날뛰던 요사스런 무리를 항복시키고 돌아오는 중이니, 도착하는 대로 손 대성을 뒤쫓아 돕도록 해주겠네."

든든한 응원군을 얻게 된 손오공은 탕마천존 앞에 허리 굽혀 감사를 드린 다음, 그 즉시 구름을 일으켜 타고 이번에는 회하(淮河) 남쪽 우이산으로 날아갔다.

산자락 밑에는 국사왕보살이 거처하는 대성선사(大聖禪寺)가 자리 잡고 있었다. 그가 일주문과 둘째 문을 넘어서자, 국사왕보살은 벌써부터 그가 온 줄 알아차리고 소장태자와 함께 산문 밖까지 영접을 나와 있었다.

보살에게 문안 인사를 드린 후, 손오공은 다시 한 차례 당나라 스님이 곤경에 빠진 경위를 설명하고 도와주기를 간청했다.

국사왕보살은 잠시 무엇인가 생각해보더니 이렇게 말했다.

"그대가 하는 일은 우리 불교의 흥성에 관계되는 것이니만치 내가 친히 나서서 도와주어야 옳겠는데, 공교롭게도 요즈음 장마철이라 회하의 물귀신이 홍수를 일으켜 백성들에게 큰 재앙을 끼친다네. 그래서 내 불초한 제자더러 신장 넷을 거느리고 손 대성과 함께 가서 마귀를 제압하고 그대의 스승을 구해내도록 하겠네."

이렇게 해서 또 어렵사리 구원병을 얻게 된 손오공은 소장태자가 거느린 사대 신장들과 함께 다시 구름을 일으켜 타고 한나절 만에 소서천으로 돌아왔다. 마왕의 소굴 소뇌음사에 당도하자, 젊은 소장태자는 악귀를 잡아 꿇리는 데 신통력이 있는 닥나무 창을 꺼내 들고, 사대 신장은 북방 곤오산에서 캐낸 강철 장검을 한 자루씩 휘두르면서 제천대성과 더불어 산문 앞으로 들이닥쳐 싸움을 걸었다.

문지기 요괴가 절간 안으로 달려가 급보를 전하자, 황미 대왕은 피식 웃으면서 부하들을 이끌고 산문 바깥으로 나섰다.

"이 지지리도 못난 원숭이 녀석아! 한 이틀 동안 통 얼굴도 내비치지 않더니, 또 어딜 가서 구원병이랍시고 잡것들을 데려왔느냐?"

호통쳐 묻는 말에, 손오공 대신 소장태자가 사대 신장을 거느리고 기세 좋게 앞으로 달려나오더니 쩌렁쩌렁 울리는 목소리로 마왕을 꾸짖었다.

"이 괘씸한 요정아! 나는 국사왕보살의 제자 소장태자이시다. 이제 보살님의 분부를 받들어 사대 신장과 함께 네놈을 잡으러 왔는데, 네놈은 눈알도 없느냐?"

황미 대왕은 어이가 없는지 껄껄대고 웃음보를 터뜨렸다.

"요런 젖비린내도 가시지 않은 녀석이 감히 내 앞에서 까불다니! 기껏해야 회하 강물 밑바닥에서 물귀신 따위나 잡던 녀석이 무슨 재간으로 날 잡겠다는 게냐?"

요마에게 비웃음을 당한 소장태자가 젊은 혈기에 분통이 치밀어 창대를 잡기가 무섭게 마왕을 찌르려고 덤벼들었다. 그 뒤를 이어 사대 신장들도 일제히 곤오검을 휘두르며 공격에 가담했다. 제천대성 손오공 역시 여의봉을 내지르고 앞장서서 마왕에게 협공을 퍼붓기 시작했다. 이리하여 소뇌음사 절간 산문 앞에서 또 한바탕 불꽃 튀는 격전이 벌어지기 시작했다.

시간이 얼마나 지났을까, 다섯 적수를 상대하여 마왕 홀로 싸우면서도 승부는 좀처럼 나지 않았다. 중천에 뜬 해는 점점 서녘으로 기우는데 황미 노괴를 거꾸러뜨리지 못하자, 손오공은 또다시 조바심이 일기 시작했다.

바로 이때, 동편 하늘가에서 무시무시한 함성이 크게 일더니, 비바람 속에 불꽃을 일으키며 거북이의 몸에 뱀의 머리가 둘 달린 괴물과 사나운 독룡 다섯 마리가 구름을 타고 무서운 기세로 날아들었다. 드디어 탕마천존의 부하 귀사이장이 용신들을 이끌고 달려온 것이다.

강적 다섯을 상대로 팽팽히 맞서 싸우던 황미 대왕도 손오공에게 응원군이 가세하는 것을 보자 그제야 겁이 더럭 났다. 원숭이 녀석이 어디서 또 현무귀사(玄武龜蛇)와 독룡 떼를 청해왔단 말인가……?

싸움터 현장에 들이닥친 독룡 다섯 마리는 구름을 뒤채어 억수같이 비를 퍼붓고, 현무귀사는 돌개바람에 흙모래를 뽀얗게 흩뿌려가며 일제히 황미 대왕을 들이치기 시작했다. 싸움판은 삽시간에 아수라장으로 바뀌었다.

그나마 싸움이 한 시간쯤 지속되었을 때, 황미 대왕도 비로소 안 되겠다 싶었는지 또다시 한 손을 허리춤으로 돌려 슬그머니 무명 자루를 끌러내기 시작했다.

그것을 보고 깜짝 놀란 손오공이 큰 소리로 외쳐 우군 동료들에게 경고했다.

"여러분, 조심들 하시오!"

벌써 두 번이나 골탕을 먹은 뒤끝이라, 손오공은 그 무명 자루가 얼마나 지독한 것인지 훤히 알고 있었다. 하지만 물정 모르는 구원병들이야 도대체 무엇을 '조심하라'는 얘긴지 알 턱이 없었다. 뒤미처 '홀러덩!' 하고 무명 자루 덮치는 소리와 함께, 손오공이 애써 데려온 구원병 소장태자와 오뢰 신장, 그리고 뒤늦게 달려온 귀사현무,

다섯 독룡은 한꺼번에 속절없이 자루 속으로 빨려들어가고 말았다. 위기일발의 순간에 빠져나온 것은 이번에도 역시 제천대성 하나뿐, 손오공 혼자 날쌘 동작으로 허공 높이 솟구쳐 탈출했을 따름이다.

또 한 차례 완승을 거둔 황미 대왕은 여유만만하게 어슬렁어슬렁 소뇌음사 절간으로 돌아갔다. 그리고 먼젓번처럼 포로들을 꽁꽁 묶어 지하 토굴 속에 처박아놓고 뚜껑을 닫아버린 것은 말할 나위도 없다.

근두운을 날려 공중으로 솟구쳐 오른 손오공은 황미 대왕이 부하 요괴들을 거두어들이고 의기양양하게 소굴로 돌아가는 광경을 지켜보고 있다가, 비로소 구름을 낮추어 산비탈 위에 내려섰다. 맥 빠진 기색으로 우두커니 텅 빈 싸움터를 내려다보고 있으려니, 속수무책으로 외톨박이 신세가 된 자신이 너무나 참담했다. 입을 벌려 스승을 외쳐 부르자니 슬픔이 복받쳐 울음소리가 섞여 나왔다.

"사부님! 저는 당신을 보호하여 이 서천 땅까지 오는 도중, 평탄한 길 구부러진 길만 있는 줄 알았더니, 험산준령에 사나운 괴물까지 침범할 줄이야 어찌 알았습니까. 온갖 수단 방법을 다 써도 당신 한 몸 구해드리기 어려워 동쪽에 구원을 청해도, 서쪽에 하소연해도 모두가 허사였으니, 장차 이 노릇을 어찌하오리까……!"

처참하기 이를 데 없는 심정으로 울부짖고 있으려니, 갑자기 서남쪽 하늘가에서 한 떨기 채색구름이 지상에 내려앉으며 그를 부르는 소리가 들려왔다.

"오공아, 나를 알아보겠느냐?"

손오공은 누가 부르는가 싶어 소리 나는 쪽으로 급히 달려갔다.

그를 부른 사람은 큼지막한 두 귀에 네모반듯한 얼굴 생김새, 아랫배를 불룩 내밀고 맨발에 짚신을 꿰어 신었으나 싱글벙글 웃는 얼굴에 봄바람이 가득 넘치는 이, 바로 극락 세계 으뜸가는 미륵보살 그분이었다.

미륵존자를 알아본 손오공은 그 자리에 털썩 무릎 꿇고 엎드렸다.

"동래불조(東來佛祖)님, 어딜 가시는 길입니까? 제자가 미처 알아 뵙지 못하여 송구스럽기 이를 데 없습니다."

미륵보살은 '소화상(笑和尙)'이란 별명 그대로 여전히 싱글벙글 너털웃음을 머금은 채 이렇게 말했다.

"내가 여기 온 것은 이 소녀음사 요괴 때문이다."

청하지도 않았는데 마왕을 잡아주러 오셨다니, 손오공은 그저 감지덕지 고마울 따름이라 머리를 조려려 진심으로 감사했다.

"고맙습니다, 보살님! 하온데 그 요정은 어디서 나온 괴물이며 또 그 무명 자루는 어떤 보배인지 통 모르겠으니, 보살님께서 아시거든 제발 가르쳐주십시오."

"그놈은 내 앞에서 경(磬)을 치던 황미 동자였다. 지난 삼월 삼짓날 법회에 참석하느라 집을 비웠더니, 보배 몇 가지를 훔쳐 가지고 도망쳐 나와 요정이 되고 무엄하게도 가짜 부처 노릇까지 한 것이다. 그 낭아봉은 석경을 치던 방망이요, 무명 자루는 세상 사람들이 나더러 '포대화상(布袋和尙)'이라고 불렀듯이, 내가 늘 어깨에 떠메고 다니던 포대 자루였다."

이 말을 듣고 손오공은 기가 막혀 저도 모르게 큰 소리로 버럭 고함치고 말았다.

"참 잘하셨습니다! 동자 녀석을 달아나게 내버려두시고, 그놈이 부처님으로 가장해서 이 손 선생까지 골탕 먹이게 하시다니, 보살님은 누가 뭐래도 집안을 제대로 단속하지 못하신 책임을 지셔야 할 겁니다!"

손오공이 펄펄 뛰어가며 항의하자, 미륵보살도 쑥스러웠는지 멋쩍은 웃음을 지으면서 이렇게 변명했다.

"물론 내가 집안 단속을 잘못해 동자 녀석을 달아나게 한 책임이 있기는 있다. 하지만 너희 스승과 제자들도 공덕을 쌓으려면 모진 수난을 당하고 시련을 겪어야 하는 법이다. 아무튼 이제 내가 그놈을 거두어서 데려가도록 하마."

"그 요정은 신통력이 대단한 놈인데, 보살님께서 맨손 맨발로 어떻게 그놈을 제압하실 수 있단 말씀입니까?"

손오공이 아직도 의구심을 떨쳐버리지 못하고 따져 묻자, 미륵보살은 히죽히죽 장난스럽게 웃으며 산 밑을 가리켰다.

"내가 저 산비탈 아래 원두막을 한 채 짓고 참외밭을 만들어놓으마. 너는 이 길로 쳐들어가 그놈한테 싸움을 걸어라. 그놈이 뛰쳐나오거든 한참 싸우다 이길 생각은 말고 일부러 지는 척해서 참외밭까지 유인해 오도록 해라. 밭에 심어놓은 참외는 모두 익지 않은 것들뿐일 테니, 네가 한발 앞서 달려와 아주 큼지막하고 잘 익은 참외로 둔갑해 섞여 있으면, 그놈이 원두막에 와서 참외를 한 개 먹겠다고 할 것이다. 그때 내가 널 그놈한테 주어 먹일 테니, 너는 그놈의 뱃속에 들어가서 재주껏 한바탕 난동을 부리려무나. 그럼 너는 여태껏 당한 분풀이도 실컷 할 수 있을 테고, 나 역시 그 틈에 자루를 빼앗아 그놈을 잡아 넣으마. 어떠냐, 내 꾀가……?"

"혹시 그놈이 제 뒤를 따라오지 않고 무명 자루에 저를 잡아넣으면 어쩝니까?"

그러나 미륵보살이 여전히 싱글벙글 웃으며 분부를 내렸다.

"손바닥을 이리 내밀어라."

손오공이 왼손바닥을 내밀자, 미륵보살은 엄지손가락으로 침을 묻혀 손바닥에 '미혹할 미(迷)' 자를 써주었다.

"주먹을 쥐고 가서 싸우되, 그놈이 따라올 기미를 보이지 않거든 주먹을 활짝 펴 손바닥에 쓴 글자를 보여주어라. 그럼 자루를 펼칠 생각은 않고 주술에 홀려 끝까지 네 뒤만 따라오게 될 것이다."

"알겠습니다. 그럼 다녀오지요."

힘차게 대답한 손오공이 주먹을 불끈 쥐고 한 손으로 철봉을 휘둘러 가며 곧바로 산문 밖까지 달려가더니 버럭 고함쳐 싸움을 걸었다.

"요사스런 마귀 놈아! 여기 손씨 어른이 또 왕림하셨다. 내 오늘 네놈과 끝장을 보고야 말 테니 썩 이리 기어나오지 못할까!"

문지기 요괴가 부리나케 안으로 뛰어가 아뢰자, 황미 대왕은 졸개한테 물었다.

"그놈이 또 응원군을 얼마나 데려와 싸움을 걸더냐?"

"응원군이라니요. 그놈 하나뿐입니다."

"혼자서 쳐들어왔다고? 하하, 그 원숭이란 놈이 써먹을 꾀도 없고 맥이 다 빠지니까, 목숨이나 바치러 제 발로 걸어온 모양이로구나!"

황미 대왕은 껄껄대고 웃으면서 무장을 갖추더니 혼자서 산문 바깥으로 나왔다.

"손오공, 이번에는 뺑소니치게 내버려두지 않을 테니까 꼼짝 말고

게 있어라. 발버둥 쳐도 소용없다!"

"이 요망한 녀석! 허풍은 작작 떨고 내 여의봉이나 한대 먹어봐라!"

"오냐, 좋다! 나도 보배를 쓰지 않고 실력만으로 네놈과 자웅을 겨뤄보마!"

말끝이 떨어지기 무섭게 벼락 치듯 날아드는 낭아봉이 손오공의 면상을 후려쳐왔다. 손오공도 선뜻 철봉을 들어 정면으로 맞받아쳤다. 그러나 다음 순간, 그는 등 뒤에 감추고 있던 주먹을 황미 대왕의 눈앞에 활짝 펼쳐 보이더니, 그때부터 아예 두 손으로 철봉 자루를 거머쥐고 무섭게 휘두르기 시작했다.

미륵보살의 비결은 딱 들어맞았다. 황미 대왕이 손오공의 손바닥에 쓰인 주술에 홀려 물러날 생각을 않고 무작정 곤봉을 휘두르면서 상대방 앞으로 바짝바짝 대들었다. 더구나 허리에 꿰어 찬 무명 자루 역시 끌러낼 기색마저 보이지 않았다.

손오공은 됐구나 싶어 철봉을 휘둘러 공격하는 척하다가 도저히 못 당하는 것처럼 후딱 발길을 되돌려 달아나기 시작했다. 아니나 다를까, 황미 대왕은 주저하는 기미도 없이 곧바로 산비탈 아래까지 씨근벌떡 뒤쫓아왔다. 그곳에는 과연 참외밭이 있었다. 한발 앞서 들이닥친 손오공은 땅바닥에서 훌떡 재주넘기를 하더니 눈 깜짝할 사이에 보기만 해도 먹음직스럽게 잘 익은 참외로 둔갑했다.

헐레벌떡 뒤쫓아온 황미 대왕이 걸음을 멈추고 이리저리 둘러보았으나 참외밭에 원두막 한 채만 덩그러니 세워졌을 뿐, 손오공이란 놈은 그새 어디로 뺑소니쳤는지 그림자 하나 보이지 않았다. 그는 원두막으로 달려가 소리쳐 불렀다.

"이 참외밭은 뉘 것이냐?"

벌써부터 참외밭지기 늙은이로 탈바꿈해 있던 미륵보살이 어슬렁 어슬렁 나타나더니 능청스레 맞아들였다.

"대왕님 어서 오십쇼. 이 참외밭은 소인이 가꾸는 것입니다."

"목이 마른데, 잘 익은 참외가 있느냐?"

마왕의 물음에 미륵보살은 시침 뚝 떼고 천연덕스럽게 대꾸했다.

"예, 있고말고요! 아주 먹음직스레 잘 익었습죠."

"그래, 아주 잘 익은 놈으로 한 개 따오너라. 목을 좀 축여야겠다."

미륵보살이 참외밭으로 들어서더니, 손오공이 둔갑한 참외를 뚝 따서 두 손으로 황미 대왕에게 바쳤다. 마왕은 참외를 받아 들자마자 입을 딱 벌리고 와삭와삭 깨물어먹기 시작했다. 손오공은 그가 참외를 베어 무는 틈을 놓치지 않고 단번에 목구멍 속으로 미끄러져 내려갔다.

황미 대왕이 수상쩍은 느낌을 받았을 때는 이미 늦었다. 저절로 뱃속까지 굴러들어간 손오공은 주먹질에 발길질을 퍼어가며 발광을 떨기 시작했다. 손에 잡히는 것이라면 오장육부 할 것 없이 닥치는 대로 잡아당기랴 쥐어박으랴, 걷어차랴 곤두박질치랴, 제 마음껏 날뛰어가며 그동안 요괴란 놈에게 당한 분풀이를 속이 후련해지도록 앙갚음했다.

급작스런 복통에 황미 대왕은 얼마나 아프던지, 두 손으로 배를 움켜잡고 어금니가 으스러져라 뿌드득 갈아붙여가며 참아보려 했으나 소용없는 짓이었다. 마침내 그는 눈물을 철철 흘리면서 참외밭에 쓰러져 데굴데굴 굴러가며 몸부림쳤다.

"아이고, 나 죽겠다! 누가 날 좀 살려다오!"

그제야 미륵보살이 본상을 드러내고 낄낄대며 웃었다.

"이 고약한 녀석, 날 알아보겠느냐?"

마왕이 후딱 고개를 쳐들고 바라보니, 이게 또 웬일이냐? 주인어른 미륵보살 아니신가! 황미 대왕은 아픔도 다 잊은 채 황급히 그 자리에 무릎 꿇고 엎드려 두 손으로 뱃가죽을 부여잡은 채 땅바닥에 이마를 짓찧어가며 빌고 또 빌었다.

"주인어르신! 제발 용서해주십쇼! 두 번 다시 이런 짓을 하지 않을 테니 목숨만 살려주세요! 아이고 아야……!"

미륵보살은 황미 대왕의 멱살을 움켜잡고 허리춤에서 무명 자루부터 끌어낸 다음, 경을 두드릴 때 쓰던 방망이마저 빼앗았다. 그리고 마왕의 뱃속을 향해 큰 소리로 말했다.

"오공아, 이젠 됐다. 그쯤 해두고 내 낯을 보아서 목숨만은 살려주려무나."

원숭이 임금도 실컷 분풀이를 한 뒤끝이라, 마왕이 알아듣도록 냅다 소리쳤다.

"야, 이놈! 손 선생께서 나가실 테니 아가리나 딱 벌려라!"

죽을 지경으로 고통을 받던 황미 대왕은 뱃속에서 악쓰는 소리가 들리자, 정신이 번쩍 들어 아픔조차 잊은 채 그 즉시 입을 딱 벌렸다.

몸 바깥으로 훌쩍 뛰쳐나온 손오공은 본상을 드러내기가 무섭게 철봉을 번쩍 치켜들고 마왕에게 달려들었다. 단매에 때려죽일 기세였다. 그러나 미륵보살이 한 수 더 빨라, 잽싸게 마왕을 움켜다 무명 자루 속에 잡아 넣고 어깨에 둘러메었다.

미륵보살은 손오공을 돌아보고 싱글벙글 웃어가며 분부했다.

"오공아, 이제 모든 액운이 사라졌으니, 들어가 네 스승을 구해내려무나."

말을 마치자 보살은 구름을 일으켜 타고 홀연히 극락 세계로 돌아갔다.

손오공이 소뇌음사 절간으로 들어가자, 불당 안에 웅기중기 몰려 있던 졸개 요괴들은 어마 뜨거라 싶어 사면팔방으로 흩어져 달아나기 시작했다. 새삼 분통이 터진 손오공은 그들을 뒤쫓아 삽시간에 육칠백 마리나 되는 졸개들을 모조리 때려죽이고 말았다. 정체를 드러낸 요괴들은 하나같이 들짐승, 날짐승, 해묵은 고목의 정령이었다.

텅 빈 절간에 홀로 남은 그는 서둘러 대들보에 매달려 있던 삼장법사와 저팔계, 사오정을 차례차례 끌어내려 결박을 풀어주었다. 식충이 저팔계는 며칠 동안이나 굶주린 채 매달려 있던 참이라, 고맙다는 말 한마디 없이 부엌으로 뛰어들어 먹을 것부터 찾기 시작했다. 때마침 부엌에는 마왕이 먹으려던 점심상이 차려져 있어, 미련퉁이는 게걸스럽게 절반이나 먹어 치우고 나서야 두 대접을 따로 가지고 나와 스승과 형제들에게 나눠주는 아량을 베풀었다.

삼장법사와 사오정 역시 허기를 채운 뒤에 비로소 정신이 들어 손오공에게 고맙다는 인사를 건넨 다음, 요괴의 행방을 물었다.

손오공은 지난 며칠 동안 겪었던 고초를 하나도 빼놓지 않고 낱낱이 말씀드렸다. 그리고 하늘의 스물여덟 별자리들과 국사왕 보살의 문하 제자, 탕마천존의 부하 신령들까지 데려다 마왕과 싸웠으나 번번이 참패하여 사로잡혔던 일, 끝에 가서 미륵보살이 나타나 법력으로 황미 노괴를 제압하여 끌고 간 경위를 빠짐없이 고했다. 제자의 애기를 다 듣고 난 당나라 스님은 하늘을 우러러 보이지 않는 미륵보살에게 감사를 드린 다음, 손오공에게 다시 물었다.

"얘야, 그렇다면 사로잡혀 왔다는 신령들은 지금 어디 갇혀 계시냐?"

"어제 일유신의 말이, 모두들 지하 토굴 속에 갇혀 있다고 했습니다."

대답을 해놓고 보니, 그들이 아직도 토굴 속에 갇혀 고초를 겪고 있다는 사실을 깜빡 잊었다. 당황한 손오공은 부랴부랴 저팔계를 데리고 절간 뒷결 지하 토굴을 찾아서 자물쇠를 때려 부순 다음, 뚜껑을 열어젖히고 땅굴 속에 갇혀 있던 여러 천신들을 끌어내 결박을 풀어주었다. 천신들이 누각으로 나오자 삼장법사는 일일이 돌아가며 참배의 예를 드리고 그들의 노고를 위로했다.

손오공은 그제야 오대 신룡과 귀사이장을 무당산으로, 소장태자와 사대 신장을 우이산으로 각각 돌려보냈다. 그리고 스물여덟 별자리는 천궁으로 돌아가게 했다. 마지막으로 육정육갑 신령들마저 제각기 경내로 돌려보냈다.

스승과 제자 일행은 소뇌음사에서 반나절 동안 쉬면서 기력을 되찾은 다음, 행장을 수습하여 떠날 채비를 갖추었다.

이튿날 아침 일찍 해가 떠오르자, 일행은 소뇌음사 전역에 불을 놓아 요괴들이 거처하던 누각 건물을 한 채도 남기지 않고 모조리 불태워 없앴다. 요마들의 소굴이 완전히 잿더미로 바뀌는 것을 끝까지 지켜보고 나서야 그들은 비로소 홀가분한 걸음걸이로 다시 서쪽 길에 올랐다.

3. 돌팔이 의원, 임금의 병을 고쳐주다

스승과 제자 일행이 서쪽으로 나아가는 동안, 세월은 냇물과 같이 흘러 또다시 무더운 삼복 여름철을 맞이했다.

황량한 들과 험산준령만을 걷느라 지칠 대로 지쳐 있던 삼장법사 일행은 어느 날 또다시 규모가 큰 성을 발견하고 반가운 마음에 걸음을 재촉해 성문 앞에 이르렀다. 서방 세계의 큰 나라 주자국(朱紫國) 도성이었다.

삼장법사는 말에서 내려 삼중으로 된 성문을 하나씩 거쳐 들어섰다. 성벽 위에는 문루가 높이 솟아 있고 성곽 주위로는 강물이 넘실넘실 흐르며, 성내 장터에는 재물이 넘쳐나 장사꾼들의 흥정 소리가 떠들썩한, 그야말로 훌륭한 제왕의 도성이었다.

스승과 제자 일행이 큰 시가지를 지나고 있으려니, 물건을 흥정하던 사람들이 낯선 일행을 보고 깜짝 놀라 몰려들기 시작했다. 저팔계의 추접스런 생김새 하며 사오정의 시꺼먼 얼굴에 멋없이 큰 키, 손오공의 털북숭이 얼굴과 툭 불거져 나온 이마빼기를 보고서, 그들은 아예 장사판도 버려둔 채 모두들 달려와 구경하느라 아귀다툼을 벌이기 시작했다.

갑작스레 인파가 몰려들자, 당나라 스님은 황급히 제자들에게 소리쳤다.

"말썽을 일으키지 마라! 모두들 고개를 푹 숙이고 걸어라!"

저팔계는 스승의 분부대로 연밥 같은 주둥이를 앞가슴에 파묻고, 사오정도 섣불리 고개를 쳐들어 둘러보지 못했다. 오직 한 사람 손오공만은 이편저편 두리번거리면서 당나라 스님 곁에 바싹 따라붙어 보호했다.

얼마 안 되어 골목 한 귀퉁이로 접어들었더니, 지방 관원이나 외국 사절단이 묵는 회동관(會同館)이란 저택이 나타났다.

곧바로 아문에 들어선 당나라 스님은 접대 책임을 맡은 관원에게 신분과 용건을 밝히고 국왕을 알현할 수 있도록 조정에 여쭈어달라고 요청했다.

회동관 책임 관리는 나그네들이 머나먼 동녘 땅에서 왔다는 말을 듣자, 하인들에게 분부하여 객실을 내주면서 이렇게 덧붙여 말했다.

"우리 국왕 폐하께서는 병환 중이시라 오랫동안 조정회의를 열지 않으셨는데, 오늘만큼은 특별히 조정에 나오셔서 문무 대신들과 회의를 하고 계십니다. 통행문서에 날인을 받으시려거든 지금 서둘러 가 보십시오. 오늘 기회를 놓치면 앞으로 얼마나 오래 기다려야 뵙게 될지 모르니까요."

이 말을 듣고 삼장법사는 급히 일어섰다.

"오공아, 너희들은 여기서 식사 준비나 해놓고 기다리려무나. 내가 횅하니 입궐해서 통행문서에 확인을 받아 돌아올 테니, 같이 밥을 먹고 떠나기로 하자."

그는 저팔계가 꺼내 주는 통행문서를 받아 들고 문밖으로 나서면서, 제자들에게 공연히 바깥에 나가 사고 치지 말라고 신신당부를 했다.

잠시 후, 궐문 앞에 다다른 삼장법사가 신분과 용건을 밝히고 국왕 알현을 요청했더니, 궁궐 문을 지키던 당직 관원은 그 즉시 조정에 들어가 임금에게 아뢰었다.

"폐하, 동녘 땅에서 왔다는 승려 한 사람이 서천 뇌음사로 부처님을 찾아뵙고 경을 구하러 가는 길이라 하오며, 통행증에 폐하의 확인을 받고자 청하나이다."

주자국 임금은 이 말을 듣고 웬일인지 기꺼운 마음이 들었다.

"과인이 오랫동안 병을 앓아 오늘 특별히 솜씨가 뛰어난 의원을 초빙하러 조정에 나왔더니, 공교롭게도 고명한 스님이 우리나라에 찾아왔구나."

임금은 즉시 조정에 불러들이라는 전지를 내렸다. 삼장법사가 인도를 받아 궁궐로 들어가 섬돌 아래 엎드려 절하고 통행문서를 받들어 올리자, 임금은 각별히 자리를 따로 만들어 앉히고 통행문서를 읽어본 다음 신음 소리를 내며 탄식했다.

"당나라 제왕은 실로 어진 군주이구려. 저승에서 고통받는 영혼들조차 위안하려고 부처님의 경을 얻으러 이 머나먼 서방 세계까지 법사를 보내다니, 참으로 부러운 일이오. 과인은 병든 지 오래되었으나, 구해주는 신하가 한 사람도 없소."

삼장법사는 이 말을 듣고 임금의 용태를 엿보았다. 과연 얼굴빛이 누렇게 들뜨고 몸은 여위어, 겉모습이나 기력이 무척 쇠약해 보였다. 임금은 별전에 식사를 마련하게 하여 동녘 땅에서 온 스님과 함께 식사를 했다.

한편, 회동관에서는 사오정이 밥을 짓고 있었는데, 반찬을 만들려다 보니 양념거리가 없어 맏형에게 하소연을 했다.

"큰형님, 밥은 다 지었는데, 양념이 하나도 없으니 어쩌면 좋소?"

"용돈 몇 푼 있으니까 팔계더러 길거리에 나가 사오라고 하지 뭐."

손오공은 대수롭지 않게 말했으나, 게으름뱅이가 또 핑계를 대었다.

"난 못 나가겠소. 주둥이하고 상판이 미끈하게 생겨먹지 않아서 자칫 잘못하면 말썽이나 일으키기 십상일 거요. 그랬다가는 사부님한테 꾸지람밖에 더 듣겠소?"

미련퉁이가 핑계를 대고 일어날 기미를 보이지 않자, 앙큼한 손오공은 입맛 당기는 얘기로 슬슬 꾀기 시작했다.

"길거리 장터에 나가면 채소 양념 파는 가게뿐 아니라, 국숫집, 만두집에 별미 꿀떡, 기름에 튀긴 꽈배기…… 이런 맛있는 음식이 수두룩하게 있지! 이런 걸 자네한테 사줄까 하는데, 자네 생각은 어떤가?"

먹는 얘기가 줄줄이 나오자, 이 미련한 바보 녀석은 자리를 걷어차고 벌떡 일어났다. 입에 군침이 돌다 못해 목구멍으로 꿀꺽 넘어가는 소리가 들릴 지경이었다.

"형님, 이번에 신세 좀 집시다. 요다음에 나한테 돈이 생기면 한턱 단단히 낼 테니까 날 좀 데리고 가주시오."

손오공은 옳다 걸려들었구나 싶어 남몰래 웃으면서 사오정 쪽을 돌아보았다.

"여보게 오정, 자넨 밥솥에 뜸이나 잘 들이고 있게, 우리가 휑하니 나가서 양념거리를 사 가지고 오겠네."

사오정은 맏형이 저팔계를 골탕 먹이려는 줄 뻔히 아는 터라, 낄낄대며 능청스레 응답했다.

"두 분 나가셔서 맛있는 것 많이 사 잡숫고 돌아오시구려."

이윽고 저팔계가 양념 담을 작은 주발을 챙겨 들고 손오공의 뒤를 어슬렁어슬렁 따라나섰다. 문지기 관원이 어딜 가느냐고 묻더니 친절하게 길을 일러주었다.

"이 길거리를 따라 서쪽으로 가시면 잡화점이 나오는데, 양념거리라면 뭐든지 다 살 수 있을 겁니다. 종루 모퉁이를 꼬부라지면 더 많이 있지요."

이리하여 두 형제는 사이좋게 큰길거리로 나섰다. 그런데 장터에 들어서서도 손오공은 가게와 음식점을 그냥 지나치기나 할 뿐, 좀처럼 약속한 대로 사줄 기색을 보이지 않았다. 미련한 저팔계 녀석이 참다못해 버럭 소리를 쳤다.

"형님, 웬만하면 여기서 살 걸 삽시다."

그러나 손오공은 이 바보 녀석을 골탕 먹이기로 작심하고 나선 터라, 그런 불평 따위는 귓등으로도 듣지 않았다.

"이 사람아, 어째 그리도 참을성이 없나! 좀더 가다가 큰 가게에서 양념도 사고 먹을 것도 사 먹기로 하세."

이런저런 얘기를 하며 걷다 보니 어느새 종루 근처에 다 왔는데, 어인 일인지 누각 아래 수많은 사람들이 웅성웅성 길을 막고 몰려 서 있었다.

저팔계는 그 많은 사람들을 보더니 주춤하고 발걸음을 멈추었다.

"형님, 난 더 가지 않겠소. 저 사람들이 내 얼굴을 보면 놀라 까무러쳐 죽을 거요. 괜히 말썽이 나서 관가에 붙잡혀 가기라도 하는 날이면 좋을 게 뭐 있겠소?"

미련퉁이가 뻗대고 나오는 데야, 손오공도 어쩔 도리가 없었다.

"그럼 자네는 이 돌담 아래 꼼짝 말고 서 있게. 나 혼자 가서 양념과 구운 떡을 좀 사다 줌세."

이윽고 손오공이 혼자서 종루까지 다가가 사람들 틈을 비집고 들어가 보았더니, 게시판에 누런 종이가 한 장 나붙었는데 바로 국왕의 칙명을 적은 방문이었다. 사람들은 그것을 보느라고 몰려서 있었던 것이다. 방문의 내용은 이러했다.

짐이 근래에 불운하여 중한 병을 얻고 병석에 누운 지 오래노라. 본국의 이름난 의원이 여러 차례 좋은 처방을 내었으나, 아직도 병을 고치지 못하여 근근이 목숨만 부지하고 있을 따름이라. 이제 나라 밖에 솜씨 뛰어난 명의를 초빙하노니, 의약에 정통한 자 있으면 누구든지 이 방문을 떼어 가지고 입궐하여 짐의 신병을 고쳐주기 바라노라.

손오공은 방문을 다 읽어보고 나서 속으로 궁리해보았다.

'사람이 꿈지럭거리기만 해도 재수가 붙는다더니, 과연 옳은 말이다. 양념 따위 살 것도 없이 솜씨 좀 부려서 진수성찬을 얻어먹어야겠다.'

앙큼스런 손오공은 속으로 주문을 외워 인파 속에서 갑작스레 회오리바람을 한바탕 일으켜놓았다. 난데없는 돌개바람에 흙먼지가 뭇사람들의 눈을 가리자, 손오공은 그 틈에 얼른 임금의 방문을 뚝 떼어 가지고 잽싸게 빠져나와 저팔계가 기다리는 곳으로 달려갔다. 미련한 녀석은 여전히 돌담에 얼굴을 틀어박은 채 꼼짝달싹 않고 서 있었다. 손오공은 살그머니 그 뒤로 다가서서 차곡차곡 접은 방문을 저팔계의 허리춤에 꾹 질러 넣었다. 그러고는 발길을 돌려 재빨리 회동관으로 돌아갔다.

한편 종루 아래 옹기종기 몰려서서 방문을 읽던 사람들은 난데없이 불어 닥친 돌개바람에 놀란 나머지 티끌이 들어가지 않게 머리를 파묻고 두 눈을 감아버렸다. 잠시 후 바람이 잦아들고 나서 게시판을 보았더니, 웬걸! 방금 전까지만 해도 멀쩡히 나붙어 있던 국왕 폐하의 방문이 어디로 날아갔는지 흔적조차 없는 것이 아닌가? 사람들은 송구스러움을 이기지 못하고 겁에 질려 어쩔 바를 몰랐다.

게시판 곁에는 아침부터 조정에서 나온 태감 열두 명과 금의위 소속 군관 열두 명이 방문을 붙여놓고 지켜 서 있었다. 그런데 지엄하신 국왕 폐하의 방문을 회오리바람에 날려보냈으니 그 놀라움과 두려움이 어떻겠는가. 그들은 공포에 질린 채 허둥지둥 사방으로 몰려다니면서 방문을 찾아 헤매기 시작했다.

종루 근처까지 샅샅이 뒤지고 다니던 이들이 마침내 저팔계가 서 있는 돌담 앞에 다가왔는데, 웬 낯선 중 녀석 허리춤에 누런 종잇장 끄트머리가 비죽 나와 있지 않은가! 태감과 교위들은 옳다 찾았구나 싶어 한꺼번에 달려들며 냅다 호통을 쳤다.

"여기 있다! 방문을 떼어간 놈이 바로 너였구나!"

미련한 저팔계는 영문을 모른 채 기다란 주둥이를 쑥 뽑아 이리저리 휘둘렀다. 그 바람에 놀란 교위 몇 사람이 뒤로 벌렁 나자빠졌다. 저팔계는 그 틈에 줄행랑을 놓으려 했으나 교위들 중 제법 배짱 두둑한 몇몇이 와락 달려들어 덜미를 잡았다.

"어딜 가려고! 이놈 꼼짝 마라. 의원을 초빙한다는 방문을 네 손으로 떼었으면 우리 국왕 폐하의 병환을 고쳐드릴 솜씨가 있는 국수가 분명하다. 어서 속히 우리와 같이 궁궐로 가자!"

이야말로 아닌 밤중에 홍두깨 내미는 격이라, 미련퉁이는 어리둥절한 기색으로 냅다 욕설부터 퍼부었다.

"어떤 놈이 방문을 떼었단 말이냐! 나더러 임금의 병을 고치라니, 네놈들이나 가서 고쳐주려무나!"

"그럼 네 허리띠에 찔러 넣은 것은 뭐냐?"

교위 한 사람이 손가락질해가며 다그쳤다. 그제야 미련퉁이도 제 허리춤을 보니 과연 누런 종잇장이 비죽 나와 있다. 황급히 끄집어내 읽어보던 저팔계가 눈앞에 보이지 않는 손오공에게 악담을 퍼부었다.

"저런 몹쓸 놈의 원숭이 녀석! 또 나를 못살게 골탕 먹였구나!"

그러고는 태감과 교위들에게 서둘러 변명했다.

"이 방문은 내가 뗀 것이 아니라, 우리 사형 되는 손오공이 떼어서 몰래 내 허리춤에 쑤셔 넣은 거야. 알고 싶거든 나하고 같이 그 친구를 찾아가보자."

이때서야 태감 중에 나이 지긋한 사람이 나서서 물었다.

"네놈은 생김새도 유별난 데다 말씨 또한 우리와 다른데, 어디서 굴러든 시골뜨기 녀석이냐?"

상대방이 사리를 따져 물어오니, 저팔계도 말씨가 누그러졌다.

"우리는 동녘 당나라에서 파견되어 서천으로 경을 구하러 가는 사람들이오. 우리 사부님은 통행문서에 확인을 받으러 궁궐에 들어가셨고, 나와 우리 사형은 양념거리를 장만하러 나온 길이었소."

늙은 태감이 그 말을 듣고 기억나는 게 있었는지 고개를 갸우뚱했다.

"가만있자…… 아까 얼굴이 허여멀건한 외국 승려 하나가 급히 입궐하는 걸 보았는데, 그 사람이 그대의 사부였는가?"

"맞소. 우리 일행은 모두 넷인데, 입궐하신 사부님 말고 나머지는 회동관에서 쉬고 있소. 사형은 나를 이렇게 골탕 먹여놓고 한발 앞서 돌아갔을 거요."

우두머리 태감은 이 말을 곧이듣고 자기 일행에게 지시했다.

"회동관에 가보면 모든 진상이 밝혀질 테니, 우리 이 사람을 데리고 가보세."

이리하여 저팔계는 태감 셋과 교위 여섯에게 에워싸인 채 앞장서서 회동관으로 달려갔다. 그들이 아문에 들어섰을 때, 손오공은 객실에 사오정과 함께 앉아서 미련퉁이에게 방문을 떠안겨 골탕 먹인 얘기를 해주면서 시시덕대고 있었다. 손오공을 보자, 미련퉁이는 부아가 터져 악을 고래고래 써가며 야단쳤다.

"형님이 사람 축에 들기나 하는 거요? 나한테 구운 떡이니 국수 만두니 사 먹여준다고 살살 꾀어 바람만 잔뜩 들여 길거리에 끌고 나가더니, 그게 말짱 헛소리였어! 게다가 방문인지 뭔지 하는 빌어먹을 것을 떼어 남몰래 내 허리춤에 슬쩍 구겨 넣어서 골탕까지 먹이다니, 이게 어디 형제라고 할 수 있겠소?"

손오공이 변명하기도 전에, 태감과 교위들이 들이닥쳐 그에게 공손히 여쭈었다.

"나리, 오늘 저희 국왕 폐하께서 연분이 있으시어 하늘이 어르신을 내리셨습니다. 폐하의 병환을 고쳐주시기만 한다면 이 나라 강산을 나누어 드린다 하셨으니 어서 궁궐에 들어가시지요."

그제야 손오공이 비로소 정색하고 사실대로 말했다.

"의원을 초빙한다는 방문은 확실히 내가 떼었소. 나는 무슨 병이든지 손만 대면 고쳐놓을 솜씨가 있는 의원이오. 그러니 국왕더러 정중히 초빙하라고 전하시오."

교위의 우두머리가 늙은 태감에게 귀띔을 했다.

"큰소리치는 걸 보니, 그럴 만한 솜씨가 있는 모양입니다. 우리가 여기 남아 감시하고 있을 테니, 대감은 얼른 입궐하여 폐하께 아뢰시지요."

이리하여 태감들은 급히 대궐로 돌아가 임금에게 아뢰었다.

"주상 폐하, 기뻐하소서! 오늘 천만다행으로 경사스런 일이 생겼나이다!"

때마침 국왕은 삼장법사와 식사를 마치고 한담을 나누던 차에 태감이 아뢰는 말을 듣고 깜짝 놀라 물었다.

"경사라니, 무슨 일이 어찌 되었다는 게냐?"

"소신들이 폐하의 방문을 종루 게시판에 내다 걸었사온데, 동녘 땅 당나라에서 천축으로 경을 구하러 간다는 손오공이란 성승께서 그 방문을 손수 떼었나이다. 이제 회동관에 머물러 계시면서, 폐하의 병환을 고치려거든 정중히 초빙하라는 말씀을 하셨으며, 자신의 손길만 닿아도 병환을 고쳐드릴 재간이 있다 하옵니다."

임금은 이 말을 듣고 기뻐하면서 당나라 스님을 돌아보고 물었다.

"법사에게 그렇듯 고명한 제자가 계시오?"

뜻밖에 난처한 질문을 받자, 삼장법사의 얼굴빛이 단번에 허옇게 질리고 말았다. 그렇다고 임금의 하문에 답변하지 않을 수 없어 사실대로 아뢰었다.

"소승에게는 철부지 제자 셋이 있사온데, 하나같이 우둔하고 거칠기만 한 터라 재주라곤 그저 뚝심밖에 없어 소승을 도와 험산준령을 넘고 위험한 곳에 다다르면 요사스런 마귀와 괴물을 잡아 없애고 맹수나 굴복시킬 줄 알뿐이옵니다. 솔직히 말씀드려, 셋 가운데 의술이나 약성에 대해 아는 자라곤 하나도 없나이다."

그러나 임금은 이 말을 믿지 않았다.

"법사, 너무 겸양하지 마시오. 제자분이 의술과 약성을 모르고, 제왕의 신병을 고칠 만한 명의가 아니라면, 어찌 감히 과인이 손수 내린 방문을 떼어냈겠소?"

이어서 그는 조정의 원로 대신들에게 어명을 내렸다.

"경들이 과인을 대신하여 회동관으로 나아가 손 장로를 군신의 예로 정중히 모셔다 과인의 병을 진맥하시게 하라."

이윽고 임금의 명을 받든 조정 대신들이 태감과 교위를 앞세우고 회동관으로 달려갔다. 그리고 대문 앞에 의장대를 엄숙히 늘어세우고 국왕을 뵙는 예로 참배했다.

그 어마어마한 위세에 저팔계와 사오정은 깜짝 놀라 곁방으로 도망쳤으나, 손오공만은 대청 한복판에 떡 버텨 앉은 채 주자국 대신들의 인사를 받았다.

저팔계는 이거 큰일 나겠다 싶어 속으로 손오공의 처사를 원망했다.

"저놈의 원숭이가 죽으려거든 저 혼자 죽을 노릇이지, 어쩌자고 우리까지 잡아먹으려고 저 모양이냐! 이 나라 조정 대신들이 다 늘어서서 큰절하는데 끄떡할 생각도 않는단 말인가!"

예를 마친 원로 대신이 조심스럽게 여쭈었다.

"신승 손 장로께 아뢰오. 저희는 주자국 임금의 신하들로서 어명을 받들고 예를 갖추어 청하오니, 부디 속히 입궐하시어 폐하의 병환을 보아주소서."

손오공이 그제야 몸을 일으켰다.

"그대들은 앞장서시오. 내가 뒤따르리다."

이때 저팔계가 얼른 손오공을 붙잡고 신신당부했다.

"형님, 제발 우리 얘기는 끄집어내지 마시오."

"알았네, 자네들 얘기는 꺼내지 않을 테니, 누가 약재를 보내오거든 둘이서 잘 헤아려 받아놓기나 하게."

이윽고 대신들을 뒤따라 궁궐에 들어간 손오공은 섬돌 아래 허리 굽혀 예를 올리며 큰 소리로 외쳐 아뢰었다.

"이 손 선생이 병을 고치는 명의요!"

임금은 주렴을 걷어 올리고 굽어보더니 사나운 생김새에 인사를 하는 왁살스런 목소리에 놀라 그만 용상 아래로 굴러떨어지고 말았다.

깜짝 놀란 시녀와 내관들이 임금을 부축해 황급히 내전 침실로 모시고 들어가버렸다. 안전한 곳으로 피신하자, 임금은 비로소 마음이 놓여 한숨을 내리쉬었다.

"과인이 놀라 죽을 뻔했다."

조정에 늘어서 있던 대신들도 성이 나서 손오공을 꾸짖었다.

"정말 예의범절도 모르는 시골뜨기로구나! 어쩌자고 폐하 앞에서 이런 무엄한 짓을 저지른단 말인가!"

손오공이 웃으면서 해명했다.

"사람 잘못 보고 꾸지람하지 마시오. 그렇게 겉모습만 보고 업신여겼다가는 당신네 임금의 병환은 천년이 가도 낫지 못하실 거외다."

"이런 고약한 중 녀석 봤나! 입에서 나오는 말이라고 함부로 지껄이다니, 정말 괘씸하기 짝이 없구나!"

"함부로 지껄이는 게 아니니까 내 말이나 들어보시오."

손오공은 여전히 싱글싱글 웃어가며 능청맞게 말했다.

"의원이 질병을 다스리는 법은 지극히 오묘하니, 첫째 환자의 용태를 살펴보고, 둘째로 목소리도 들어보며, 셋째로 증세를 묻고, 마지막으로 진맥을 해보아야 치료법이 나오는 거요. 그런데 의원이 이 네 가지를 해보기도 전에 병자가 피했으니 어느 세월에 그 병환이 낫겠소?"

신하들 가운데 태의원 소속 의원 하나가 이 소리를 듣더니 찬사를 건넸다.

"이 스님의 말씀은 지당하오. 어서 폐하께 진료를 받으시도록 아룁시다!"

그러고는 자신이 먼저 내전 침실로 들어가 시종을 통해 임금에게 여쭈었다.

"병세를 알아야 처방할 수 있다 하오니, 그 뜻대로 따르소서."

그러나 임금은 앞서 너무 놀란 나머지 궁전으로 나오려 하지 않았다.

"그자를 내보내라! 짐은 면식도 없는 자와 마주 대할 수 없다."

임금의 뜻이 전해지자, 손오공은 또 한 방법을 제의했다.

"낯선 사람을 직접 만나실 수 없다면 다른 방법이 있소. 나는 실끈을 손목에 매어 진맥할 줄 안다고 이르시오."

손오공의 제안에 조정 대신들과 태의는 귀가 솔깃해져 수군거렸다.

"그것은 현사진맥(懸絲診脈) 아닌가! 실끈으로 맥을 짚어보는 의술이 있단 소문을 들어보기는 했어도 눈으로 직접 본 적은 없었소. 자, 우리가 함께 다시 들어가 폐하께 여쭙기로 합시다."

이리하여 시종이 문무백관들의 말씀을 다시 전하자, 임금도 가만 생각해보니 괜찮을 듯싶어 윤허를 내렸다.

이윽고 손오공이 내전 침실 쪽으로 향했다. 이때껏 조마조마하게 애를 태우며 지켜보던 삼장법사는 대뜸 수제자를 부여잡고 호되게 꾸짖었다.

"이 몹쓸 놈의 원숭이 녀석아! 또 나를 못살게 만들 작정으로 이러느냐!"

그러나 손오공은 싱글싱글 웃어가며 스승의 손길을 뿌리쳤다.

"왜 이러십니까. 사부님은 여기서 구경이나 하세요. 저는 시골 사람들이 곧잘 쓰던 약방문을 배워 알고 있습니다. 어떻게 해서든지 국왕의 병환을 고쳐놓기만 하면 될 게 아닙니까."

그는 꼬리털 세 가닥을 뽑아 들고 한데 비벼대면서 외마디 소리를 질렀다.

"변해라!"

주술에 걸린 세 가닥 솜털은 당장 스물네 척 길이의 금빛 실끈으로 바뀌었다. 스승과 헤어진 그는 시종관을 뒤따라 임금의 내전 침실로 들어갔다.

"우선 이 실끈을 폐하의 팔뚝 아래 맥박이 잡히는 세 군데에 한 가닥씩 매어놓고 실 끄트머리는 창살 틈으로 내보내주시게."

손오공은 실끈을 환관에게 넘겨주며 이렇게 당부했다. 환관이 임금을 용상에 모셔 앉히고 왼쪽 팔뚝 세 군데 부위에 나눠 매어놓더니 지시대로 실 끄트머리를 창문 바깥으로 내보냈다. 손오공은 실 끝을 넘겨받아 엄지와 식지 사이에 쥐고 조용히 맥을 짚기 시작했다. 잠시 후, 그는 환관더러 실을 끌러 이번에는 오른 팔뚝 같은 부위에 매어놓게 하고 다시 맥을 짚어보았다. 이윽고 진맥이 끝나자, 그는 몸을 한번 꿈틀해서 금실을 거둬들이고 큰 소리로 버럭 고함쳐 알렸다.

"폐하께서는 현재 땀이 많이 나고 근육이 저리실 것이오. 소변이 붉고 대변에 피가 섞여 나오니 이는 체증에 걸려 음식물이 내려가지 않고 남아 있기 때문이며, 가슴이 답답하고, 몸이 차고 허탈한 느낌이 드실 것이오. 진맥을 해본 결과, 폐하의 옥체는 놀라움과 두려움, 근심걱정과 그리워하는 마음 탓으로 생긴 병환이니, '쌍조실군증(雙鳥 失群症)'에 걸리셨다 하겠소!"

임금은 침실 안에서 이 말을 듣고 정신이 번쩍 들어 자기도 모르게 큰 소리로 응답했다.

"정말 똑바로 짚으셨소! 짐이 앓고 있는 병이 바로 그 증세요! 어서 물러가 처방하여 속히 약을 지어주시오!"

돌팔이 의원 손오공은 그제야 의기양양하게 뚜벅뚜벅 내전 바깥으로 걸어 나왔다. 이 무렵 처음부터 끝까지 곁에서 지켜보던 태감이 한 발 앞서 조정으로 뛰쳐나가 대신들에게 희소식을 일러주고 있었다.

진작부터 간이 콩알만 해져서 조마조마하게 기다리던 스승이 제자를 보기가 무섭게 부여잡고 물었다.

"애야, 일이 어찌 되었느냐?"

"진맥은 끝났습니다. 이제 증세에 따라 약이나 지어드릴까 합니다."

돌팔이 의원은 대수롭지 않게 대답하는데, 신하들이 몰려들어 에워싸고 물었다.

"신승 장로님, '쌍조실군증'이란 어떤 병환입니까?"

손오공은 싱긋 웃어가며 선선히 풀이해주었다.

"수컷 암컷 두 마리 새가 놀고 있는데, 갑자기 불어 닥친 비바람에 놀라 헤어지게 되어, 암컷은 수놈을 보지 못해 그리워하고, 수컷은 암컷을 그리워한 끝에 병이 나고…… 이게 바로 '쌍조실군증'이 아니고 무엇이겠소?"

대신들은 이 말을 듣더니, 일제히 박수갈채를 퍼부으며 찬탄했다.

"참으로 신승이요, 명의(名醫)이시외다!"

이때 태의원의 관원이 조심스럽게 여쭈었다.

"병세는 알아내셨으나, 무슨 약재를 쓰려 하시옵니까?"

"모든 약재와 도구를 갖추어 회동관으로 보내주시오. 내 손쉬운 대로 적당히 보태고 덜어 쓰리다."

태의는 즉시 태의원 소속 관원들을 죄다 풀어 도성 안의 약방을 모조리 뒤져가며 약재 한 종류마다 서 근씩 공출하여, 팔백여덟 가지 약재와 조제 도구를 모조리 회동관으로 보냈다.

임금은 원로 대신들에게 명하여 삼장법사를 다른 전각으로 모셔다 후히 대접하도록 했다. '신승 손 장로'가 제대로 약을 지어 올려 쾌차할 때까지 스승 되는 사람을 인질로 잡아둘 심산이었다.

겁에 질린 스승이 제자를 부여잡고 늘어졌으나, 손오공은 좋은 말로 안심시켰다.

"사부님, 아무 걱정 마시고 대접이나 잘 받고 계십쇼. 저한테 이 나라 임금의 병을 고쳐놓을 만한 솜씨가 있으니까 마음 푹 놓으셔도 괜찮습니다."

손오공은 스승을 대궐에 남겨둔 채 회동관으로 돌아왔다. 대문에 들어서자, 벌써부터 목을 빼고 기다리던 저팔계가 낄낄대며 반겨 맞았다.

"형님, 나도 이제 알았소. 경을 가지러 갈 생각은 접고 평생 여기 주저앉아 밑천 한푼 안 들이고 약방 한 군데 열어 돈벌이를 하실 작정 아니오?"

"못난 소리 작작하게! 임금의 병을 고쳐주고 기분 좋게 떠나면 그만인데, 무슨 약방을 차린다는 거야?"

"헤헤, 그렇지 않고서야 팔백여덟 가지나 되는 이 약재를 종류마다 서 근씩 받아놓았으니, 고작 한 사람의 병을 고치는 데 모두 합쳐서 이천사백스물네 근이나 되는 약재를 언제 어떻게 다 쓴단 말이오?"

"누가 그렇게 많이 쓴다고 그랬나? 태의원이란 작자들이 갈피를 못 잡게 하려는 것일세. 그래야 이 돌팔이가 무슨 약재를 얼마나 쓸 것인지, 또 신묘한 비방(秘方)이 어떤 것인지 눈치 채지 못할 게 아닌가."

어느덧 날이 저물었다. 저녁상을 물리고 나서 손오공은 회동관 책임자에게 촛불과 등잔 기름을 가득 채워 객실을 환히 밝혀놓게 했다. 이윽고 한밤중 온 세상이 고요한 시각이 되었다. 손오공은 두 아우에게 가래를 삭이고 답답한 체증을 풀어주는 데 효과가 있는 파두(巴豆)와 대황(大黃)이란 약재를 한 냥쭝씩 꺼내다 곱게 갈아서 가루로 만들어놓게 했다.

약재가 마련되자 손오공은 다시 사오정에게 부엌에 들어가 솥 밑바닥의 검댕을 찻잔에 하나 가득 긁어다 또 곱게 갈아서 가루로 만들어놓게 하고, 저팔계더러는 마구간에 가서 백마의 오줌을 찻종지로 반 잔쯤 받아오라고 시켰다. 약을 조제하는 데 솥 검댕을 섞는 것도 이상하려니와 말 오줌까지 쓴다니, 두 형제는 별 해괴한 처방도 있다 싶으면서도 맏이가 지시하는 대로 따랐다.

손오공은 앞서 갈아놓은 약 가루와 검댕을 말 오줌으로 반죽해 가지고 환약 세 알을 빚어 작은 합에 담았다. 일을 마친 세 형제는 비로소 잠자리에 들었다.

하룻밤은 아무 탈 없이 지나고 어느덧 날이 밝았다.

대궐에서는 임금이 병든 몸을 일으켜 꼭두새벽부터 조정에 나오기 무섭게 원로 대신을 회동관으로 보내 손 장로에게 '영약'을 받아오라는 분부를 내렸다.

득달같이 회동관으로 달려간 대신들은 손오공 앞에 큰절을 올리고 여쭈었다.

"신승께서 조제하신 묘약을 받고자 왔나이다."

손오공은 작은 합을 내다가 뚜껑을 열어 보이고 대신들에게 건네주었다.

"약의 이름은 어찌 되는지 일러주십시오."

대신들의 물음에, 손오공은 시침 뚝 떼고 입에서 나오는 대로 주워섬겼다.

"그 약은 오금단(烏金丹)이라 하오."

곁에서 저팔계와 사오정이 키득키득 웃으며 안 들리게 수군대었다.

"하기야 솥 밑바닥의 시꺼먼 검댕으로 반죽했으니, '검정 황금 알약'이라 해도 틀린 말은 아니지."

이리하여 대신들은 환약이 담긴 합을 조심스레 떠받들고 궁궐로 돌아가 임금에게 올렸다.

임금은 모처럼 얻은 영약을 가지고 침전으로 들어가, 한 알씩 물로 삼켰다. 잠시 후, 뱃속에서 꾸르륵 소리가 잇달아 울리더니 뒤를 보고 싶은 생각이 들었다. 눈치 빠른 태감이 변기를 대령하자, 임금은 연거푸 네댓 차례나 뒤를 보고 기진맥진하여 침상에 기대 누웠다. 태감이 변기를 치우며 살펴보니, 더럽고도 걸쭉한 액체 속에 찰밥 한 덩어리가 섞여 있었다. 태감은 곧바로 침대 앞에 다가가 아뢰었다.

"폐하, 기뻐하소서! 병의 뿌리가 모조리 쏟아져 나왔나이다."

얼마 안 있어 임금은 답답하게 막혀 있던 가슴이 후련해지면서 기혈이 고르게 통하는 느낌이 들었다. 정신도 차츰 맑아지고 두 다리에 기력이 부쩍 돋아났다. 그는 예복을 갖추어 입고 대전으로 나아가 삼장법사 앞에 허리 굽혀 사례했다. 그리고 원로 대신들에게 분부를 내렸다.

"어서 관원들을 회동관으로 급히 보내 제자 세 분을 모셔오고, 성대한 잔치를 베풀도록 하오. 짐이 그분들의 은혜에 친히 감사를 표하겠소."

국왕의 명령 한마디에 모든 준비는 삽시간에 끝났다.

한편, 회동관에서 저팔계는 대신들이 올린 연회 초청장을 받아보고 반가움에 못 이겨 설쳐대기 시작했다.

"형님, 과연 묘약을 만드셨구려! 국왕이 사은의 잔치를 베풀어 모시겠다고 하니, 어서 잔치 음식이나 먹으러 갑시다!"

세 형제는 너 나 할 것 없이 싱글벙글 기뻐하면서 대신들을 앞세워 궁궐로 들어갔다. 조정에는 벌써부터 문무백관들이 기다리고 있다가 세 사람을 영접하여 잔치 자리로 모셔 들였다. 세 형제는 스승에게 문안 인사를 드리고 함께 연회석에 들어섰다. 윗자리의 식탁에는 소찬으로 준비한 요리가 푸짐하게 차려졌는데, 먹보 저팔계조차 어디서부터 손을 대야 좋을지 모를 만큼 진수성찬이었다.

임금은 손수 잔을 잡고 그들의 스승에게 권하였으나, 삼장법사는 술잔 받기를 굳이 사양했다.

"소승은 술을 마실 줄 모릅니다. 불초 제자들더러 대신 들게 하오리다."

이 말을 듣고 임금은 비로소 황금 술잔을 돌려 손오공에게 권하였다. 손오공이 잔을 한 모금에 시원스레 마셔 비우자, 임금은 다시 한 잔을 권하였다.

"불가에는 삼보(三寶)가 있다 하니, 석 잔 술을 드시오."

손오공도 사양치 않고 임금이 권하는 대로 마셨다. 곁에서 미련퉁이 저팔계가 가만 보니, 술잔은 원숭이 녀석 앞에서 딱 멎은 채 좀처럼 자기 차례까지 돌아올 기미가 없자, 속에서 슬그머니 심통이 뻗쳐올라 그만 소리를 버럭 지르고 말았다.

"폐하! 폐하께서 잡수신 그 약은 저희들도 힘을 보태 만든 것입니다. 그 알약 속에는 말의……"

손오공이 그 소리를 듣고, 이 미련한 녀석이 '말 오줌'의 비밀을 누설해 산통을 깨뜨릴까 겁이 나 술잔을 얼른 저팔계에게 넘겨주어 입막음을 했다. 미련퉁이도 더는 아무 소리 않고 임금이 권하는 대로 술을 넙죽넙죽 다 받아 마셨다.

술이 몇 순배 돌아가고 좌중의 분위기가 흥겨워졌을 때, 임금은 새삼스레 한숨을 내리쉬며 말문을 열었다.

"과인이 여러 해 우울증과 체증에 걸려 고생해왔소. 그러던 것이 신승께서 조제해주신 영약으로 속이 시원하게 확 뚫려 완쾌되었으니 얼마나 기쁜지 모르겠소."

손오공은 빙그레 미소를 띠며 내처 물었다.

"어제 폐하를 진맥해드렸을 때 그런 증세로 고생하시는 줄 알았습니다. 그러나 무슨 일로 그토록 근심걱정을 하고 계셨는지 까닭을 모르겠습니다."

임금은 어인 일인지 눈물을 뚝뚝 흘리면서 한숨 섞어 말했다.

"과인에게 정실왕비가 있는데, 실종된 지 벌써 삼 년째가 되었소."

"아니, 왕후마마께서 어디로 가셨단 말씀입니까?"

손오공이 의아해 묻자, 임금은 떨리는 목소리로 기막힌 사연을 털어놓았다.

삼 년 전 어느 봄날, 임금은 왕비와 후궁들을 거느리고 화원 정자에서 단오절을 경축하느라 찰떡과 창포로 빚은 술을 차려놓고 즐겼다고 한다. 그런데 갑자기 회오리바람이 한바탕 불어닥치더니, 반공중에 요괴 한 마리가 나타나 하는 말이, '나는 기린산 해치동에 사는데, 아리따운 왕비를 데려다 부인으로 삼겠노라' 하면서 강제로 납치해갔다는 것이었다. 임금은 너무나 놀랍고 두려운 나머지 때마침 먹었던 찰떡이 속에서 얹혀 체증을 일으키고, 또 밤낮없이 왕비를 그리워하던 끝에 우울증까지 걸려 지난 삼 년 동안 심한 고질병을 앓으면서 고생해왔다는 얘기였다.

"그 요괴가 어디 살며 정체가 무엇인지 알아보셨습니까?"

"왕비를 납치해가던 그날 자기 입으로 '나는 새태세(賽太歲)란 마왕이다! 부인감을 찾으러 다녔는데, 여기서 알맞은 절세미녀를 만났으니 잘됐구나!' 하면서 왕비를 채뜨려갔소."

손오공은 이 말을 듣고 무슨 생각에서인지 싱글벙글 웃으며 다시 물었다.

"이제 천만다행히도 폐하의 신병은 쾌차하셨는데, 어떻습니까, 요괴한테 빼앗긴 왕비마저 되찾아 데려오실 생각은 없으신지요?"

임금은 또 한 차례 눈물을 주르르 흘리면서 도리질을 했다.

"과인이 밤낮으로 왕비를 애타게 그리워하는 심사야 오죽하겠소만, 어느 누가 요괴를 잡아 없애고 왕비를 되찾아 온단 말이오? 우리 신하들 중에는 그 무서운 요괴와 맞서 싸울 만큼 용맹스런 장수가 없소."

그제야 손오공은 속내를 드러내고 은근히 임금을 떠보았다.

"이 손 선생이 폐하를 위해서 요괴를 잡아드리면 어떻겠습니까?"

임금은 정신이 번쩍 들어 그 자리에 무릎을 꿇고 간청했다.

"과인의 왕비를 구해주시기만 한다면, 이 나라 강산을 송두리째 바치리다."

"폐하, 그런 말씀일랑 거두시지요. 제가 한 가지 더 여쭙겠습니다. 그 요괴가 왕비마마를 납치해간 뒤로 요즈음에도 나타난 적이 있었습니까?"

"그놈이 왕비를 채뜨려갔던 그해 늦가을에 나타나, 왕비의 시중을 들겠다면서 궁녀 두 사람을 내놓으라기에 요구대로 내주었소. 그리고 작년부터 봄가을마다 두 차례씩 궁녀를 모두 여섯 명이나 데려갔는데, 언제 또 나타나 요구할지는 모르겠소."

임금의 말이 끝나자, 손오공은 그 자리에서 두 아우를 불렀다.

"팔계, 오정, 자네들은 이곳을 잘 지키고 있게. 이 손 선생께서 다녀오겠네."

그가 즉시 떠날 기세를 보였더니, 임금이 덥석 부여잡고 말렸다.

"신승께선 하루만 여유를 주시오. 그럼 마른 양식을 준비시키고 노잣돈과 발 빠른 준마를 한 필 마련해드릴 터이니, 만반의 채비를 갖추어 떠나도록 하시지요."

"하하, 그런 말씀은 두 발로 걸어가는 경우에나 통하는 얘기올시다. 솔직히 말씀드려 이 손 선생이 마음만 먹는다면 어디든지 휑하니 다녀올 수 있습니다."

"신승, 내 말을 고깝게 듣지 마시오. 내 일찍이 순찰기병대를 파견해서 마왕의 행방을 염탐해본 적이 있었는데, 마왕이 있는 곳은 여기서 남쪽으로 삼천 리쯤 되오. 정찰대가 그 소굴까지 찾아갔다가 돌아오는 데에만 꼬박 두 달이나 걸렸는데, 신승께서 무슨 법력으로 삼천 리나 되는 길을 단숨에 왕복하실 수 있단 말씀이오?"

"염려 마십시오. 삼천 리 길쯤이야 이 잔술이 식기도 전에 다녀올 수 있으니까요. 그리고 제가 왕비마마를 만났을 때 폐하의 부탁을 받았다는 증표가 있어야 믿어주실 텐데, 그분이 제일 아끼던 노리개 같은 것이 있거든 빌려주십시오."

임금은 왕비가 평소 가장 아끼던 황금 팔찌를 가져다 손오공에게 내어주었다.

손오공은 팔찌를 받아 제 손목에 끼우기가 무섭게 벌써 까마득히 허공으로 솟구쳐 어디론가 사라졌다. 눈앞에서 벌어진 이 엄청난 광경을 보고 주자국 임금과 신하들은 너 나 할 것 없이 모두 놀라 자빠지고 말았다.

4. 무서운 금방울

한편 근두운을 일으켜 타고 하늘 위로 오른 손오공이 몸을 한번 꿈틀했을 때, 그의 눈앞에는 벌써 높다란 산악이 나타나 있었다. 구름을 낮추고 산봉우리에 내려서서 둘러보니, 안개구름에 가려진 봉우리가 붓끝처럼 비죽비죽 솟아오르고 깎아지른 암벽 아래 소나무 숲의 울창한 절경이 모습을 드러냈다. 그는 해치동이란 마왕의 소굴이 어딘지 알 수 없어 한참 동안 이리저리 헤매고 다녔다.

이때 산등성이 너머 후미진 골짜기 쪽에서 느닷없는 불길이 확 치솟더니 시뻘건 불길 속에 또 한 줄기 시커먼 연기가 뻗쳐오르는데, 그 연기는 불길보다 더 사납고 지독스러워 보였다. 손오공은 불꽃 연기를 보고 깜짝 놀라 발길이 주춤했다. 하기야 5백여 년 전 태상노군의 팔괘로 속에서 연기 때문에 죽을 곤욕을 치른 경험이 있는 터라, 불길보다 연기가 더 무서울 수밖에 없었던 것이다. 지레 겁먹은 그가 엉거주춤하고 있으려니, 이번에는 같은 지점에서 한 줄기 모래 기둥이 뿌

엫게 솟구쳐 올랐다. 그 모래 줄기 역시 지독스런 기세가 불꽃 연기에 못지않아 보였다.

손오공은 불꽃 연기와 모래 기둥을 피해 멀찌감치 물러섰다. 얼마나 헤매고 다녔을까, 어느새 연기와 모래는 씻은 듯이 스러지고 불길 또한 사그라져 주변이 고요할 따름이었다. 그런데 이번에는 또 난데없이 놋쇠로 만든 징소리가 '웽그렁뎅그렁' 요란하게 울리면서 산골짜기의 정적을 깨뜨리기 시작했다.

징소리가 나는 쪽으로 살금살금 다가가 보니, 요괴 한 마리가 누런 깃발 한 폭을 어깨에 둘러메고 쏜살같이 치달리는 모습이 눈길에 잡혔다. 이 산골짜기에 드나드는 요정이라면 보나마나 새태세란 마왕의 졸개가 분명했다.

손오공은 어딜 가는지 알아보기로 마음먹고 그 자리에서 주문을 외워 하루살이로 둔갑한 다음 졸개 요괴의 등판에 내려앉아 따라붙기 시작했다.

졸개 요괴는 그런 사정은 까맣게 모른 채 연신 징을 두드려가며 혼잣말로 중얼중얼 푸념을 늘어놓기 시작했다.

"우리 대왕님은 심보가 어지간히 지독하신 분이야. 삼 년 전에 주자국 왕비를 납치해오셨으면서, 오늘날까지 부부의 인연도 맺지 못하셨잖아. 공연히 애꿎은 궁녀들만 잡아다가 번번이 들볶아 죽이고 이제 또 나더러 궁녀를 데려오라고 내보내시니, 정말 앞으로 얼마나 많은 여자들을 잡아다 죽이려는지 모르겠네. 주자국 임금이 궁녀를 순순히 내놓으면 몰라도, 거절했다가는 우리 대왕님께서 연기와 모래, 불길로 도성을 휩쓸어 폐허로 만들어버리고, 임금과 신하들, 하다못해 백성들마저 하나도 성히 살아남지 못할 텐데, 그랬다가는 정말 큰일 아닌가?"

손오공이 가만 듣고 보니, 졸개 요괴는 지금 또 마왕의 분부를 받아 주자국 도성으로 궁녀를 빼앗으러 가는 길이 분명했다. 하루살이는 다시 '앵!' 하고 요괴의 등에서 날아올라, 멀찌감치 앞질러 나간 다음 이번에는 도사 밑에서 수행하는 꼬마 동자로 탈바꿈했다. 그러고는 앙큼스레 길바닥에 내려서더니 마주 걸어오는 졸개 요괴를 향해 알은체하고 인사를 건넸다.

"어이구 나리, 어딜 가십니까?"

혼자 쓸쓸히 산길을 내뛰던 졸개 요괴도 사람을 보고 반가웠는지 싱글벙글 웃으며 자랑스레 떠벌렸다.

"우리 대왕님이 주자국 도성에 다녀오라고 해서 가는 길이다."

"주자국엘 가시다니요? 그 나라는 애당초 대왕님이 장가드신 곳이 아닙니까?"

"말도 말아라! 재작년에 왕비를 잡아다 부인으로 삼으려 했을 때, 웬 신선 한 분이 나타나 고운 비단옷을 한 벌 바치기에 왕비한테 입혔지 뭐냐. 그랬더니 옷을 입자마자 왕비의 몸뚱이에 온통 바늘 같은 가시가 돋쳐, 우리 대왕님은 손 한 번 대지 못하게 된 거야. 어쩌다 잘못 건드렸다가 손바닥을 가시에 찔려 아프다고 펄펄 뛰셨으니, 이게 도대체 무슨 조화인지 모르겠어. 그때부터 대왕님은 지금까지 왕비와 잠자리는커녕 그 몸을 만져보지도 못하셨단 말이다. 일이 이렇게 되니 해마다 한두 차례씩 궁녀를 데려다 들볶아 죽이고, 이제 또 나더러 궁녀 두 사람을 데려오라고 해서 가는 길이란다."

104

앙큼스런 손오공은 이제 알 만큼 다 알아낸 뒤라, 손을 흔들어 작별 인사를 건넨 다음 선뜻 길을 비켜주었다. 졸개 요괴는 여전히 징을 두드리면서 의기양양하게 걸어 나갔다. 곧이어 발길을 되돌린 손오공은 여의봉을 뽑아 들기가 무섭게 요괴의 뒤통수를 한 대 후려갈겼다. 그리고 죽어 널브러진 요괴의 시체를 끌어다 수풀 속에 감춰두는데, 갑자기 허리춤에서 금테 두른 나뭇조각이 뚝 떨어졌다. 무심코 집어 들고 보니, 요괴의 신분을 증명하는 호패였다.

심복 소교(小校). 이름은 유래유거(有來有去), 몸집은 5척 단신에 수염은 없다. 이 호패를 항상 차고 다닐 것이며, 패가 없으면 가짜다.

손오공은 피식 웃으며 중얼거렸다.

"요 녀석 이름이 '유래유거'였구나. 여기까지는 잘 왔다만, 내 철봉 한 대 맞고 중도에 돌아가지 못하게 되었으니, '유래무거(有來無去)'로 이름을 바꿔야겠네!"

그는 호패를 제 허리춤에 차고 누런 깃발을 어깨에 둘러멘 채 유래유거의 모습으로 탈바꿈한 다음 징을 두드리며 곧바로 마왕의 소굴을 찾아 나섰다.

한참을 가고 있으려니, 어디선가 떠들썩하게 인기척이 들려왔다. 바로 마왕의 소굴 해치동 어귀에서 문지기 요괴들이 떠드는 소리였다. 그것들은 하나같이 곰, 호랑이, 표범, 이리, 구렁이, 여우와 토끼, 성성이 같은 들짐승이 둔갑한 요정들이었다.

손오공은 시침 뚝 떼고 동굴 문 앞으로 걸어갔다. 그를 발견한 성성이가 수작을 걸어왔다.

"여어, 유래유거! 자네, 돌아왔나?"

손오공은 짧게 대꾸했다.

"응, 돌아왔네."

"어서 들어가보게. 대왕님이 지금 자네가 돌아오기만 기다리고 계시네."

어슬렁어슬렁 동굴 안으로 들어선 손오공이 안쪽을 두리번거리다 보니, 해묵은 소나무와 잣나무가 둘러싸인 곳에 여덟 개의 창문이 훤히 뚫린 팔각정자 한 채가 자리 잡았는데, 그 한복판에 마왕 혼자 우두커니 앉아 있었다. 얼핏 보기에도 펑퍼짐한 주둥이에 입술 사이로 날카로운 송곳니가 비죽 드러나고 툭 불거진 왕방울 눈알이 그 이름처럼 하늘의 흉악한 별자리 태세(太歲)와 겨룰 정도로 흉악하기 짝이 없어, 과연 주자국 임금이 까무러치고 병들게 할 만한 생김새였다.

손오공은 그래도 마왕에게 인사 한마디 건네지 않고 여전히 '웽그렁뎅그렁' 시끄럽게 징을 두드리면서 그 앞을 지나가려 했다.

마왕 새태세가 먼저 물었다.

"유래유거, 이제 돌아왔구나. 그래, 궁녀들은 어디 있느냐?"

손오공은 미리 생각해둔 것이 있는 터라 일부러 대꾸하지 않았다. 성미 급한 마왕이 대뜸 달려들어 그의 멱살을 움켜잡고 호통쳐 다시 물었다.

"너 이놈! 집에 돌아와서도 시끄럽게 징만 두드리고, 내가 묻는 소리에는 대꾸 한마디 없으니, 죽으려고 환장했구나!"

그제야 손오공은 들고 있던 징과 방망이를 땅바닥에 내던지면서 툴툴거렸다.

"뭘 자꾸만 '어쩌고저쩌고' 야단치시는 겁니까? 대왕님 분부대로 주자국 도성에 갔다가 궁녀를 데려오기는커녕 볼기만 터지게 얻어맞고 쫓겨나 아파 죽겠는데, 저더러 무슨 대꾸를 하란 말입니까?"

"아니, 주자국 임금이 네 볼기를 때려 내쫓았단 말이냐?"

"말씀도 마십쇼! 여느 때와는 생판 다르게 임금이 절 보자마자 당장 끌어내다 목을 치라고 펄펄 뛰는 겁니다. 왕비를 돌려보내지 않으면 군사를 파견해서 대왕님의 소굴을 뒤엎어 쑥대밭으로 만들어놓겠다고 으름장을 놓지 않겠습니까. 제 목이 떨어져나갈 것을, 신하들이 '전쟁 중에는 왕래하는 사신을 죽이지 않는 법'이라고 말리는 바람에 가까스로 목숨만 건져 살아났단 말입니다."

"그러고 보니, 자네가 어지간히 혼이 났군그래. 어쩐지 내가 물어도 대꾸를 않더라니…… 그래, 저편의 군사가 얼마나 되더냐?"

"생각지도 않게 끌려가 닦달을 당하고 볼기를 맞는 바람에 혼이 났는데, 적군의 숫자를 세어볼 겨를이 어디 있었겠습니까. 아무튼 도성 안에 활과 화살, 창칼, 도리깨, 쇠몽치 따위로 무장한 군사 수만 명이 숲처럼 빽빽이 늘어섰더군요."

그러자 마왕이 껄껄대며 웃어넘겼다.

"하하, 그따위 인간들의 병기쯤이야 내가 불 한번 지르면 죄다 녹아 없어지고 잿더미가 될 테니 염려 마라. 넌 그런 걱정 말고 안채에 들어가 왕비를 만나서 저쪽 소식이나 전해주렴. 오늘 아침 내가 홧김에 주자국 임금을 잡아 죽이겠다고 했더니, 그 얘기를 듣고 겁이 나서 눈물만 뚝뚝 흘려가며 시름에 잠겨 있으니, 네가 허풍 좀 떨어서 왕비의 마음을 잠시나마 편하게 해드려라.”

이 소리를 들은 손오공은 ‘옳거니, 뜻대로 되어가는구나!’ 싶어 속으로 기뻐 어쩔 줄을 몰랐다. 그는 길을 이미 알기나 하듯 주저없이 정자 옆으로 돌아 곁문으로 들어갔다. 그리고 대청을 가로질러 곧장 안으로 들어서니 으리으리하게 꾸민 누각 한 채가 세워진 것이, 주자국 왕비가 거처하는 궁궐이 분명했다. 궁궐 전각에는 여우와 사슴 요정이 아리따운 여자의 모습으로 둔갑한 채 좌우 양편에 늘어서 있었는데, 그 한가운데 앉은 여인이 바로 왕비였다. 마왕이 얘기한 대로 그녀는 수심이 가득 찬 얼굴을 하고 손으로 턱을 괸 채 눈물을 뚝뚝 떨구고 있었다.

손오공은 앞으로 다가서서 문안 인사를 드렸다.

“절 받으십쇼!”

무뚝뚝한 인사말에 왕비가 버럭 역정을 내며 꾸짖었다.

“이런 괘씸한 시골뜨기 괴물 녀석, 무엄하기 짝이 없구나! 내가 본국에 있을 때만 해도 신하들이 감히 내 얼굴을 우러러볼 엄두조차 내지 못했는데, 이 배워먹지 못한 놈은 그저 한마디로 ‘절 받으시오!’라니, 도대체 어디서 이따위 촌뜨기 괴물이 굴러들어왔느냐?”

곁에 모시고 있던 몸종들이 얼른 소개를 해주었다.

“마마, 노여워 마세요. 이 사람은 대왕님의 심복 유래유거란 자로서, 오늘 아침 주자국 도성에 궁녀를 데리러 갔던 사신입니다.”

왕비는 주자국에 다녀온 사절이란 말을 듣더니, 노염을 꾹 참고 물었다.

“네가 주자국에 다녀왔단 말이냐?”

"예에, 소인이 대궐 안에까지 들어가 국왕 폐하를 직접 만나뵈었지요."

"그래, 임금님을 뵈었을 때 무슨 말씀이 있으시더냐?"

두번째 질문이 나오자, 손오공은 좌우의 눈치를 살피며 어렵게 말머리를 꺼냈다.

"다녀온 용무는 대왕님께 다 보고를 드렸습니다. 한 가지, 왕비 마마께 전하라는 말씀을 따로 하셨으나, 측근에 듣는 귀가 많아 말씀드리기 거북스럽습니다."

왕비는 당장 곁에 서 있던 요정들을 호통쳐 물러가게 했다. 그제야 손오공은 궁궐 문을 모두 닫아걸고 손바닥으로 얼굴을 쓰윽 문질러 본래의 모습을 드러냈다.

"마마, 두려워하지 마십쇼. 저는 동녘 땅에서 천축 뇌음사로 부처님을 찾아뵈러 가는 당나라 스님의 수제자 손오공입니다. 서천으로 가는 도중 주자국을 거치게 되어 통행문서에 확인을 받으려다가 국왕 폐하의 고질병을 치료해드렸습니다. 그리고 폐하께서 베풀어주시는 잔치 자리에서 환담을 나누다가 마마께서 요괴한테 납치되셨음을 알게 되었습니다. 그래서 폐하의 부탁을 받아 마마를 구출하러 요괴의 심복으로 변장하여 소굴에 들어왔습니다."

그러나 왕비는 잠자코 듣기만 할 뿐 아무 말이 없다. 미덥지 못하다는 기색이었다. 손오공은 할 수 없이 소맷자락에 감춰두었던 황금 팔찌를 꺼내 바쳤다.

"정 믿지 못하시겠다면, 이 물건을 보십시오."

눈에 익은 황금 팔찌를 보는 순간, 왕비의 눈에서 눈물이 주르르 흘러내리더니 그 자리에서 고개 숙여 사례했다.

"장로님, 그대가 이 몸을 구출하여 고국으로 돌아가게 해준다면, 그 은혜 평생 잊지 않으리다."

손오공은 남몰래 가슴을 쓸어내리면서 이렇게 물어보았다.

"한 가지, 여쭤볼 것이 있습니다. 저 요사스런 마왕이 불과 연기를 토해내며 독한 모래를 쏟아내기도 하는데, 그것이 무슨 보배입니까?"

"보배는 금방울 세 개요. 첫번째 것을 흔들면 불길이 삼천 척 높이나 치솟아 사람들을 모조리 태워 죽이고, 두번째 것을 흔들면 매캐한 연기가 똑같은 높이로 솟구쳐 사람을 질식시켜 죽이고, 세번째 것을 흔들면 누런 모래가 뻗쳐오르는데, 그 모래가 한 톨이라도 몸속에 들어가면 누구나 즉사하게 되오."

그 말을 듣고 손오공은 혀를 내둘렀다.

"정말 지독스럽군요! 한데 저 요괴가 금방울을 어디다 간직해두었습니까?"

"허리춤에 꼭 차고 잠시도 떼어놓지 않소."

손오공은 잠깐 생각해보더니, 정색을 하고 부탁했다.

"마마께서 고국에 돌아가 국왕 폐하와 다시 만나보시려거든 제 말씀대로 해주십쇼. 기쁜 낯으로 마왕을 불러다 환대하시고 부부의 정을 나누는 체하면서, 그놈이 금방울을 어떻게 해서든지 마마께 맡겨두게 일을 꾸며주십쇼. 그럼 제가 그것을 훔쳐내어 꼼짝 못하게 만들고 항복시키겠습니다."

왕비에게서 응낙을 받아내자, 그는 또다시 유래유거의 모습으로 둔갑했다. 때맞춰 왕비는 짐짓 큰 소리로 분부를 내렸다.

"유래유거! 자네 얼른 앞채로 나가서 대왕님께 건너오시라고 하게."

"예에, 마마!"

손오공은 한마디로 응답하고 나서 부리나케 정자로 달려나가 요괴 마왕에게 소리쳐 아뢰었다.

"대왕님, 왕비마마께서 건너오시랍니다!"

새태세는 이게 무슨 소린가 싶어 깜짝 놀라더니, 입이 함박만 하게 벌어졌다.

"아니, 뭐라고? 왕비는 날마다 그저 욕설만 퍼붓더니, 오늘은 무슨 바람이 불어 나더러 건너오라는 거야?"

손오공은 시침 뚝 떼고 이렇게 둘러대었다.

"제가 이렇게 말씀드렸습죠. '주자국 임금은 벌써 마마를 잊어버리고 다른 왕비를 맞아들이셨습니다……' 그랬더니 마마께서는 이만저만 실망하지 않으시고, 저더러 냉큼 가서 대왕님께 건너오시라는 말씀을 전하라 하시지 뭡니까."

마왕 새태세는 크게 기뻐하며 입이 마르도록 칭찬했다.

"자네, 정말 쓸모가 있는 사람일세! 내가 저 나라를 싹 쓸어버리고 나거든 자넬 재상으로 임명해줌세."

손오공은 입에서 나오는 대로 얼렁뚱땅 고맙다는 인사를 했다. 그러고는 새태세와 함께 후궁으로 달려갔다. 그곳에는 이미 왕비가 생글생글 웃는 낯으로 서 있다가 반색을 하며 마왕의 손길을 잡아끌려 했다. 새태세는 쑥스러움을 이기지 못하고 주춤주춤 뒷걸음쳤다.

"이러면 아니 되오. 모처럼 낭자의 사랑을 받아 좋기는 하오만, 자칫 잘못 건드렸다가는 내 손바닥을 가시에 찔릴까 봐 겁나 가까이할 수가 없구려."

왕비는 여전히 교태를 부려가며 손짓해 불렀다.

"대왕님, 이리 앉으세요. 제가 여쭐 말씀이 있거든요."

"뭐든지 상관없으니 말씀해보시오."

"제가 대왕님의 총애를 받아온 지 벌써 삼 년이나 되고, 아직껏 잠자리를 같이하지는 못하였어도 부부가 된 셈이 아닌가요? 제가 고국에서 왕비 노릇을 하는 동안에는 외국에서 진귀한 보배를 바치면 임금님이 다 보신 뒤에 반드시 왕비인 저한테 넘겨 간직하게 하였답니다. 그런데 대왕님은 보배가 있어도 저를 남처럼 따돌려놓고 구경시켜주지도 않고 저한테 맡겨두지도 않으십니다. 제가 알기로는 대왕님께 금방울 세 개가 있다던데, 그것이 무슨 보배인지는 몰라도 왜 혼자서 감추고만 계시는 겁니까? 이래서야 금실 좋은 부부지간이라고 할 수 있겠습니까?"

새태세는 겸연쩍게 너털웃음을 쳤다.

"낭자가 섭섭해하는 것도 당연하오. 자, 보배는 여기 있소! 오늘부터 당신에게 맡겨둘 테니 잘 간수하시구려."

마왕이 그 자리에서 옷자락을 들추고 보배를 꺼내기 시작했다. 유래유거로 둔갑한 손오공은 곁에서 눈 한번 깜빡이지 않은 채 지켜보고 있었다. 마왕은 소중히 간직하던 금방울 셋을 하나하나씩 끌러내더니, 솜뭉치로 아가리를 틀어막고 표범 가죽에 싸서 왕비에게 건네주며 신신당부했다.

"조심해서 간직하시오. 절대로 흔들어서는 안 되오."

왕비는 그것을 두 손으로 받아 들며 다짐했다.

"저도 알아요. 화장대에 잘 간직해둘 것이니, 아무도 건드릴 자가 없을 겁니다."

곧이어 시녀들을 불렀다.

"애들아, 술상 차려 내오너라. 내가 대왕님께 합환주를 몇 잔 올려야겠다."

시녀들이 당장 술안주로 사슴과 노루, 멧돼지고기를 한상 차려놓고 야자로 빚은 술을 따라 올렸다. 왕비는 술잔을 가득 채워 마왕에게 건네고 아양을 떨어가며 요괴의 정신을 쏙 뽑아놓기 시작했다.

손오공은 곁에서 일을 거드는 체하다가 슬그머니 화장대 가까이 다가가서 금방울 셋을 냉큼 집어 가지고 한쪽으로 비켜서더니, 어슬렁어슬렁 뒷걸음쳐 궁궐 문 바깥으로 빠져나왔다. 그러고는 곧바로 정자까지 뒤도 안 돌아보고 뛰쳐나갔다.

정자 앞에는 아무도 없었다. 그는 마음 놓고 가죽 주머니 매듭을 끌렀다. 주머니에는 황금 방울 세 개가 담겨 있었다. 그는 이 방울들이 얼마나 무서운 것인지도 모르고 아가리를 틀어막은 솜뭉치를 뽑아버렸다. 바로 그 순간이었다.

"딸랑딸랑! 딸랑딸랑……!"

금방울 셋이 딱 한 차례씩 울리더니, 삽시간에 "쏴아아!" 하는 소리와 함께 시커먼 연기, 시뻘건 불길, 싯누런 모래가 한꺼번에 쏟아져 나오면서 하늘 높이 치솟는 것이 아닌가! 창졸간에 벌어진 일이라, 손오공은 어떻게 손을 써볼 도리가 없었다. 불길과 모래, 연기는 눈 깜짝할 사이에 정자로 옮겨붙더니 걷잡을 수 없이 활활 타오르기 시작했다.

소굴을 지키던 부하 요괴들은 정자가 온통 불바다에 휩쓸리는 것을 보고, 허둥지둥 후궁으로 달려가 마왕에게 급보를 전했다. 깜짝 놀란 마왕 새태세는 자리를 박차고 일어나 부하들에게 긴급명령을 내렸다.

"뭣들 하느냐? 어서 불을 꺼라!"

새태세가 부랴부랴 정자로 뛰쳐나가 보니, 유래유거란 녀석이 금방울 셋을 손에 들고 어쩔 바를 모른 채 허둥거리며 서 있는 것이 아닌가? 마왕은 대뜸 그 앞으로 달려들면서 호통을 쳤다.

"이런 망할 자식! 어느 틈에 금방울을 훔쳐 가지고 나와서 장난질을 치는 거냐! 얘들아, 이 괘씸한 놈을 어서 잡아 꿇려라!"

대왕의 명령이 떨어지자, 소굴 앞에 몰려 있던 호랑이, 곰, 늑대, 표범, 구렁이 같은 맹수의 정령들이 한꺼번에 덤벼들어 손오공을 에워싸기 시작했다.

가뜩이나 연기 불꽃에 겁먹고 있던 손오공은 수백 마리나 되는 요괴들이 패거리로 몰려들자, 어마 뜨거라 싶어 금방울을 내동댕이치고 허둥지둥 본래의 모습을 드러내더니 여의봉을 꺼내 들고 달아나면서 눈앞에 닥치는 대로 후려갈겼다.

마왕 새태세는 땅에 떨어진 금방울을 거둬들이고 명령을 내렸다.

"저놈 도망치지 못하게 앞문을 닫아걸어라!"

포위망이 점차 좁혀드는 것을 본 손오공은 빠져나가기 어려움을 깨닫고 자욱하게 번진 불꽃 연기 속에서 재빨리 몸을 꿈틀하여 파리로 둔갑한 다음, 불길이 번지지 못하는 돌벽 위에 찰싹 달라붙었다.

부하 요괴들은 손오공이 눈앞에서 갑자기 사라지자, 허둥지둥 이곳 저곳을 찾아 헤맸으나 아무리 뒤져도 보이지 않으므로, 할 수 없이 마왕에게 보고했다.

"대왕님, 그놈이 달아났습니다. 도적을 놓쳤습니다!"

"어떤 도적놈이 이토록 대담하단 말이냐! 유래유거의 모습으로 둔 갑해서 내 집 안에까지 숨어들다니, 그놈이 보배를 훔쳐 바깥으로 뺑소니치지 않았기에 망정이지, 하마터면 큰일 날 뻔했다!"

이때 곰 참모가 나서서 아뢰었다.

"저희 생각으로는, 방금 유래유거의 탈을 벗고 원숭이 얼굴을 드러낸 것을 보니, 요즈음 소문으로 듣던 당나라 화상의 제자 손오공이 아닌가 합니다. 그놈이 노상에서 유래유거와 맞닥뜨려 죽이고, 똑같은 모습으로 변장하여 보배를 도둑질하러 숨어 들어온 것이 분명합니다."

새태세도 수긍이 가는지 고개를 끄덕끄덕했다.

"그럴 수도 있겠다. 아무튼 그놈이 빠져나가지 못하게 샅샅이 뒤져라!"

이리하여 마왕의 소굴에서 일대 소동이 벌어졌다. 해치동 앞뒷문이 모조리 잠기고 통로마다 경계망이 철통같이 깔린 가운데 밤새도록 순찰병이 딱따기를 치며 쉴 새 없이 돌아다녔다.

파리로 둔갑한 손오공은 여전히 문틈 곁에 찰싹 달라붙은 채 빠져나갈 틈을 엿보았으나, 경계가 삼엄하여 도저히 바깥으로 도망칠 수가 없었다. 그는 안 되겠다 싶어 즉각 날개를 떨치고 날아올라 후궁으로 은신처를 옮겼다.

궁궐에서는 왕비가 홀로 탁자에 엎드려 구슬프게 흐느껴 울고 있었다. 손오공은 그녀의 머리에 내려앉아 가만가만 속삭여 불렀다.

"마마, 슬퍼하지 마십쇼. 이 손오공은 아직 목숨을 잃지 않았습니다. 금방울을 훔쳐내기는 했으나, 내 성미가 워낙 급해서 열어보고 싶은 생각에 주머니를 펼치다가 잘못해서 솜뭉치가 빠져나오는 바람에 불꽃 연기와 모래 기둥이 솟구쳐 정자를 태워먹고 말았습니다. 어찌나 놀랍고 당황했는지 본모습이 발각되어 요괴들과 한바탕 악전고투를 벌였습니다. 지금은 파리로 탈바꿈해서 이리로 숨어 들어왔으나, 도무지 바깥으로 빠져나갈 길이 없습니다."

난데없는 소리에 깜짝 놀란 왕비가 주변을 두리번거렸으나, 목소리만 들릴 뿐 사람의 모습은 보이지 않았다. 그녀는 귀신에게 홀린 듯이 와들와들 떨기 시작했다.

"거기 누구요? 귀신이오, 사람이오?"

"저는 지금 파리로 둔갑해 여기 와 있습니다. 그러니 두려워하지 마시고 다시 한 번만 그놈을 이리로 유혹해서 잠들게 해주십시오. 그럼 제가 다른 계략을 써서 구해드리겠습니다."

왕비는 그래도 믿지 못하고 눈물을 흘리며 혼잣말로 속삭였다.

"아무래도 내가 악몽을 꾸는구나……"

"악몽을 꾸다니요! 정 믿지 못하시겠거든 제가 뛰어내릴 터이니 손바닥을 내밀어보십쇼."

손오공이 진지한 목소리로 말했더니, 그녀는 정말 손바닥을 살며시 내밀었다. 손오공은 지체 없이 그 손바닥에 내려앉았다. 작디작은 파리의 모습, 날개를 파르르 떨어가며 앉은 자태가 앙증맞기 이를 데 없었다.

"보셨습니까? 이게 둔갑한 제 모습입니다."

그제야 의심을 떨쳐버린 왕비가 속삭여 물었다.

"나더러 어떻게 마왕을 유혹하란 말씀인가요?"

"옛말에 '사람의 한평생을 망치는 데 술만 있을 뿐이요, 세상만사 해결하는 데도 술보다 더 좋은 것이 없다' 했습니다. 이처럼 술은 나쁜 일이나 좋은 일에나 쓸모가 많습니다. 그러니 마왕에게도 술을 취하도록 먹이는 것이 상책입니다. 그리고 마마의 심복으로 부리는 몸종을 하나 불러 저한테 손짓으로 가리켜주십쇼. 그럼 제가 그 몸종으로 탈바꿈해서 시중드는 체하다가, 눈치껏 일을 벌이겠습니다."

왕비는 이 말을 듣더니 즉석에서 몸종 하나를 소리쳐 불렀다.

"춘교야, 어디 있느냐?"

그러자 병풍 뒤에서 옥같이 곱게 생긴 여우 요정 한 마리가 나왔다.

"무슨 일로 저를 부르셨나이까?"

"너, 지금 가서 애들더러 초롱에 불을 밝혀놓고 향을 사르게 해라. 내가 대왕님을 이리로 모셔다 주무시게 해드려야겠다."

춘교라고 불린 여우 요정은 즉시 안채로 들어가더니 일고여덟 마리나 되는 요괴들을 부려 초롱에 불을 환히 밝히게 하고 향로에 사향을 피워 떠받들게 했다. 그 틈에 왕비는 손오공에게 손짓 신호를 보냈다. 낌새를 알아챈 파리는 날개를 떨치고 날아가 춘교의 머리 위에 내려앉았다. 그리고 솜털 한 가닥 뽑아 잠벌레로 둔갑시킨 다음, 춘교의 얼굴에 살그머니 내려놓았다. 잠벌레가 콧구멍 속으로 기어들어가자, 여우 요정은 가만 서 있지 못하고 비틀거리더니 눈꺼풀이 무겁게 내려앉으면서 끄덕끄덕 졸다가 벽에 기댄 채 스르르 주저앉아 잠이 들고 말았다.

손오공은 요정의 머리 위에 내려앉더니 어느새 춘교의 모습으로 감쪽같이 탈바꿈했다. 그러고는 시침 뚝 떼고 동료 몸종들과 함께 줄지어 늘어섰다.

한편 마왕을 끌어들일 채비를 끝낸 왕비는 앞채로 나갔다. 문지기 요괴가 그녀를 알아보고 부리나케 달려가, 경계망을 설치하느라 바쁜 새태세에게 알렸다.

왕비가 납시었다는 소식을 듣자, 마왕은 허둥지둥 달려와 반갑게 맞이했다.

먼저 왕비가 입을 열었다.

"대왕님, 이제 불은 다 꺼지고 도둑놈 역시 달아나 종적을 감추었는데, 밤이 깊었으니 어서 후궁으로 건너가 편히 쉬세요. 제가 이렇게 모시러 나왔지 않아요?"

새태세는 속으로 기뻐 어쩔 줄 모르면서도 이렇게 대답했다.

"고맙소, 낭자. 하지만 조심해야 하오. 아까 그 도적놈은 유래유거로 둔갑한 손오공이란 놈이었소. 그래서 지금껏 찾고 있었는데, 어디로 사라졌는지 행방이 묘연하니 마음을 놓을 수 있어야지!"

"아마 벌써 멀찌감치 도망쳤을 거예요. 그러니 더는 마음 쓰실 것 없이 편안히 침소에 들기나 하세요."

이렇듯 왕비가 곁에서 아양을 떨며 권유하니, 새태세도 마음이 여려져 딱 부러지게 거절하지 못하고 말았다. 그는 부하들에게 불조심하라는 둥 단단히 지키라는 둥 여러 가지로 엄명을 내린 다음 왕비와 함께 후궁으로 건너갔다.

가짜 춘교로 탈바꿈한 손오공이 몸종들을 이끌고 영접하러 나오자, 왕비는 그들에게 분부를 내렸다.

"대왕님께서 피곤하실 터이니, 노고를 풀어드려야겠다. 주안상을 차려 내오너라."

듣기만 해도 기분이 좋아진 새태세는 싱글벙글 입이 벌어졌다.

왕비의 심복 노릇을 하는 '가짜 춘교'가 동료 몸종들을 재촉하여 식탁에 날고기 안주와 술병, 술잔을 가지런히 차려놓았다.

이윽고 왕비가 술잔을 채워 건넸다. 마왕도 한잔 받들어 올렸다. 둘이서 팔뚝을 마주 엇갈려 술잔을 돌려 마셨다. '가짜 춘교'는 술병을 들고 서서 잔을 비우기가 무섭게 술을 따라 채우며 아첨을 떨었다.

"대왕님과 우리 마마께서 오늘 밤에야 합환주를 나누시니, 노래와 춤을 곁들여 흥을 돋워드릴까 합니다."

질탕하게 울리는 풍악 속에 시녀들이 너울너울 춤추며 돌아가고, 새태세와 왕비는 한참 동안 여러 잔을 마셨다. 왕비는 새태세의 귀에 입술을 갖다 대고 촉촉하게 젖은 목소리로 정겹게 속삭여 농락하기 시작했다. 마왕 새태세는 그만 뼈마디가 녹신녹신하게 풀어져 구름을 탄 것처럼 황홀해졌다. 그러나 왕비의 몸에 온통 지독한 가시가 돋쳐 있으니 건드려볼 수 없어 가슴만 애태울 따름이었다.

마왕의 넋을 모조리 뽑아낸 왕비가 까르르 웃어가며 불쑥 물었다.

"대왕님, 그 보배가 상하지는 않았나요?"

느닷없이 묻는 말에, 마왕은 무심코 사실대로 말했다.

"그 방울이 어떤 보배인데 상할 리 있겠소. 가죽 주머니만 불타 없어졌을 뿐이오."

"그럼 어떻게 간직하고 계시나요?"

"뭐 간직한다고 할 것도 없소. 내 허리춤에 차고 있으니까."

가만 엿듣던 '가짜 춘교'는 즉시 솜털 한 줌을 뽑아 입에 넣고 우물우물 씹으며 두 사람 곁으로 다가서더니, 그것을 마왕의 몸뚱이에 슬쩍 뿌려놓았다. 그러고는 들키지 않게 남몰래 속으로 외쳤다.

"변해라!"

바스러진 솜털은 당장 세 가지 골치 아픈 벌레로 탈바꿈했다. 그것들은 다름 아닌 이와 벼룩, 그리고 냄새 지독한 빈대였다. 이것들은 마왕의 몸뚱이에 구석구석 파고들더니 살갗에 달라붙은 채 여기저기 마구 물어뜯기 시작했다. 처음에는 근질근질하던 몸뚱이가 차츰 걷잡을 수 없이 가려워지자, 견디다 못한 마왕은 두 손을 옷 속에 집어넣고 긁적거리다가 손톱에 낀 이 몇 마리를 잡아서 등잔불 빛에 비춰 보았다.

이것을 본 왕비는 손오공이 무슨 일을 벌였는지 이내 알아차리고 짐짓 한숨을 쉬어가며 핀잔을 주었다.

"대왕님, 목욕을 하신 지 얼마나 된 거예요? 속옷을 갈아입지 않으시니까 그런 것들이 생겨 들끓는 게 아니겠어요?"

사랑하는 여인 앞에서 지저분한 꼴을 보이게 된 마왕은 부끄럽다 못해 얼굴이 벌게져 궁색한 변명을 늘어놓았다.

"어흠……! 나 역시 이런 것들이 몸에 생겨본 적이 없었는데 오늘 따라 웬일인지 모르겠소. 하필이면 이 좋은 밤에 추접스런 꼴을 보이다니, 나 원, 참……!"

"속담에 '나라를 다스리는 임금님의 몸에도 이가 세 마리는 기어다닌다' 하지 않던가요? 어서 그 옷을 벗어 주세요. 제가 잡아드릴 테니까."

왕비가 이를 잡아준다는데 마다할 새태세가 아니었다. 그는 앉은자리에서 허리띠를 끄르고 옷을 벗기 시작했다. 과연 마왕의 옷에는 보리 알 만한 이와 노린내 나는 빈대, 벼룩이 득실거렸다. 허리춤에 비끄러맨 금방울에도 이와 벼룩이 다닥다닥 달라붙었다. '가짜 춘교'는 재빨리 마왕에게 호들갑스레 수작을 걸었다.

"어머나, 저 이 좀 봐……! 대왕님, 그 방울을 이리 주셔요. 소녀도 이를 잡아드릴게요."

새태세는 부끄럽기도 하려니와 당황한 나머지 선뜻 금방울 셋을 끌러 송두리째 '가짜 춘교'에게 넘겨주고 말았다.

'가짜 춘교'는 그것을 받아 들고 한참 동안 만지작만지작 이를 잡는 체하며 뒤적거리다가, 마왕이 고개 숙이고 옷가지를 털어내는 순간에 재빨리 감춰 넣고 그 대신 솜털 한 올을 뽑아 가짜 금방울로 감쪽같이 변화시켰다. 그리고 등잔불 앞에서 요리조리 돌려가며 이와 벼룩, 빈대로 둔갑시켰던 솜털을 깡그리 몸에 거둬들였다. 그런 다음 천연덕스레 가짜를 마왕에게 주었더니, 새태세는 정신없이 권하는 대로 받아 마신 술기운에 잔뜩 취해 있던 터라, 얼떨떨한 기분으로 가짜와 진짜를 분간하지 못한 채 덥석 받아 왕비에게 넘겨주며 신신당부할 따름이었다.

"옛소. 이번에는 조심해서 잘 간직해두시오. 전처럼 도둑맞으면 안 되오."

왕비 역시 그것이 가짜인 줄 까맣게 모른 채 공손히 받아 들더니 옷궤짝에 넣고 자물쇠를 채웠다. 그러고 나서 또다시 마왕과 정답게 술 몇 잔을 더 마신 다음, 시녀들더러 술상을 치우게 했다.

"침대를 깨끗이 치우고 비단 이부자리를 펴라. 이제 그만 대왕님을 모시고 잠자리에 들어야겠다."

이처럼 반갑고 기쁜 일이 어디 또 있으랴만, 새태세는 왕비의 몸을 건드렸다가 독 가시에 찔린 경험이 있는 터라, 당황한 나머지 연거푸 손사래를 치며 사양했다.

"아니오, 아냐! 내게 그런 복이 어디 있겠소? 난 그대와 동침할 수 없으니, 시녀나 데리고 앞채로 건너가서 자는 게 낫겠소."

이리하여 새태세와 왕비가 제각기 침소에 돌아가 쉬게 되었다.

때는 벌써 삼경 무렵, 밤도 깊어지니 부하 요괴들의 경계 역시 한결 느슨하게 풀렸다. 진짜 보배를 손에 넣는 데 성공한 '가짜 춘교'는 손오공의 모습을 되찾고 은신술법으로 형체를 감춘 다음 바람같이 동굴 문까지 달려갔다. 문짝에는 자물쇠가 채워졌으나, 만수산 오장관에서 인삼과 소동을 벌이고 도망쳐 나올 때 써먹었던 해쇄법을 쓰자, 굳게 닫힌 대문은 소리 없이 거뜬히 열렸다.

동굴 밖 멀찌감치 빠져나온 손오공은 한동안 숨을 고르고 자신을 가다듬으면서 날이 밝을 때까지 기다렸다. 새삼 투지를 불태운 그는 두 손으로 철봉을 휘둘러가며 문짝을 두들겨 패기 시작했다. 느닷없는 굉음이 울리고 대문짝이 부서질 지경에 이르자, 크고 작은 부하 요괴들이 소스라치게 놀라 안에서 문짝을 버텨 지키랴, 급보를 알리러 뒤채 궁궐로 달려가랴, 꼭두새벽부터 한바탕 대소동이 벌어졌다.

술에 취해 곯아떨어졌던 마왕 새태세는 그제야 잠에서 깨어났다. 시끄럽게 떠드는 소리에 눈을 뜬 그는 사리를 박차고 일어났다.

"이게 웬 소동이냐?"

급보를 전하러 갔던 졸개 요괴가 무릎 꿇고 아뢰었다.

"누군지 모르나 동굴 바깥에서 악을 써가며 문짝을 때려 부수고 있습니다."

이 말을 듣고 마왕은 무장을 단단히 갖춘 다음, 요괴 군사들을 거느리고 대문을 활짝 열어젖히면서 기세등등하게 소굴 바깥으로 달려나갔다. 그리고 손에 큰 도끼를 한 자루 거머쥐고 무서운 목소리로 고함쳐 불렀다.

"어떤 놈이 대담하게 이른 새벽부터 내 집 문짝을 부수는 게냐?"

손오공도 이때가 되어서야 정색을 하고 목청을 가다듬어 신분을 밝혔다.

"내가 누구냐고? 묻지 않았더라면 좋으련만, 이제 내 입으로 성명을 밝혔다가는 네놈은 어디 발붙이고 서 있을 땅이 없게 될 것이다! 나로 말하자면 오백 년 전에 천궁을 뒤엎었던 제천대성 손오공이시다. 지금은 불문에 귀의하여 당나라 스님 삼장법사를 모시고 서천으로 부처님을 뵈러 가는 길이다. 저 머나먼 동녘 땅에서 여기까지 오는 동안, 요괴 마귀들과 맞닥뜨릴 때마다 어김없이 굴복시켰으니, 어느 요사스런 괴물인들 두려워하지 않는 자 있었던 줄 아느냐!"

마왕 새태세는 놀라기는커녕 오히려 껄껄대며 비웃었다.

"누군가 했더니, 네놈은 천궁에서 대소동을 일으켰다가 이랑진군에게 사로잡혀 끌려갔던 원숭이 녀석이로구나! 경을 얻으러 서천으로 가게 되었다면 네 갈 길이나 부지런히 갈 것이지, 무슨 덕을 보려고 남의 일에 끼어들어 주자국 임금의 종살이를 하다못해 여기까지 죽으려고 찾아왔단 말이냐?"

"닥쳐라, 이 못된 요괴 놈아! 뺑소니칠 궁리 말고 이 어르신의 철봉이나 한대 먹어봐라!"

잔뜩 벼른 철봉이 날아들자, 당황한 새태세는 엉겁결에 몸부터 피하더니 자세를 바로잡기 무섭게 큰 도끼를 번쩍 쳐들어 손오공의 머리통을 내리찍으며 마주 덤벼들었다.

시커먼 쇠몽둥이 금테 두른 여의봉에, 바람을 가르는 예리한 도끼날이 엇갈려 들이치며 산골짜기가 비좁다고 설쳐대던 제천대성과 새태세는 마침내 상공으로 뛰어오르더니 구름을 걷어차고 안개를 펼쳐가며 일진일퇴 치고받고, 상대방을 쓰러뜨리기 위해 있는 솜씨 없는 솜씨 남기지 않고 송두리째 쏟아 부었다.

둘이서 잠깐 사이에 무려 50여 차례나 격돌했어도 승부가 나지 않았다. 새태세는 손오공의 솜씨가 자신보다 뛰어난 것을 보자, 도저히 병기만으로는 이겨낼 수 없음을 깨닫고 도끼로 철봉의 공격을 가로막으면서 이렇게 소리쳤다.

"손오공, 잠깐 싸움을 그치자! 내 속이 출출하니까 아침밥을 먹고 나와서 네놈과 자웅을 겨뤄볼까 하는데, 어떠냐?"

손오공은 마왕이 금방울을 꺼내 오려는 수작인 줄 뻔히 아는 터라, 여의봉을 거둬들이고 느긋이 응낙했다.

"오냐, 좋다! 사내대장부는 지친 토끼를 쫓지 않는다고 했으니, 배가 터지게 먹고 나와서 저승에 갈 각오나 해두어라!"

급히 동굴 안으로 뛰어든 마왕이 단걸음에 후궁으로 달려가 왕비에게 손을 내밀고 재촉했다.

"어서 금방울을 내주시오!"

왕비는 속으로 찔끔 놀라 물었다.

"갑자기 보배는 어디다 쓰시게요?"

"싸움을 걸어온 놈은 불경을 가지러 서천으로 가던 중 녀석의 제자 손오공이었소. 그놈과 여태까지 싸웠으나 승부가 나지 않기에, 보배를 가지고 나가서 불꽃 연기로 그놈의 원숭이를 태워 죽여야겠소."

이 말을 듣자, 왕비는 가슴이 덜컥 내려앉았다. 자, 이 노릇을 어쩌면 좋단 말인가? 금방울을 내어주지 않자니 마왕에게 의심을 살 테고, 내어주자니 손 장로의 목숨이 다칠 것은 빤할 터, 이래저래 결단을 내리지 못하고 망설이는데, 마왕은 성화같이 독촉을 해대었다.

"뭘 하는 거요! 어서 빨리 내달라니까!"

왕비는 어쩔 수 없이 궤짝을 열고 금방울 셋을 꺼내 주었다. 마왕 새태세는 그것을 받아 들기가 무섭게 다시 동굴 바깥으로 뛰쳐나갔다. 홀로 남은 왕비는 그 방울이 몽땅 가짜요, 진짜 보배는 이미 도둑 원숭이의 손아귀에 들어갔다는 사실을 까맣게 모른 채 우두커니 앉아 눈물만 하염없이 흘려가며 애를 태우기 시작했다.

한편, 기세등등하게 동굴 바깥으로 달려나간 마왕 새태세는 이제 승세를 잡았다고 자신이 만만해져 냅다 고함을 질러 상대방에게 도전했다.

"요놈의 원숭이 녀석아! 도망치지 말고 내 금방울 흔드는 거나 잘 봐두어라!"

손오공은 그럴 줄 알았다는 듯이 낄낄대고 비웃어 응수했다.

"네놈만 방울이 있고, 나한테는 방울 같은 게 없는 줄 아느냐?"

"아니, 네놈한테 무슨 방울이 있단 말이냐? 진짜 있거든 어디 꺼내 보여다오!"

한마디로 마왕의 기를 꺾어놓은 손오공이 허리춤을 뒤적거리더니 금방울 셋을 끌러 가지고 눈앞에 내밀어 보였다.

"자, 실컷 봐라! 이게 금방울이 아니고 뭐냐?"

마왕 새태세는 그것을 보고 깜짝 놀라다 못해 자기 눈을 의심했다.

"이크, 저런……! 그것 참 이상한 일이다. 저놈의 금방울이 어쩌면 내 것과 이렇게나 똑같을 수 있단 말인가?"

손오공이 낄낄대며 맞불을 놓았다.

"요 무식한 것아, 네놈이 뭘 알겠느냐? 내 것은 암컷이고, 네놈 것은 수컷이란 말이다!"

새태세는 고개를 갸우뚱하고 한참 생각해보더니 이내 자신을 되찾아 반박했다.

"터무니없는 소리 작작 해라! 금방울이 날짐승 길짐승도 아닌데, 무슨 암컷 수컷 구별이 있단 말이냐? 흔들어서 위력을 나타내는 것이 진짜 보배다!"

"그래, 말씀 한번 잘했다. 입으로 떠들어봤자 소용없는 일이니, 방울을 흔들어서 겨뤄보자꾸나. 그럼 어디 네것부터 흔들어보려무나."

손오공이 양보했더니, 마왕 새태세는 옳다구나 됐다 싶어 기세 좋게 첫번째 방울을 흔들어댔다. 그런데 어찌 된 노릇인지, 연거푸 세 번이나 흔들었어도 불길이 솟구치지 않았다. 당황한 마왕이 두번째 방울을 흔들었다. 그래도 연기가 일어나지 않자, 그는 마지막으로 세번째 방울마저 미친 듯이 흔들어댔다.

"딸랑딸랑! 딸랑딸랑……!"

세번째 금방울도 끝내 벙어리, 저 무시무시한 모래 기둥을 뻗쳐내지 못하고 반응이 없었다. 당황한 새태세는 어쩔 바를 모르고 허둥지둥 변명을 늘어놓았다.

"이럴 수가 있나? 참말 괴상한 일이다! 아무래도 내 수컷 방울이 여편네를 무서워하는 공처가인 모양이다. 그러니 암컷을 보고 맥도 못 추는 게 아닌가?"

손오공이 능글맞게 한마디 던졌다.

"여보게, 자넨 그만큼 했으니 됐네. 이번에는 내 것을 흔들어 보일 테니 구경이나 잘해보게!"

앙큼스런 도둑 원숭이는 금방울 셋을 움켜 한꺼번에 흔들어대기 시작했다.

"왈그랑 딸그랑……! 왈그랑 딸그랑……!"

아니나 다를까, 세 개의 금방울 아가리에서 갑자기 시뻘건 불길, 시퍼런 연기, 싯누런 모래가 일제히 솟구쳐 나오더니, 불꽃 연기와 모래 기둥이 무시무시한 기세로 휘몰아치면서 기린산 해치동 일대를 뒤덮고 사납게 타오르기 시작했다.

손오공은 다시 입으로 중얼중얼 주문을 외우며 동남쪽을 향해 큰 소리로 외쳤다.

"바람아, 불어라!"

말이 떨어지자마자, 세찬 동남풍이 휘몰아 닥치더니 불기운을 돋워 놓기 시작했다. 바람을 탄 불길은 걷잡을 수 없이 번져나가면서 산등성이 나무숲을 태우고, 매캐한 연기는 뭉게뭉게 일어 삽시간에 온 하늘을 뒤덮는가 하면, 대지에는 온통 싯누런 황사가 자욱이 깔려 앞뒤 좌우를 분간하지 못하게 만들었다.

이 광경을 본 마왕 새태세는 그만 혼비백산해서 도망치려 했으나, 사면팔방 어디를 돌아보아도 불바다요, 시커먼 연기에 모래폭풍까지 몰아치니 달아날 데가 없었다. 엉거주춤 망설이는 사이에 그는 마침 내 불구덩이 속으로 빠져들고 말았다.

손오공이 마왕을 막다른 궁지에 몰아넣었을 때였다. 갑자기 하늘 저편에서 느닷없이 엄하게 호통치는 목소리가 들려왔다.

"오공아, 내가 왔다!"

후딱 고개를 돌려 바라보니, 소리친 이는 뜻밖에도 관세음보살. 왼 손에 정병을 떠받든 채 오른손의 버들가지로 감로수를 찍어 불길을 끄고 계셨다. 신통하게도 걷잡을 수 없이 번져 나가던 무서운 불길이 감로수 몇 방울에 감쪽같이 꺼져버리고 연기와 모래 기둥 역시 모조 리 스러져 흔적을 감추고 말았다.

손오공은 황급히 금방울을 허리춤에 감추고 그 자리에 꿇어앉았다.

"보살님께서 강림하신 줄 몰라뵈어 송구스럽습니다. 하온데 지금 어디로 행차하시는 길입니까?"

손오공이 이마를 조아리고 여쭈었더니, 관음보살은 마왕을 가리키 며 대답했다.

"저 요물을 수습하려고 일부러 왔다."

"괴물을 잡으러 오셨다고요? 도대체 저놈이 어떤 내력을 지녔기에 보살님께서 몸소 강림하셨단 말씀입니까?"

"저놈은 내가 타고 다니던 금빛 털을 지닌 늑대였다. 목동 녀석이 조는 틈에 이빨로 사슬을 물어 끊고 도망쳤는데, 그것이 도리어 주자국 임금의 재난을 풀어주었으니 다행이로구나."

이 말을 듣고 손오공은 깜짝 놀라 벌떡 일어섰다.

"보살님, 말씀이 바뀌셨습니다. 저놈은 국왕을 능멸하고 왕비를 빼앗아 풍속을 어지럽혔는데, 도리어 임금의 재난을 풀어주었다 하시니 무슨 말씀이십니까?"

"너는 모를 게다. 주자국 선왕이 살아 있을 때의 일이었다. 지금 왕위에 앉은 사람은 태자로 있으면서 어린 나이에 활쏘기와 사냥을 무척 즐겼다. 어느 날 군사를 이끌고 사냥터에 나갔는데 때마침 공작새 한 쌍을 보고 활로 쏘아 한 마리를 죽였다. 한 마리는 화살에 맞은 채 서쪽으로 날아가 도망쳤다. 그 새들은 서방불모(西方佛母)께서 몸소 낳으신 병아리들인데 금실 좋기로 이름이 났었다. 서방불모께서는 이 태자가 등극한 뒤에 금실 좋은 새의 목숨을 앗아간 벌로 그가 제일 아끼고 사랑하는 왕비와 생이별하여 삼 년 동안 홀아비로 살며 근심걱정과 질병에 시달리는 가운데 참회하도록 분부를 내리셨다. 당시 나는 이 금빛 털을 가진 늑대를 탄 채 그 말씀을 듣고 있었는데, 뜻밖에도 이 몹쓸 짐승이 그 사연을 마음속에 깊이 새겨두었다가 도망쳐 나와서 왕비를 납치하여 국왕이 참회할 기회를 만들어준 것이다."

"보살님, 지난 일은 그렇다 쳐도, 저 못된 놈은 벌써 왕비의 몸을 더럽혀 미풍양속을 어지럽혔으니, 그 일은 어찌하시렵니까? 제 손에 넘겨 이 철봉으로 스무 대만 때리게 해주시고 나서 데려가도록 하십쇼."

"오공아, 그 철봉으로 때렸다가는 스무 대가 아니라 슬쩍 건드리기만 해도 죽고 살아남지 못할 게다. 내가 이렇게 일부러 찾아오지 않았느냐? 내 낯을 보아서라도 딱 한 번만 용서해주려무나. 왕비에 관한 일은 자연 해결될 것이니, 굳이 네가 염려하지 않아도 될 것이다."

관음보살이 간곡히 부탁하는 데야 손오공도 고집스레 거역할 수가 없었다.

"좋습니다. 이놈을 어서 데려가십쇼. 하오나 두 번 다시 제멋대로 인간 세상에 나와 해악을 끼치지 못하게 해주십쇼."

손오공의 응낙을 받아내자, 보살은 마왕 새태세를 향해 큰 소리로 호통쳤다.

"이 몹된 짐승아! 아직도 옛 모습으로 돌아가지 못하고 또 뭘 꾸물대는 게냐!"

보살의 꾸지람이 떨어지니, 새태세는 마침내 본래의 모습을 드러내고 일어서서 황금빛 털가죽을 부르르 털었다. 관음보살이 금빛 늑대의 등에 훌쩍 올라탔다. 그러고 보니 목덜미 아래 매달렸던 금방울 셋이 어디로 갔는지 안 보였다.

"오공아, 내 방울을 돌려다오."

보살의 요구에, 손오공은 딱 잡아뗐다.

"방울이라뇨? 전 모릅니다."

"이 도둑 원숭이 놈아! 네가 방울을 훔쳐내지 않았다면, 손오공 한 놈 아니라 열 놈이 있더라도 이 짐승 근처에 얼씬도 못했을 게다! 냉큼 이리 내놓지 못할까!"

"정말 저는 본 적이 없습니다."

"본 적도 없다? 그럼 좋다! 이제부터 '긴고주'를 외울 테니 거기 가만 서 있어라."

보살님 말씀이 떨어지기가 무섭게 손오공은 그 자리에서 펄쩍 뛰었다. 생각만 해도 몸서리칠 정도로 무지막지한 '긴고주'를 외우시겠다니, 이거야말로 큰일 날 말씀 아닌가!

"맙소사, 제발 그것만은 외우지 마세요! 금방울 세 개, 여기 다 있습니다."

관음보살은 손오공이 마지못해 받들어 올린 금방울 셋을 늑대 목에 달아맸다. 그러자 금빛 털을 가진 늑대의 네 발에서 연꽃이 활활 타오르는 불꽃처럼 피어나고 몸뚱이에서 온통 황금빛 광채가 줄기줄기 뻗어 나오기 시작했다.

이리하여 관세음보살은 요괴 마왕의 목숨을 건져 남해로 데리고 돌아갔다.

한편 홀몸이 된 손오공은 허리띠를 질끈 동인 다음, 해치동으로 쳐들어가더니 마왕의 부하 요괴 정령들을 모조리 때려죽이고 후궁으로 들어가 왕비를 모셔냈다.

그리고 보드라운 지푸라기로 허수아비 초룡(草龍)을 엮어 만들었다.

"마마 이제 고국으로 돌아가셔야지요. 이걸 타고 두 눈을 꼭 감으십쇼. 그럼 제가 모시고 무사히 도성으로 돌아가도록 해드리겠습니다."

왕비는 지시대로 허수아비 초룡에 올라탔다. 해치동에서 주자국 도성까지는 3천 리 길이었으나, 손오공이 신통력을 일으켜 허공에 올랐을 때 그녀는 귓결로 세찬 바람 소리만 들었을 뿐인데, 겨우 반 시각도 못 되어 도성 대궐 아래 내려서고 있었다.

"마마, 이제 눈을 뜨십쇼."

왕비가 두 눈을 번쩍 뜨고 보니, 낯익은 궁성 건물들이 눈앞에 보였다.

궁궐 안으로 들어서는 이들을 보자, 주자국 임금은 용상에서 굴러떨어질 듯이 뛰어내려와 맞아들였다. 지난 3년 동안 가슴속에 서리서리 맺혔던 그리움을 하소연하려고 왕비의 손을 덥석 부여잡던 임금은 갑자기 바늘에라도 찔린 것처럼 펄쩍 뛰고 손을 움츠리며 땅바닥에 엎어졌다.

"아이고 아파라! 손바닥이 아파 죽겠다!"

깜짝 놀란 조정 신하들이 달려와 손오공에게 여쭈었다.

"신승 장로님, 이게 어찌 된 일이옵니까?"

손오공은 왕비의 몸에 독 가시가 돋쳐 3년 동안 마왕조차 건드리지 못했던 사연을 얘기해주었다. 이 말을 듣고 나니, 신하들은 기쁨보다 걱정이 앞섰다. 왕비마마께서 절개를 지켜온 것은 물론 다행스러운 일이지만, 앞으로 국왕 폐하 역시 왕비 곁에 얼씬도 못하게 되었으니, 세상에 이렇듯 송구스런 일이 어디 또 있단 말인가?

조정 안팎 모든 군신들이 근심걱정에 싸여 있을 때였다. 갑자기 반공중에서 누군가 소리치는 사람이 있었다.

"손 대성, 내가 왔소!"

손오공이 고개를 쳐들고 바라보았더니, 이게 누구신가? 하늘의 옥황상제를 측근에서 모시는 자양선인 장백단 아닌가!

신선을 알아본 제천대성이 그 앞으로 나서서 반갑게 맞아들였다.

"여어, 장 영감! 어디서 오는 길이오?"

"제가 삼 년 전 부처님의 법회에 참석하러 가던 중, 이곳을 지나가다 주자국 임금께서 짝을 잃고 우울증에 걸리신 것을 보았소. 나는 그 요물이 혹시라도 왕비를 욕보이고 인륜을 그르칠까 걱정스러워 마왕의 소굴로 날아가 종려나무 잎사귀를 오색광채가 나는 치마저고리로 탈바꿈시켜 왕비에게 입혔소. 그래서 왕비의 몸에 독 가시가 돋아났던 거요. 이제 손 대성께서 공덕을 이루셨기에, 나도 그 무서운 주술을 풀어드리려고 찾아왔소이다."

"하하, 그런 일이 있는 줄 내 몰랐구려! 아무튼 멀리 오시느라 수고 많으셨소. 그럼 어서 빨리 해탈시켜드리시오."

자양선인이 손가락으로 왕비를 가리키자, 가시 돋친 종려나무 옷이 스르르 벗겨지고 왕비의 몸은 예전대로 돌아갔다. 자양선인은 나무껍질 옷을 툭툭 털어 제 몸에 걸쳐 입고 손오공에게 하직 인사를 건네더니 허공으로 뛰어올라 어디론가 사라졌다.

이리하여 주자국 임금은 비로소 왕비와 손을 맞잡고 재회의 기쁨을 나눌 수 있게 되었다.

사은의 잔치가 벌어지고 모두들 기쁨에 넘쳐 있는 자리에서, 손오공은 먼저 스승에게 마왕을 굴복시킨 경위를 말씀드리고 나서, 다시 임금이 철없는 태자 시절에 저질렀던 살생과 그 죗값으로 벌을 받아 지난 3년 동안 왕비와 생이별하고 고통에 시달리게 되었던 사연을 낱낱이 얘기해주었다.

주자국 임금과 왕비, 그리고 조정 신하들은 이 얘기를 귀담아듣고 탄식하더니, 손오공의 노고에 새삼스레 감사드리며 칭송해 마지않았다.

이윽고 삼장법사가 임금에게 하직 인사를 드렸다. 임금은 간곡히 만류하였으나 삼장법사가 듣지 않는 터라, 할 수 없이 통행문서에 옥새를 찍어 내려주었다. 그리고 임금이 거둥할 때 타는 어가에 당나라 스님을 모셔 앉히고 임금과 왕비, 원로 대신들이 모두 나서서 수레바퀴를 손수 밀어가며 도성 밖까지 배웅하였다.

5. 일곱 마리 거미 요정

주자국 도성을 벗어난 삼장법사 일행은 홀가분한 심정으로 백마를 채찍질하여 서쪽을 향해 나아갔다.

무수한 산과 들판을 지나고 끝없는 물길을 건너는 동안, 어느덧 가을과 겨울이 지나고 또다시 화창한 봄을 맞이하게 되었다.

새봄의 산뜻한 경치를 구경하며 걷다 보니, 불현듯 나무숲 사이로 아담한 초가집 한 채가 당나라 스님의 눈길에 들어왔다.

"애들아, 저편에 보이는 게 초가집 아니냐? 내가 동냥을 좀 해다 먹고 싶구나."

이 말을 듣고 손오공이 빙그레 웃었다.

"원, 사부님도 별 말씀을 다하십니다. 시장하시면 제가 동냥을 해다 드리지요."

"아니다. 여느 때 산중에서는 너희들에게 수고를 끼쳤다만, 오늘은 사람 사는 집이 가까운 데 있으니, 이번에는 내 손으로 동냥을 좀 받아보겠다는 얘기다."

저팔계가 보따리에서 동냥 주발을 꺼내놓고 스승의 옷을 갈아입혔다. 이윽고 의관을 갖춘 삼장법사가 어슬렁어슬렁 초가집으로 걸어갔다.

문 앞에 이르러 좌우를 둘러보니, 경치가 제법 빼어나게 아름답고 분위기 또한 한적하기 이를 데 없었다. 오래된 나무숲이 울창한 냇가, 돌다리 밑에 물이 잔잔히 흐르는데, 다리 건너편에 초가집 몇 채가 신선이 거처하는 암자와도 같이 아담하게 들어앉았다.

그중 차일을 덮은 오두막에 들창이 열렸는데, 창문 앞에 아리따운 여인 넷이서 수를 놓으며 바느질하느라 여념이 없었다.

삼장법사는 집 안에 남정네 없이 여자들만 있는 것을 보고 섣불리 들어설 엄두가 나지 않아 멀찌감치 소나무 아래 서서 기웃거렸다. 반시진 남짓이나 망설이던 그는 혼자 생각해보았다.

'내가 동냥 한번 제대로 해내지 못한다면 제자 녀석들이 나더러 주변머리 없다고 비웃을 게야. 오냐, 마음 다져먹고 가서 말이나 붙여보자.'

이리하여 삼장법사는 다소 꺼림칙하기는 했으나 용기를 내어 돌다리 위로 몇 걸음 나아가 보니, 초가집 안쪽에 정자 한 채가 들어서 있는데 그 곁 마당에서 또 다른 여자 셋이 공을 차며 놀고 있었다. 돌다리 위에서 공차기를 구경하던 삼장법사가 더는 기다리지 못하고 맞은편으로 건너가 목청을 드높여 말을 건넸다.

"보살님들, 소승은 부처님의 인연 따라 동냥하러 왔습니다. 먹을 것이 있거든 조금만 보시해주시지요."

이 말을 듣더니, 일곱 여자들이 바느질감을 내던지고 차던 공도 한곁에 걸어차버리고 모두들 생글생글 웃어가며 사립문 바깥으로 마중나왔다.

"스님이 오신 줄도 모르고 있었군요. 누추하나마 어서 안으로 들어오세요."

삼장법사가 듣고 보니, 갸륵한 마음씨를 지닌 여인들이었다.

'착한 사람들이로구나. 서방 세계야말로 부처님의 땅이라, 동냥하러 온 행각승을 문전박대하지 않는구나.'

당나라 스님이 고맙다고 인사한 다음 여자들을 따라 초가집 안으로 들어서고 보니, 사립문 안쪽에는 집채 대신에 산봉우리가 우뚝 솟아 있고 암벽 중턱에 동굴이 하나 뻥 뚫려 있는 것이 아닌가?

일곱 여인 중 하나가 돌 문짝을 밀어 열고 스님더러 안으로 들어와 앉으라는 시늉을 해보였다. 삼장법사는 시키는 대로 들어갈 수밖에 없었다. 세간 살림이라곤 하나같이 돌 탁자, 돌 걸상이라 써늘한 기운이 음산하게 감돌았다.

'아무래도 여기는 길한 일보다 흉한 일이 더 많겠구나. 절대로 선량한 사람들이 사는 집이 아니다.'

혼자서 이것저것 가늠해보려는데, 일곱 여자들이 생글생글 웃으며 너도나도 한마디씩 건넸다.

"스님, 이리 앉으세요."

"어느 산 절간에 계신가요? 무슨 일로 시주를 걷으러 나오셨나요?"

여럿이서 숨 돌릴 겨를도 주지 않고 잇따라 묻는 말에, 당황한 삼장법사는 우선 한마디로 대꾸했다.

"저는 시줏돈을 거두러 다니는 승려가 아니라, 서천 대뇌음사로 경을 구하러 가는 사람입니다. 때마침 이 근처를 지나다 시장하기에 동냥이나 한 끼 얻어먹을까 해서 댁을 찾아들었습니다. 먹을 것만 주시면 소승은 곧바로 떠나렵니다."

"그렇군요. 잠깐만 기다리세요. 잡수실 것을 차려 내올 테니."

이윽고 일곱 여인들이 부엌으로 들어가 음식을 장만하기 시작했다.

얼마 안 있어 여자들이 음식을 쟁반에 담아 가지고 나와 돌 식탁에 늘어놓았다.

삼장법사가 냄새를 맡아보았더니 비린내가 코를 확 찔렀다. 여자들이 마련한 음식이란 게 끔찍스럽게도 사람의 기름으로 볶고 튀겨낸 음식이었으며, 사람의 고기를 지지고 삶아낸 것들이었다.

"자, 어서 드시죠. 좋은 음식을 차리지는 못했으나, 천천히 많이 잡수세요."

삼장법사는 숨 한 모금 들이쉬지 못한 채 그저 두 손 모아 합장하고 점잖게 사양할 수밖에 없었다.

"보살님들, 소승은 태어나면서부터 채식만 해왔습니다."

"왜 그러세요? 속세를 떠나 수행하는 스님이, 남이 보시해주는 음식을 가려서 드시나요? 이러면 안 되지요."

출가승의 아픈 곳을 찌르고 나무라듯이 하는 말에, 고지식한 삼장법사는 당황하여 두 손을 홰홰 내저으며 변명했다.

"어이구, 무슨 말씀을! 저희 일행은 서천으로 오는 길 내내 어렵게 고생해온 몸인데, 어찌 주인을 가려서 보시를 받겠습니까?"

여자들이 한차례 까르르 웃음보를 터뜨렸다.

"말씀은 그러셔도 지금 남의 집에 오셔서 투정을 부리고 계시지 않아요? 맛은 별로 없지만 잡숴보세요."

"정말 이건 못 먹겠습니다. 계율을 깨뜨릴까 두렵습니다."

억지로 권하는 음식을 뿌리치고 떠나려 하니, 일곱 여자들은 아예 문을 가로막고 한 발짝도 나서지 못하게 만들었다.

"이런 법이 어디 있어요! 일껏 와서 흥정을 붙여놓고 물건을 사지 않겠다니, 그래도 되는 거예요? 흥! 어디 마음대로 나갈 수 있나 봐요!"

여자들은 손발도 날쌔기 짝이 없어, 스님의 멱살을 부여잡더니 마치 새끼 양이라도 잡듯 번쩍 들어 땅바닥에 메다꽂았다. 그러고는 여럿이서 재빠르게 밧줄로 꽁꽁 묶어 대들보에 높이 매달아버렸다.

당나라 스님은 밧줄이 살 속으로 파고드는 고통을 참느라 눈물이 쏟아져 나왔다. 제자들이 만류하는 것을 뿌리치고 제 손으로 동냥해보겠다고 고집을 부린 것이 후회스러웠으나, 이제는 나오느니 한숨이요 탄식뿐이었다.

"아아, 중노릇을 하는 신세가 어쩌면 이다지도 기구하단 말이냐! 착한 댁 만나 동냥 좀 해먹겠다고 별렀더니 이런 불구덩이에 빠져들 줄 뉘 알았으랴. 제자들아, 어서 빨리 와서 날 좀 구해주려무나!"

삼장법사는 번뇌와 고통 속에 몸부림치면서도 일곱 여인들의 행동거지만큼은 주의 깊게 눈여겨보고 있었다. 장차 자신을 어떻게 요리할 것인지 걱정스러워서였다.

아니나 다를까, 일곱 여인들이 손을 털고 나자, 입고 있던 옷가지를 한 벌씩 훌훌 벗어놓는 것이 아닌가! 당나라 스님은 깜짝 놀라 속이 떨려왔다.

'저것들이 왜 옷을 벗는 게냐? 혹시 내 색정을 자아내어 파계시키려는 수작이 아닐까……?'

그런데 가만 지켜보니, 벌거숭이가 되려는 게 아니라 저고리만 벗어던지고 아랫배를 드러내더니 저마다 배꼽에서 굵다란 밧줄을 '후드득, 후드득!' 끝도 없이 뽑아낸 다음, 허공 높이 여기저기 던져 올려 눈 깜짝할 사이에 동굴 바깥 일대를 뒤덮었다. 이리하여 초가집이 있던 자리는 삽시간에 은빛 고치 속에 갇혀버리고 말았다.

한편, 손오공과 저팔계, 사오정 세 형제는 모두들 큰길가에서 모처럼 동냥을 나간 스승이 돌아오기만을 기다리고 있었다. 손오공은 워낙 장난을 좋아하는 원숭이라, 나무 가장귀에 뛰어올라 열매를 찾는 데 정신이 팔려 있었다.

얼마쯤 지났을까, 손오공이 고개를 돌리고 초가집 쪽을 바라보았더니, 스승이 사라진 방향에서 느닷없이 눈부신 은빛 광채가 번쩍이는 것을 발견하고 가슴이 덜컥 내려앉았다. 그는 황급히 아우들에게 돌아왔다.

"여보게들, 큰일 났네! 아무래도 사부님한테 뭔가 불길한 일이 생긴 모양일세! 저길 좀 보게. 초가집이 어디로 갔나?"

저팔계와 사오정이 그편을 바라보았다. 과연 초가집은 온데간데없이 사라지고 순은보다 더 번쩍거리는 빛 덩어리만 엉겨 있을 뿐이었다. 그제야 두 사람도 일이 잘못되었음을 깨닫고 허둥거리기 시작했다.

"이거, 안 되겠소! 사부님이 요물의 독수에 걸리신 게 분명하오. 어서 빨리 구해드리러 갑시다!"

미련퉁이가 설쳐대자, 손오공은 그를 진정시켰다.

"떠들지 말게. 자네들보다 우선 이 손 선생이 다녀와야겠네."

"형님, 조심하시오."

사오정이 걱정스러워 하는 말을 들으며, 손오공은 호랑이 가죽 치마를 질끈 동여매고 감춰두었던 여의봉을 뽑아 잡더니, 발길을 떼어놓기가 무섭게 초가집이 있던 곳까지 단걸음에 달려갔다.

불길한 예감은 들어맞았다. 초가집이 있던 자리에는 무수한 밧줄이 가로세로 뒤얽혀 도무지 어디가 시작이요 끝인지 알아볼 길이 없다. 만져보니 밧줄이 끈적끈적할 뿐만 아니라 부드러운 감촉마저 느낄 수 있었다. 이게 도대체 무엇으로 꼬아 만든 밧줄일까……? 손오공은 아무리 더듬어봐도 그것이 무엇인지 통 알 수가 없었다.

"가만있자, 이것이 딱딱한 물체라면 철봉으로 때려 부숴놓겠지만, 이렇게 부드럽기만 하고 찐득거리는 것은 기껏 후려쳐봤자 납작해지기만 할 게 아닌가? 또 자칫 잘못 건드렸다가 요괴란 놈이 놀라 깨는 날이면 도리어 재미없게 될지도 모른다. 안 되겠다, 우선 이 동네 친구에게 물어보고 나서 방도를 강구하자꾸나."

그는 당장 주문을 외워 이 고장을 지키는 토지신을 불러냈다. 느닷없이 주술에 걸린 토지신은 깜짝 놀라 허둥지둥 모습을 드러내고 길바닥에 무릎을 꿇었다.

"대성 어르신, 본 고장 토지신이 문안드립니다."

겁에 질려 와들와들 떠는 토지신을 보고, 심통 사납기로 소문난 제천대성의 묻는 말씨가 뜻밖에도 부드러웠다.

"자네한테 한 가지 물어볼 게 있는데, 여기가 도대체 어떤 곳인가?"

"저 산 고개는 반사령(盤絲嶺)이라 하오며, 고개 아래 기슭에 반사동이
란 동굴이 하나 있사온데, 그 동굴에 요정 일곱 마리가 살고 있습니다."

"그 요물이 수컷인가, 암컷인가? 또 신통력은 얼마나 되는가?"

"여괴입니다. 그 요물들이 얼마나 재간을 지니고 있는지 모르오나,
여기서 남쪽으로 삼 리쯤 떨어진 곳에 탁구천(濯垢泉)이란 온천이 하나
있습니다. 그곳은 옛날부터 하늘나라 일곱 선녀가 즐겨 목욕하던 샘
터였습니다만, 저 여괴들이 옮겨와 살면서부터 선녀들조차 얼씬거리
지 않았습니다. 그러고 보면, 저 요물들도 대단한 신통력을 지니고
있는 게 분명합니다."

"그 샘터를 차지해서 뭘 하던가?"

"요정들은 하루에 세 차례씩 나와서 뜨거운 온천욕을 즐깁니다. 마
침 오시(午時. 11~13시)에 가까워졌으니 목욕하러 나타날 것입니다."

손오공은 알아낼 것을 다 알아내자, 토지신을 놓아 보냈다. 그리고
선 자리에서 몸뚱이 한번 꿈틀하더니 파리란 놈으로 둔갑해 길 한 곁
풀잎 초리에 달라붙은 채 정오가 될 때까지 느긋이 기다렸다.

얼마 안 있어, 누에가 뽕잎 갉아먹듯 바스락거리는 소리가 들려오
더니, 잠깐 사이에 초가집을 뒤덮었던 은색 밧줄이 사라지고 처음 보
았을 때와 똑같은 집채가 나타났다. 곧이어 '삐거덕!' 하는 소리와 함
께 사립문짝이 열리면서 떠들썩한 웃음소리와 재잘거리는 여인네들의
수다스런 목소리를 뒤따라 일곱 여자가 걸어 나왔다.

손오공은 풀잎에 달라붙은 채 숨을 죽이고 가만히 엿보았다. 그녀
들은 무엇이 그리도 좋은지 깔깔대고 시시덕거리며 돌다리를 건너왔
다. 손오공은 몰랐으나, 앞서 당나라 스님이 보고 찬탄을 금치 못했

을 만큼 기막히게 아름다운 멋쟁이 아가씨들이었다. 손오공은 스승 생각에 속으로 웃으며 중얼거렸다.

"저렇게 굉장한 미녀 요정들이 있었으니, 사부님이 손수 동냥하러 나서겠다고 고집을 피우신 것도 무리는 아니었구나. 저 일곱 마리가 우리 사부님을 잡아두었다면, 한 끼니에 먹어도 모자랄 테고, 일곱이서 번갈아 재미를 보려고 덤벼들었다가는 한 차례를 다 돌기도 전에 꼼짝없이 말라비틀어져 돌아가시고 말 것이다. 어디, 저것들이 무슨 짓을 저지를 것인지 뒤따라가 알아봐야겠다."

앙큼스런 손오공은 앵! 하고 날아오르더니 맨 앞에 서서 걷는 여괴의 머리 위에 살짝 내려앉았다. 그들이 돌다리를 다 건넜을 때, 뒤처져 오던 여괴 하나가 선두로 따라붙더니 이런 말을 건넸다.

"언니, 우리 목욕하고 돌아가거든 저 통통하게 살찐 중을 찜 쪄 먹읍시다."

얼마 후, 그들은 목욕할 샘터에 이르렀다. 한쪽에 문을 내고 높다랗게 담을 둘러싼 온천이었다.

이윽고 문이 활짝 열리고 뜨거운 물이 무럭무럭 김을 피워 올리는 샘터가 나타났다. 욕탕의 폭은 어림잡아 50척(약 15미터), 길이는 1백 척(약 30미터) 남짓, 깊이는 4척(약 1.2미터), 하지만 물이 하도 맑아 밑바닥까지 들여다보였다. 못가에는 정자가 한 채, 또 정자 한복판에는 걸상과 탁자가 놓이고 벽 한 귀퉁이에 옷걸이 횃대가 걸쳐 있었다.

여자들은 옷가지를 훌훌 벗어 횃대에 걸쳐두고 차례차례 물속으로 뛰어들었다.

"풍덩, 풍덩……!"

잇따라 물속에 뛰어든 일곱 여자들은 물살을 가르고 헤엄치랴, 물장구치며 장난하랴, 한참 동안 깔깔대며 물놀이에 정신이 팔려 있었다.

한편 옷걸이 끄트머리에 내려앉은 손오공은 속으로 생각해보았다. 이것들을 때려죽이기로 마음만 먹는다면 샘물 한복판에 여의봉을 휘젓기만 해도 한꺼번에 몰살시킬 수 있을 것이다. 하지만 제천대성 같은 남아대장부가 하찮은 여괴 몇몇을 때려죽인대서야 너무 비겁하고 너절한 일 아닌가! 그러니 목숨만은 살려주고 그저 뒷길을 끊어놓아 꼼짝달싹 못하게 만들어놓고 사부님이나 구해 떠나기로 하자……!

공명정대한 마음씨를 지닌 손오공은 그 즉시 주문을 외우면서 몸뚱이 한번 꿈틀하는 순간, 어느새 굶주린 새매로 둔갑하더니 기세 좋게 반공중에 날아올랐다. 그런 다음 획! 하는 날갯짓 한 번에 정자 안으로 날아들면서 예리한 두 발톱을 쩍 벌려 횃대에 걸쳐놓은 여괴들의 옷가지 일곱 벌을 깡그리 낚아채 가지고 또다시 공중 높이 솟구쳐 올랐다. 그리고 까마득한 허공에서 방향을 바꾸어 반사령 고갯마루까지 단숨에 날아갔다.

미련퉁이 저팔계가 손오공을 보고 껄껄대며 웃음보를 터뜨렸다.

"하하! 이제 봤더니, 사부님이 전당포에 잡혀 계신 모양일세!"

사오정은 이게 무슨 소린가 싶어 물었다.

"전당포에 잡히시다니, 그걸 어떻게 아시오?"

"저길 보게. 형님이 전당포에서 옷가지를 몽땅 털어오는 게 안 보이나?"

이윽고 손오공이 다가와서 핀잔을 주었다.

"쓸데없는 소리! 이건 요괴들이 입던 옷가질세."

"웬 옷이 이렇게나 많소?"

"여괴가 일곱 마리일세."

"맙소사, 일곱 벌씩이나……! 어떻게 이 많은 옷을 쉽사리 벗기셨소? 그것도 속옷 겉옷 할 것 없이 죄다 말이오."

"벗기긴 누가 벗겼단 말인가? 알고 봤더니 저기 보이는 초가집이 요괴들의 소굴인데, 그 안에 계집 요정 일곱 마리가 우리 사부님을 잡아다 동굴 속에 묶어놓고 지금 온천으로 목욕하러 갔네."

"계집 요정들이 온천에 목욕하러 갔다고?"

"그렇다네. 나도 그곳까지 뒤쫓아 가서 괘씸한 것들을 단매에 때려 죽일까 했으나, 떳떳지 못한 듯싶어 그 대신에 새매로 둔갑해서 그것들의 옷가지를 몽땅 채뜨려온 걸세. 아마 지금쯤 그것들은 알몸뚱이로 부끄러워 차마 밖으로 나오지 못하고 물속에 쭈그려 앉아 있을 걸세. 이 틈에 어서 빨리 사부님을 구해서 여길 떠나세."

이 말을 듣고 저팔계는 무슨 생각에서인지 낄낄대다 핀잔을 주었다.

"원, 형님도! 무슨 일을 그따위로 흐리멍덩하게 하시오? 요괴를 보았으면 우선 때려잡고 볼 것이지, 어째서 사부님부터 구해드리자는 거요? 가만 계시오, 내 당장 가서 그것들을 모조리 때려죽이고 오리다!"

저팔계는 더 들을 것도 없다는 듯이 쇠스랑을 치켜들고 휑하니 온천이 있는 쪽으로 달려갔다. 샘터에 들이닥친 미련퉁이가 문짝을 벌컥 열어붙이고 들여다보았더니, 과연! 원숭이 녀석이 얘기한 대로 일곱 여자들이 물속에 쭈그린 채 머리만 내밀고 앉아 옷을 채뜨려 간 날짐승에게 욕설을 퍼붓고 있는 게 아닌가!

"고런 엉큼한 날짐승 같으니라고! 고양이한테나 물려 죽어라! 옷가지를 모조리 채뜨려 가지고 달아났으니, 우리더러 어떻게 물 밖으로 나가란 말이냐!"

저팔계는 웃음보를 터뜨리며 연못가로 어슬렁어슬렁 다가갔다.

"여어, 보살님들, 여기서 목욕하고 계셨구려! 기왕이면 땡추중 노릇하는 이 사람도 함께 씻겨주면 안 되겠소?"

능청스레 수작을 거는 저팔계를 보고, 일곱 요정들이 발칵 성을 내며 꾸짖었다.

"저 화상 좀 봐, 아주 버르장머리가 없네! 당신 같은 남정네가 어떻게 우리 아녀자들하고 한 탕에서 목욕한단 말이에요?"

"날씨가 이렇게 무더우니 어쩌겠소. 웬만하면 나도 같이 목욕 좀 합시다."

넉살좋은 미련퉁이가 쇠스랑부터 내려놓더니, 얼굴 두껍게 승복을 훌훌 벗어던지고 그대로 물속에 텀벙 뛰어들었다.

여자 요괴들은 약이 바짝 올라 한꺼번에 덤벼들더니, 두 주먹으로 저팔계를 두들겨 패려 했다. 그러나 은하계에서 8만 수군을 거느리던 천봉원수의 자맥질 솜씨가 얼마나 능숙한지 그녀들이 알 턱이 없다. 몰매가 퍼부어지려는 찰나, 저팔계는 몸뚱이 한번 꿈틀하더니 어느새 한 마리의 메기로 둔갑하여 물속을 헤집고 돌아다니기 시작했다. 요정들이 메기를 잡으려고 여기저기 손을 뻗쳤지만, 메기란 놈은 요리조리 매끄럽게 빠져나가면서 요정들의 넓적다리 사이를 헤엄쳐 다녔다. 저팔계란 놈은 기분이 말도 못하게 좋았으나, 일곱 여괴들은 낯선 사내 앞에 치부를 몽땅 드러내고 어디 숨을 곳도 없으니 그야말로 미쳐 죽을 노릇이었다. 한참 동안이나 메기를 피하느라 마음에도 없는 숨바꼭질을 하고 났더니, 여괴들은 모두 눈알이 빙빙 돌고 숨이 턱까지 차올라서 할딱거리던 끝에 하나씩 늘어지기 시작했다.

그제야 저팔계는 다시 물 밖으로 뛰어올라 본모습을 드러내고 주섬주섬 옷을 걸쳐 입더니, 쇠스랑을 찾아 들고 벼락같이 호통을 쳤다.

"요년들, 내가 누군 줄 알고! 이 어르신은 당나라 스님의 제자 되는 분으로, 저 옛날 은하계를 다스리던 천봉원수 저팔계다. 네년들의 옷가지를 채뜨려 간 새매는 우리 형님 제천대성 손오공이 둔갑한 모습이라는 것도 알아보지 못했을 게다! 네년들이 우리 사부님을 붙잡아 찜 쪄 먹을 모양이지만, 그렇게 호락호락 잡아먹히실 분인 줄 아느냐? 어서 그 머리통이나 이리 내밀어라! 이 쇠스랑으로 한 대씩 후려 찍어 한 년에 아홉 구멍을 내어 죽일 테다!"

저팔계가 아홉 이빨 달린 쇠스랑을 마구잡이로 휘둘러 찍어대니, 요괴들은 손발을 허둥거리면서 이리저리 피하느라 정신이 하나도 없었다. 그러나 폭이 불과 50척 남짓한 샘물 속에서 쫓기다 못한 그녀들은 더 이상 피할 데가 없게 되자 악에 받친 나머지 알몸뚱이로 후닥닥 뛰쳐나오더니 한 군데 몰려서서 술법을 부리기 시작했다.

"후드득, 후드득!"

일곱 요괴들이 두 손으로 잡아당기는 대로 배꼽에서 은빛 찬란한 밧줄이 뽑혀 나오더니 눈 깜짝할 사이에 저팔계를 친친 감았다. 미친 듯이 쇠스랑을 휘둘러대던 미련퉁이는 앗 소리도 지를 틈 없이 거대한 고치 속에 갇히고 말았다. 머리를 쳐들고 올려다보았을 때, 사면팔방에는 그저 눈부신 광채만이 번쩍거릴 뿐이었다. 황급히 몸을 빼어 바깥으로 빠져나오려 했으나, 웬걸! 땅바닥에 온통 끈적끈적한 밧줄이 깔려 있어 발바닥이 쩍 달라붙은 채 떨어지지 않았다. 당황한 저팔계는 허겁지겁 두 다리를 번갈아 움직여 뽑으려고 허둥대던 끝에 그 자리에 털썩 엉덩방아를 찧고, 정신없이 몸부림치다 보니 온 몸뚱이가 끈적끈적한 밧줄에 철썩 들러붙고 말았다. 한참 동안 죽을힘을 다 쓰던 그는 이제 기어서 일어날 힘도 없으려니와 눈부신 광채에 앞뒤좌우를 분간할 수 없어 눈도 뜨지 못하는 소경이 된 채 아예 벌렁 나자빠져 끙끙 앓는 소리만 내기 시작했다.

일곱 요괴들은 저팔계를 그대로 내버려두고 은빛 밧줄 무더기로 벌거벗은 몸을 가리면서 자기네 동굴로 뛰어갔다. 돌다리 위에 다다르자 비로소 주문을 외워 저팔계를 뒤집어씌운 고치 장막을 거둬들이고 동굴 안으로 뛰어들었다.

동굴 속에는 여전히 삼장법사가 대롱대롱 매달려 있었다. 그녀들은 남부끄러운 부위를 손으로 가리고 낄낄대며 당나라 스님의 눈앞을 지나가더니, 안채에서 헌 옷가지를 나눠 입고 한숨을 돌렸다. 그녀들은 방금 저팔계의 입을 통해 당나라 스님의 제자 가운데 저 무서운 제천대성이 있단 얘기를 들은 터라, 삼장법사를 건드리지 못하고 그대로 매달아둔 채 동문 사형이 사는 곳으로 도망쳐버리고 말았다.

한편, 탁구천 샘터에 널브러진 저팔계는 넋을 잃고 한참 동안 얼떨떨하게 누워 있다가 주변에 아무런 기척이 없는 것을 느끼고 두 눈이 번쩍 뜨였다. 끈적끈적 달라붙었던 밧줄도 어디론가 사라지고 눈부시게 번쩍거리던 광채도 더는 보이지 않았다. 그제야 엉금엉금 기어서 일어난 미련퉁이는 왔던 길을 되찾아 형제들이 기다리는 반사령 고개

마루턱으로 돌아갔다.

　멀리서부터 끙끙 앓는 소리를 내며 비척비척 힘겹게 걸어오는 저팔계를 발견하고, 손오공이 깜짝 놀라 물었다.

　"아니, 자네! 어쩌다 그 꼴이 되었나?"

　"말씀도 마시오. 내가 온천 목욕 좀 같이하자고 했더니, 그년의 요괴들이 끈적거리는 밧줄 무더기로 감아대는 바람에 얼마나 골탕을 먹었는지 모르겠소. 이제 겨우 빌어먹을 밧줄이 다 없어졌기에 목숨만 건져 가지고 돌아오는 길이오."

　곁에서 걱정스레 듣고 있던 사오정이 펄쩍 뛰었다.

　"아이고, 큰일 났소! 둘째 형님, 어쩌자고 벌집을 쑤셔놓은 거요? 그 요괴들이 제 소굴로 돌아가는 날이면 분김에 사부님의 목숨을 해칠 게 아니오? 어서 빨리 가서 사부님을 구해냅시다!"

　이 말을 듣자마자 손오공이 두말 않고 먼저 뛰쳐나갔다. 엉거주춤 서 있던 저팔계도 말고삐를 잡아끌며 부리나케 뒤쫓았다.

　돌다리 건너 초가집 문전에 다다르고 보니 주변은 쥐 죽은 듯이 고요하고, 동굴 안에 들어섰어도 인기척 하나 없었다. 일곱 요괴들이 벌써 어디론가 도망쳐버린 게 분명했다. 그들은 아직도 들보에 매달린 채 훌쩍훌쩍 울고 있는 스승을 발견했다.

　손오공은 밧줄을 끊고 바닥에 스승을 내려놓았다. 그리고 물었다.

　"요괴들은 어디로 갔습니까?"

　"일곱 마리 모두 벌거숭이가 되어 뒤꼍으로 달려가더구나."

　스승의 말을 듣고 손오공은 두 아우를 데리고 동굴 안팎을 샅샅이 뒤졌으나, 역시 요괴들은 종적이 없었다. 세 형제는 맥이 풀렸다.

"더 찾아볼 것 없네. 사부님을 모시고 어서 여길 떠나세."

손오공이 당나라 스님을 말안장에 모셔 태우는 동안, 저팔계는 마른 나무 가장귀를 모아놓고 요괴들의 소굴에 불을 질러 말끔히 태워 버렸다.

손오공은 삼장법사를 모시고 저팔계, 사오정과 더불어 큰길에 올라 곧장 서쪽으로 나아갔다.

일곱 요정들의 소굴을 떠난 지 한나절도 못 되어 일행들 앞에 하늘 높이 솟은 궁전이 나타났다. 모두들 이마에 손을 얹고 바라보았더니, 과연 규모와 장식이 으리으리한 건물이었다. 왕실 부호의 저택처럼 화려하면서도 어딘가 모르게 암자나 절간 같은 분위기가 감돌았다.

스승과 제자 일행은 곧바로 문전에 다다랐다. 문틀 위 석판에 '황화관(黃花觀)'이란 세 글자가 새겨졌다.

"황화관이라! 이제 보니 도사가 사는 저택이로군! 도사와 승려들은 옷차림새가 다를망정 수행하기는 마찬가지니까, 들어가보는 것도 괜찮겠지."

저팔계가 제법 알은체하자, 삼장법사도 그럴 듯싶어 고개를 끄덕끄덕했다. 이래서 네 사람은 도관으로 들어갔다.

둘째 문에 들어서니, 삼청전(三淸殿) 앞뜰에 도사 한 사람이 앉아서 환약을 빚고 있었다. 크고 높은 매부리코에 쩍 벌어진 입을 보면 타타르족 출신의 도사가 분명했다. 삼장법사는 주인을 보고 큰 소리로 인사를 건넸다.

"노선(老仙) 어른께 소승이 문안드리오!"

느닷없이 건네는 인사말에 도사가 어인 일인지 흠칫 놀라 빗고 있던 알약을 떨어뜨리더니, 옷매무새를 가다듬고 부리나케 섬돌 아래로 내려와 반겨 맞았다.

"어서 오십시오, 스님. 자, 어서 안으로 드시지요!"

모처럼 환대를 받으니, 삼장법사는 기쁜 마음으로 삼청전에 올라 도교의 어르신 삼청 신상 앞에 향을 살라 꽂고 참배했다. 그러고 나서 주인과 상견례를 나누었다.

도사는 동자를 불러들여 차를 내오게 했다. 스승의 분부를 받든 동자 둘이서 다시 안으로 들어가 찻잔을 씻으랴 다과를 마련하랴 바쁘게 돌아다니기 시작했다. 이래서 조용하던 도관이 갑작스레 어수선해지고 시끄러워지는 바람에 거기 와 있던 일곱 원수들을 놀라게 만들 줄이야……

삼장법사 일행은 꿈에도 몰랐으나, 반사동 소굴에서 쫓기다시피 도망쳐 나온 일곱 여괴들은 이 황화관의 도사와 한 스승 밑에서 동문수학한 사형제 의남매 간이었다. 새매로 둔갑한 손오공에게 옷을 죄다 빼앗긴 그들은 동굴에 돌아와 헌 옷을 꺼내 입고 나서 뒤도 안 돌아보고 이 도관으로 달려와 숨어 있었던 것이다.

그들은 사형인 도사에게 오늘 손오공과 저팔계한테 곤욕을 당한 사연을 다 이야기하면서, 특히 저팔계란 놈이 무례하게도 자기네들의 벌거벗은 몸을 보고 탐내어 무시무시한 쇠스랑으로 위협하면서 못된 짓을 저지르려 했다는 거짓말까지 보탰다.

사매(師妹)들의 하소연을 듣는 동안, 도사는 불같이 성이 나 펄펄 뛰었다.

"그런 몹쓸 놈들 봤나! 중놈들이 너희들한테 그토록 무례한 짓을 저질렀단 말이냐? 정말 괘씸하기 짝이 없구나. 알았다, 너희들은 마음 놓고 있어라. 그놈들이 서천으로 가려면 이 앞길을 지나쳐 가야 할 터이니, 기다렸다가 복수해주마."

일곱 여괴들은 내친김에 사형의 욕심을 부추겼다.

"더구나 그 당나라 화상은 열 세대나 환생하며 도를 닦은 고승이라, 그 고기를 한 점만 먹어도 죽지 않고 살 수 있다더군요. 그래서 저희들이 잡아놓고 사형을 모셔다 함께 맛보기로 했었는데, 그만 도로 놓쳐버렸지 뭐예요."

"알았다. 그렇다면 더욱 잡아야겠구나! 너희 집에서 이곳까지 거리가 멀지 않으니, 아마 오늘내일 안으로 그놈들이 이곳에 도착할 것이다. 미리 준비를 해놓기로 하자꾸나."

심보가 악독한 도사는 즉시 비장해두었던 독약을 꺼내 붉은 대추 열두 개에 골고루 섞어 넣었다. 그 독이야말로 산중에 사는 날짐승의 똥을 모아 뜨거운 불에 끓이고 졸여 정제한 것으로, 사람은 둘째 치고 신선이라 해도 혀끝에 닿는 그 길로 저승의 염라대왕을 만나러 가야 할 만큼 지독스럽기 짝이 없는 극약이었다. 준비를 마치고 나서 도사는 일곱 사매들에게 동자를 시켜 차를 바꿔 내오라고 분부하면 찻물에 독이 든 붉은 대추를 띄워 내보내도록 당부해두었던 것이다.

삼장법사 일행과 마주 앉아 보통 차를 나누던 도사는 혹시 엉뚱한 사람을 잘못 잡게 될까 의심스러워 조심스레 그들의 신분을 캐물었다.

"실례 될지 모르겠습니다만, 스님들께서는 어느 사원에 계십니까?"

"소승은 동녘 땅 당나라 황제 폐하의 칙명을 받들고 서천 대뇌음사로 경을 구하러 가는 사람입니다."

도사는 이 말을 듣고 얼굴 가득 미소를 띠며 찬탄했다.

"스님은 과연 충성스럽고 큰 덕을 갖추신 부처님이로군요! 빈도가 알아뵙지 못하여 송구스럽습니다."

그러고는 다시 동자 녀석을 돌아보고 분부했다.

"얘들아, 귀한 분이 오셨으니 어서 빨리 차를 바꾸어 내오너라. 그리고 식사 준비도 서두르라고 안에 일러라!"

어린 동자가 뒤채로 들어가자, 일곱 요정들이 준비했던 차 쟁반을 내주었다. 동자는 무심코 찻잔 다섯 개가 놓인 쟁반을 떠받들고 다시 삼청전으로 갔다.

도사는 얼른 붉은 대추가 담긴 찻잔을 하나 들어 공손히 삼장법사에게 올렸다. 그리고 저팔계의 몸집이 제일 큰 터라, 수제자인 줄 잘못 알고 두번째 잔을 먼저 건넸다. 그다음 잔은 사오정에게, 마지막으로 몸집이 가장 작은 손오공을 막내제자로 오인하고 네번째 남은 잔을 건네주었다.

그러나 손오공은 눈썰미가 좋았다. 찻잔을 받아 드는 순간, 쟁반 위에 아직 남은 찻잔 하나에 손님들 것과는 달리 검정빛 대추가 동동 떠 있는 것을 보고 뭔가 수상쩍은 낌새를 눈치 챘던 것이다. 그는 재빨리 들고 있던 찻잔을 주인에게 도로 내밀면서 이렇게 말했다.

"선생, 제 것과 잔을 바꿔 드시지요."

도사는 속으로 찔끔 놀랐으나, 이내 너털웃음으로 얼버무렸다.

"하하! 스님께 솔직히 말씀드립니다만, 저는 외딴 산중에 사는 가난뱅이 도사라 갑자기 찾아오신 손님들께 변변히 대접해드릴 다과를 마련하지 못했습니다. 붉게 익은 대추가 고작 열두 알뿐이라 손님들께 드리고, 저 역시 빈 찻잔만 들고 모실 수가 없어, 빛깔이 조금 떨어지는 검정 대추 두 알로 한 잔 채워 여러분과 같이 들려고 합니다."

손오공도 덩달아 너털웃음을 터뜨리며 이죽거렸다.

"하하! 가난뱅이라니, 무슨 말씀을 그리 하십니까? 옛 사람이 이르기를 '집 안에서 겪는 가난은 약과요, 길바닥에 나서서 겪는 가난이야말로 사람 잡는다' 하지 않았습니까. 저희들처럼 세상천지 떠돌아다니며 빌어먹는 탁발승이야말로 진짜 궁상바가지들이지요. 자아, 어서 저하고 잔을 바꿔 드십시다!"

곁에서 삼장법사가 그 말을 듣더니 제자를 나무랐다.

"오공아, 이 도사님께서 정성으로 나그네를 대접하시는데, 그대로 들지 않고 뭘 자꾸만 바꾸자고 하느냐?"

손오공은 스승의 말씀을 거역할 수 없어 그만 입을 다물었다. 그러나 왼손으로 찻잔을 받아 들고 오른손으로 차 뚜껑을 덮어 누른 채 여러 사람들의 기색을 조심스레 살피기 시작했다.

그동안, 저팔계란 녀석은 워낙 배가 고프고 목도 마른 데다 또 식성도 남보다 어지간히 큰 터라, 찻잔 속에 먹음직스러운 대추가 세 알씩이나 떠 있는 걸 보고 손가락으로 건져서 대뜸 입 안에 털어 넣더니 그대로 꿀꺽 삼켜버렸다. 뒤따라 삼장법사도 찻잔을 들어 마시고, 사오정 역시 아무 생각 없이 마셨다. 변고가 일어난 것은 바로 그다음 순간이었다. 제일 먼저 안색이 바뀐 사람은 역시 미련퉁이 저팔계, 그다음에는 사오정의 눈에서 눈물이 비 오듯 흘러내리기 시작했다.

당나라 스님은 벌써 입으로 거품을 토해내고 있었다. 이어서 세 사람은 현기증을 일으키더니 마침내 앉은자리에서 그대로 한 사람씩 마룻바닥에 털썩털썩 쓰러졌다.

손오공은 그것을 보고 찻잔에 독이 들어 있음을 재빨리 간파했다. 그는 들고 있던 찻잔을 냅다 도사의 얼굴에 던져버렸다.

"이크……!"

도사가 외마디 소리를 치더니, 엉겁결에 소맷자락으로 날아오는 찻잔을 막았다. '쨍그랑……!' 바닥에 떨어진 찻잔이 요란한 소리와 함께 산산조각으로 부서졌다. 도사는 버럭 성을 내며 고함쳤다.

"이런 놈의 화상 봤나! 어째서 내 찻잔을 깨뜨리는 게냐?"

"이 몹쓸 놈! 우리가 네놈과 무슨 원수를 졌다고 독약을 먹여 쓰러뜨리느냐?"

마침내 도사는 본색을 드러내고 이죽이죽 되물었다.

"흐흠, 네놈들 오늘 아침나절에 반사령 초가집에서 동냥을 한 적이 있었지? 그리고 온천에서 목욕한 적도 있었고?"

얘기가 이쯤 나오자, 손오공도 무엇 때문에 이런 일이 벌어졌는지 깨달았다.

"옳거니, 온천이라면 일곱 마리 여괴가 목욕하던 샘터 아닌가? 이제 보니 네놈도 그 계집 요괴들과 한통속이로구나. 오냐, 꼼짝 말고 내 철봉이나 한대 맛봐라!"

용감한 손오공은 귓속에서 여의봉을 꺼내 들고 맞바람 결에 휘두르더니 밥공기만 한 굵기로 늘어나기 무섭게 도사의 면상을 겨누고 냅다 한 대 후려쳤다.

도사는 몸을 비틀어 가볍게 피하더니 어느 결에 준비했는지 보검 한 자루 뽑아 들고 맞서 싸우기 시작했다. 둘이서 악을 써가며 칼부림에 몽둥이질을 하는 소리에 놀란 일곱 요정들이 고함을 지르며 우르르 몰려나왔다.

"오라버니, 걱정 마세요! 저희가 그놈을 잡겠어요!"

낯익은 여괴들의 모습을 보자, 손오공은 약이 오르고 분통이 터져 두 손으로 여의봉 자루를 움켜 바람개비 돌리듯 휘둘러가며, 눈앞에 닥치는 대로 후려갈겼다.

일곱 요괴들은 배꼽에서 굵다란 밧줄을 쉴 새 없이 뽑아 눈 깜짝할 사이에 얼기설기 고치를 엮어 그 안에 손오공을 가둬버리고 말았다.

난데없는 장막이 덮어씌우자, 손오공은 즉시 몸뚱이를 뒤채어 곤두박질치더니 곧바로 장막 천장을 들이받아 찢어버리고 그 틈으로 미꾸라지처럼 빠져나갔다. 공중에서 내려다보니, 일곱 요괴가 뽑아낸 은빛 밧줄이 가로세로 얽히면서 거대한 장막을 짜놓고 있는 것이 아닌가! 으리으리하던 황화도관의 누각 건물은 거대한 은빛 장막에 덮여 잠깐 사이에 아무것도 보이지 않았다. 중독되어 쓰러진 삼장법사와 두 아우, 그리고 백마와 짐 보따리 역시 그 속에 고스란히 파묻혀든 것은 더 말할 나위도 없었다.

그 광경을 바라보면서 손오공은 그만 속이 서늘해지고 말았다.

"와아, 지독하네그려! 이런 봉변은 내 처음 당해보는걸. 앞서 팔계 녀석이 고치 속에 갇혀 한바탕 혼이 났다더니 과연 엄살이 아니었어. 이제부터 어쩌면 좋다? 저 황화관 도사 녀석과 일곱 요정들이 한패거리가 틀림없는데, 도대체 무슨 내력을 가진 연놈들인지 모르겠구나.

아무튼 저 은빛 고치 장막을 뜯어내야만 사부님과 아우들을 구해낼 수 있겠다."

생각다 못한 그는 꼬리털을 한 70가닥 뽑아내더니 숨 한 모금을 불어넣고 '변해라!' 하고 외마디 소리를 쳤다. 꼬리털은 삽시간에 70마리의 꼬마 원숭이로 둔갑했다. 그는 다시 여의봉에 숨결을 불어넣고 또 한 차례 '변해라!' 하고 소리쳤다. 여의봉은 그 즉시 70자루의 양날 달린 가위로 바뀌었다. 준비가 되자, 그는 꼬마 원숭이들에게 가위를 한 자루씩 주고 자신도 하나 골라잡은 다음, 장막 바깥쪽을 에워싸고 일제히 달려들어 밧줄을 휘감아 끊기 시작했다. 얼마 안 있어, 장막처럼 뒤덮었던 은빛 밧줄은 토막토막 끊어지고, 마침내 그 안쪽에서 몸뚱이가 열 되들이 됫박만큼이나 커다란 거미 일곱 마리가 줄줄이 끌려나왔다.

거미들은 하나같이 여섯 개의 손발을 오므리고 머리통을 움츠러뜨린 채 손오공에게 애처로운 목소리로 부르짖었다.

"목숨만 살려주세요! 제발 목숨만⋯⋯"

"우리 사부님과 아우들을 살려낸다면, 나도 굳이 너희 목숨을 해치지는 않겠다."

이 말을 듣자, 거미 요정들은 다시 모습이 드러난 도관 건물 안채를 향해 저마다 고함을 질렀다.

"오라버니! 어서 당나라 스님 일행을 해독시켜 놓아 보내세요! 여동생들의 목숨부터 구해주셔야죠!"

이윽고 안에서 도사가 나타나더니 절레절레 도리질을 해보였다.

"누이들아, 당나라 화상은 내가 잡아먹어야겠다! 그러니 미안하지만 너희들을 구해줄 수가 없구나."

그 말을 듣자, 손오공은 노발대발 호통쳐 꾸짖었다.

"오냐, 우리 일행을 돌려보내지 않겠다면, 좋다! 그럼 네놈의 누이 동생들이 무슨 꼴을 당하는지 거기 서서 잘 지켜보기나 해라!"

약이 오를 대로 오른 손오공은 일껏 움트던 자비심을 거두어들이고 가위를 다시 여의봉으로 바꾸더니 두 손으로 번쩍 치켜들기 무섭게 일곱 마리 거미 요정들을 깡그리 때려죽였다. 그러고는 꼬마 원숭이들마저 터럭으로 되돌려 회수한 다음, 여의봉을 휘둘러가며 도사를 향해 무섭게 들이치기 시작했다.

도사는 일곱 사매가 처참하게 죽는 것을 보자, 치밀어 오르는 분노를 참지 못하고 보검을 씽씽 휘두르면서 악착같이 대들었다.

손오공을 상대로 오륙십 차례를 치고받고 공방전을 벌이던 도사는 차츰 손목에 맥이 풀리고 뼈마디 힘줄마저 나른해지는 것을 느꼈다. 그는 안 되겠다 싶었던지, 허리띠를 풀어 헤치면서 야무진 목소리로 기합을 넣었다.

"이얍!"

도포자락이 활짝 벗겨져나가고 웃옷마저 벗어던진 도사는 양팔을 한꺼번에 번쩍 치켜들었다. 그러자 양쪽 겨드랑이 밑에서 갑자기 1천 개나 되는 눈알이 불쑥 튀어나오면서 눈알마다 무시무시한 금빛 광채를 쏟아내는 것이 아닌가! 영문을 모르고 엉거주춤하던 손오공은 눈부신 빛에 휩쓸려 한순간에 장님이 되고 말았다. 사람을 덮어씌운 금빛 광채는 하늘의 햇볕마저 가려 아무것도 보이지 않게 만들었다.

당황한 손오공은 금빛 광채 속에서 정신없이 나뒹굴며 탈출구를 찾

아보았다. 그러나 발걸음을 앞으로 뒤로 떼어놓고 싶어도 발이 말을
듣지 않았다. 흡사 뚜껑을 꽉 눌러 닫은 밀폐된 통 속에서 맴돌고 있
는 것 같았다. 어디 그뿐이랴, 숨 막힐 듯 답답한 느낌은 둘째 치고
몸뚱이를 통째로 쪄내는 것 같은 열기가 사면팔방에서 그칠 새 없이
밀어닥치는데, 이거야말로 도저히 배겨낼 재간이 없었다. 성질 급한
제천대성은 초조감에 견디다 못해 혼신의 힘을 다 쏟아내어 금빛 광
채 위쪽을 들이받았다. 무쇠보다 더 단단한 머리통으로 천장에 돌파
구를 열어 빠져나갈 작정이었다.

"꽈당……!"

흙바닥에 곤두박질치고 벌렁 나가떨어진 제천대성, 금빛 광채에 구멍이 뚫리기는커녕 박치기를 한 머리통만 지끈지끈 쑤셔대고 아플 따름이었다. 손으로 정수리를 더듬어보니, 머릿가죽마저 물렁물렁해진 것이 아닌가!

"세상에 이럴 수가 있나! 무쇠보다 더 단단하기로 소문난 머리통이 물러터질 줄이야…… 천궁에 잡혀 올라갔을 때는 아무리 칼로 베고 큰 도끼 작은 도끼로 찍어도 끄떡없었고, 불벼락을 때려도 머리카락 한 오리 다친 적이 없었는데, 어째서 이따위 금빛 광채에 닿기가 무섭게 머릿가죽이 흐물흐물해졌단 말인가……?"

혼잣말로 툴툴거리면서 이 궁리 저 궁리 하는 동안, 몸뚱이는 기름불에 지글지글 타들어가듯 자꾸만 오그라들어 도무지 견뎌낼 방법이 없었다.

"이거 큰일 났구나. 앞으로 나아갈 수도, 뒤로 물러날 수도 없고, 위로 들이받아도 꼼짝하지 않으니, 어쩌면 좋단 말인가……? 에라, 안 되겠다! 어디 땅속으로 파고들어가보자꾸나!"

제천대성은 생각이 여기에 미치자, 그 즉시 주문을 외우고 몸뚱이 한번 꿈틀하더니, 한 마리의 천산갑(穿山甲)으로 변신했다. 산속을 뚫고 나간다는 이름처럼, 이놈은 강철같이 야무진 앞발톱으로 산을 후벼 파고 돌멩이를 밀가루처럼 부숴뜨리며, 전신에 돋아난 비늘 갑옷으로 바위 더미를 뚫고 들어간다는 짐승이다.

아무튼 천산갑으로 탈바꿈한 손오공은 물구나무를 선 자세로 머리 끝에 잔뜩 힘을 주어서는 땅속으로 정신없이 파고들어가기 시작했다.

단숨에 20여 리나 뚫고 들어가서야 지상으로 머리통을 불쑥 내밀고 두리번거렸더니, 다행히도 금빛 광채는 고작 20여 리 둘레밖에 뻗쳐 나오지 않았다. 그제야 안심하고 지상으로 뛰쳐나온 그는 본래의 모습을 드러내면서 그 자리에 털썩 주저앉고 말았다. 얼마나 용을 썼는 지 팔다리에 맥이 쭉 빠지고 뼈마디에 힘줄마저 풀려, 온 몸뚱이가 시큰시큰 쑤셔대고 아프지 않은 데가 없었다. 정신 놓고 앉아 있으려니, 생사를 알 길 없는 스승과 아우들 생각에 눈물만 그칠 새 없이 쏟아져 나오고, 그들을 구해내지 못하는 자신의 처지가 참담해져 미칠 것만 같았다.

제천대성 손오공이 이렇듯 하염없이 비탄에 잠겨 있을 때였다.

별안간 산등성이 뒤쪽에서 누군가 통곡하는 소리가 들리더니, 얼마 안 있어 상복을 걸친 아낙네 하나가 손오공 앞으로 다가와 마주치게 되었다.

"아주머니, 누가 돌아가셨기에 그토록 슬피 울며 가십니까?"

손오공이 제 설움은 접어두고 조심스레 물었더니 아낙은 눈물이 글 썽글썽 맺힌 채 이렇게 대답했다.

"내 남편이 황화관 주인과 말다툼을 벌였는데, 그만 그 주인이 독이 든 차를 남편에게 먹여 죽였답니다. 그래서 남편의 무덤에 저승 가는 노잣돈으로 지전(紙錢)이나 몇 장 살라드리러 가는 길이랍니다."

사연을 듣고 보니 자신이 당한 처지와 똑같은 터라, 손오공은 저도 모르게 또 눈물을 뚝뚝 흘리며 다시 물었다.

"그런 억울한 일을 당하셨으면 어째서 황화관 도사를 관가에 고발해 벌을 받도록 하지 않으셨습니까?"

"스님은 그 도사란 자의 정체를 모르시는군요. 그자는 본명이 백안마군(百眼魔君)으로서, 눈알이 많이 달렸다고 하여 '다목괴(多目怪)'라고 불리는 요괴랍니다. 이런 무서운 마귀를 사람이 어찌 관가에 고소할 수 있겠으며, 설령 고소한다 해도 관헌들이 무슨 재간으로 그를 붙잡아 처벌할 수 있겠습니까."

"그렇다면 아무도 그 요물을 제압할 수 없겠군요?"

손오공 역시 방금 도사의 무시무시한 금빛 광채 속에 갇혀 곤욕을 치른 경험이 있는 터라, 풀이 죽은 기색으로 혼잣말하듯 이렇게 중얼거렸다. 그런데 아낙의 입에서 뜻밖의 얘기가 나왔다.

"웬걸요! 그놈을 굴복시킬 만한 보살이 계시지요. 그분만 모셔오면 금빛 광채를 깨뜨리고 저 몹쓸 도사 백안마군을 손쉽게 제압할 수 있다는데, 보통 사람으로서는 도저히 그분이 계신 곳까지 다녀올 수 없으니 꿈같은 얘기지요."

이 말을 듣고 손오공은 귀가 번쩍 틔어 아낙에게 매달리다시피 통사정을 했다.

"아주머니, 그 보살님이 누구십니까? 어디 사는지 일러주기만 하면 제가 당장 달려가서 모셔오겠습니다."

"여기서 천 리나 먼 길이랍니다. 그곳 자운산 천화동에 비람파(毘藍婆)보살이 살고 계시는데, 그분이라면 요괴 백안마군을 굴복시킬 수 있을 겁니다."

"어느 쪽에 있습니까?"

손오공이 다급한 마음에 내처 물었더니 그녀는 남쪽을 가리켰다.

"정남쪽이지요. 곧바로 가시면 됩니다."

남쪽을 가리키는 그녀의 손가락 끝을 무심코 바라보던 그가 다시
뒤돌아보았을 때, 그녀는 벌써 어디로 사라졌는지 온데간데없다. 손
오공은 퍼뜩 짚이는 것이 있어 머리를 조아리고 큰 소리로 여쭈었다.

"어느 보살이십니까? 제가 땅속을 쑤시고 헤매느라 정신이 사나워
져 알아뵙지 못했습니다."

이윽고 반공중에서 그녀의 목소리가 들려왔다.

"손 대성, 나요!"

후닥닥 고개를 쳐들고 바라보니, 다름 아닌 여산노모(黎山老姆) 그분
이시다. 손오공은 부리나케 허공으로 뒤쫓아 올라갔다.

"노모께서는 어딜 다녀오시는 길인데, 저희 일을 알고 가르쳐주십
니까?"

"방금 부처님의 법회에 참석했다가 돌아가는 길이었소. 손 대성의
사부님께서 재난을 당하신 것을 알게 되어, 일부러 상중에 있는 아낙
으로 변신하고 나타나 귀띔해드린 거요. 어서 빨리 달려가 그분을 모
셔오도록 하세요. 백안마군이 쓴 독약은 이 세상에서 가장 지독스런
것이라, 중독된 사람은 불과 사흘 만에 오장육부는 물론이요, 뱃속의
골수까지 썩어들어가 도저히 살려내지 못한다오."

손오공은 거듭 사례하고 나서 여산노모와 작별했다. 그리고 근두운
을 일으켜 타기 무섭게 남쪽으로 날아갔다. 천 리 길을 삽시간에 지나
가고 드디어 자운산 상공에 이르렀다. 구름을 낮추고 내려서서 둘러
보니, 눈길 닿는 곳이 바로 온갖 들꽃이 가득 피어난 골짜기였다.

천화동 어귀에 발을 들여놓았으나, 사람은 보이지 않고 쥐 죽은 듯
고요하기만 했다. 몇 리 길을 더 들어서고 보니 초가집이 한 채 나타

났는데, 안마당 평상에 비구니 한 분이 좌정해 계셨다. 그는 곧바로 보살 앞에 다가서서 무턱대고 큰 소리로 외쳐 불렀다.

"비람파보살님, 문안드리오!"

비람파보살이 깜짝 놀라 쳐다보더니 황급히 평상에서 내려와 답례했다.

"이런! 손 대성 아니오? 그런데 어디서 오시는 길이오?"

보살이 되묻는 말에, 손오공은 그만 두 눈이 휘둥그레졌다.

"아니, 절 어떻게 아십니까?"

"하하! 그대가 당년에 천궁을 크게 뒤엎었을 때, 제천대성의 생김새를 누가 보지 못했을 것이며, 그 명성을 모르는 이가 어디 있겠소?"

이 말을 듣고 손오공은 멋쩍게 뒤통수를 긁어내렸다.

"허허, 그것 참……! 속담에, 좋은 일은 대문 밖에 나가지 않고 못된 일은 천 리 밖에 소문난다더니, 제가 그런 격이로군요. 지금은 부처님의 문하에 귀의했습니다."

"호오! 대성께서 불문에 드셨다? 정말 경축할 일이로군요! 그래, 지금은 어디서 뭘 하고 계시오?"

"당나라 스님을 모시고 서천으로 경을 가지러 가는 길입니다. 도중에 사부님께서 황화관 도사에게 변을 당하여 독을 탄 차를 마시고 쓰러지셨습니다. 저도 그놈과 싸우다 금빛 광채에 갇혀 큰 곤욕을 치른 끝에 가까스로 빠져나오기는 했습니다만, 사부님과 아우들은 여전히 그놈의 도관에 잡혀 있어 구해낼 도리가 없지 뭡니까. 얘기를 듣자니, 보살님께서 그놈의 금빛 광채를 소멸하실 수 있다 하기에 이렇듯 허위단심 찾아뵙고 간청을 드리는 것입니다."

"누가 그런 얘기를 대성에게 했단 말이오? 나는 지금까지 삼백여 년 동안 대문 밖에 나서본 적이 없었는데…… 어쨌거나 모처럼 손 대성께서 부탁하시니 안 가볼 수 없겠군. 어서 앞장서시구려."

"고맙습니다, 보살님!"

손오공은 코가 땅에 닿도록 절을 하고 나서 비람파보살과 함께 길을 떠났다. 그런데 보살이 홀몸으로 나서는 것이 미심쩍어 도중에 다시 물었다.

"보살님께선 무슨 병기를 지니고 계십니까?"

"내겐 자수 바늘이 한 개 있소. 이것만으로 그놈의 금빛 광채를 깨뜨릴 수 있을 거요."

손오공은 이 말에 기가 막혀 투덜거렸다.

"이런 젠장! 겨우 바늘 한 개라니, 그런 줄 알았더라면 군이 보살님에게 수고를 끼칠 것도 없었잖아! 그따위 강철 바늘쯤이야 이 손 선생께서 한 쌈지는 만들어낼 수도 있었을 텐데……"

비람파보살이 그 소리를 귀담아듣고 빙그레 웃었다.

"내 바늘은 강철이나 무쇠로 만든 게 아니라, 바로 내 아들 녀석이 태양 한복판에서 달궈 만들어낸 것이라오."

"아드님이라니, 누구 말입니까?"

"내 아들 말이오? 바로 묘일성관이지."

이 말에 손오공은 그만 입이 딱 벌어졌다. 할 말을 잃고 두 눈만 멀뚱멀뚱 뜬 채 날아가고 있으려니, 어느새 금빛 광채가 휘황찬란하게 비치는 곳까지 이르렀다.

그는 몸을 돌리고 비람파보살에게 손가락질해 가리켰다.

"저걸 보십쇼. 저 금빛 광채가 비치는 곳이 황화관입니다."

보살은 아무 대꾸도 없이 옷깃에서 눈썹처럼 가늘고 길이가 고작 대여섯 치밖에 안 되는 바늘 한 개를 뽑아내더니 손바닥으로 비벼 하늘 높이 내던졌다. 그뿐이었다.

그러나 얼마 후에 도관 쪽에서 느닷없이 '쿵!' 하는 소리가 크게 들려오더니, 방금 전까지 눈부시게 쏘아대던 금빛 광채가 씻은 듯이 사라지고 말았다.

손오공은 보살과 함께 구름을 낮추고 내려서서 도관으로 들어갔다.

도사 백안마군은 거기 있었다. 그러나 어찌 된 일인지 두 눈을 감은 채 걸음을 옮겨 떼지 못하고 우두커니 그 자리에 서 있었다.

"이 못된 괴물이 장님 행세를 하는구나!"

손오공은 앞서 금빛 광채에 혼이 난 뒤끝이라, 분노를 삭이지 못하고 귓밥 속에서 여의봉을 꺼내 들기가 무섭게 한 대 후려갈겼다. 이때 곁에 있던 보살이 재빠르게 철봉 잡은 손목을 부여잡아 말렸다.

"잠깐만! 대성, 이놈을 때려죽이지는 말고, 어서 그대의 사부님 일행부터 찾으러 가셔야지요."

손오공이 뒤꼍으로 돌아가 객실을 살펴보니, 그들 세 사람은 여전히 마룻바닥에 쓰러진 채 거품을 토해내며 정신을 잃고 있었다.

"아아, 이를 어쩌면 좋단 말이냐……!"

손오공이 비통에 차서 눈물을 흘리고 있노라니, 뒤따라 들어온 비람파보살이 위로의 말을 건넸다.

"대성, 너무 슬퍼하지 마시오. 내 어차피 대문 밖에 나온 바에야 내친김에 음덕 한 가지 더 쌓아야겠구려. 자, 여기 해독단(解毒丹)이 있소. 세 알만 드리리다."

보살은 소매 속에서 다 떨어진 종이 꾸러미를 꺼내 펼치더니, 붉은 환약 세 알을 집어 주었다.

손오공은 세 사람의 입을 하나씩 벌려 악문 이빨을 벌리고 환약을 한 알씩 넣어주었다. 알약은 순식간에 녹아 뱃속으로 넘어갔다. 얼마 안 되어 그들 세 사람은 일제히 구역질을 하더니, 거품 속에 섞인 독약 기운을 토해내고 목숨을 건졌다.

제일 먼저 엉금엉금 기어서 일어난 것은 미련퉁이 저팔계였다.

"어이구, 숨이 막혀 죽을 뻔했네!"

당나라 스님과 사오정도 잇따라 깨어났다.

"아, 몹시 어지럽구나. 머릿속이 빙빙 도는걸!"

손오공이 스승에게 그동안의 경위를 말씀드렸다.

"모두들 그 도사 놈이 찻잔에 탄 독을 마시고 중독되셨던 겁니다. 비람파보살께서 해독약을 주신 덕분에 목숨을 건지셨으니, 고맙다는 말씀이나 하십쇼."

삼장법사는 일어나 옷매무새를 가다듬고 보살 앞에 감사의 예를 드렸다. 인사치레가 끝나자 저팔계는 대뜸 도사부터 찾았다.

"형님, 그 도사란 놈은 어디 있소? 무슨 원한이 있기에 우리를 이 지경으로 독살하려고 했는지 그 까닭 좀 따져봅시다."

손오공은 일행에게 반사령의 거미 요정 일곱 마리와 도사 간에 얽힌 사연을 낱낱이 설명해주었다. 얘기를 듣고 나자, 저팔계는 더 약이 올라 펄펄 뛰기 시작했다.

"거미 요정과 의남매를 맺었다면, 도사란 놈도 요물이 틀림없구려!

그래, 지금 어디 있소?"

손오공은 비람파보살과 함께 일행을 데리고 삼청전 앞뜰로 나갔다. 저팔계는 도사를 보자마자 쇠스랑으로 내리찍었다. 그러나 이번에도 비람파보살이 가로막았다.

"천봉원수, 고정하시오. 대성께서 보셨다시피 내 거처에는 사람이 하나도 없소. 그래서 내가 이놈을 데려다 문지기로 쓸까 하오."

손오공은 두말없이 찬성했다.

"좋습니다. 보살님께 크나큰 덕을 입었는데, 어찌 말씀대로 따르지 않겠습니까. 한데 이놈의 정체나 좀 드러내 보여주십쇼."

"그야 쉬운 노릇이지요."

비람파보살이 선선히 응낙하더니 앞으로 나서서 손가락으로 도사를 가리켰다. 황화관 도사는 손가락질을 당하기가 무섭게 먼지 구덩이에 털썩 쓰러져 본색을 드러냈다. 겨드랑이 양쪽에 1천 개의 눈알이 달린 다목괴 '백안마군'의 정체는 다름 아닌 지네, 길이만도 일곱 자나 되는 거대한 지네의 요정이었던 것이다.

비람파보살은 새끼손가락으로 지네를 가볍게 집어 들더니, 상서로운 구름을 일으켜 타고 자운산 천화동 계곡으로 돌아갔다.

하늘 끝에 가물가물 사라져가는 보살의 뒷모습을 우러러보면서, 미련퉁이 저팔계가 혀를 내두르며 찬탄을 아끼지 않았다.

"저 마나님, 정말 대단하신 분일세그려! 그 무시무시한 도사 녀석을 어떻게 단번에 거꾸러뜨렸는지 모르겠소."

손오공이 씨익 웃어가며 일러주었다.

"저 보살님이 무엇으로 요괴를 제압했는지 아나? 수놓는 바늘 한

개였네. 그것으로 금빛 광채를 깨뜨리고 저놈을 장님으로 만들었지 뭔가. 그 바늘은 당신 아드님이 태양 한복판에서 구워냈다는 거야. 그 아드님이 누군지 아나? 바로 묘일성관이었네. 언젠가 서량여국을 떠나다 전갈 요정한테 사부님이 납치당하신 적이 있었지? 그때 묘일성관을 불러다 전갈 요정을 잡아 죽였는데, 묘일성관은 수탉의 화신이니까 저 마나님은 틀림없이 암탉의 화신일 걸세. 수탉이든 암탉이든 전갈 지네를 잡아먹는 천적 아닌가! 그러니 도사로 둔갑했던 지네 요정을 손쉽게 제압해서 데려갈 수밖에 더 있겠나?"

"얘들아, 이제 그만 떠날 채비를 하자꾸나."

스승이 분부를 내리자, 사오정은 우선 부엌으로 들어가 쌀을 찾아내어 밥을 지었다. 배를 든든히 채운 저팔계와 사오정은 스승을 말안장에 올려 모시고 도관 바깥으로 나섰다. 그사이에 손오공은 부뚜막의 불씨를 꺼내다 건물마다 돌아가며 모조리 불을 놓았다. 이리하여 황화관은 삽시간에 불바다가 되어 마침내 잿더미로 주저앉고 말았다.

6. 어린아이 심장을 보약으로 먹는 임금

어느덧 해가 바뀌고, 삼장법사 일행은 엄동설한의 겨울철을 맞았다.

스승과 제자들이 추위를 무릅쓰고 찬바람에 한뎃잠을 거듭하며 하염없이 걷노라니, 그들 눈앞에 반갑게도 성채가 나타났다.

그들은 추위에 쫓기다시피 서둘러 외성 안으로 들어섰다. 성문지기는 뜻밖에도 늙수그레한 군인이었다.

"수문장 어른, 여기가 어디요?"

손오공이 다가서서 물었더니, 성문지기는 귀찮다는 듯이 대꾸했다.

"여기는 비구국(比丘國) 도성인데, 지금은 소자성(小子城)이라 부른다오."

"비구의 나라 도성이면 그만이지, 왜 '어린애 성'이라고 부르는 거요?"

그러나 문지기는 못 들은 척 무시해버리고 더 말하지 않았다. 손오공은 할 수 없이 일행에게 돌아가 그대로 전했다.

제자의 말을 듣고, 당나라 스님도 이상하다는 생각이 들었다.

"별 해괴한 이름도 다 있구나. 우선 들어가서 길 가는 사람들에게 다시 물어보자."

성곽 이중문을 거쳐 큰길거리에 들어서 보니, 도성의 규모가 예상했던 것과는 아주 딴판으로 크고 번듯한 데다, 사람들의 옷차림새가 단정하고 끼끗할 뿐 아니라, 인물도 하나같이 멀끔하게 잘도 생겼다.

그런데 이상한 것은, 집집마다 대문 앞에 거위를 잡아 가두는 채롱이 오색 비단 덮개를 씌운 채 하나씩 놓여 있다는 점이었다. 당나라 스님 역시 그것을 눈여겨보았는지, 말을 멈춰 세우고 제자들에게 물었다.

"얘들아, 이게 무슨 풍습인지 아느냐?"

저팔계가 집 주변을 이리저리 기웃거리더니, 빙그레 웃으며 아는 체했다.

"오늘이 아마 굉장히 좋은 길일이어서 이웃 친척들을 모아놓고 결혼식을 올리는 모양입니다."

곁에서 손오공이 대뜸 핀잔을 주었다.

"터무니없는 소리 작작하게! 아무리 좋은 날이라 해도 집집마다 한날한시에 혼례식을 올리는 법이 어디 있나? 필시 무슨 곡절이 있을 테니 한번 알아봐야겠네."

손오공은 몸뚱이 한번 꿈틀하는 사이에 꿀벌 한 마리로 둔갑하더니, '앵!' 하고 날아서 가까운 집 대문 앞 채롱 덮개 틈새로 들어갔다.

거위나 닭을 가둬두는 채롱 안에는 대여섯 살 난 어린아이가 들어앉아 있었다. 둘쩻집 채롱을 들여다보았더니, 역시 어린애, 일고여덟 집 것 모두 어린애가 들어 있지 않은가! 그것도 하나같이 사내아이들 뿐이요, 계집애는 하나도 없었다.

손오공은 집집마다 돌아가며 다 보고 나서 스승에게 돌아가 이 놀라운 사실을 말씀드렸다.

"사부님, 거위 채롱에는 모두 사내아이가 들어앉아 있습니다. 무슨 까닭으로 그런 어린것들을 채롱에 가두어 대문 밖에 내다놓았는지 모르겠군요."

삼장법사는 궁금해 견딜 수가 없었으나, 그렇다고 처음 발을 들여놓은 곳에서 누구한테 물어볼 처지도 아니었다. 의혹을 품은 채 길거리 모퉁이를 돌아가 보니, 출장 관원이나 외국 사신들이 묵는 역참(驛站) 건물이 나타났다.

"얘들아, 우리 이 관사에 들어가자. 때마침 날도 저물었는데 하룻밤 쉬었다 갈 수 있는지 알아봐야겠다."

네 사람이 역사 안으로 들어서니, 문지기가 역승(驛丞)을 만나도록 안내해주었다. 역승은 나그네들이 머나먼 동녘 땅 큰 나라에서 왔다는 말을 듣고 반겨 맞으며 환대했다.

차 대접이 끝나자, 삼장법사는 내친김에 궁금하던 것을 역승에게 물었다.

"도성에 들어왔을 때 집집마다 거위 채롱에 어린애를 담아서 대문 앞에 내다놓은 것을 보았습니다. 이 나라에 어째서 이런 풍습이 있는지 모르겠군요."

역승은 이 말을 듣고 흠칫 놀라더니, 삼장법사의 귀에 대고 주의를 주었다.

"장로님, 그 일에는 참견하지 마십쇼. 그저 오늘밤 편히 쉬시고 내일 아침 가실 길이나 떠나십쇼."

역승의 기색을 보건대, 뭔가 말 못할 속사정이 있는 게 분명했다. 이렇듯 주의까지 받고 보니 궁금증은 더욱 커졌다.

"도대체 무슨 일입니까. 그 어린것들한테……"

그러나 역승은 고개를 절레절레 내저으며 손사래만 칠 뿐, 딱 한마디만 더했다.

"말조심하십쇼!"

당나라 스님은 그럴수록 애가 달아 끈덕지게 물었다. 그제야 역승도 어쩔 수가 없는지 측근들을 다 물리치더니, 목소리를 잔뜩 낮춰 이렇게 속삭였다.

"방금 물으신 거위 채롱은 우리 국왕 폐하의 무도하기 짝이 없는 명령으로 그리된 것입니다. 그런 일을 외국 스님이 따져서 무엇 하시렵니까?"

"무도한 명령이라니, 어떻게 무도하단 말씀이오? 그것마저 똑똑히 일러주십시오."

어차피 벌어진 일이라, 역승도 더는 감추지 않고 기막힌 사연을 털어놓았다.

이 도성은 원래 이름이 비구국이었으나, 요즈음 들어 백성들 간에 유언비어가 나돌면서 '어린애의 나라 도성'이란 별명으로 불리고 있다고 했다. 3년 전, 어느 도사 하나가 나이 16세쯤 되는 아리따운 처녀를 데리고 나타나 국왕에게 바쳤다고 했다. 국왕은 그때부터 처녀의 미색에 빠져 밤낮없이 총애를 다 쏟더니, 원기가 쇠약할 대로 쇠약해지고 정신이 흐리멍덩해졌을 뿐 아니라 몸도 수척해져 음식마저 제대로 들지 못하게 되었다고 한다. 측근 시의(侍醫)들이 온갖 좋은 처방과 약을 다 써보았으나, 도무지 효험이 없어 이제 목숨이 경각에 달렸다는 것이다.

국왕에게 처녀를 바치고 '임금의 장인' 국구(國舅)가 된 늙은 도사는 골병이 든 국왕을 질병 없이 오래 살게 해주겠다면서 영약을 조제했는데, 그 약을 먹이는 방법이 끔찍스럽게도 천백열한 명이나 되는 어린애의 심장을 달인 탕약과 곁들여 마셔야 한다는 것이었다. 그래서 몇 달 전부터 전국의 어린 사내아이만을 골라 도성에 모아놓고 심장을 뽑아 쓸 때까지 기르게 했는데, 삼장법사 일행이 본 것처럼 거위채롱에 가두어놓은 아이들이 바로 그 희생물이었다. 어린것의 부모들은 왕법이 무서워 울음소리 한번 내지 못하고 속으로 비통해하는데, 이 소문이 온 나라에 퍼지면서 마침내 '아이들의 도성'이란 별명까지 붙게 되었다는 것이다. 그리고 내일 정오에 아이들의 심장을 도려낼 예정이라는 것이었다.

"……사정이 이러하니, 장로님은 내일 입궐하여 폐하를 뵙고 통행문서에 확인받아 조용히 물러나와야지, 이 일에 대해서는 아예 입 밖에도 내시면 아니 됩니다."

얘기를 마치자, 역승은 또 무슨 말이 나올지 몰라 재빨리 물러갔다.

끔찍스럽기 이를 데 없는 사연에, 당나라 스님은 안타깝다 못해 눈물만 줄줄 흘리며 탄식을 거듭했다.

"아아, 참으로 음탕한 폭군이로구나! 어쩌자고 미색을 탐내어 골병까지 들었으며, 그것도 모자라 저렇듯 천진난만한 어린 목숨들마저 숱하게 죽이려 한단 말인가?"

저팔계가 보다 못해 스승 앞으로 다가앉았다.

"사부님, 왜 이러십니까? 너무 속상해하지 말고 주무시기나 하십쇼. 이 나라 임금이 죽이는 것도 자기 백성의 자식들인데, 사부님께서 무슨 상관입니까?"

"이 무정한 놈아! 너는 남의 불쌍한 처지를 보고 가엾게 여길 줄도 모르느냐? 정말 자비심이라곤 털끝만치도 없는 놈이로구나! 부처님의 제자 된 몸으로 이렇듯 기막힌 일을 보고도 어찌 못 본 척할 수 있단 말이냐! 사람의 심장을 먹고 오래 산다는 얘기는 내 듣도 보도 못했다. 이 무정한 놈아!"

사오정이 곁에서 스승을 위로해주었다.

"사부님, 그렇게 슬퍼 마세요. 내일 아침에 통행문서를 확인받으실 때 국왕의 눈치를 보아가며 한번 따져보세요. 또 임금의 장인이란 자가 어떻게 생겼는지 살펴보십쇼. 어쩌면 그놈이 요사스런 정령으로, 사람의 심장을 빼 먹으려고 그따위 술수를 부리는지도 모르는 일 아닙니까?"

한동안 무엇인가 깊이 생각하고 있던 손오공이 무릎을 탁 쳤다.

"오정의 말이 그럴듯하네! 사부님, 우선 잠이나 주무십쇼. 내일 제가 사부님을 모시고 대궐에 들어가서 국구란 자의 정체를 알아보겠습니다. 그리고 또 무슨 일이 있어도 임금이나 국왕이 저 불쌍한 어린것들의 목숨을 해치지 못하도록 미리 조치해놓겠습니다."

"제자야, 참 좋은 말이로구나. 그렇다면 너한테 좋은 묘책이 있단 말이냐?"

"염려 마십쇼. 이 손 선생에겐 그만한 법력이 있습니다. 우선 오늘 밤 안으로 거위 채롱에 갇힌 아이들을 낚아채어 도성 바깥 멀리 데려다 숨겨두고, 내일 국왕이 어린것들의 심장을 도려내지 못하게 할 겁니다."

"그럼 어서 손을 써보아라! 그 아이들의 목숨만 구해줄 수 있다면, 그야말로 네 공덕이 하늘만큼이나 크다."

스승의 격려와 독촉을 받고 용기백배한 제천대성 손오공이 자리를 박차고 일어서더니, 우선 두 아우들에게 당부를 해두었다.

"팔계, 오정, 자네들은 사부님을 잘 모시고 있게. 조금 있다가 음산한 바람이 크게 일거든, 어린아이들이 무사히 도성 바깥으로 빠져나간 줄이나 알게!"

그러자 남은 세 사람은 손오공의 성공을 기원하면서 한마음 한뜻으로 정성껏 염불을 하기 시작했다.

역관을 벗어난 손오공은 곧바로 허공에 솟구쳐 오르더니, 반공중에서 주문을 외워 비구국의 서낭신, 토지신과 산신령, 그리고 남모르게 삼장법사를 보호하던 육정육갑 열두 신령들까지 모조리 불러냈다. 느닷없이 끌려나온 신령들은 부랴부랴 공중으로 뛰어올라 제천대성 앞에 문안드리며 여쭈었다.

"대성님, 이 밤중에 저희를 불러내시니, 무슨 급한 일이라도 있으십니까?"

손오공은 여러 신령들에게 상황을 설명해준 다음, 마지막으로 이렇

게 부탁했다.

"이 나라 국왕이 요사스런 자의 말만 믿고 어린것들의 심장을 먹고 장생불사하기를 바란다 하니, 모두들 각자 신통력을 부려서 집집마다 대문 앞에 놓아둔 거위 채롱의 어린것들을 통째로 잡아채다가 성 밖 으슥한 산중이나 숲 속에 숨겨두고, 먹을 것을 주어 굶지 않도록 보호해주시게. 그리고 내가 요사스런 마귀를 퇴치하여 이 나라 국왕을 올바른 길로 이끌어주고 나서 떠날 때가 되거든, 그 아이들을 나한테 돌려보내주도록 하게."

여러 신령들은 두말없이 제천대성의 명령대로 따랐다. 그들이 즉석에서 저마다 신통력을 발휘하여 구름을 낮게 드리우자, 비구국 도성 안에 난데없이 음산한 바람이 거세게 휘몰아치고 안개가 뭉게뭉게 일면서 눈앞이 보이지 않을 정도로 자욱하게 뒤덮이기 시작했다. 이리하여 그날 밤 삼경(三更, 23~01시) 무렵, 신령들은 짙은 안개와 어둠 속에서 거위 채롱을 낚아채어 제각기 뿔뿔이 흩어지더니 어디론가 사라졌다.

손오공이 일을 다 마치고 다시 역관 앞뜰에 내려섰을 때, 일행 세 사람은 그때까지도 잠들지 않고 열심히 기원을 드리고 있었다.

"사부님, 제가 돌아왔습니다."

"그래, 어린애들을 구해내는 일은 어찌 되었느냐?"

스승이 반겨 맞으며 묻자, 손오공은 스스럼없이 대꾸했다.

"벌써 모조리 구해내 옮겨놓았습지요!"

당나라 스님은 그제야 마음놓고 잠자리에 들었다.

이윽고 날이 밝았다. 마음 다급한 삼장법사는 일찌감치 잠자리에서 일어나 몸단장하고 수제자를 깨웠다.

"오공아, 내 이 길로 대궐에 들어가 통행문서에 확인을 받아오마."

손오공 역시 떠날 채비를 서둘렀다.

"저도 사부님과 함께 들어가 시비흑백을 가려보겠습니다."

"네가 따라나서면 좋기는 하겠다만, 예의범절을 차리지 않을 테니, 국왕이 보고 괘씸하게 여길 게다."

"그럼 제 모습을 감추고 남몰래 사부님을 따라가 보호해드리지요."

손오공은 하루살이로 둔갑한 다음, '앵!' 하니 날아가 스님의 승모에 내려앉았다. 역관을 나선 당나라 스님은 곧바로 대궐을 향해 바쁜 걸음으로 달려가, 궁궐 문 앞에 이르렀다. 그리고 수문장과 당직 관원에게 예절 바르게 신분과 용건을 밝힌 다음, 국왕을 뵙게 해달라고 청하였다.

당직관이 대궐에 들어가서 그대로 아뢰자, 국왕은 크게 기뻐하며 맞아들이라는 분부를 내렸다.

"그 머나먼 동녘 땅 큰 나라에서 왔다니, 반드시 도행을 갖춘 고승이겠구나!"

삼장법사는 당직관의 인도를 받아 궁궐 안으로 들어갔다.

임금을 마주 대하여 예를 올리고 나서 그 신색을 살펴보았더니, 역승이 말한 대로 모습은 초췌할 대로 초췌하고 기력이 쇠약하기 이를 데 없어, 손짓마저 힘겨워 보이고 말씨 또한 이어졌다 끊겼다 또렷하지 않았다. 문서를 받들어 올리니, 국왕은 게슴츠레한 눈으로 거듭 확인해보고 나서야 간신히 옥새를 찍어 내려주었다.

임금이 모처럼 먼 데서 온 당나라 스님에게 음식을 내려주라고 분부하려는데, 때마침 측근 시종이 먼저 아뢰었다.

"국구 대감께서 납시옵니다."

장인어른이 왔다는 말을 듣자, 임금은 내시들의 부축을 받아가며 용상에서 내려와 영접했다. 뜻하지 않았던 국구의 출현에, 당나라 스님 역시 한 곁에 물러섰다.

국구라는 도사는 임금에게 인사도 하지 않고 뚜벅뚜벅 전당 위로 올라갔다. 임금도 뒤따라 오르면서 비위를 맞추었다.

"장인어른께서 오늘 아침 일찍이 나오시다니, 과인도 참 기쁘오."

그리고 수놓은 방석에 공손히 모셔 앉혔다. 당나라 스님 역시 결례를 할 수 없는 터라, 한걸음 앞으로 나서서 정중히 허리를 굽혔다.

"국구 대감께 소승이 문안드리오."

그러자 국구라는 도사는 거드름을 피우며 흘겨보더니, 무슨 생각에서인지 한참 동안 말이 없다가 임금을 돌아보고 물었다.

"저 승려는 어디서 왔답디까?"

"동녘 땅에 있는 당나라 황제의 명을 받고 서천으로 경을 구하러 가는 승려인데, 이곳을 지나다 통행문서에 확인을 받으러 왔다 합니다."

국구는 이 말을 듣더니 피식 하고 비웃었다.

"서방 세계 가는 길이 온통 어둡고 썰렁한데, 무얼 찾아 먹으러 가는지 모르겠군!"

맞대놓고 무안을 당한 삼장법사는 머쓱한 기색으로 임금에게 하직인사를 드리고 물러나왔다. 그리고 막 궁궐 문 바깥으로 나섰을 때, 하루살이로 변신해 모자에 달라붙어 있던 손오공이 소곤소곤 이렇게 귀엣말을 했다.

"사부님, 제 눈에 저 국구란 놈은 요사스런 정령이 분명합니다. 저는 여기 남아서 저들의 동태를 지켜볼 테니, 사부님은 일단 역관으로 돌아가 임금이 하사하는 음식을 기다리고 계십쇼."

삼장법사는 그 뜻을 알아차리고 홀로 대궐 문을 나섰다.

하루살이 손오공은 다시 조정으로 날아가 용상 뒤에 펼쳐놓은 병풍 한 귀퉁이에 내려앉은 채 임금과 국구의 동정을 살피기 시작했다.

이때 도성을 수비하는 장수가 황급히 뛰어들면서 급보를 아뢰었다.

"주상 폐하! 간밤에 찬바람이 한바탕 일더니, 도성 내 집집마다 놓아두었던 거위 채롱을 아이들까지 송두리째 휩쓸어가 종적을 찾을 길이 없사옵니다!"

뜻하지 않은 변고에 국왕이 깜짝 놀라 역정을 내며 국구를 돌아보고 탄식했다.

"이런 변괴가 일어나다니, 이는 분명 하늘이 과인을 죽이려나 보오."

그러자 국구는 껄껄대고 웃으며 임금을 안심시켰다.

"폐하, 너무 걱정 마십시오. 그것은 도리어 하늘이 폐께 불로장생을 내리시려는 조짐인가 합니다."

"약으로 써야 할 아이들이 죄다 바람에 날려갔는데 좋은 징조라니, 그게 무슨 말씀이오니까?"

영문을 모르는 임금이 의아스레 묻자, 국구의 입에서 엄청난 얘기가 나왔다.

"내 방금 입궐하다가 기막히게 약효가 뛰어난 약재를 발견했소이다. 이것을 달여 잡수시면, 어린애 천백열한 명의 심장을 드시는 것보다 훨씬 효력이 좋습니다."

"그 약재란 것이 뭐요? 어서 말씀해주시오!"

임금은 애가 타고 등이 달아 국구 영감을 다그쳤다.

국구란 자는 미소 띤 채 느긋이 말문을 열었다.

"저 동녘 땅에서 파견되어 서천으로 간다는 승려 말입니다. 그자는 열 번을 환생하며 도를 닦은 몸이라 어린애들의 심장보다 만 배나 더 효력이 있으니, 폐하께서 그자의 심장을 달여 자시기만 하면 일만 년 장수를 보전하실 수 있습니다."

어리석은 임금이 그 말을 곧이 믿고 아쉬워했다.

"진작 그런 줄 알았다면, 이 자리에 붙잡아두고 놓아 보내지 않았을 텐데……"

"그야 어려울 게 뭐 있다고 안타까워하십니까. 이제라도 급히 명령을 내리셔서 동서남북 성문을 모조리 폐쇄하고, 역관으로 군사들을 출동시켜 이리로 잡아들여 즉석에서 가슴을 가르고 심장을 꺼내면 될 것인데 무엇이 어렵겠습니까."

불로장생에 눈이 어두운 임금은 즉각 명령을 내려 도성의 사대문을 죄다 닫아걸게 하는 한편, 왕궁을 지키던 정예부대를 역관으로 급히 달려보냈다.

손오공은 군사들이 출동하기 한발 앞서 재빨리 역관으로 날아가 스승과 아우들에게 알렸다.

국왕이 끔찍스럽게도 자신의 심장을 약으로 쓰려 한다는 얘기를 듣고서, 마음 약한 당나라 스님은 그만 혼비백산하여 그 자리에서 까무러치고 말았다. 한참 만에 다시 정신을 차린 그는 와들와들 떨어가며 손오공을 부여잡고 매달렸다.

"나는 이제 꼼짝없이 죽은 몸이로구나……! 얘야, 이 일을 장차 어쩌면 좋으냐?"

허나 손오공은 미리 생각해둔 것이 있는 터라, 스승의 간청에 한마디로 대꾸했다.

"사부님, 걱정 마십쇼. 바꿔치기를 하면 되니까요."

그러고는 스승이 더 묻기 전에 저팔계를 돌아보고 분부했다.

"자네, 얼른 나가서 진흙 좀 개어 오게."

미련퉁이 녀석은 앞뜰로 나가 쇠스랑으로 땅바닥을 파서 진흙 한 덩어리를 반죽해 돌아왔다.

손오공은 그 진흙 덩어리를 제 얼굴에 붙이고 툭툭 두드려 얼굴의 본을 떴다. 그리고 스승을 일으켜 세워놓고 진흙 판을 그 얼굴에 붙인 다음, 숨 한 모금 불어넣으면서 외마디 소리를 쳤다.

"변해라!"

말끝이 떨어지기 무섭게, 당나라 스님은 삽시간에 손오공의 모습으로 둔갑했다. 그동안, 어느새 당나라 스님으로 탈바꿈한 손오공은 스승과 옷을 바꿔 입고 나서 스승이 앉았던 자리에 시침 뚝 떼고 앉았다.

이렇듯 스승과 제자가 바꿔치기를 막 끝냈을 때, 역관 바깥에서 창칼로 무장한 병사들이 우르르 쏟아져 들어왔다. 뒤미처 국왕의 측근 호위장수가 앞뜰에 썩 들어서더니, 위세당당하게 목청을 드높여 물었다.

"역승은 어디 있느냐! 동녘 땅에서 오셨다는 스님을 이리 모셔내라!"

조정에서도 세력 높은 장수가 호통쳐 묻는 소리에, 역승은 그만 가슴이 덜컥 내려앉아 꿇어 엎드린 채 말도 못하고 손가락으로 객실 쪽을 가리켰다.

호위장수는 곧바로 객실로 들어가 네 사람을 둘러보고 말했다.

"당나라 스님, 우리 국왕 폐하께서 다시 모셔오라는 분부를 내리셨소이다."

이때쯤 되어서, 저팔계와 사오정은 '가짜 손오공'을 보호하며 멀찌감치 떨어져 앉았고, 그 대신에 '가짜 당나라 스님'이 선뜻 나서서 응답했다.

"폐하께서 무슨 일로 소승을 다시 부르셨소?"

그 말이 떨어지자마자, 호위장수는 와락 달려들어 한 손으로 '가짜 당나라 스님'의 덜미를 움켜잡고 호통쳤다.

"입궐하면 자연 알게 될 테니까, 잔소리 말고 어서 따라나서기나 하시오!"

이윽고 '가짜 당나라 스님'은 호위대 군사들에게 겹겹이 둘러싸인 채 곧바로 궁궐로 끌려갔다. 조정의 문무백관들이 늘어선 가운데 섬돌 아래 무릎 꿇린 그는 용상을 올려다보고 버럭 외쳐 물었다.

"비구 국왕! 소승을 불러 무슨 말씀을 하시려오?"

임금은 겸연쩍게 웃으며 이렇게 대답했다.

"과인이 병을 얻은 지 오래도록 치유되지 않아 오늘날까지 고생해 왔소. 다행히도 국구께서 신묘한 처방을 내어 모든 약재가 두루 갖춰졌으되 한 가지 약이 없는 터라, 이제 특별히 스님께 청하여 그 약재를 얻고자 하오."

이 말에 '가짜 당나라 스님'은 껄껄대고 호탕하게 웃으며 서슴없이 대꾸했다.

"소승은 출가한 사람이라 빈 몸으로 다니는데, 무엇 하나 변변한 게 있겠소이까. 하지만 폐하께서 굳이 원하시니, 무엇을 달여 잡수실 것인지 말씀해주시지요."

"특별히 청할 것은…… 스님의 심장이외다."

끔찍스런 요구를 받고서, '가짜 당나라 스님'은 고개를 갸우뚱하더니 사뭇 난처한 기색으로 이렇게 말했다.

"솔직히 말씀드려 제게는 심장이 몇 개 있는데, 어떤 빛깔을 원하십니까?"

이때 곁에서 국구란 자가 얼른 그 말을 받았다.

"이것 봐, 화상! 우리는 그대의 시커먼 염통, 바로 흑심(黑心)을 뽑아 써야겠어!"

"그러시다면 어서 칼로 내 가슴, 뱃가죽을 갈라보시지요. 만약 시커먼 염통이 있으면 꺼내서 폐하께 바치겠지만, 없을 때는 제가 달리 마련해 드리리다."

대답이 뜻밖에 선선히 나오자, 이 어리석은 임금은 기뻐 어쩔 줄 모르면서 시종에게 칼을 내오라고 성화를 댔다. 이윽고 측근 시종이 쇠귀처럼 길이가 짧고 볼이 넓적하게 생긴 날카로운 우이단도(牛耳短刀)를 가져다 바쳤다.

'가짜 당나라 스님'은 손에 칼자루를 받아 들더니, 옷자락을 풀어 헤쳐놓고 가슴을 떡 내민 다음, 뱃가죽을 한두 차례 슬슬 문지르고 나서 손에 잡은 칼로 '써억!' 그어내려 단번에 배를 갈랐다. 다음 순간,

뱃속에서는 한 무더기의 심장이 꾸역꾸역 쏟아져 나왔다.

이 끔찍스런 광경을 지켜보던 신하들은 얼굴빛이 허옇게 질린 채 몸이 굳어져 손가락 하나 까딱할 수 없게 되고 말았다. 배짱이 어지간한 국구조차 입이 딱 벌어져 혀를 내둘렀다.

"허어, 그놈의 화상, 염통 하나 많이도 가지고 있군!"

그러나 '가짜 당나라 스님'은 듣는 둥 마는 둥, 그 많은 심장을 피가 뚝뚝 떨어지는 대로 하나하나씩 골라내어 여러 사람들의 눈앞에 돌려 보이기 시작했다. 시뻘건 심장, 하얀 심장, 누런 심장, 인색하고 탐내는 욕심, 명리를 따지기 좋아하는 명예심, 질투심, 남과 다투기 좋아하고 이기려고만 드는 호승심, 교만하게 남을 업신여기는 자만심, 남을 죽이고 싶어 하는 살심(殺心), 모질고 악랄한 독심, 공포심, 교활하고 경망스러운 심보, 남을 해치려는 악심, 나쁜 짓을 저지르고 감추려는 은암지심(隱暗之心), 착하지 못한 불선심(不善心)…… 이런 심장들을 주섬주섬 다 꺼내 보였으나 '흑심'이라는 시커먼 염통은 어디에도 보이지 않았다.

임금은 경악하다 못해 넋이 다 빠져 와들와들 떨고만 있다가, 한참만에야 겨우 외마디 소리를 질렀다.

"거둬 넣어라! 어서 그것들을 도로 집어넣으라니까!"

이때서야 '가짜 당나라 스님'이 술법을 거두고 본모습을 드러내더니, 어리석은 임금을 향해 버럭 호통쳐 꾸짖었다.

"폐하! 눈썰미가 어찌 그리도 없으시오? 우리 같은 승려들은 모두 착한 마음씨만 지니고 있을 뿐인데, 누구한테 흑심을 달라는 거요? 시커먼 심보는 오직 당신의 장인 영감 국구만이 가지고 있을 테니, 그

걸 꺼내 달여 마시도록 하구려. 믿지 못하시겠소? 안 되겠군, 내가 직접 저놈의 흑심을 꺼내서 증거로 보여드려야겠어!"

국구는 이 말을 듣고 깜짝 놀랐다. 그래서 두 눈을 부릅떠 다시 보았더니, 이게 웬일이냐? 당나라 스님의 얼굴은 어디로 가고, 저 옛날 오백 년 전에 천궁을 뒤엎은 것으로 악명 높았던 제천대성 손오공이 아닌가……!

손오공의 정체를 알아보고 기절초풍하도록 놀란 국구는 그 자리에서 번뜻 몸을 뒤채더니, 구름을 일으켜 타고 곧바로 허공에 솟구쳐 올랐다. 손오공 역시 급히 근두운을 날려 공중으로 뛰어오르기가 무섭게 국구의 뒤를 바짝 따라붙으면서 냅다 호통쳤다.

"어딜 달아나려고! 내 여의봉이나 한대 맞아라!"

국구는 후딱 돌아서더니, 용틀임하듯 구부러진 지팡이를 사납게 휘두르면서 마주 덤벼들었다. 이리하여 그들은 휑하니 트인 반공중에서 맞붙은 채 한바탕 싸움을 벌이기 시작했다.

느닷없이 벌어진 공중 싸움에 온 하늘과 도성 전체가 살기 찬 안개로 뒤덮이고 햇빛마저 가려져 암흑에 잠기자, 조정의 군신들과 백성들은 모조리 혼비백산하여 이리 뛰고 저리 달아나 숨느라 갈팡질팡했다.

국구로 행세하던 요괴는 손오공을 상대로 20여 차례나 치고받고 악전고투를 벌였으나, 끝내 저 무시무시한 여의봉을 당해내지 못하고 차츰 밀리기 시작했다. 그는 이제 안 되겠다 싶어 지팡이를 허세로 휘둘러 들이치는 척하다가 슬쩍 빠져나오기 무섭게 한 줄기 싸느란 광선으로 변하더니 대궐 후궁으로 곤두박질쳐 내려갔다. 지상에 떨어져 내린 빛줄기는 3년 전 임금에게 바쳤던 요녀를 찾아 데리고 대궐 문

밖으로 나서더니, 그녀 역시 싸늘한 광채로 변하여 눈 깜짝할 사이에 어디론가 종적을 감추고 말았다.

제천대성 손오공은 근두운을 낮추고 궁궐 아래 지상으로 내려섰다. 그리고 조정의 군신들에게 호통쳐 비웃었다.

"잘들 보았소? 당신네들이 떠받들던 국구란 자가 얼마나 훌륭한 요물입디까?"

임금은 부끄러움을 감추지 못하고 얼굴이 벌게진 채 정중히 허리 굽혀 사례했다.

"장로님, 요괴의 정체를 밝혀내고 물리쳐주셔서 고맙소이다! 한데 아침나절에 오셨을 때의 모습은 그토록 준수하고 기품 있어 보이시더니, 지금은 어떻게 그런 행색으로 바뀌셨소?"

손오공은 빙그레 웃으면서 말씨를 누그러뜨렸다.

"아침에 오셨던 분은 당나라 황제의 아우님 되시는 삼장법사이십니다. 저는 그분의 수제자 손오공이지요. 폐하께서 요사스런 자의 말만 곧이 믿고 우리 사부님의 심장을 꺼내 약으로 드시려 한다는 소식을 알게 되었기에, 이 손 선생이 사부님과 똑같은 모습으로 둔갑하고 와서 그 요괴의 정체를 폭로했던 것입니다."

국왕은 그 즉시 원로 재상을 역관으로 딸려 보내 스승과 제자 일행을 대궐로 모셔오게 했다.

역관에서 안절부절 초조하게 기다리던 당나라 스님은 재상과 원로 대신들이 한꺼번에 들이닥치자 다시 한 번 놀랐으나, 손오공이 요괴를 물리쳤다는 소식을 듣고 마음이 놓여 두 제자와 함께 그들을 따라서 궁궐로 들어갔다.

손오공은 일행을 보자 반갑게 맞아들이더니, 아직도 '가짜 손오공'의 탈을 쓰고 있는 스승의 얼굴에서 진흙 판을 뜯어낸 다음, 주문을 외우면서 숨 한 모금을 불어넣었다. 하루 종일 답답하게 진흙 탈을 쓰고 있던 삼장법사는 그제야 본모습을 되찾고 숨통이 시원하게 트여 정신마저 새뜻해졌다.

국왕은 용상에서 내려와 당나라 스님 일행을 영접하고 입이 마르도록 사례하여 마지않았다. 인사치레가 끝나자, 손오공은 임금 앞에 단도직입으로 물었다.

"폐하, 그 요괴가 어디서 왔는지 아십니까? 일러주시면 이 손 선생이 뒤쫓아가서 깡그리 잡아 후환을 없애드리겠습니다."

"삼 년 전, 그자가 처음 나타났을 때 물어본 적이 있었소. 그자의 얘기로는 이 도성에서 남쪽으로 칠십 리 떨어진 버드나무 숲 장원에 산다고 했소."

그는 두말 않고 미련퉁이를 돌아보며 소리쳐 불렀다.

"팔계! 날 따라나서게."

저팔계도 그럴 줄 알았다는 듯이 즉시 궁둥이를 털고 일어섰다.

이윽고 두 형제는 구름을 일으켜 타고 허공으로 솟구치더니 눈 깜빡할 사이에 남쪽으로 날아갔다.

그것을 본 임금과 왕후비빈, 조정에 가득한 문무백관들은 하나같이 깜짝 놀라 그 자리에 엎드려 조배했다.

"진실로 살아 계신 부처님들께서 이 속세에 강림하셨구나!"

제천대성 손오공은 저팔계를 데리고 순식간에 70여 리 길을 날아가 요괴들이 살고 있다는 버드나무 숲 장원을 찾기 시작했다. 과연 그 일대에는 시냇가 양편 언덕을 끼고 수천 그루나 되는 버드나무 숲이 울창했다. 그러나 장원 같은 것은 어디 있는지 알 수가 없었다. 찾다 못한 손오공은 진언을 외워 그 고장 토지신을 잡아냈다. 느닷없이 제천대성의 주술에 걸린 토지신이 모습을 드러내고 무릎을 꿇었다.

"자네한테 한 가지 묻겠네. 이 버드나무 숲에 장원이 한 채 있다는데, 그게 어디인지 아는가?"

토지신은 잠깐 고개를 갸우뚱하더니 이내 아뢰었다.

"대성님, 이곳에 장원 같은 것은 없습니다. 혹시 요정이 사는 소굴을 말씀하시는 것 아닙니까? 그렇다면 저 언덕에 가서서 가장귀가 아홉 갈래진 버드나무를 찾으십시오. 그 나무뿌리 둘레를 왼쪽으로 세 바퀴, 오른쪽으로 세 바퀴 도신 다음, 두 손으로 나무줄기를 떠밀면서 '열려라, 문! 열려라, 문!' 이렇게 연달아 세 번만 외치시면 곧바로 동굴이 나타날 것입니다."

알고 싶은 것을 알아내자, 손오공은 호통쳐 토지신을 물러가게 한 다음, 저팔계와 함께 냇물을 건너뛰었다. 과연 토지신의 말대로 언덕 위에는 가장귀 아홉 줄기가 한 뿌리에서 뻗어 올라 사방으로 퍼져나간 수양버들 한 그루가 서 있었다. 그는 토지신이 일러준 대로 나무 둘레를 왼쪽 오른쪽으로 세 바퀴씩 돌고 나서 두 손으로 줄기를 힘껏 떠밀어가며 잇달아 큰 소리로 주문을 외웠다.

아니나 다를까, 주문이 끝나자마자 '뿌지직, 뿌지직!' 하는 소리와 함께 보이지 않던 문짝이 열리는 것과 동시에, 수양버들은 어디론가 자취를 감추고 그 자리에 밝은 노을빛이 환히 비쳐 나오는 동굴이 나타났다.

손오공은 뻥 뚫린 출입구로 뛰어들었다. 동굴 속은 예상 밖으로 기막힌 선경을 이루고 있었다. 가까이 다가가서 이리저리 살펴보았더니, 돌병풍 뒤편에서 눈부신 광채가 쏟아져 나왔다. 병풍 뒤로 돌아가자, 과연 국구 노릇을 하던 늙은 요괴가 어여쁜 계집 하나를 가슴에 부여안은 채 푸념을 늘어놓고 있는 것이 아닌가!

"모처럼 절호의 기회가 왔었는데……! 삼 년 동안 공들여온 일이 오늘 하루아침에 결딴나고 말다니…… 이게 다 그놈의 원숭이가 산통을 깨뜨린 탓이지 뭐냐!"

얘기가 이쯤 되면 더 들어보고 자시고 할 것도 없었다. 손오공은 그 앞으로 냅다 뛰어들면서 여의봉을 번쩍 치켜들고 버럭 호통쳐 꾸짖었다.

"요런 몹쓸 놈의 짐승들, 뭐가 '절호의 기회'란 말이냐! 그래 좋다, 이 좋은 기회에 내 철봉이나 한대씩 맛 좀 봐라!"

이리하여 버드나무 숲 장원 앞에서 한바탕 싸움판이 벌어졌는데, 앞서 맞붙었던 때와는 아주 딴판으로 늙은 요괴의 저항이 격렬하기 이를 데 없었다.

동굴 밖에 멀찌감치 떨어져 사태를 지켜보던 저팔계는 안에서 고래고래 악을 쓰며 무섭게 격돌하는 소리가 들려나오자, 두 손이 근질거려 도무지 구경꾼 노릇만 하고 있을 수가 없었다. 그래서 아홉 이빨 달린 쇠스랑을 거머쥐고 달려나가 아홉 가장귀 퍼진 버드나무를 냅다 후려 찍었다. 다음 순간, 나무줄기에서 시뻘건 피가 왈칵 솟구쳤다.

"옳거니, 이놈의 버드나무도 늙어 정령이 되었구나!"

이때 손오공이 요괴를 유인해 동굴 바깥으로 끌어내는 광경이 눈길에 잡혔다. 신바람이 난 미련통이는 다짜고짜 쇠스랑을 번쩍 들고 달려들기가 무섭게 요괴의 면상부터 내리찍었다.

늙은 요괴는 그야말로 갈수록 태산이라, 손오공하고만 싸우기에도 힘겨워 쩔쩔매던 판에 저팔계마저 무지막지한 쇠스랑을 휘둘러가며 덤벼드는 것을 보자, 그만 겁이 더럭 나서 몸뚱이를 번뜩 뒤채더니 또다시 한 가닥 싸늘한 빛줄기로 변하여 줄행랑을 놓기 시작했다.

"도망친다! 팔계, 놓치지 말고 뒤쫓아!"

손오공이 아우를 재촉하면서 늙은 요괴의 뒤를 바짝 따라붙었다.

"어딜 도망치려고! 저놈 잡아라!"

두 형제가 고래고래 악을 써가며 정신없이 뒤쫓는데, 갑자기 허공에서 학의 울음소리가 들리더니, 상서로운 광채가 저녁노을처럼 아름답게 퍼져오기 시작했다. 흘끗 고개를 들어 바라보았더니, 뜻밖에도 인간의 수명을 늘려주는 복덩어리 신령 남극수성(南極壽星)이 아닌가!

남극수성 노인은 싸늘한 빛줄기 앞을 가로막으면서 버럭 소리쳐 두 형제를 불러 세웠다.

"제천대성, 잠깐 멈추시오! 그리고 천봉원수도 이놈을 쫓지 마시오!"

손오공이 그 자리에 멈춰서면서 물었다.

"아니, 수성(壽星) 아우님 아니신가? 자네, 지금 어디서 오는 길인가?"

저팔계도 낄낄대면서 한마디 보탰다.

"저 대머리 영감이 요괴를 붙잡은 모양이오."

그러자 남극수성은 덩달아 웃으면서 겸연쩍게 부탁했다.

"요물은 여기 잡아놓았소. 허나 이놈의 목숨만은 살려주시기 바라오."

손오공이 두 눈을 똥그랗게 뜨고 다시 물었다.

"호오, 별소리를 다 듣겠군! 그 늙은 요괴가 아우님하고 무슨 상관이기에 사정을 봐달라는 거요?"

남극수성은 여전히 싱글싱글 웃어가며 사정을 털어놓았다.

"이놈은 내가 타고 다니던 짐승이었소. 그런데 내가 동화제군과 바둑을 두는 동안 어느 틈에 도망쳐 요물이 되었지 뭐요."

"허허, 그랬었군. 좋소, 아우님의 탈것이었다면 용서해드려야겠지. 한데 어떻게 생겨먹었는지 본색이나 드러내 보여주구려."

손오공의 요구에, 남극수성은 즉시 차가운 빛줄기를 풀어주고 호통쳐 분부했다.

"이 몹쓸 짐승아! 냉큼 본상을 드러내지 못하겠느냐! 그래야 손 대성께서 네 죽을죄를 용서해주실 게다!"

이윽고 괴물이 꿈틀꿈틀 몸을 비꼬더니 마침내 정체를 드러냈다. 그것은 한 마리의 백록(白鹿), 눈처럼 하얀 털을 지닌 사슴이었다. 흰 사슴은 땅바닥에 네 발굽을 꿇고 엎드린 채 말은 못하고 그저 머리 조아려가며 눈물만 뚝뚝 떨어뜨렸다.

남극수성은 손오공에게 고맙다는 인사 한마디 건네더니 사슴의 등에 훌쩍 올라타고 그대로 떠나려 했다. 그러자 손오공이 붙잡아 세웠다.

"아우님, 천천히 가시오. 그 짐승이 데리고 놀던 어여쁜 계집을 붙잡지 못했는데, 그것이 또 무슨 요물인지 알 수가 없소. 그리고 또 한 가지, 우리와 함께 비구국 도성으로 가서 저 어리석은 임금에게 요물의 본색을 보여주어 감화시켰으면 좋겠소."

남극수성도 그 제의를 선뜻 받아들였다. 다시 동굴 속으로 뛰어드

는 손오공을, 저팔계가 신바람 나게 우쭐대며 뒤따라 붙었다.

"요괴를 잡아라! 요녀야, 어디 숨었느냐?"

걸쭉한 돼지 목소리로 사납게 함성을 지르며 들이닥치니, 요녀는 딱히 도망칠 데가 없어 그 자리에 주저앉은 채 부들부들 떨었다.

"네년처럼 사내를 홀리는 요물을 내 그냥 놓아둘 듯싶으냐? 이 쇠스랑이나 한대 먹어봐라!"

이빨 아홉 달린 쇠스랑이 어여쁜 계집이라고 인정사정 보아줄 턱이 없다. 무지막지하게 내리찍는 쇠스랑 날 아래, 요녀는 흙먼지 바닥에 털썩 엎어지고 말았다. 본색을 드러낸 요녀의 정체는 얼굴이 하얗게 생긴 백여우 한 마리였다.

"여보게, 그 여우 시체를 고스란히 떠메고 가세. 저 어리석은 임금한테 보여줘야 깨달을 게 아닌가!"

미련한 저팔계가 여우 꼬리를 덥석 잡아 동굴 바깥으로 끌고 나간 후, 손오공은 토지신과 산신령을 불러내 잡초와 썩은 나뭇가지를 모아놓게 하고 불을 질러 요괴의 소굴을 말끔히 태워버렸다.

손오공은 남극수성과 함께 흰 사슴을 끌고, 저팔계는 백여우의 시체를 떠메고 비구국 도성으로 돌아가 임금을 만나보았다.

"폐하, 이것이 총애하시던 미녀입니다. 어디 또 한 번 즐겨보시렵니까?"

우매한 임금은 백여우의 시체를 보고 간담이 서늘해져 굽어보기만 할 뿐, 입이 열 개라도 할 말이 없었다.

비구국 임금과 신하들이 허리 굽혀 사례하자, 그는 또 남극수성이 데려온 흰 사슴을 용상 곁 비단 방석 앞에 세워놓고 껄껄 웃으며 빈정거렸다.

"나한테 절할 것이 아니라, 이 사슴에게나 하시오. 이놈이 바로 폐하의 장인어른, 국구 대감이시니 말이외다."

평소 국구 대감에게 아첨을 떨던 임금과 신하들은 부끄러워 쥐구멍에라도 들어가고 싶은 심정이었다.

이윽고 사은의 잔치가 벌어지고 어색한 분위기가 풀리기 시작했다. 임금은 손수 남극수성과 당나라 스님 일행을 정중히 모셔다 한자리에 앉혔다. 걸신들린 저팔계는 뜨거운 음식 찬 음식 가릴 것 없이 닥치는 대로 끌어다 비워놓았다.

흥겨운 잔치가 끝나자, 남극수성이 작별 인사를 했다. 비구국 임금은 그 앞으로 다가가 무릎 꿇고 절하며, 고질병을 뿌리 뽑고 오래 살수 있는 방법을 가르쳐달라고 간청했다. 남극수성은 웃으며 이렇게 말했다.

"나는 그저 사슴을 찾으러 나선 길이라, 단약을 지니고 오지 않았소이다. 붉은 대추 세 알이 있는데 드릴 터이니 잡숴보시지요."

국왕이 대추를 받아 먹었더니, 얼마 안 있어 손가락 하나 들기 힘들던 몸뚱이가 차츰 거뜬해지고 병이 물러가는 것을 느낄 수 있었다. 그가 훗날 장수를 누리게 된 것도 모두 이 대추를 먹은 덕분이었다.

남극수성이 흰 사슴 등에 올라 구름을 일으켜 타고 남녘 하늘로 사라진 후, 당나라 스님도 제자들을 독촉하여 떠날 채비를 차렸다. 손오공은 이런 말로 임금을 타일렀다.

"폐하, 이제부터는 여색을 탐내지 마시고 남모르게 공덕을 많이 쌓으십시오. 그럼 병은 저절로 물러가고 수명을 늘이실 수 있게 됩니다."

드디어 떠날 시각이 되었다. 임금은 금은보화를 내다가 사례하려 했으나, 일행은 굳이 사양하고 한 푼도 받지 않았다.

그때 갑자기 반공중에서 돌개바람 이는 소리가 한바탕 들리더니, 도성 큰길거리 양편에 천백열한 개의 거위 채롱들이 소나기 쏟아지듯 와르르 떨어져내렸다. 채롱 속에서는 아이들의 울음소리가 들려 나왔다. 뒤미처 어린것들을 채뜨려다 아무도 모르게 보호하고 돌보아주던 신령들이 모습을 드러내더니, 저마다 목청을 돋우어 이렇게 소리쳤다.

"손 대성님! 이제 공덕을 이루고 떠나게 되셨으니, 앞서 분부하신 대로 어린아이들이 담긴 거위 채롱을 빠짐없이 돌려보내드립니다!"

난데없이 허공에 신령들이 나타나자, 비구국의 군신들과 백성들은 또다시 황급히 무릎 꿇어 조배를 올렸다.

손오공이 허공을 올려다보며 사례했다.

"여러분, 수고들 많으셨소! 각자 사당에 돌아가 계시면, 내가 이 나라 백성들을 시켜 여러분께 감사의 제사를 드리도록 하리다."

말끝이 떨어지기 무섭게, 또 한 차례 음산한 바람이 휘몰아치더니, 신령들은 바람결 속에 어디로 사라졌는지 온데간데없이 물러갔다.

손오공은 도성 안이 쩌렁쩌렁 울리도록 크게 소리쳐, 사람들을 불러모아놓고 집집마다 잃어버린 아이를 찾아가라고 일러주었다. 아이들이 무사히 돌아왔다는 소문은 도성 골목 구석까지 삽시간에 퍼져나갔다. 자식을 잃고 절망과 비탄에 잠겨 있던 부모와 가족들은 꿈인지 생시인지 모를 기쁨에 미쳐 날뛰며 달려나와, 저마다 눈에 익은 거위 채롱을 찾아서 아이들을 끌어내어 품에 안고 눈물을 흘렸다.

"당나라에서 오신 스님들을 못 떠나시게 붙들어라! 나리들을 집에 모시고 가서 어린것의 목숨을 구해주신 은혜를 갚아드리자!"

인파 속에서 누군가 큰 소리로 외쳤다. 그다음 순간, 모든 사람들이 남녀노소 가릴 것 없이 우르르 달려들더니, 일행들의 사나운 겉모습이나 험상궂은 생김새도 겁내지 않고 저팔계, 사오정을 어깨 높이 추어올리는가 하면, 몸집이 작은 손오공은 아예 머리 위에 올려놓고 당나라 스님이 탄 말고삐를 움켜잡았다. 다른 한패는 짐 보따리를 빼앗다시피 채뜨려 짊어지고 다시 도성 안으로 몰려 들어갔다.

그날부터, 이 집에서 잔치를 베풀면 저 집에서도 자리를 마련해 모셔가고, 집집마다 삼장법사 일행을 초대하여 하루도 빠짐없이 잔치가 계속 열렸다. 미처 모셔가지 못한 집에서는 승모와 미투리, 버선, 그리고 스님들에게 필요한 겉옷, 속옷 따위를 지어다 은인들에게 바쳤다.

이렇듯 스승과 제자들은 따뜻한 접대 속에 하루하루를 정신없이 보내던 끝에, 무려 달포를 넘겨서야 가까스로 비구국 도성을 떠날 수 있었다.

7. 멸법국에서 하룻밤 새 일어난 일

그해 봄도 다하고 여름철이 되었다. 훈풍이 불면서 한여름 장맛비가 부슬부슬 내릴 무렵이라, 산천 풍경이 새로운 빛을 더하는 계절이었다.

스승과 제자 네 사람이 찌는 듯 무더운 뙤약볕에 시달려가며 허덕허덕 걷고 있으려니, 홀연 길가 버드나무 그늘에서 웬 노파 한 사람이 삼장법사 일행에게 손짓하며 불러 세웠다.

"거기 가는 스님들! 어서 빨리 말 머리를 동편으로 돌리시오. 서쪽으로 가면 죽는 길뿐이오!"

느닷없는 소리에 당나라 스님이 먼저 깜짝 놀라 안장에서 뛰어내렸다.

"노 보살님, 옛 말씀에 '바다는 넓어 물고기가 마음껏 헤엄치고, 하늘은 텅 비어 새들이 마음대로 날아다닌다' 하였는데, 어째서 서쪽으로 나갈 길이 없겠습니까?"

노파는 손가락으로 서쪽을 가리키며 이렇게 말했다.

"저리로 곧장 더 가면 바로 멸법국(滅法國)이오. 그 나라 임금은 전생에 승려와 무슨 원수를 졌는지 모르나, 이 년 전부터 승려 일만 명을 죽이겠노라고 하늘에 맹세를 했소. 그래서 지난 이 년 동안 승려를 구천구백아흔여섯 명을 잇달아 죽이고, 이제 나머지 네 사람을 마저 죽여 일만 명을 채우려 하고 있소. 보아하니 당신들도 모두 승려인 듯한데, 이 길로 도성에 다다르기만 하면 모조리 붙잡혀 목숨을 내놓아야 할 거요."

삼장법사는 이 말을 듣자 겁을 먹고 와들와들 떨기 시작했다.

"보살님, 일깨워주셔서 정말 고맙습니다. 그렇다면 저 도성을 거치지 않고 달리 갈 만한 길은 없습니까?"

노파는 껄껄대고 웃으며 도리질을 했다.

"새가 되어 날아간다면 혹 모를까, 돌아갈 길은 없소."

저팔계란 녀석이 곁에서 말참견을 했다.

"이것 봐요, 할망구! 겁나게 공갈치지 마시구려. 우린 모두 날아다닐 줄 아는 사람들이오!"

그러나 노파는 별소릴 다 듣는다는 표정으로 휑하니 돌아서더니 떠나버렸다.

저팔계와 사오정이 맏형을 돌아보고 물었다.

"계속 앞으로 나아갔다간 멸법국 도성에 들어가야 하고, 그곳 임금은 승려를 보기만 하면 잡아 죽인다고 했는데, 이 노릇을 어떻게 하면 좋소?"

"겁날 것 하나도 없네. 우리가 이날 이때껏 지독스런 마귀, 사나운 괴물들과 숱하게 맞닥뜨리고도 끄떡없이 여기까지 왔지 않는가? 멸법국 사람들은 임금이나 백성들이나 모두 범속한 인간들인데, 두려울 게 뭐 있나?"

두 아우에게 핀잔을 주어놓고 손오공은 잠시 뜸을 들이더니 역시 안 되겠는지 제 생각을 밝혔다.

"하긴, 그래도 여기는 머물 곳이 못 되네. 게다가 날도 저물어오는데, 마을 사람들이 우리 신분을 알아보고 떠들기라도 한다면 시끄러워질 테니, 우선 어디 으슥하고 조용한 곳을 찾아서 쉬어가며 의논해보세."

이리하여 일행은 큰길에서 일단 벗어나 지면이 움푹 꺼진 토굴 같은 곳을 한 군데 찾아서 자리 잡고 들어앉았다.

"자네 두 사람은 예서 사부님을 모시고 있게. 이 손 선생이 변장하고 성내에 들어가 살펴보겠네. 피해나갈 길이 있거든 오늘 밤중에라도 지나가도록 하세."

당부 말을 마치자, 그는 곧바로 몸을 솟구쳐 구름 위에 올라섰다. 구름 끄트머리에 서서 아래 세상을 굽어보았더니, 성내에는 활기찬 분위기로 가득할 뿐 살벌하거나 흉악한 기운이라고는 한 점도 내비치지 않았다. 이렇듯 훌륭한 나라에 어째서 부처님의 가르침을 없앤다는 상서롭지 못한 이름을 붙였는지 알 수가 없었다.

그는 생각 끝에 주문을 외워 한 마리의 부나방으로 탈바꿈한 다음, 파닥파닥 활개를 쳐서 도성 안의 큰길거리로 날아 들어갔다. 한참 날다 보니 성벽 한 모퉁이를 끼고 사람 사는 집이 다닥다닥 몰렸는데, 집집마다 대문턱에 불을 밝힌 등롱이 한 개씩 내다 걸렸다. 장돌뱅이 손님을 받아들이는 여인숙과 주막촌이었다.

여관방에는 대부분 저녁식사를 끝낸 장사꾼들이 옷을 벗어놓고 두건마저 벗어둔 채 손발을 씻고 침대에 올라 쉬고 있었다. 이것을 본 그는 속으로 기뻐하며 중얼거렸다.

"옳거니, 됐다! 이제 사부님이 여길 무난히 지나가실 수 있게 되었구나……"

궁리를 마친 손오공은 부나방의 날갯짓으로 객실에 밝혀둔 등잔불을 꺼버렸다. 그리고 어둠 속에서 다시 박쥐로 탈바꿈하여 횃대에 걸어둔 나그네들의 옷가지와 두건 대여섯 벌을 낚아채기 무섭게 허공으로 날아오르더니 그대로 성벽 너머로 줄행랑을 쳤다. 그리고 성 밖으로 벗어나 본모습을 되찾고 일행들이 기다리는 곳으로 달려갔다.

제자가 사라진 쪽을 하염없이 내다보던 삼장법사가 그를 먼저 알아보고 마주 달려나가 대뜸 물었다.

"얘야, 어떠냐? 이 멸법국을 지나갈 수 있겠더냐?"

손오공은 훔쳐온 옷가지를 내려놓으면서 도리질을 해보였다.

"사부님, 이 도성을 통과하려면 중의 꼬락서니를 해 가지고는 안 되겠는데요."

저팔계가 곁에서 찔끔 놀라며 투덜거렸다.

"아니, 형님! 또 누구 애를 먹이려고 이러시오? 중노릇을 하지 않겠다면 그야 손쉽지만, 이 빤빤한 대머리에 머리카락이 나려면 앞으로 반년 동안은 깎지 말아야 더부룩하게 자랄 게요."

"이 사람아, 어떻게 반년씩이나 기다릴 수 있겠는가. 우리 넷 모두 당장에 속인이 되어야 하네."

"원, 형님도 주책없는 소릴 다 하시오. 지금 이렇게 승려 노릇을 하고 있는 사람더러 당장 속인이 되라면, 상투가 없는데…… 그게 어디 쉬운 일이오?"

삼장법사가 듣다못해 버럭 고함을 지르며 야단쳤다.

"이 미련한 놈아! 지금 노닥거리고 있을 때냐? 오공아, 도대체 어떻게 하자는 얘기냐?"

다시 손오공에게 물었다.

"사부님, 제가 성 안팎에서 이것저것 다 살펴봤습니다. 이 나라 임금이 무도하게 승려를 죽인다고는 하지만, 그래도 참된 제왕이어서 도성에 활기차고 상서로운 분위기가 감돌고 있더군요. 여기 주막집에서 빌려온 장사꾼들의 옷가지와 두건이 있으니, 우리 모두 속인으로 변장하고 성내에 들어가면 잠자리를 구할 수 있을 겁니다. 날이 밝거든 주막집 사람들에게 일찌감치 아침밥이나 시켜 먹고 성문이 열릴 때까지 기다렸다가 곧바로 나가서 서쪽으로 길을 떠나면 됩니다."

얘기가 이쯤 되니, 삼장법사도 어쩔 도리가 없었다. 승복을 벗고 손오공이 건네주는 속인의 옷가지를 주섬주섬 걸쳐 입고 머리에 두건을 푹 눌러썼다. 사오정도 갈아입었다. 저팔계는 워낙 머리통이 크기 때문에 두건 두 개를 한쪽씩 터 가지고 합쳐 실과 바늘로 꿰매 덮어씌워야 했다.

"자, 여러분! 이제부터 길바닥에서 '사부님'이니 '제자'니 하고 부르지 맙시다."

이 말에 저팔계가 또 딴죽을 걸었다.

"아니, 사부님더러 사부님이라 부르지 않고 제자를 제자라고 부르지 않는다면, 도대체 서로 뭐라고 부르란 말이오?"

"우리 모두 '형님, 아우님' 하고 부르세. 주막에 당도하거든 사부님과 자네들은 입을 열지 말고, 나 혼자서 묻거나 대꾸하겠네. 저 사람들이 우리더러 무슨 장사를 하느냐고 물으면 말을 팔러 돌아다니는 장사꾼이라고 해두세. 오늘 밤에는 저녁 한 끼 잘 얻어먹고 푹 쉰 다음, 내일 아침 떠날 때 기왓장 부스러기를 몇 개 주워서 은전으로 둔갑시켜 숙박비를 치르고 떠나도록 함세."

이렇게 해서 장돌뱅이로 변장한 스승과 제자 네 사람은 부리나케 말을 끌고 보따리를 떠멘 채 성문 쪽으로 달려갔다.

멸법국은 그래도 태평성대를 누리는 고장이라, 날이 벌써 저물어 초경이 되었으나 성문은 닫히지 않고 열려 있었다. 일행은 거침없이 성문을 통과하여 곧바로 주막촌으로 향했다.

손오공은 옷과 두건을 훔쳐낸 주막집을 피해 길거리 맞은편 주막으로 일행을 데리고 갔다.

"주인장 계시오? 여기 우리가 쉬어갈 방이 있소?"

안에서 중년 부인의 목소리가 흘러나왔다.

"있고말고요! 어서 들어오세요. 손님들, 이층으로 올라가시죠!"

손오공은 일부러 등잔불 빛을 등진 채 어두운 그늘로 스승을 인도하여 이층으로 올라갔다.

객실에는 탁자와 걸상이 쓰임새 있게 놓였다. 창살문을 열었더니 달빛이 환하게 비쳐 들었다. 네 사람이 자리 잡고 앉았는데, 시중꾼이 등잔불을 밝혀 들고 올라오자 손오공은 냉큼 일어나 문턱을 가로막고 서서 등불을 훅 불어 껐다.

"달빛이 밝으니 등불은 필요 없네."

이윽고 아래층에서 주막 여주인이 올라왔다.

"손님들은 어디서 오셨습니까? 무슨 장사를 하시나요?"

일행과 약속한 대로 손오공이 나서서 대답했다.

"우리는 북방에서 왔소. 힘세고 좋은 야생마를 몇 필 가져다 팔러
온 거요."

여주인은 일행을 하나하나씩 뜯어보더니 고개를 갸우뚱했다.

"말 장사를 하시는 손님치고 일행이 단출하시군요."

"우리 일행은 모두 십 형제인데, 나머지 여섯은 성 밖에서 말 떼를
돌보느라 야영하고 있소. 우리가 투숙할 데를 잡아놓으면 내일 모두
들 이리 들어와 말을 다 팔 때까지 묵었다가 돌아갈 작정이오."

열 명이나 되는 손님이 여러 날 묵겠다니, 이렇게 반가울 데가 없
다. 여주인은 입이 함박만 하게 벌어져 다시 물었다.

"말이 모두 몇 필이나 되나요?"

"다 큰 놈에 망아지까지 합쳐서 모두 백십여 필쯤 되오. 우리가 끌
고 온 백마처럼 하나같이 우람한 몸통을 지녔는데 터럭 빛깔만 제각
기 다를 뿐이라오."

여주인이 또 한 차례 방글방글 웃었다.

"나리는 정말 여행을 많이 다니신 분이라, 투숙할 곳을 찾아내시는
안목이 대단하군요. 우리 주막에는 마당도 널찍할 뿐 아니라 마구간
하며 여물통이 제대로 잘 갖추어져 있지요."

"됐소, 내일 일은 내일 하고 우선 저녁상이나 차려 내오시오. 그
대신 우리가 오늘만큼은 재계를 지키는 날이니 고기를 쓰지 말고 소

찬으로 마련해주시오"

손오공은 여러 말이 나오면 들통날까 봐 얼른 주인을 내보냈다.

이윽고 얼마 안 있어 죽순, 버섯과 두부, 야채로 만들어진 반찬에 밥상이 올라왔다. 일행이 늦은 저녁을 마치고 나서 자리에 누웠으나, 삼장법사는 아무래도 마음이 안 놓이는지 수제자의 귀에 가만가만 속삭여 물었다.

"여기서 그냥 자게 되는 거냐?"

"이대로 침대에서 자는 거죠."

손오공이 대수롭지 않게 받아넘겼더니, 스승은 사뭇 떨떠름한 기색을 지었다.

"여긴 불편해서 안 되겠다. 모두들 진종일 걷느라 몹시 고단한데, 혹시 잠든 사이에 다른 손님이 갑자기 들어와서 한방에 같이 자게 되었을 때, 우리 두건이 벗겨져 빤질빤질한 머리통을 드러내기라도 하면 어쩌겠느냐?"

손오공도 생각해보니 옳은 말씀이라, 당장 문턱으로 가서 마룻바닥을 쾅쾅 굴렀다. 여주인이 올라왔다.

"손님, 무슨 분부가 있으신가요?"

"여기서는 잠이 잘 안 오겠소. 우리 둘째 아우님은 습진이 좀 있고, 막내는 날씨가 눅눅하면 어깨뼈가 쑤신다오. 게다가 큰형님은 꼭 어두컴컴한 데서 주무셔야 잠이 잘 오고, 나 역시 환한 곳을 싫어하는 버릇이 있어 이래저래 여기는 잠잘 데가 못 되는데 어쩌면 좋겠소?"

여주인이 난처한 기색으로 가만 생각해보더니 이렇게 말했다.

"손님, 저희 주막에는 어두운 방이 없네요. 하지만 뒤꼍에 큼지막

한 궤짝이 하나 있는데, 폭이 넉 자에 길이가 일곱 자, 높이가 석 자는 되니까, 장정 대여섯 명은 너끈히 누워 잘 수 있을 거예요. 바람도 통하지 않고 빛도 새어 들지 않으니까, 그 궤짝 안에 들어가 주무시면 어떨까요?"

"좋소, 좋아! 거기서 잡시다!"

여주인은 됐구나 싶어 냉큼 심부름꾼 몇 사람을 시켜 궤짝을 떠메다 부려놓고 뚜껑을 열었다. 그리고 삼장법사 일행을 아래층으로 내려오게 했다.

이윽고 삼장법사 일행은 궤짝 앞에 다가섰다. 저팔계 녀석이 주책없이 먼저 궤짝 안으로 들어가 누웠다. 사오정은 스승을 부축하여 그 안으로 모셨다. 그리고 자기도 보따리를 껴안은 채 한 곁에 들어가 누웠다.

손오공은 심부름꾼에게 부탁을 했다.

"뒤꼍 마구간에 있는 우리 백마를 이리 끌어다 궤짝 곁에 매어놓으시오."

그러고 나서야 자기도 들어가며 주인에게 소리쳤다.

"여보, 주인 마나님! 뚜껑 덮고 자물쇠를 채웠다가 내일 아침 일찍 열어주시오!"

여주인은 그가 시키는 대로 하면서 중얼거렸다.

"원, 조심성도 어지간하시군!"

한편, 궤짝 속에 들어간 네 사람은 신세가 정말 딱하게 되었다. 팔자에 없는 두건을 꾹꾹 눌러쓴 데다 날씨는 푹푹 쪄서 숨이 막힐 지경이요 바람이라곤 한 점도 새어 들지 않으니, 이야말로 삼복 무더위에 한증막에 들어앉아 곤욕을 치르기보다 더 힘들고 어려웠다. 비좁은 궤짝 안에서 그들은 서로 밀치랴 밀어내랴 한바탕 법석을 떨다가 밤이 이슥해져서야 겨우 하나둘씩 잠들기 시작했다.

손오공은 어쩐지 마음이 불안하고 걱정스러워 잠을 이루지 못한 채 뒤척거렸다. 그래도 곤히 잠든 아우들이 얄미워 슬그머니 손을 뻗쳐 팔계 녀석의 넓적다리를 꼬집었다. 미련퉁이 녀석은 다리를 흠칫 오므리면서 투덜거렸다.

"주무시오! 고단해 죽겠소. 잠은 자지 않고 무슨 심통으로 남의 다리를 꼬집으며 장난치는 거요?"

그러나 손오공은 고단하기는커녕 심심해 죽을 노릇이라, 바보 녀석을 상대로 흰수작을 늘어놓기 시작했다.

"여보게, 우리가 지난번에 말을 팔아서 삼천 냥쯤 벌어들였고, 이제 또 나머지 말 떼를 다 팔아치우면 사천 냥은 너끈히 받을 테니까, 이만하면 한 밑천 단단히 잡은 셈 아니겠나?"

하지만 곯아떨어진 미련퉁이에게서 무슨 대꾸가 나오랴. 일은 엉뚱한 데서 터져 나오고 말았다.

길손들이야 전혀 모르고 있었으나, 이 주막에서 일을 보는 심부름꾼 녀석들은 하나같이 도둑 떼와 연줄을 대고 주막 손님들의 소식을 염탐해 그들에게 일러주며 내통해온 패거리였다. 궤짝 속에 손님이 수천 냥이나 되는 돈을 지녔다고 자랑 삼아 지껄이는 소리를 엿듣자, 몇 녀석이 슬그머니 주막을 빠져나가더니 20여 명이나 되는 패거리를 모아 말 장사꾼을 털어먹으러 주막으로 쳐들어왔다. 아닌 밤중에 화적 떼가 횃불을 대낮같이 밝힌 채 칼과 몽둥이를 들고 들이닥치자, 여주인은 기절초풍하도록 놀란 나머지 안채에서 방문을 굳게 잠가버리고 도적들이 손님을 털어가든 말든 내버려두었다.

화적 떼는 처음부터 말 장사를 한다는 손님들만 털어먹으러 온 터라, 주막집 세간 살림은 거들떠보지도 않고 그저 심부름꾼이 일러준 대로 궤짝만 찾아다녔다. 그리고 마침내 뒤뜰 한복판에 덩그러니 놓인 커다란 궤짝을 발견했다. 더구나 궤짝 한 끄트머리에 훤칠하게 잘생긴 백마 한 필이 고삐에 묶여 있는 데다 궤짝 뚜껑에 자물쇠까지 단단히 채워진 것을 보자, 도적들은 한꺼번에 우르르 달려들더니 밧줄로 얼기설기 묶고 여럿이 멜대를 꿰어 출렁출렁 흔들면서 주막을 빠져나갔다.

궤짝이 흔들리는 바람에 저팔계가 깨어나 두 눈을 번쩍 떴다.

"형님, 제발 잠 좀 잡시다! 왜 자꾸 흔들어대는 거요?"

손오공이 얼른 입막음을 했다.

"쉬잇! 아무 소리 말고 가만있게. 흔드는 사람은 없네."

이번에는 당나라 스님과 사오정마저 깨어났다.

"누가 우리를 떠메고 가는 거냐?"

"떠들지 마세요. 이대로 궤짝을 떠메고 가게 내버려둡시다. 서천까지 떠메고 가면 길 걷는 다리품도 덜게 될 겁니다."

그러나 도적 떼는 궤짝을 손에 넣자 서쪽으로 가지 않고 동대문 쪽으로 나가더니, 성문을 지키던 군사들을 죽인 다음 성문을 활짝 열고 빠져나갔다. 한밤중에 도성 문지기 군사들을 살해한 사건은 삽시간에 소문이 퍼져 온 성내를 들썩거리게 만들었다. 도성을 순찰하던 병마사는 급보를 받고 즉시 기마부대와 궁수들을 거느리고 성 밖으로 화적 떼를 뒤쫓기 시작했다.

도적들은 관군 추격대의 병력이 자기네들보다 많은 것을 보자, 대항할 엄두를 내지 못하고 궤짝을 내려놓자마자 말고삐까지 내던져버리더니 사면팔방으로 뿔뿔이 흩어져 달아났다.

관군 추격대는 도적을 하나도 잡지 못한 채, 장물과 백마를 노획한 것만 다행스럽게 여기고 도성으로 되돌아갔다. 노획한 백마가 세상에 보기 드문 준마임을 알아본 병마사는 자기 말과 바꿔 타고 의기양양하게 성내로 들어갔다. 그리고 도적들에게서 빼앗은 궤짝을 관아에 떠메다 봉피를 붙여놓고 부하들을 시켜 밤새도록 감시하면서, 날이 밝는 대로 임금에게 아뢰어 처분을 기다리기로 했다.

한편, 당나라 스님은 궤짝 속에 갇힌 채 줄곧 수제자를 원망했다.

"이 원숭이 놈아, 날 죽일 작정이냐? 우리가 그냥 바깥에 있다가 붙잡혀 임금 앞에 끌려갔다면 그나마 변명할 말이라도 있었을 텐데, 이렇게 궤짝에 갇힌 채 도적놈들에게 노략질 당했다가 또다시 관군에게 잡혀 관아로 떠메져 왔으니, 내일 아침 조정에 끌려간다면 꼼짝 못하고 '어서 우리 넷을 죽여 만 명의 숫자를 딱 맞추십쇼!' 하는 꼴이 되고 말 게 아니냐?"

수제자가 손가락을 입에 대고 '쉬잇!' 했다.

"바깥에 사람이 있습니다! 경위야 어찌 되었든 말씀을 그만하시고 꾹 참고 계십쇼. 내일 아침 그 어리석은 임금을 보게 되면, 이 손 선생이 그럴듯하게 대처해서 사부님의 솜털 한 오리 다치지 않게 해드릴 테니, 마음 푹 놓고 잠이나 주무세요."

이렇듯 스승의 입막음을 해놓은 손오공은 한밤중 삼경이 되도록 참을성 있게 기다리던 끝에 수단을 부리기 시작했다. 우선 여의봉을 뽑아 숨결 한 모금 불어넣고 끄트머리가 뾰족한 송곳으로 바꾸었다. 그는 궤짝 밑바닥에 송곳질을 해서 구멍을 하나 뚫어놓은 다음, 개미 새끼로 탈바꿈하더니 구멍을 통해서 궤짝 바깥으로 기어나갔다. 그리고 본모습을 드러내기 무섭게 구름을 딛고 날아올라 단숨에 왕궁으로 날아가 임금의 침실 문 밖에 이르렀다.

멸법국 임금은 깊이 잠들어 있었다.

손오공은 팔뚝의 터럭을 뜯어낸 다음, 숨 한 모금 불어넣고 외마디 소리로 외쳤다.

"변해라!"

터럭은 삽시간에 수천 마리나 되는 꼬마 손오공으로 둔갑했다. 그는 또 다른 팔뚝의 터럭마저 뽑아내어 잠벌레로 탈바꿈시킨 다음, 진언을 외워 왕궁 토지신령을 불러내서는 부하들을 대궐과 육부 관서에 소속된 모든 관원들의 저택에 골고루 흩어 보내, 품계와 직분을 가진 벼슬아치들이라면 한 사람도 빠뜨리지 않고 잠벌레를 한 마리씩 선사하여 깊은 잠에 곯아떨어지게 만들었다.

그는 마지막으로 여의봉을 손에 잡고 바람결에 휘둘러 눈 깜짝할 사이에 1천 수백 자루의 면도칼로 변화시킨 다음, 꼬마 손오공들에게 한 자루씩 나눠 잡게 하더니, 자신도 한 자루 들고 대궐과 육부 관서, 각 아문의 저택으로 날아 들어가 잠에 곯아떨어진 사람들의 머리카락을 한 올도 남기지 않고 깡그리 밀어버리게 했다.

이리하여 멸법국 임금을 비롯해서 왕실의 남녀노소들과 조정의 문무백관 벼슬아치들은 삽시간에 빤질빤질한 대머리 승려가 되고 말았다.

한밤중에 머리 깎기를 마친 그는 토지신령들을 호통쳐 물러가게 한 다음, 몸뚱이 한번 부르르 떨어 양 팔뚝의 터럭을 제자리에 거두어들이고, 면도칼을 한꺼번에 모아 다시 진짜 여의봉으로 만들어 귓속에 감추고 또다시 개미로 둔갑했다. 그러고 나서 천연덕스레 궤짝 안으로 기어들어가 본래의 모습을 되찾고 들어앉아 날이 밝을 때까지 기다렸다.

한편, 왕궁 내전에서는 난리가 났다. 날도 밝기 전에 궁녀들이 세수하고 분단장하느라 거울을 들여다보니 너 나 할 것 없이 머리카락이라곤 한 올도 남아 있지 않았던 것이다. 내시 환관들도 마찬가지, 상투를 틀어 올렸던 머리가 죄다 없어진 채 빤질빤질한 대머리로 바뀐 것이다. 그들은 아연실색, 임금을 깨워드릴 시각이 되어서도 침실 밖에 몰려서 눈물만 글썽글썽 머금은 채 아뢸 엄두도 내지 못하였다.

한참 만에 왕비가 일어났으나, 그녀 역시 머리카락이 없어졌다. 깜짝 놀라 등불을 밝혀놓고 임금의 용안을 비춰보았더니, 비단 이불 속에 스님 한 분이 태평스레 잠들어 있지 않은가! 왕비는 저도 모르게 비명을 지르고 말았다.

느닷없는 비명에 곤히 주무시던 임금이 깜짝 놀라 잠을 깨었다. 눈을 뜨고 보니, 머리카락이라곤 한 올도 없는 왕비의 빤빤 대머리가 먼저 눈길에 잡혔다. 이부자리를 박차고 후닥닥 일어나서 왕비에게 물었다.

"아니, 이런! 그대 머리가 어이하여 그 지경이 되었소?"

왕비는 송구스럽게 대답했다.

"주상 폐하께옵서도 역시 그러하나이다."

216

임금이 무심결에 손바닥으로 머리를 쓰다듬다가 기절초풍하여 외마디 소리를 질렀다. 얼마나 놀랐던지 혀가 굳어버리고 넋이 다 빠져나가 그 자리에 멍하니 앉았을 따름이었다.

"아아! 짐이 어쩌다 이 모양이 되었을꼬……?"

멸법국 임금은 어쩔 바를 모르고 허둥거리는데, 후궁의 비빈들과 내시, 궁녀들마저 빤질빤질한 머리통을 숙이고 침전 앞에 꿇어 엎드려 하소연을 했다.

"주상 폐하! 소신들은 밤새 모두 비구승, 비구니가 되었사옵니다!"

참담한 기색으로 그 광경을 내다보던 임금이 드디어 눈물을 주르르 흘렸다.

"이게 모두 과인이 승려들을 죽인 탓이로구나……"

한편, 육부의 대신들과 각 아문의 관원들 역시 날이 밝기도 전에 입궐하여 임금을 뵈러 몰려들었다. 서로들 꼬락서니를 보아하니, 너나 할 것 없이 하룻밤 새 머리터럭이 성해 남은 자가 하나도 없었다.

이윽고 조회 시각이 되었다. 문무백관들은 일제히 허리 굽혀 아뢰었다.

"주상 폐하, 소신들이 예의범절을 잃은 죄 용서하소서! 어인 까닭인지 모르오나, 소신들은 하룻밤 새 머리터럭이 송두리째 없어졌나이다."

국왕은 신하들마저 머리털이 없어졌다는 말을 듣고 용상에서 내려와 신하들의 모습을 둘러보며 탄식을 금치 못했다.

"이것이 무슨 까닭인지 모르겠소. 짐의 왕궁 내전 사람들도 남녀노소를 막론하고 하룻밤 사이에 모두 머리털이 없어졌구려."

임금도 신하들도 하나같이 두 눈에 눈물이 글썽글썽 맺히더니, 저마다 후회막심한 기색으로 한마디씩 토해냈다.

"이후부터는 두 번 다시 승려를 살육하지 않으리라."

"지당하신 말씀, 황공하옵니다!"

이때 도성 순찰 책임을 맡은 병마사가 입조하여 머리를 조아리고 아뢰었다.

"소신들이 도성을 순찰하다가, 한밤중에 도적 떼의 장물인 궤짝과 백마 한 필을 노획하였나이다. 소신들의 임의로 처분할 수 없겠기에, 주상 폐하의 어명을 받들고자 대령하였나이다."

도적 떼를 몰아냈다는 보고에, 국왕은 비로소 안색이 밝아져 분부를 내렸다.

"그 궤짝을 통째로 이리 들여오도록 하라."

어전에서 물러나온 병마사는 즉시 아문으로 돌아가 키와 몸집이 가지런한 병사들을 지명하여 궤짝을 떠메고 다시 궁궐로 들어갔다.

궤짝 속의 당나라 스님은 혼백이 몸에 붙어 있지 못하고 얼이 다 빠져나가, 제자들만 붙잡고 매달렸다.

"얘들아, 이대로 임금 앞에 끌려가게 되었으니, 뭐라고 둘러대야 옳으냐?"

손오공은 빙그레 웃으면서 스승을 다독거렸다.

"잠자코 계십쇼. 제가 벌써 손을 다 써놓았으니까요. 이제 궤짝 뚜껑이 열리기만 하면, 국왕은 우리 앞에 절하고 사부님을 스승으로 모시려 할 겁니다. 단지 팔계 녀석이 이러쿵저러쿵 딴소리를 늘어놓지 못하게만 해주십쇼."

손오공의 말끝이 자신에게 돌려지자, 미련퉁이 저팔계는 주둥이를 비죽 내밀고 투덜거렸다.

"쳇, 별소릴 다 듣겠군! 죽지만 않아도 감지덕지할 판인데, 내가 무엇 하러 따따부따 승강이를 벌인단 말이오?"

잠시 후, 궤짝은 어전 앞 섬돌 아래 놓였다. 곧이어 즉각 뚜껑을 열라는 어명이 떨어졌다. 환관들이 뚜껑을 여는 순간, 벌써부터 답답증과 무더위에 견디다 못한 저팔계 녀석이 껑충 뛰어나왔다. 난데없이 뛰쳐나온 멧돼지 상판에, 조정 군신들은 기절초풍하도록 놀라 입도 벌리지 못한 채 그 자리에 얼어붙어 와들와들 떨기 시작했다.

저팔계의 뒤를 이어 손오공이 당나라 스님을 부축하고 나왔다. 사오정 역시 보따리를 바깥으로 옮겨냈다. 미련퉁이는 병마사가 백마의 고삐를 잡고 서 있는 것을 보더니, 대뜸 그 앞으로 달려들어 호통을 쳤다.

"그 말은 우리 거야! 이리 내라고!"

벼락같이 달려들어 호통치는 소리에 기겁을 한 병마사는 말고삐를 놓치고 엉덩방아를 찧으면서 뒤로 벌렁 나자빠지고 말았다.

이윽고 스승과 제자 네 사람이 섬돌 앞에 나란히 섰다. 국왕은 승려들을 보자, 황급히 용상에서 내려와 신하들과 더불어 공손히 절하며 물었다.

"장로님들, 어디서 오셨소?"

당나라 스님이 조심스럽게 입을 열었다.

"소승은 동녘 땅의 당나라 황제 폐하께서 친히 파견하시어 서방 세계 천축 대뇌음사로 살아 계신 부처님을 찾아뵙고 참된 경전을 구하러 가는 사람이옵니다."

국왕이 다시 물었다.

"스님은 멀리서 오신 분들인데, 어찌하여 이런 궤짝 속에서 쉬고 계셨소?"

이 물음에, 당나라 스님은 자기네 일행이 멸법국에 당도했으나, 임금이 승려 1만 명을 죽이기로 발원했다는 소문을 전해 듣고 두려운 나머지 주막에서 궤짝을 잠자리로 빌려 투숙한 경위를 설명하고, 한밤중 도적 떼들이 궤짝을 빼앗아 도성 밖으로 달아났다가 급히 출동한 관군에게 쫓기다 못해 궤짝을 내버리고 도망치게 된 사연을 낱낱이 아뢰었다.

국왕도 남부끄러운 꼴을 당한 뒤라, 자신의 허물을 뉘우치며 이렇게 변명했다.

"스님께서는 동녘 땅 큰 나라의 고승이신데, 짐이 융숭히 맞아들이지 못하여 송구스럽소. 짐이 여러 해 전부터 승려들을 죽여온 까닭은, 어느 승려가 짐의 정사를 비방한 적이 있었기 때문이었소. 그래서 한때 분노를 이기지 못하여 하늘에 맹세코 일만 명의 승려를 죽이기로 발원하였고, 이제 그 수효를 채워 끝맺고자 했었소. 그런데 뜻밖에도 짐을 비롯한 군신들과 왕후비빈들은 모두 다 하룻밤 새 머리털이 없어져 승려가 되었으니, 이 모두가 부처님께서 벌을 내리신 것이 아닌가 하오.

장로께서는 짐을 부처님의 제자로 받아들이고 계율을 내려주시기 바라오. 그리하면 이 나라의 재물과 보배를 아낌없이 바쳐 사례하리다."

손오공이 스승 대신에 나서서 입을 열었다.

"재물이니 보배 같은 것은 말씀도 꺼내지 마십시오. 우리는 모두 도행을 갖춘 승려들입니다. 폐하께서 그저 통행문서를 확인하여 저희 일행을 도성 밖까지 무사히 나가도록 해주신다면, 이 왕국은 길이 공고해질 것이요, 수명과 복록을 영원히 누리실 수 있을 것입니다."

국왕은 이 말을 듣고 마음이 놓여 신하들과 더불어 삼장법사를 스승으로 모시고 부처님의 가르침에 귀의하였다. 통행문서를 교부하는 자리에서 그는 당나라 스님에게 나라 이름을 고쳐달라고 청하였다.

그러자 손오공이 또 이렇게 여쭈었다.

"폐하, 멸법국의 '법국(法國)'은 부처님의 고장이란 뜻으로 진정 좋은 이름입니다만, '멸할 멸(滅)' 자가 상서롭지 못하니 '공경할 흠(欽)' 자로 바꾸셔서 '흠법국'이라 고쳐 부르십시오. 그리하면 이 나라 강산이 평안하여 대대로 번창할 것이며 해마다 비바람이 순조로워 태평성대를 누리게 될 것입니다."

국왕은 크게 기뻐하며 사은의 잔치를 풍성히 베풀어 깊이 사례했다. 이윽고 떠날 시각에 다다르자, 그는 조정 대신들을 총동원하여 거느리고 친히 당나라 스님 일행을 도성 밖까지 배웅하여 서쪽으로 떠나보냈다.

이날부터 흠법국 임금과 신하들은 한결같은 마음으로 부처님의 가르침을 받들어 손오공의 말대로 길이 태평한 시절을 누리게 되었다.

8. 마음 풀린 삼형제, 병기를 도둑맞다

흠법국 군신들과 작별한 삼장법사는 말 위에서 기분이 한껏 좋아 손오공의 지혜로운 처사에 칭찬을 아끼지 않았다.

"오공아, 이번에 어려운 일을 참 잘도 처리했구나. 정말 큰 공덕을 세웠다."

이어서 사오정이 궁금하던 점을 물었다.

"큰형님, 대체 간밤에 어디서 그토록 많은 이발사를 데려다 하룻밤 새 그 숱한 사람들의 머리를 몽땅 깎아놓으셨소?"

손오공은 빙그레 웃어가며 변화술법을 부렸던 일을 자랑삼아 늘어 놓아, 스승과 아우들이 모두 웃느라 입을 다물지 못하게 만들었다.

시절은 쉬지 않고 흘러 어느덧 깊은 가을철로 접어들었다. 늦가을 경치는 볼 때마다 새롭게 바뀌었다.

일행 넷이서 한참 가고 있는데, 지평선에 또 한 군데 성벽의 그림자가 나타났다. 앞장서서 가던 손오공이 길 가는 사람을 붙잡고 물어보니, 천축 아래 지방에 속한 곳으로 옥화현(玉華縣) 성채라고 했다. 아울러 그곳 성주는 천축 황제의 종실(宗室)로 친왕(親王)에 책봉된 귀족이라는 얘기도 덧붙였다.

이리하여 네 사람은 걸어서 옥화 현성 변두리에 이르렀다. 주변을 둘러보니 성 밖의 인가들은 하나같이 물건을 파는 장사꾼들과 흥정하는 사람들로 붐볐다. 장사꾼들이 흥정하는 소리를 들어보니 놀랍게도 쌀 한 섬에 4전이라, 참으로 오곡이 풍성한 고장이었다.

다리 건너 성내로 들어서서 큰길 따라 한참 들어가서야 옥화 친왕의 저택과 관청 건물이 나타났다. 정문을 중심으로 그 좌우에 행정관이 집무하는 아문, 소송 사건을 맡아 처리하는 관청, 왕실의 잔치 음식을 마련하는 수라간, 그리고 손님 접대를 맡은 객관이 즐비하게 늘어서 있었다.

삼장법사는 발걸음을 멈추고 제자들을 돌아보았다.

"여기가 왕부로구나. 이제 내가 친왕을 만나뵙고 통행문서에 확인을 받아올 테니, 너희들은 객관에 들어가 쉬고 있어라."

삼장법사는 깨끗한 옷으로 갈아입은 다음, 통행문서를 가지고 옥화 친왕의 저택 정문 앞에 다가가서 문지기에게 신분과 여행 목적을 밝히고 친왕을 알현하게 해달라고 부탁했다. 문을 지키던 당직 관원은 부중에 들어가 이런 사실을 알렸다.

옥화현의 친왕은 과연 사리에 통달하고 현명한 군주여서 즉시 불러들이라는 명을 내렸다. 삼장법사가 어전에 이르러 통행문서를 공손히 올리자, 그는 두말 않고 흔쾌히 도장을 찍어주고 자리를 내주어 마주 앉혔다.

"당나라 국사 장로, 그대가 여러 나라를 편력했는데 그 여정이 얼마나 되며 또 몇 해를 오셨소?"

친왕이 자상하게 묻는 말에, 삼장법사는 잠시 생각해보더니 이렇게 아뢰었다.

"소승도 여정을 다 기억하지는 못하오나, 여기까지 오는 도중 열네 차례나 겨울과 여름을 보냈사옵니다."

"호오! 열네 차례나 겨울과 여름을 보냈다면 십사 년이 되는구려. 그동안 여러 가지 괴롭고 힘든 일이 많았겠소."

친왕은 빙그레 웃으면서 감탄하더니 음식을 맡은 관원에게 소찬으로 식사를 마련하여 대접하라 일렀다.

식사 대접을 받게 되자, 당나라 스님은 다소곳이 몸을 일으켜 사례하여 아뢰었다.

"소승의 제자 셋이 객관에서 기다리고 있어, 저 혼자 대접받기 어렵사옵니다."

이 말을 듣고 친왕은 시종관에게 객관으로 가서 당나라 스님의 제자들마저 모셔 들이게 했다.

시종관이 몇몇 관원을 데리고 부리나케 객관으로 달려가 문지기에게 물었다.

"당나라에서 경을 가지러 가는 분의 제자가 어느 분이신가? 전하께서 모셔다 식사를 대접하라는 분부가 계셨네."

때마침 꾸벅꾸벅 졸고 앉았던 저팔계가 '식사'라는 말 한마디 듣기가 무섭게 벌떡 일어나면서 고함쳤다.

"우리요, 우리! 바로 여기들 있소!"

무심코 흘끗 그쪽을 쳐다보던 시종관이 그만 혼비백산을 하고 말았다.

"아이고 맙소사, 멧돼지 귀신이다!"

손오공은 저팔계를 붙잡아 도로 앉히며 꾸짖었다.

"이 사람아, 점잖게 굴 수 없나? 그게 무슨 망발인가?"

시종관은 손오공을 보고 또 한 번 기절초풍을 했다.

"이크, 원숭이 요괴가 나타났다!"

이번에는 사오정이 예절 바르게 두 손 모으고 인사치레를 했다.

"여러분 놀라지 마십쇼. 우리 셋 모두 당나라 스님의 제자들입니다."

그들은 사오정을 돌아보고 또 까무러쳤다.

"어이구, 부뚜막 귀신까지 나타났어!"

사람들이 놀라거나 말거나, 손오공은 즉시 저팔계를 시켜 말고삐를 끌게 하고 사오정에게는 짐 보따리를 짊어지운 채 셋이서 옥화 친왕의 저택으로 향했다. 그들보다 한 발 앞서 들어간 시종관이 이 놀라운 사실을 아뢰고 있는데, 세 사람이 한꺼번에 들이닥쳤다. 옥화 친왕도 미리 얘기는 전해 들었으나, 막상 눈으로 그 사납고 추접스런 몰골을 보자 속으로 찔끔 놀라 겁을 먹었다.

당나라 스님은 송구스러워 공손히 해명을 했다.

"전하, 안심하소서. 제자들이 생김새는 추악하오나, 모두들 마음씨는 선량합니다."

이때 저팔계 녀석이 친왕을 똑바로 쳐다보며 허리를 꾸벅했다.

"소승, 문안드리오!"

그야말로 돼지 먹따는 소리에 흉측한 꼬락서니를 보고 있으려니,

친왕은 더욱 놀랍고 두려운 기색을 지었다.

삼장법사는 다시 한 번 여쭈었다.

"모두 시골 구석에서 받아들인 제자들이라 예의범절을 모르오니, 부디 무례한 죄를 너그러이 용서해주십시오."

친왕은 놀라움과 두려움을 꾹꾹 눌러 참으면서 이들 일행을 정자로 모셔다 식사를 대접하라 일렀다.

삼장법사는 제자들과 함께 관원을 따라서 정자로 나갔다. 아무도 없는 곳에 이르자, 그는 저팔계를 원망했다.

"이 미련한 것아! 아무리 미욱하기로서니 예의범절 같은 것을 손톱만치도 모른단 말이냐?"

얼마 안 있어 시중꾼이 정자 안 식탁에 음식상을 차려놓았다. 스승과 제자 일행은 말없이 주는 대로 음식을 들기 시작했다.

한편 옥화 친왕은 여전히 겁에 질린 기색을 떨쳐버리지 못하고 내궁으로 들어갔다. 궁중에는 왕자 삼형제가 있었는데, 부왕의 얼굴 표정이 평소 때와 달리 어두운 것을 보고 깜짝 놀라 여쭈었다.

"아바마마, 오늘은 어이하여 놀랍고 두려운 기색이십니까?"

부왕이 겁먹은 목소리로 대답했다.

"방금 당나라에서 온 승려를 만났다. 그 사람은 생김새가 비범한데, 제자 놈들은 하나같이 요괴 마귀처럼 흉악하게 생겼을 뿐 아니라 목소리마저 사나워, 내 얼마나 놀라고 두려웠는지 모른다."

이들 세 왕자는 보통 사람들과 달리 저마다 무술에 뛰어난 솜씨를 지니고 뚝심도 어지간히 센 데다 한창 혈기 넘치는 청년들이라 콧대가 높을 대로 높았다. 부왕이 봉변을 당했다는 소리를 듣자, 이들은 소맷자락을 걷어붙이고 주먹을 불끈 쥐면서 큰소리를 탕탕 쳤다.

"어디서 굴러먹던 요괴들이 사람의 탈을 쓰고 감히 우리 성안에까지 나타났단 말입니까! 아바마마, 잠깐 기다리고 계십쇼. 저희 형제들이 나가서 보고 오겠습니다."

세상천지 무서운 것을 모르고 자란 젊은 왕자 삼형제, 맏이는 한 자루 제미곤(齊眉棍)을 찾아 들고, 둘째 왕자는 아홉 이빨 달린 쇠스랑을, 그리고 막내 왕자는 검정 옻칠 먹인 시커먼 오유봉(烏油棒)을 한 자루씩 들고 성난 호랑이처럼 기세등등하게 정자로 달려갔다.

"불경을 가지러 간다는 중놈들! 네놈들은 사람이냐 괴물이냐? 어서 바른대로 아뢰지 못할까!"

마른하늘에 날벼락 치듯 느닷없이 고함쳐 묻는 소리에, 당나라 스님은 깜짝 놀라 얼굴빛이 하얗게 질렸다.

"소승은 사람이지 괴물이 아니올시다."

"너는 그래도 사람 같다만, 세 놈은 추악한 꼬락서니가 분명 괴물이 틀림없다!"

젊은 왕자들에게 지목을 당하고도, 저팔계는 그저 밥만 먹고 있을 뿐 그쪽은 거들떠보지 않았다. 그나마 사오정이 몸을 일으키고 언짢은 기색으로 따져 물었다.

"우리 일행은 모두 사람이오. 생김새는 거칠고 사납지만 성품은 착한 사람들이오. 당신네 세 사람이야말로 무슨 까닭으로 느닷없이 남의 밥 먹는 자리에 나타나 함부로 큰소리치고 경망스레 날뛰는 거요?"

곁에서 시중들던 관원이 송구스러워 얼른 귀띔해주었다.

"저 세 분은 우리 왕자 저하들이시오."

저팔계가 그제야 밥그릇을 내려놓더니, 시비라도 걸 것처럼 따져 물었다.

"젊은 왕자님들, 무엇에 쓰시려고 병기를 손에 잡고 계시오? 설마 우리하고 싸워보시겠다는 것은 아니겠지?"

이 말을 듣고 둘째 왕자가 앞으로 다가들더니 두 손으로 쇠스랑을 휘둘러가며 저팔계를 후려 찍었다. 아홉 이빨 달린 쇠스랑이 날아들자, 저팔계는 싱글싱글 웃으면서 또 한마디 이죽거렸다.

"자네 그 쇠스랑을 보니, 고작 내 이 쇠스랑의 손자뻘쯤 되겠군!"

말끝이 떨어지기 무섭게 옷자락을 헤치더니 허리춤에서 쇠스랑을 꺼내 들고 번쩍번쩍 휘두르는데 아홉 날에서 눈부신 금빛이 줄기줄기 뻗쳐 나오고 술법까지 쓰니 상서로운 기운이 천만 갈래로 뻗쳐 나왔다. 이것을 본 둘째 왕자는 기절초풍하다시피 놀란 나머지 두 손에 맥이 탁 풀려 감히 덤벼들 엄두를 내지 못했다.

손오공은 첫째 왕자가 들고 있는 제미곤을 눈여겨보았다. 제미곤이란 몽둥이는 곧추세워놓으면 그 길이가 눈썹 높이에 닿는다고 해서 붙여진 이름이다. 그는 옳다 잘 걸려들었구나 싶어 당장 귓속에서 바늘만큼 가느다란 여의봉을 꺼내 들고 바람결에 휘저어 길이가 열서너 자쯤 되게 만든 다음, 그것을 땅바닥에 푹 찔러 박았다. 그러고는 껄껄대며 첫째 왕자에게 한마디 던졌다.

"내 이 몽둥이를 자네한테 줌세!"

첫째 왕자가 즉시 자기 몽둥이를 내던져놓고 여의봉을 향해 덤벼들었다. 허나 이 노릇을 어쩌랴, 억센 뚝심을 뽐내가며 두 손으로 부여잡고 힘껏 뽑아내려 했으나, 여의봉은 뿌리가 내렸는지 움쭉달싹도 하지 않았다.

마침내 셋째 왕자도 왁살스런 성미를 참지 못하고 시커먼 오유봉을 휘두르며 사오정에게 달려들었다. 사오정은 손으로 슬쩍 쳐서 빗나가 게 만든 다음, 손길 가는 대로 항요보장을 꺼내 들고 비비 틀었다. 그 랬더니 항요보장에서 눈부시게 찬란한 광채가 쏟아져 나오고 저녁노 을 같은 기운이 번쩍번쩍 빛나기 시작했다.

이윽고 세 왕자가 흙바닥에 털썩 무릎 꿇었다.

"신승 사부님! 저희가 범속한 무리들이라 신승을 알아뵙지 못하였 습니다. 저희들의 무례함을 용서하시고, 부디 고명하신 솜씨로 가르 침을 내려주십시오."

손오공이 앞으로 썩 나서더니 여의봉을 가볍게 뽑아 들고 말했다.

"여기는 터가 비좁아서 불편하겠구려. 내 공중에 뛰어올라가 한 수 놀아볼 테니 구경들이나 잘하시오."

제천대성이 그 자리에서 곤두박질치더니 어느새 두 발로 구름을 딛 고 반공중에 우뚝 올라섰다. 그리고 허공에서 여의봉을 휘둘러가며 춤 추는데, 상단으로 한 차례, 하단으로 한 차례, 왼쪽 오른쪽으로 번갈 아 돌아가며 전투 장면을 연출하더니 처음에는 사람과 몽둥이가 따로 따로 보이다가 나중에는 사람은 보이지 않고 그저 한 자루 여의봉만 하늘을 휩쓸고 날뛰면서 휘황찬란한 광채를 쏟아내는 것이 아닌가.

저팔계도 끝내 손발이 근질거렸는지 외마디 고함을 지르더니, 바람 을 일으켜 타고 허공으로 훌쩍 뛰어올랐다. 그리고 역시 반공중에서 쇠 스랑을 번쩍이며 혼신의 재간을 모조리 끌어내 펼쳐 보이기 시작했다.

두 형제가 신바람 나게 놀고 있을 때, 막내 사오정이 스승에게 조용히 여쭈었다.

"사부님, 저도 한 차례 연습이나 해 보이겠습니다. 허락해주십시오."

스승에게서 무언의 허락을 받아낸 사오정이 두 다리를 구부렸다가 펄쩍 허공으로 뛰어오르며 항요보장을 휘두르니, 벌써 날카로운 예기가 자욱이 번지고 황금빛 광채가 어렴풋이 감도는 가운데, 쏜살같이 받아치고 굳세게 막아내고, 민첩한 동작으로 가상의 적을 향해 급박하게 들이쳐 나갔다.

이렇듯 세 형제들은 신통력을 아낌없이 펼쳐가며 반공중에서 제천대성, 천봉원수, 권렴대장의 위엄과 무예를 당당하게 떨쳐 속세 사람들에게 한평생 두 번 다시 보지 못할 장관을 연출했던 것이다.

손오공을 비롯한 세 형제가 무예 시범을 마치고 지상에 내려서자, 그때까지도 허공을 우러른 채 넋이 빠져 있던 왕자들은 경건히 머리를 조아린 다음 말없이 일어서서 궁전으로 돌아갔다. 그리고 부왕을 만나 여쭈었다.

"아바마마, 방금 저 반공중에서 번쩍이는 광채를 보셨습니까?"

친왕이 어리둥절한 기색으로 되물었다.

"글쎄 말이다. 나도 웬 신선이 강림하셨는가 싶어 분향배례를 올리던 참이었다. 그게 도대체 어떤 분이시냐?"

막내 왕자가 먼저 말씀드렸다.

"신선이 아닙니다. 바로 경을 가지러 간다는 스님의 제자들, 하나같이 사납고 추악하게 생긴 그 세 분이었습니다. 한 분은 금테 두른 철봉을 쓰고, 다른 한 분은 날이 아홉 달린 쇠스랑을 쓰고, 또 한 분은 요괴 마귀를 항복시킨다는 보배로운 지팡이를 쓰는데, 저희 형제들이 쓰는 병기와 똑같았습니다."

그다음에는 둘째 왕자 차례다.

"저희가 한수 가르쳐달라고 청을 드렸더니, '지상은 좁아서 불편하다'면서 공중으로 뛰어올라 구름을 타고 무예 솜씨를 보였는데, 그때 온 하늘에 상서로운 기운이 자욱하게 퍼져나갔던 것입니다."

마지막으로 첫째 왕자가 여쭈었다.

"아바마마, 이제 소자들이 그분들을 스승으로 모시고 그 솜씨를 배워 이 나라를 보호하는 데 쓰고 싶습니다. 허락해주십시오."

세 아들이 나라를 위해 충성할 길을 찾겠다는 데야 마다할 아비가 어디 있으랴. 옥화 친왕은 세 아들을 데리고 부리나케 정자로 달려나 갔다.

이 무렵 당나라 스님 일행은 행장을 수습하여 길 떠날 채비를 마치고 이제 막 친왕에게 가서 작별 인사를 하려던 참이었다. 그런데 옥화 친왕 부자들이 다급하게 달려오는 것을 보고 깜짝 놀라 그 자리에서 영접했다.

친왕이 삼장법사에게 공손히 여쭈었다.

"당나라 노사부님, 과인이 부탁드릴 것이 하나 있는데 제자분들께서 들어주실지 모르겠소이다."

삼장법사는 송구스러워 허리를 굽히고 대답했다.

"전하께서 모처럼 분부하시는 일이온데 불초 제자들이 어찌 따르지 않으리까."

"과인이 여러분을 처음 만나뵈었을 때에는 그저 머나먼 동녘 땅에서 떠돌아온 행각승으로만 알고 푸대접한 점이 많았소이다. 그런데 방금 스님의 제자 세 분이 반공중에서 구름을 타고 재간을 부리는 것을 보고 비로소 여러분이 신선이요 부처임을 깨닫게 되었소."

그는 다시 한 번 허리를 굽히고 정중히 부탁했다.

"내 변변치 못한 아들 셋이서 평소 무예를 즐겨왔는데, 스님의 문하제자가 되어서 배우고 싶다 하오. 부디 노스님께서는 제자분들이 너그러운 마음으로 제 자식들에게 무예를 가르치도록 허락해주시기를 바라오."

당나라 스님은 혼자 결단을 내리지 못하고 수제자의 눈치를 살폈다. 손오공을 비롯한 세 형제가 스승 앞에 여쭈었다.

"저희 형제 셋이 부처님의 고장에 와서 다행히도 어질고 현명한 임금과 세 왕자들을 만나게 되었습니다. 저희들이 제자를 받아들이면 사부님께서는 도손(徒孫)을 얻게 되는 셈이오니, 이들에게 무예를 가르치도록 허락해주신다면 저희 세 형제들도 서방 세계로 가는 도중에 추억으로 남길 만한 일이 될까 합니다."

삼장법사는 제자들의 간청을 흔쾌히 받아들였다.

이리하여 세 왕자는 저마다 손오공과 저팔계, 사오정 앞에 무릎 꿇고 절하여 정식으로 사제지간의 연분을 맺었다. 옥화 친왕의 기쁨은 이루 말할 수 없이 컸다. 그는 당장 큰 잔치를 베풀어 이들을 대접했다. 그리고 손오공의 요청에 따라 왕부 뒤편에 있는 조용한 사원으로 자리를 옮겨, 세 왕자들이 제각기 스승의 병기를 다룰 수 있도록 초인적인 신력(神力)을 불어넣게 해주었다.

그러나 세 왕자들은 하나같이 살과 뼈로 뭉쳐진 인간의 몸이라, 무려 1만 3천5백 근짜리 손오공의 여의봉은 말할 나위도 없으려니와 각각 5천48근 무게나 되는 저팔계의 쇠스랑과 사오정의 항요보장조차 마음대로 다루기에는 역시 힘에 부쳤다.

옥화 친왕은 세 아들의 손에 맞는 병기를 만들어줄 요량으로 즉시 대장장이를 불러들여 강철 1만 근을 넘겨주고 왕부 안마당에 대장간을 차리게 했다. 대장장이들은 풀무와 화덕을 설치하여 주조할 채비를 갖추었다.

강철이 불에 달궈지자, 손오공 일행 세 사람은 여의봉과 쇠스랑, 그리고 항요보장을 대장간에 내놓아 똑같은 모양으로 두드려 만들게 했다. 그리고 대장장이들이 밤낮을 가리지 않고 일을 할 수 있도록 병기를 거둬들이지 않고 대장간 벽에 기대 두었다.

그런데 여기서 엉뚱한 일이 터지고 말았다. 본디 이 병기들로 말하자면 세 형제에게 자나 깨나 떨어져서는 안 될 호신용 보배인데, 이제 며칠씩이나 대장간에 내버려두어 그 찬란한 노을빛과 상서로운 기운이 허공으로 뻗쳐올라 하늘마저 환히 밝혀놓게 되었던 것이다.

공교롭게도 옥화 현성으로부터 겨우 70리쯤 떨어진 표두산(豹頭山)에 호구동(虎口洞)이란 골짜기가 있었다. 이 골짜기 동굴에 사는 요괴 한 마리가 그날 밤 하릴없이 앉아 있다가 노을빛과 상서로운 기운이 하늘에 뻗쳐오르는 것을 보고 즉시 구름을 일으켜 타고 날아왔다. 광채가 빛나는 곳을 쫓아와 보니, 그곳은 옥화현 친왕의 저택이었다. 요괴는 구름을 낮추고 대장간으로 숨어들어갔다. 상서로운 기운과 노을빛을 쏟아내던 보배는 다름 아닌 세 가지 병기였다.

요괴는 희귀한 보배를 눈앞에 두고 보니 욕심이 생겼다.

"이것 봐라, 참으로 굉장한 보배로구나! 누가 쓰는 것인지 몰라도 이런 곳에 내버려두다니…… 역시 나하고 인연이 닿는 모양이다. 아무렴! 내가 슬쩍 챙겨가야겠지! 손에 먼저 넣는 놈이 임자 아닌가?"

요괴는 사나운 돌개바람을 일으켜 세 가지 병기를 한꺼번에 채뜨려 가지고 의기양양하게 소굴로 돌아갔다.

대장간 철공들은 하루 온종일 고된 일에 시달리던 뒤끝이라, 밤만 되면 어둡기가 무섭게 잠에 곯아떨어졌다.

그날도 동녘이 훤히 밝아오자, 이들은 잠자리를 털고 일어나 작업을 시작했는데, 차양 밑에 세워둔 견본용 병기 세 자루가 보이지 않았다. 깜짝 놀란 철공들은 두 눈에 불을 켜고 사방으로 찾아 헤매기 시작했다. 때마침 부지런한 세 왕자가 나타나자, 철공들은 머리 조아려 하소연했다.

"왕자님, 신승 사부님들의 병기 세 자루가 어디로 갔는지 모르겠습니다."

왕자들은 이 말을 듣고 가슴이 덜컥 내려앉았다. 스승들이 간밤에 거두어 가지고 몰래 떠난 줄 알았던 것이다. 허둥지둥 침소에 달려가 보니, 당나라 스님이 타고 가실 백마가 여전히 마구간에 매여 있었다.

"사부님, 주무십니까?"

안에서 사오정이 대꾸했다.

"아침 일찍 웬일들인가? 우리는 다 일어났네."

문이 열리고 처소에 들어섰으나 역시 병기는 보이지 않았다. 세 왕자는 당황한 기색으로 여쭈었다.

"사부님들의 병기를 모두 거둬오지 않으셨습니까?"

이 물음에 손오공이 펄쩍 뛰어 일어났다.

"아니, 가져오지 않았는데?"

"간밤에 병기 세 자루가 모두 없어졌습니다."

이번에는 길게 누워 있던 저팔계가 후닥닥 일어났다.

"내 쇠스랑은?"

"방금 저희들이 가보았더니, 철공들이 병기가 없어졌다면서 이리 저리 찾아다니고 있었습니다. 혹시 사부님들께서 가져오시지 않았을까 해서 여쭈어보러 온 겁니다."

손오공은 심각한 표정으로 일어섰다.

"정말 가져오지 않았네. 우리 모두 나가서 찾아보세."

대장간에 나가보았으나 철공들만 갈팡질팡 찾아 헤매고 다닐 뿐, 과연 병기들은 어느 구석에도 보이지 않았다. 저팔계가 노발대발, 무섭게 설쳐대며 악을 썼다.

"보나마나 이 대장장이 녀석들이 훔쳐간 거야! 이놈들, 어서 빨리 병기를 내놓지 못하겠어?"

대장장이들은 혼비백산을 해서 그 자리에 엎드린 채 눈물만 뚝뚝 떨어뜨렸다.

"나리, 억울합니다! 저희들은 하나같이 평범한 속물인데, 그 엄청나게 무거운 것들을 어찌 건드려볼 수나 있겠습니까?"

손오공은 말이 없었으나, 속으로 자신을 원망하고 있었다.

'역시 우리 잘못이다. 견본을 보여주었으면 곧바로 회수해서 몸에 지녔어야 할 것을, 어쩌자고 이런 데다 방치해두었단 말인가?'

한창 소란을 떨고 있으려니, 옥화 친왕이 나타났다. 그 역시 사건을 알고 나서 깜짝 놀라 얼굴빛이 허옇게 질린 채 한동안 입을 열지 못했다. 얼마쯤 있다가 겨우 말문이 열려 군색한 변명을 늘어놓았다.

"신승 사부님들의 병기는 범상한 물건들과 달라서, 보통 인간들의 힘으로는 백 수십 명이 달라붙는다 해도 끄떡할 수 없을 것입니다. 성 내의 백성들도 내 법도를 몹시 두려워해온 터라, 절대로 남의 물건을 훔쳐가는 일이 없었습니다."

손오공이 떨떠름하게 웃으며 물었다.

"혹시 이 성 근처 산중이나 숲 속에 요괴 같은 것은 없습니까?"

친왕은 잠시 무엇인가 생각해보더니 이내 무릎을 탁 쳤다.

"제대로 물으셨습니다. 이 성 북쪽 표두산에 호두동이란 골짜기가 하나 있소이다. 그 골짜기 동굴에 신선이 산다는 말도 들리고, 호랑이굴이란 소문도 있고, 요괴가 들어앉은 걸 보았다는 사람도 있었소."

"하하! 그렇다면 더 말씀하실 것 없습니다. 그쪽의 몹쓸 놈이 우리 병기가 보배란 것을 알아채고 밤사이 도둑질해간 것이 분명합니다."

말을 마치자, 그는 두 아우를 가까이 불렀다.

"팔계, 오정! 자네들은 여기서 사부님을 모시고 있게. 이 손 선생이 그곳에 가서 찾아보고 오겠네."

원숭이 임금은 휘파람 소리 한 번에 형체도 그림자도 없이 사라졌다.

현성에서 표두산까지 눈 깜빡할 사이에 들이닥친 그가 산세와 지형을 둘러보고 있는데, 갑자기 산등성이 뒤편에서 두런두런 사람의 기척이 들려왔다. 이어서 늑대 머리 모양을 한 요괴 두 마리가 얘기를 주고받으며 가는 모습이 눈길에 잡혔다. 아무래도 산중에서 순찰을 도는 졸개 요괴들이 틀림없었다.

손오공은 그것들이 무슨 얘기를 하는지 엿들어보기로 작정하고 그 자리에서 주문을 외워 한 마리 나비로 둔갑한 다음, 날개를 활짝 펼치고 나풀나풀 뒤쫓아 그중 한 마리의 뒤통수에 내려앉았다.

"여보게, 우리 대왕님이 운수 대통하셨어. 간밤에 희한한 병기를 세 자루씩이나 얻어오셨는데, 그게 값을 매길 수도 없는 보배라지 뭔가? 내일 '보배 감상회'란 명목으로 축하 잔치를 연다던데, 우리도 국물 좀 얻어먹을 수 있는지 몰라."

한 녀석의 말에, 동료가 맞장구쳐서 대꾸했다.

"우리도 재수가 좀 있는 편이지. 그러니까 은전 스무 냥씩 타내서 돼지와 양을 사러 가는 길 아닌가! 이제 장터에 가서 물건 흥정할 때 한 두세 냥쯤 빼돌려두었다가 겨울에 두툼한 솜옷이나 한 벌씩 사 입기로 하세."

두 요정이 주거니 받거니 낄낄대면서 큰길에 오르자, 손오공은 도둑을 제대로 찾아냈다 싶어 속으로 기뻐하면서 그들을 앞질러 날아간 다음, 본래의 모습을 드러내고 길 한복판에 우뚝 서 있다가, 요괴들이 다가오기 무섭게 정신술법을 써서 그 자리에 꼼짝 못하게 만들어놓았다.

손오공은 요괴의 몸에서 호패를 끌러 챙긴 다음, 한 마리씩 끌어다 숲 속에 내던져버리고 후딱 발길을 되돌려 옥화 현성으로 날아왔다. 그리고 일행과 친왕 부자들에게 상황을 설명해준 다음, 이런 계책을 내놓았다.

"우리 형제 셋이서 모두 출동하세. 전하께서 돼지 몇 마리와 양 떼를 마련해주시면 팔계와 나는 졸개 요괴로 둔갑하고, 막내는 돼지 장사꾼으로 변장해서 한꺼번에 요괴의 소굴로 들어가 병기를 되찾고 그 도적놈들을 모조리 휩쓸어버리세."

사오정이 웃으며 탄복했다.

"그것 참 기발한 생각이오. 늦으면 안 되니 어서 빨리 떠납시다!"

친왕은 당장 심부름꾼을 시켜 돼지와 양을 대여섯 마리씩 사오게 했다.

준비가 다 되자, 이들 세 형제는 일단 성 밖으로 벗어난 다음 저마다 신통력을 써서 탈바꿈하기 시작했다. 저팔계는 졸개 요괴를 본 적이 없는 터라, 손오공이 연상해서 그 얼굴 모습과 옷차림새로 감쪽같이 탈바꿈시켜주었다.

이윽고 세 사람은 돼지와 양 떼를 몰아 큰길로 나서서 곧장 표두산을 향해 달려갔다. 얼마 안 있어 산속 으슥한 골짜기에 들어섰더니 또 한 마리의 부하 요괴와 맞닥뜨리게 되었다. 사납고 흉악스러운 몰골에 어딜 가는지 옆구리에 채색 문갑을 낀 괴물이 먼저 손오공 일행을 발견하고 알은체했다.

"여어, 아침 일찍 장터에 가더니 벌써 돼지를 사서 돌아오는군!"

"자넨 지금 어딜 가는 길인가?"

손오공도 시침 뚝 떼고 반갑게 물었다.

"나 말인가? 죽절산(竹節山)으로 노 대왕님을 모시러 가지. 내일 축하 잔치에 나오시라는 청첩장을 전하러 가는 길일세."

"청첩장이라? 어디 나한테 구경 좀 시켜주게."

괴물은 모두들 한집안 식구라 의심치 않고 문갑 뚜껑을 열어 청첩장을 꺼내 주었다. 손오공이 펼쳐보니 거기에는 대략 이런 내용이 적혀 있었다.

구령원성(九靈元聖) 할아버님께.
불초 손자 황사(黃獅)가 희귀한 병기를 세 자루 얻었기에, 내일 삼가 조촐한 술자리를 마련하여 모시고자 하오니, 부디 왕림하시어 감상해 주시기 바라나이다.

손오공이 읽기를 마치고 되돌려주자, 괴물은 곧바로 동남쪽을 향해 휑하니 사라져갔다.

"큰형님, 뭐라고 적혀 있습디까?"

사오정의 물음에, 손오공은 고개를 주억거리면서 대답했다.

"훔쳐간 우리 병기를 놓고 술 마시며 감상회를 하겠다는 내용일세. 구령원성 할아비가 웬 놈인지 모르겠으나, 도둑놈은 황사란 손자 녀석일세."

"황사라면 '금빛 갈기털을 지닌 사자' 요정이 틀림없을 게요."

이런저런 얘기를 주고받으며 또 얼마쯤 가다 보니, 골짜기 안에 커다란 동굴이 한 군데 나타나고 그 어귀에 졸개 요괴 한 패거리가 득시글대고 있었다.

요괴의 무리를 본 저팔계가 일부러 큰 소리를 버럭버럭 질러가며 돼지 양 떼를 거칠게 몰았다.

"이랴, 이랴! 이놈들 어디로 가는 거냐!"

자꾸만 흩어지려는 돼지와 양 떼를 꾸짖으며 뒤쫓았더니, 졸개들도 우르르 몰려와 돼지를 붙잡으랴, 양 떼를 몰아넣으랴 한바탕 법석을 떨기 시작했다. 그 소란 통에 동굴 안의 요괴 우두머리도 놀랐는지 부하 몇몇을 거느리고 황급히 달려나왔다.

"자네들이 돌아왔구먼! 그래, 돼지와 양은 몇 마리나 사왔느냐?"

손오공은 짐짓 손가락을 꼽아가며 능청스레 대답했다.

"돼지 여덟 마리, 양 일곱 마리, 도합 열다섯 마리를 샀습지요. 돼지 값은 열여섯 냥이고 양 값은 아홉 냥인데, 떠날 때 주신 돈 스무 냥에서 닷 냥이 모자랍니다. 여기 이 사람이 장사꾼인데 모자라는 돈을 받으러 따라왔습니다."

요괴 우두머리는 그 자리에서 심복 부하를 시켜 닷 냥을 꺼내다 주어 돌려보내게 했다. 그런데 이때 손오공이 얼른 또 나섰다.

"이 장사꾼은 아침 일찌감치 장터에 나왔다가 여기까지 따라오느라 배가 고플 테고, 저희들도 여태까지 밥을 못 먹었습니다. 저희와 한 식탁에서 밥술이나 먹여 돌려보내도록 하지요."

그리고 돈을 받아 든 사오정을 돌아보고 이렇게 말했다.

"여보, 장사꾼. 시장할 텐데 우리하고 뒤꼍에 들어가 요기라도 합시다."

사오정은 배짱 두둑이 먹고 저팔계, 손오공과 함께 동굴 안으로 깊숙이 들어갔다. 이층으로 세워진 대청 앞에 다다르고 보니, 한복판 탁자 위에 이빨 아홉 달린 쇠스랑을 모셔놓았는데 눈부신 광채가 번쩍번쩍 빛나고 있었다. 어디 그뿐이랴, 한 귀퉁이 벽에는 여의봉이 기댄 채 세워지고 반대편 벽 모퉁이에는 항요보장이 비스듬히 세워져 있는 것이 아닌가!

어슬렁어슬렁 뒤따라 들어온 요괴 우두머리가 사오정의 얼굴에 수상쩍은 기색이 서린 것을 보고 으름장을 놓았다.

"이것 봐, 장사꾼. 뭘 유심히 보고 있는 거야? 냉큼 돌아가게!"

손오공이 미처 둘러대기도 전이었다. 미련통이 저팔계는 평생을 두고 성질 사납고 아둔한 위인이라, 자신이 애지중지하던 쇠스랑을 보기가 무섭게 이것저것 따져볼 것도 없이 대청 위로 뛰어오르더니 쇠스랑 자루를 움켜잡고 본래의 모습을 드러냈다. 그러고는 쇠스랑을 마구잡이로 휘둘러가며 다짜고짜 요괴 우두머리의 면상부터 겨누고 냅다 후려 찍었다.

그와 동시에 손오공과 사오정도 양편 모퉁이로 달려가 저마다 병기를 집어 들고 본색을 드러냈다. 이리하여 세 형제는 요괴 우두머리 하나를 표적 삼아 일제히 들이치기 시작했다.

느닷없는 변고에 깜짝 놀란 요괴 우두머리가 황급히 몸을 피해 뒤껼으로 돌아가더니, 자루가 길고 끝이 날카로운 삽처럼 생긴 병기를 꺼내 들고 다시 뛰쳐나왔다. 그는 대청 앞마당까지 뒤쫓아 나와서 세 가지 병기를 한꺼번에 가로막으며 으르렁대는 목소리로 호통쳐 물었다.

"웬 놈들이 감히 내 부하로 변장해 들어와 내 보배를 훔쳐가려 하느냐!"

손오공 역시 산통이 다 깨진 터라, 지지 않고 대거리했다.

"이 못된 좀도둑놈아! 적반하장(賊反荷杖)도 유분수지, 간밤에 우리 병기를 훔쳐내고도 도리어 우리더러 보배를 훔쳐간다고 억지떼를 쓰는 거냐? 꼼짝 말고 거기 서 있어라! 우리 형제의 보배가 그토록 탐난다면 맛 좀 보여주마!"

요괴 우두머리는 두말 않고 삽날을 휘두르며 달려들어 세 형제를 상대로 기세 좋게 싸우기 시작했다.

이렇게 대청 안마당에서 벌어진 싸움판은 동굴 앞문까지 치고 받고 밀려나갔다. 그러나 세 형제가 합심해서 요괴 한 마리를 한복판에 몰아넣고 집중 공격을 퍼붓는 데야 도무지 당해낼 재간이 없었다. 마침내 요괴 우두머리는 더 이상 대적하기 어렵게 되자, 제일 약해 보이는 사오정을 향해 냅다 호통을 쳤다.

"이놈 내 삽날을 받아라!"

사오정이 엉겁결에 피하자, 요괴 우두머리는 그 틈을 놓치지 않고 잽싸게 몸을 빼어 달아나더니, 곧바로 동남쪽을 향하여 바람을 타고 도망치기 시작했다.

"저놈 잡아라!"

미련퉁이가 악을 쓰면서 뒤쫓으려 했으나, 손오공은 그를 붙잡아 말렸다.

"달아나게 내버려두게. 예부터 '궁지에 몰린 도둑은 쫓지 말라' 하지 않았는가. 저놈이 돌아올 길이나 끊어놓으면 그만일세."

이윽고 세 사람은 곧바로 동굴로 쳐들어가 1백 수십 마리나 되던 크고 작은 요정들을 모조리 휩쓸어 씨를 말렸다. 죽어 널브러진 시체를 살펴보니, 하나같이 호랑이, 표범, 늑대, 들개, 이리, 야생마, 사슴, 산양 따위들이었다. 손오공은 술법을 써서 동굴 안에 때려죽인 들짐승과 애당초 몰고 왔던 돼지, 양 떼마저 모조리 끌어낸 다음, 사오정을 시켜 나뭇가지들을 쌓아올리고 말끔히 불태워 잿더미로 만들

244

어버렸다.

일을 끝낸 세 형제는 노획품을 가지고 의기양양하게 옥화 현성으로
돌아왔다.

옥화 친왕은 세 형제가 자랑스레 늘어놓는 얘기를 듣고 기뻐하면서도
한편으로는 근심걱정이 쌓이기 시작했다. 성승 일행이 떠나고 난 뒤에
놓쳐버린 요괴 우두머리가 보복하러 오지나 않을까 두려웠던 것이다.

눈치 빠른 손오공도 이를 알아채고 그들 부자를 안심시켰다.

"전하, 염려하지 마십시오. 저한테도 생각해둔 것이 있으니, 화근
을 뽑아 후환이 없도록 해드리고 떠날 작정입니다."

한편, 손오공 세 형제들에게 쫓겨 달아난 요괴 우두머리는 곧바로
동남방 죽절산을 향해 도망쳐 갔다. 그는 밤늦도록 치달린 끝에 오경
(五更. 03~05시) 무렵이 되어서야 굽이굽이 감돌아나가는 골짜기 동굴
어귀에 이르러 문을 두드렸다. 그곳은 앞서 초청장을 보냈던 할아비
구령원성이 들어앉은 소굴이었다.

늙은 요괴 구령원성은 문지기 요정에게서 황사 손자가 왔다는 전갈
을 받고 황급히 안으로 불러들여 물었다.

"애야. 내 오늘 아침 일찍이 축하 잔치에 나가려던 참인데, 무슨
일로 네가 몸소 여기까지 왔느냐?"

황사 요괴는 할아버지 앞에 무릎 꿇고 엎드려 눈물을 뚝뚝 흘리기
시작했다.

"할아버님, 이 손자가 엊그제 옥화성에서 기막힌 병기를 몇 자루
얻어 할아버님께 보여드리려 했습니다. 그런데 어제 한낮에 저희 무

하로 둔갑한 세 녀석이 쳐들어와 자기들 것이라면서 병기를 빼앗고 저를 죽이려고 덤벼들었습니다……"

황사 요괴가 자초지종을 아뢰자, 구령원성은 그들의 생김새와 병기 종류를 묻고 나서 한참 동안 묵묵히 생각에 잠기더니 빙그레 웃으며 이렇게 타일렀다.

"네가 그 녀석들을 잘못 건드렸구나."

"아니, 할아버님은 그놈들이 누군지 아십니까?"

"주둥이가 길고 귀가 커다란 멧돼지 녀석은 저팔계, 얼굴이 가무잡잡한 녀석은 사오정. 하지만 이 두 녀석은 별로 대단한 놈들이 아니다. 문제는 털북숭이 얼굴에 원숭이처럼 생긴 녀석인데, 그자는 제천대성 손오공이라 부르는 놈으로서 오백여 년 전에 하늘나라가 뒤집힐 만큼 대소동을 일으켰던 장본인이다. 그러나 일이 어차피 이 지경으로 되었으니 할 수 없구나. 내가 나서서 그놈들과 옥화왕 부자까지 모조리 잡아다 분풀이를 해주마."

이윽고 늙은 요괴 구령원성이 손자뻘 되는 맹장들을 죄다 불러들여 출동 준비를 시켰다. 맹장들이란, 삽살개를 닮은 '노사,' 털빛이 눈처럼 하얀 '백사,' 옛적부터 사납기로 이름난 사자 '산예,' 그리고 '백택' '복리' '박상'이란 이름을 가진 여러 잡종 사자 떼였다. 금빛 터럭의 황사까지 포함해서 일곱 마리 사자 요괴들은 저마다 날카로운 병기를 들고 순식간에 표두산 계곡 상공까지 들이닥쳤다. 그러나 동굴 일대는 온통 매캐한 연기만이 코를 찌를 뿐 잿더미가 되어버린 지 오래였다.

구령원성은 소굴을 잃고 분에 못 이겨 울부짖는 황사를 좋은 말로 다독거렸다.

"애야, 분하게 여긴들 소용없는 노릇이다. 우선 옥화 현성으로 쳐 들어가 그 못된 중놈들부터 잡아 죽이기로 하자꾸나."

그들은 폐허가 된 소굴을 포기하고 일제히 광풍을 휘몰아 살기등등 하게 옥화성으로 날아갔다.

마침내 성 바깥 멀리서부터 난데없는 돌개바람이 휘몰아쳐 다가오 고, 맑은 아침 상공에 시커먼 안개 장막이 꾸역꾸역 피어오르는가 싶 더니, 그것들은 삽시간에 무시무시한 기세로 성문 밖까지 들이닥쳤 다. 성 안팎에 있던 사람들은 기절초풍하여 식구들만을 데리고 허둥 지둥 성내로 몰려 들어갔다.

성문이 닫히고 누군가 친왕의 저택으로 달려가 급보를 전했다. 그 무렵 옥화 친왕은 삼장법사 일행과 아침식사를 하고 있었는데, 느닷 없이 급보가 날아들자 관아로 달려나갔다. 무서운 요괴의 무리들이 돌개바람을 휘몰아 성벽 가까이 쳐들어왔다는 말에, 늙은 친왕은 얼 굴빛이 하얗게 질린 채 어찌할 바를 몰랐다.

손오공은 큰소리 탕탕 쳐서 사람들을 안심시켰다.

"여러분, 모두들 염려하지 마십쇼. 저것들은 황사 요괴가 어제 우 리 손에 패하고 달아나 구령원성인지 뭔지 하는 할아비를 데리고 쳐 들어온 것이 분명합니다. 이제부터 우리 형제들이 나가 맞아 싸울 터 이니, 군사들을 모아서 이 성채나 굳게 지키도록 하십시오."

옥화 친왕은 사대문을 닫아걸게 하고 나서, 즉시 군사들을 점검하 여 거느리고 성루에 올라 전황을 살피기 시작했다.

그동안 손오공 세 형제는 안개구름을 일으켜 타고 성 밖으로 날아 가 적병들과 정면으로 맞섰다.

　적진을 바라보니, 하나같이 잡색 터럭을 지닌 사자 떼였다. 황사
요괴는 앞장서서 패거리를 인도하고, 산예 사자와 박상 사자는 그 왼
편에, 백택 사자와 복리 사자는 오른편에, 삽살개를 닮은 노사와 눈
처럼 흰 백사 요정은 뒤편에 따라붙었는데, 그 한복판에 무시무시하
게도 머리통 아홉 달린 구두사자(九頭獅子) 한 마리가 버텨 서 있었다.
　누구보다 성미 거칠고 무모한 왈가닥 저팔계가 앞으로 썩 나서더니
냅다 욕설부터 퍼부었다.

"우리 보배를 훔쳐간 도둑놈아! 어디로 뺑소니쳤나 했더니, 저따위 하룻강아지들이나 잔뜩 몰고 기어와서 뭘 어째보겠다는 거냐?"

원한에 사무친 황사 요괴가 어금니를 갈아붙이며 대거리했다.

"이 악독하고 몹쓸 대머리 중놈들아! 어제는 비겁하게 셋이 한꺼번에 들이닥쳐 패하고 돌아갔다만, 어쩌자고 동굴까지 불태워 내 터전을 망쳐놓았단 말이냐! 이 원수 놈들아, 도망칠 생각 말고 이 어르신의 삽날이나 한 대씩 맞아봐라!"

날카로운 삽날이 바람을 끊고 날아들자, 용감한 저팔계가 선뜻 쇠스랑을 치켜들고 마주쳐 나갔다. 그들 둘이 승부를 가리기도 전에, 저편 진영에서 삽살개 노사가 가시 돋친 마름쇠를 휘두르고, 백사는 세모난 구리 몽둥이를 거머잡고 일제히 달려나와 셋이 저팔계 하나를 상대하기 시작했다.

그러나 이쪽이라고 가만 두고 볼 수야 없는 노릇, 사오정이 부리나케 항요보장을 휘두르면서 싸움판으로 돌진하더니 육박전으로 저팔계를 거들어주기 시작했다. 이것을 본 적진에서 또 산예 사자 요괴와 백택 사자 요정, 그리고 박상 사자, 복리 사자 요괴 네 마리가 한꺼번에 달려들었다. 이편에서도 제천대성 손오공이 바람개비 돌아가듯 마구잡이로 여의봉을 휘둘러 요괴의 무리들을 가로막아 정신 못 차리게 들이쳤다. 산예 사자는 멋없이 굵다란 홍두깨를 쓰고, 백택 요정은 구리 쇠몽치를, 박상은 강철로 벼린 창을, 그리고 복리란 놈은 큰 도끼와 작은 도끼 한 쌍을 양손에 갈라 잡고 덤벼들었다. 저편은 일곱 마리 사자 요괴, 이편은 성질 사나운 세 스님들, 이러니 싸움판은 갈수록 볼 만해졌다.

사자 요괴 패거리들이 손오공 일행 셋과 맞서 한나절이 지나도록 싸우고 났더니 어느새 해가 저물었다. 저팔계는 두 다리에 맥이 풀려 흐느적거리다가 마침내 쇠스랑으로 허공을 후려 찍더니 그대로 패하여 등을 돌리고 도망치기 시작했다. 그러나 맞서 싸우던 백사와 노사 두 요괴가 그냥 놓쳐 보낼 턱이 없었다. 요괴들은 냅다 호통치면서 일제히 무서운 기세로 달려들었다.

"어딜 도망가려고! 이거나 한대 받아라!"

동작이 둔한 저팔계는 미처 피하지 못하고 등줄기에 세모난 구리 몽둥이를 한대 얻어맞고 땅바닥에 엎어졌다. 숨차게 헐떡거리는 저팔계를, 두 요괴가 등덜미 갈기털과 꼬리를 나눠 잡고 구두사자 앞으로 질질 끌어갔다.

"할아버님, 저희가 한 놈 잡아왔습니다."

그 말이 채 떨어지기도 전에, 사오정과 손오공 역시 다섯 마리 요괴의 집중 공세에 밀려 패색이 짙어지기 시작했다. 요괴 다섯 마리가 기세등등하게 떼를 지어 한꺼번에 덤벼들자, 손오공은 솜털 한 줌을 뽑아 입에 털어 넣고 우물우물 잘게 씹어 요괴의 무리를 향해 '푸웃!' 하고 힘차게 뿜어냈다.

"변해라!"

외마디 기합 소리와 함께 솜털은 눈 깜짝할 사이에 1백 수십 마리나 되는 꼬마 손오공으로 바뀌더니, 백택 사자와 산예 사자, 박상 사자, 복리 사자, 그리고 금빛 터럭을 가진 황사 요괴까지 에워싸고 한꺼번에 포위망 속으로 몰아넣었다. 사오정과 손오공 두 사람은 그제야 기세를 되찾아 밀어붙이면서 눈앞에 닥치는 대로 후려갈겼다.

어두워질 무렵, 이들은 산예와 백택 두 요괴를 사로잡는 데 성공했다. 그러나 복리와 박상, 금빛 터럭의 황사는 놓치고 말았다.

늙은 괴물 구령원성은 손자 요괴 두 마리를 잃어버린 것을 알고, 나머지 손자들에게 분부했다.

"우선 저팔계란 놈을 꽁꽁 묶어놓되 목숨일랑 해치지 말거라. 저편에서 우리 손자 둘을 무사히 돌려보내거든 우리도 그놈을 산 채로 놓아 보내야 하니 말이다."

한편, 제천대성 손오공이 사자 요괴 두 마리를 떠메고 성벽 가까이 돌아가자, 이 광경을 지켜보던 옥화 친왕은 급히 성문을 열게 하고, 힘센 교위 이삼십 명을 달려보내 포로들을 넘겨받아 결박해 성내로 끌어들이게 했다.

손오공은 술법에 걸렸던 솜털을 거두어들인 다음, 사오정과 함께 성루에 올라가 당나라 스님을 만나뵈었다.

"고생들 했다. 오능이 붙잡혀가서 목숨을 부지할 수 있을는지 모르겠구나……"

스승이 칭찬을 겸해 걱정스레 말했으나, 손오공은 한마디로 안심시켰다.

"아무 일도 없을 겁니다. 우리가 요괴 두 마리를 사로잡아놓은 이상, 저쪽 놈들도 목숨을 해치지는 못할 테니까요. 내일 아침 팔계와 맞바꾸면 됩니다."

뜬눈으로 밤을 지새우다 보니, 얼마 안 되어 동녘 하늘이 밝아왔다.

구령원성은 황사 요괴를 불러들여 밤새 짜놓은 계략을 일러주었다.

"너희들은 오늘 조심해서 손오공과 사오정 두 놈을 잡는 데만 신경 써라. 그 틈에 내가 슬며시 성루 상공으로 날아올라 그놈들의 사부와 옥화 친왕 부자들까지 모조리 낚아채 가지고 한발 앞서 죽절산으로 돌아가련다."

계략을 전해받은 황사 요괴가 노사와 백사, 박상, 복리들을 거느리고 일제히 성벽 가까이 달려나가더니 돌개바람을 휘몰아치고 안개를 쏟아내며 기세등등하게 싸움을 걸었다.

이편에서도 손오공과 사오정이 기다렸다는 듯이 마주쳐 나가자, 다섯 마리 요괴들은 두말 않고 다짜고짜 한꺼번에 덤벼들었다. 손오공과 사오정 두 형제는 제각기 있는 지혜와 솜씨를 모조리 끌어내어 사자 요괴 다섯 마리의 집중 공격을 막아내기 시작했다.

바야흐로 털 빛깔이 구구각색인 다섯 마리 요괴들이 두 형제를 맞아 죽기 살기로 싸우고 있는 고비에, 구령원성은 시커먼 먹구름을 일으켜 타고 곧바로 성루 상공에 솟구쳐 오르더니 엄청나게 커다란 머리통을 절레절레 흔들어 위협을 가했다. 성을 지키던 장수와 병사들은 기겁을 하다못해 모조리 성벽 아래로 굴러떨어져 누각 안으로 쫓겨 들어갔다. 옥화 친왕이 고래고래 악을 써서 말렸으나 소용없었다.

늙은 요괴는 아가리를 쩍 벌려 우선 당나라 스님과 옥화 친왕 부자 넷을 한입에 덥석덥석 물더니 다시 자기 진영으로 날아가 사로잡혀 있던 저팔계마저 물었다. 본래 이 괴물은 입이 아홉 개 달린 구두사자라, 한 입에 하나씩 여섯 사람을 차례차례 물고도 아가리가 셋이 남았다. 괴물이 남은 입으로 크게 고함쳐 손자들에게 알렸다.

"얘들아, 나 먼저 간다!"

자기네 할아비가 성공을 거두자, 다섯 마리 젊은 사자 요괴들은 더욱 신바람이 나서 두 형제를 몰아붙였다.

손오공은 성루 위에서 비명과 아우성치는 소리를 듣고 적의 계략에 빠졌음을 깨달았다. 그는 즉시 수법을 바꾸기로 결단을 내리고 사오정을 가까이 불러 주의를 준 다음, 팔뚝에 붙어 있던 솜털을 모조리 뽑아 들고 술법을 걸었다.

"변해라!"

솜털은 삽시간에 수천 수백 마리나 되는 꼬마 원숭이 떼로 바뀌더니 일제히 다섯 마리 사자 요괴들을 향해 성난 벌 떼처럼 달려들었다.

결판이 난 것은 순식간의 일이었다. 제일 먼저 거꾸러진 것은 노사, 그다음에 산 채로 붙잡힌 것이 백사와 박상 요괴, 뒤로 벌렁 나자빠져

꼬마 원숭이들에게 눌린 것이 복리 사자, 그리고 금빛 터럭을 자랑하던 황사 요괴는 뭇매질에 얻어맞아 죽임을 당하고 말았다.

성벽 위에서 관전하던 옥화현의 관원들이 즉각 성문을 활짝 열어젖히고 뛰쳐나가, 손오공 일행과 함께 다섯 마리 사자 요괴들을 또 결박해 성내로 떠메고 들어왔다.

손오공은 스승과 친왕 부자들이 늙은 사자에게 붙잡혀 죽절산 소굴로 끌려간 사실을 전해 듣고 우선 장수들과 관원들에게 지시를 내렸다.

"때려죽인 황사 요괴는 가죽을 벗겨놓고, 산 채로 잡은 여섯 마리는 먼젓번 포로들과 함께 단단히 가두어두시오. 우리 두 형제가 놈들의 소굴로 찾아가 여러분의 왕을 무사히 구출해 데려오리다."

이튿날, 손오공은 사오정과 함께 근두운을 일으켜 타고 떠나갔다. 출발한 지 얼마 안 되어 죽절산 상공에 다다른 그들은 구름을 낮추고 내려서서 굽이굽이 감돌아나가는 골짜기를 따라 산속 깊숙이 들어갔다.

과연 그곳은 요괴 마귀가 들어앉을 만큼 엄청나게 높은 암벽 산이었다. 구령원성의 소굴을 찾아 헤매다 보니, 그들 두 형제를 먼저 발견하고 달아나는 순찰 요괴가 눈에 띄었다. 손오공은 지체 없이 졸개 요괴를 뒤쫓기 시작했다.

손오공 두 형제가 여기까지 나타났다는 보고를 받자, 예감이 뛰어난 구두사자는 고개를 툭 떨어뜨린 채 눈물을 뚝뚝 흘리며 비통하게 외쳐댔다.

"불쌍한 것, 황사 녀석이 죽었구나! 노사도 백사도, 박상, 복리들도 죄다 중놈의 손에 붙잡히다니, 이 원수를 내 어찌 갚으랴……!"

이윽고 원한에 사무친 구두사자가 자리를 박차고 일어서더니, 무장도 갖추지 않은 채 홀로 뚜벅뚜벅 걸어 동굴 밖으로 나갔다.

손오공은 구두사자가 몸을 던지다시피 자신에게 달려들자, 옳다 됐구나 싶어 여의봉으로 선뜻 앞을 가로막았다. 때를 같이해서 사오정도 항요보장을 휘둘러 냅다 후려갈겼다. 그러자 늙은 요괴가 머리통을 절레절레 흔들더니, 갑자기 좌우 양편으로부터 사자의 머리통 여덟 개가 한꺼번에 돋쳐 나오면서 아가리를 쩍 벌리고 손오공과 사오정을 덥석 물어 동굴 안으로 끌어들이는 것이 아닌가! 두 사람은 '앗' 소리도 질러보지 못하고 사자 아가리에 물린 채 끌려 들어가고 말았다.

"애들아, 동아줄을 가져오너라!"

늙은 요괴의 분부 한마디에, 손오공과 사오정은 부하 요괴들의 손에 양팔 두 다리를 단단히 결박당하고 말았다.

"요 괘씸한 원숭이 놈아! 네가 우리 손자 녀석을 일곱씩이나 잡아갔다만, 내게도 중놈 셋, 임금과 왕자가 넷씩이나 잡혀 있으니, 서로 목숨을 맞바꿀 만할 게다! 애들아, 몽둥이로 저 원숭이 놈부터 사정 두지 말고 흠씬 두들겨 패라!"

혹독한 매질이 시작되고 얼마 안 있어, 옹이 박힌 버드나무 몽둥이가 연달아 뚝뚝 부러져나갔다. 몽둥이가 바뀌고 날이 저물도록 얼마나 때렸는지, 번갈아 매질하는 요괴들도 헤아릴 수가 없었다. 그러나 손오공은 태상노군 어르신의 팔괘로 삼매진화에 단련된 몸뚱이라, 그 따위 버드나무 몽둥이찜질쯤이야 아무것도 아니었다. 손오공의 입에서는 비명 소리 한마디도 나오지 않았고, 아무리 호되게 후려쳐도 꿈쩍달싹하는 기미조차 보이지 않았다.

해가 어둑어둑 저물기 시작했다. 그때서야 늙은 요괴도 진력이 났는지, 부하들에게 분부를 내렸다.

"오늘은 그쯤 해두고 내일 아침에 다시 매질을 계속하자. 나도 침소에 건너가 눈 좀 붙여야겠다."

부하 요괴들도 제풀에 지쳐 몽둥이를 던져놓고 하나둘씩 주저앉아 끄덕끄덕 졸던 끝에 마침내 모두들 잠에 곯아떨어지고 말았다.

손오공이 드디어 움직이기 시작했다. 우선 술법으로 몸뚱이를 조그맣게 움츠려 결박한 밧줄에서 벗어나더니, 귓속의 여의봉을 꺼내 번쩍 휘둘러서 굵기가 밥공기만큼, 길이는 20자나 되게 늘려 가지고 한참 곯아떨어진 졸개 요괴들을 가리켰다.

"요 고약한 짐승들아, 네놈들이 손 선생에게 몽둥이찜질을 흠씬 안겨줬다만, 이제부터 네놈들한테도 이 어르신께서 이 몽둥이로 슬쩍슬쩍 건드려볼 테니까, 그 맛이 어떤지 먹어보려무나!"

듣지도 못할 요괴들에게 중얼거린 다음, 여의봉으로 한 마리씩 가볍게 톡톡 건드려 모조리 저승길로 떠나보냈다. 그러고 나서 손오공은 사오정의 결박부터 풀어주기 시작했다.

저팔계 녀석은 밧줄이 살갗 속을 파고들도록 꽁꽁 묶인 채 아픔을 견디지 못하고 쩔쩔매다가, 그것을 보고 심통이 나서 큰 소리로 버럭 고함을 지르고 말았다.

"형님! 내 손발이 어제부터 꽁꽁 묶여 이렇게 부르텄는데, 날 먼저 풀어주지 않고 뭘 하는 거요?"

미련퉁이가 주책없이 악을 쓰니, 그 통에 곤히 잠들었던 늙은 요괴가 깜짝 놀라 그만 두 눈을 번쩍 떴다. 구두사자는 잠결에 고함 소리를 듣고 후닥닥 일어나 앉으면서 소리를 질렀다.

"누가 누굴 풀어준다고?"

뒤미처 늙은 요괴가 일어나는 기척에, 다급해진 손오공은 재빨리 등잔불을 훅 불어 끄더니 저팔계고 스승이고 돌볼 겨를도 없이 여의봉을 휘둘러 닥치는 대로 문짝을 때려 부숴가며 우선 제 한 몸부터 빠져 달아나고 말았다.

늙은 요괴 구두사자가 대청으로 달려나오면서 또 한 번 악을 썼다.

"얘들아! 어째 불빛이 없느냐? 그놈들 도망치지 못하게 해라!"

부하들을 재촉해서 횃불을 밝혀 들고 앞뒤로 쫓아가다 보니, 결박 풀린 사오정이 미처 달아나지 못하고 담장 그늘에 엉거주춤 서 있는 게 보였다. 늙은 요괴는 단숨에 그를 움켜 밧줄로 묶은 다음, 또다시 손오공마저 찾기 시작했다. 그러나 이중 삼중으로 닫아놓은 문짝이 모조리 박살난 것을 보고서야 놓쳐버렸음을 깨닫고 뒤쫓기를 단념했다. 그는 부하들을 시켜 부서진 문짝에 바윗돌을 옮겨다가 임시로 틀어막았다.

한편, 요괴의 소굴에서 탈출한 손오공은 굽이진 골짜기를 벗어나자마자 근두운을 일으켜 타고 죽절산 경내를 벗어났다. 그는 허공에 구름을 멈추고 한동안 생각에 잠겼다. 또다시 요괴의 소굴에 잠입할까 했으나, 머리 아홉 달린 구두사자의 경각심을 건드려놓은 터라 접근해볼 엄두가 나지 않았다. 그렇다고 옥화 현성으로 돌아가려니 소득

없이 빈손으로 갈 수도 없는 노릇이라, 이러지도 저러지도 못한 채 근심걱정만 태산같이 쌓였다.

이때 죽절산 상공에서 토지신과 삼장법사를 수호하던 육정육갑 신령들이 한꺼번에 날아와 제천대성 앞에 무릎 꿇었다.

"손 대성께 아뢰오! 소신들이 이 죽절산을 지키던 잡귀 한 녀석을 붙잡아왔습니다! 요 빤빤한 잡귀가 늙은 요괴 구두사자의 근본 내력을 훤히 꿰뚫어 알고 있으니, 대성께서 호되게 족쳐대시면 요괴를 처치하고 사로잡힌 분들을 구해내실 방도가 나올 것입니다."

이윽고 제천대성 손오공이 무시무시한 여의봉을 쓰다듬어가며 두 눈 딱 부릅떠 산신령을 흘겨보았다.

"구두사자 요괴의 정체가 뭐지? 바른대로 불어야 매를 면할 거야."

나지막이 엄포를 놓는 제천대성, 죽절산의 신령은 지레 겁을 먹고 와들와들 떨면서 아는 대로 줄줄이 털어놓았다.

"이 골짜기는 애당초 여섯 마리 사자 떼의 소굴이었습니다만, 그 늙은 요괴가 나타난 이후부터 모두들 그놈을 할아버지로 떠받들어 모시게 되었습니다. 대성 어르신께서 이놈을 없애시려거든, 다른 데 말고 반드시 동극묘암궁(東極妙岩宮)에 가셔서 그놈의 주인 되는 분을 모셔와야 굴복시킬 수 있습니다."

손오공은 이 말을 듣고 한참 동안 기억을 더듬더니, 혼잣말로 이렇게 중얼거렸다

"동극묘암궁이라…… 그렇다면 태을천존(太乙天尊)께서 주인이었단 말인가……? 옳거니! 그분이 타고 다니시던 것이 바로 머리 아홉 달린 사자였으렷다? 얘기가 그렇게 되는구나!"

이어서 신령들에게 분부가 떨어졌다.

"자네들은 토지신과 함께 돌아가 남몰래 우리 사부님과 내 아우, 그리고 옥화 친왕 부자들을 계속 보호해드리고 있게!"

여러 신령들을 흩어 보낸 제천대성은 그 즉시 근두운을 일으켜 타고 밤새워 날아가더니, 새벽 무렵이 되었을 때는 벌써 동천문(東天門) 밖에 이르러 때마침 순찰 나온 광목천왕(廣目天王)의 의장 행렬과 딱 마주쳤다.

"아니, 서방 세계로 경을 구하러 가시는 대성께서 무슨 일로 동녘 하늘에 오셨습니까? 방향을 거꾸로 잡으신 것은 아닌지요?"

광목천왕이 빙글빙글 웃으면서 묻는 말에, 제천대성은 난처한 기색으로 옥화 현성과 죽절산에서 벌어진 사연을 사실대로 털어놓았다.

"하하! 대성께서 남의 스승이 되실 생각을 하셨으니, 그 숱한 사자 떼를 들끓어 나오게 만드셨군요! 어서 들어가보십쇼. 묘암궁 태을천존께서도 미리 아시고 지금 기다리실 겁니다."

동천문에 들어선 지 얼마 안 되어 손오공은 묘암궁 앞에 이르렀다. 문지기 동자가 그를 발견하고 즉시 궁궐 안으로 들어가 아뢰었다.

"어르신, 궁궐 밖에 지난날 천궁을 뒤엎고 소동을 부렸던 말썽꾸러기 제천대성이 나타났습니다."

아홉 빛깔 연화대에 앉아 계신 태을천존은 벌써부터 그가 올 줄 알고 있었는지, 고개를 끄덕이며 측근에서 호위하던 신령들을 보내 맞아들이게 했다.

신령들의 영접을 받고 연화대 아래 도달한 제천대성이 문안 인사를 드리자, 그는 연화대에서 내려와 반갑게 맞아주었다.

"대성, 그대가 동녘 하늘에 나타난 것을 미리 알아보기는 했으나, 무슨 일로 날 찾아왔는지 영문을 모르겠구려."

손오공은 옥화 현성에서 친왕의 세 아들을 제자로 받아들인 일부터 병기를 도둑맞았던 사연, 그리고 황사 요괴의 소굴을 불태워버렸다가 사자 떼를 건드려 한바탕 곤욕을 치른 경위를 낱낱이 말씀드리고 마지막으로 이렇게 덧붙였다.

"……사자 떼를 거느린 우두머리 요괴는 바로 머리 아홉 달린 구두사자였습니다. 그놈이 저희 사부님과 두 아우, 옥화 친왕 부자를 잡아갔습니다만, 제 힘으로는 도저히 굴복시킬 수가 없었습니다. 그곳 산신령에게 묻고 나서야 천존 어르신께서 구두사자의 주인 되신다는 사실을 알았기에 이렇듯 머나먼 동녘 하늘까지 달려왔으니, 부디 저와 함께 가셔서 그 요물을 제압하시고 여러 목숨을 구해주시기 바랍니다."

사연을 다 듣고 나서 태을천존은 깜짝 놀라 즉시 호위하던 존자들에게 명을 내렸다.

"이 길로 사자 우릿간에 가서 사노(獅奴)란 놈을 이리 불러오너라."

존자들이 사자 우릿간에 달려가 보았더니, 웬걸! 사자를 기르는 종 녀석이 쿨쿨 잠들어 있는 게 아닌가? 존자들이 흔들어 깨우자, 사노는 그제야 눈을 번쩍 뜨고 얼떨떨한 기색으로 연화대 앞에 끌려나와 천존 어르신을 뵈었다.

"구두사자란 놈은 어디 있느냐?"

천존이 엄히 묻자, 사노는 눈물을 흘려가며 연신 이마를 조아려 사죄했다.

"어르신, 제가 죽을죄를 지었습니다. 엊그제 우연히 술 한 병을 멋도 모르고 훔쳐 마셨는데 술이 얼마나 독한지 담뿍 취해 곯아떨어지는 바람에, 그놈의 굴레를 씌워놓는 것을 깜빡 잊고 말았습니다. 그래서 굴레가 풀린 틈에 구두사자란 놈이 어디론가 도망친 모양입니다."

"우선 용서해줄 테니, 지금 나와 함께 손 대성을 따라서 아래 세상으로 내려가 그놈부터 수습하자꾸나."

이렇게 해서 태을천존은 제천대성 손오공, 사노와 함께 구름을 타고 곧바로 죽절산 굽이진 골짜기 상공에 이르렀다.

"구령원성이란 놈도 오랜 세월 도를 닦은 영물이라, 그놈이 한번 고함쳤다 하는 날이면 위로는 삼십삼천(三十三天)까지 뒤흔들어놓고 아래로는 구천지하(九泉地下) 저승세계마저 들썩이게 만든다오. 그러기에 섣불리 건드렸다가는 잡지 못할 것이오. 손 대성, 그대가 저놈의 소굴 앞에 내려가 싸움을 거시오. 바깥으로 끌어내기만 하면 내가 적당히 알아서 제압하리라."

손오공은 천존의 분부대로 여의봉을 꺼내 들고 동굴 앞에 달려가 고래고래 악을 쓰기 시작했다.

"이 못된 요괴 놈아! 우리네 사람들을 어서 돌려보내지 못하겠느냐!"

목이 터져라 몇 차례나 고함을 질러도 응답하는 자가 없으니, 마음이 조급해진 그는 여의봉을 휘둘러 바위 더미 문짝을 때려 부수고 동굴 안으로 쳐들어갔다.

이때서야 분을 삭이다 못해 잠들었던 늙은 요괴도 깜짝 놀라 두 눈을 번쩍 떴다. 모처럼 단잠을 깨는 바람에 울화통이 터진 구두사자는 벌떡 일어나 뛰쳐나오기 무섭게 머리통을 절레절레 흔들더니, 그 커다란 아가리를 쩍 벌리고 물어뜯으려 덤벼들었다. 눈치 빠른 손오공은 재빨리 돌아서서 동굴 바깥으로 뛰어나왔다. 요괴는 발꿈치를 물어뜯을 듯이 바싹 뒤쫓으면서 악을 썼다.

"요 발칙한 원숭이 놈, 어딜 도망치려고! 게 섰거라!"

늙은 요괴는 정신없이 언덕 위로 뒤쫓아 올라왔다. 이때 진작부터 구름을 낮추고 언덕 위에 내려서 있던 태을천존이 중얼중얼 진언을 외우면서 엄한 목청으로 호통을 질렀다.

"원성아, 이놈! 내가 왔다!"

그제야 주인을 알아본 요괴가 더는 발악하지 못하고 움츠러들었다. 구령원성, 늙은 요괴는 마침내 사자의 본성을 드러내고 땅바닥에 네 발을 꿇고 엎드리더니, 주인 앞에 끄덕끄덕 쉴 새 없이 머리를 조아렸다. 사자를 다루던 종 녀석이 천존 곁에서 불쑥 뛰쳐나오기 무섭게 사자의 갈기털을 한 손에 움켜잡고 주먹으로 덜미를 마구 후려치면서 꾸짖었다.

"이 몹쓸 놈의 짐승아! 어쩌자고 도망질쳐 나까지 못살게 굴었단 말이냐!"

사자 요괴는 입을 꾹 다문 채 아무 말도 못하고 그저 때리는 대로 얻어맞기만 할 뿐 꼼짝달싹도 하지 못했다. 사노는 어찌나 많이 때렸던지 손이 아파 겨우 주먹질을 그치고 비단으로 누빈 안장을 사자의 등에 얹어 깔았다.

태을천존이 그 위에 훌쩍 올라타더니 호통을 질렀다.

"이놈, 어서 가자!"

주인을 태운 구두사자는 선뜻 몸을 솟구쳐 오색찬란한 구름 위에 올라서더니, 곧바로 동녘 하늘 묘암궁을 향해 떠나갔다.

천존 일행이 사라진 후, 손오공은 곧장 요괴의 소굴에 들어가 우선 옥화 친왕부터 풀어주고, 그다음에는 당나라 스님과 저팔계, 사오정, 마지막으로 세 왕자들의 결박을 차례차례 풀어주었다. 그러고 나서 아우들과 함께 동굴 속을 뒤져 빼앗겼던 병기와 물건들을 찾아낸 다음 일행을 데리고 문밖으로 나섰다.

이틀 동안 결박당한 채 죽을 고생을 한 저팔계가 마른 나뭇가지를 모아다 동굴 앞뒤에 쌓아놓고 불을 질러 구두사자의 소굴을 기와 굽다 내버린 가마터 폐허처럼 새카맣게 태워 분풀이를 했다.

이윽고 삼장법사와 옥화 친왕 부자 일행은 세 형제가 부린 술법 덕분에 무사히 옥화 현성으로 돌아올 수 있었다. 모두들 죽도록 곤욕을 치른 뒤끝이라 녹초가 되어, 저녁식사를 마치자마자 침소에 들어 푹 쉬었다.

다음 날 소찬으로 성대하게 베푼 사은의 잔치 자리에서, 손오공은 옥화 친왕에게 말씀드려 잡아온 사자 요괴들을 처분했다.

"도축장의 백정을 불러들이셔서 아직도 살아 있는 사자 여섯 마리를 잡고 죽은 황사 요괴까지 합쳐 모조리 가죽을 벗겨낸 다음, 관할 지역 안의 대소 관원들과 백성들에게 사자고기를 한 점씩 나누어주어, 그동안 놀라움과 두려움에 들뜬 민심을 가라앉히십시오."

또 이튿날에는 세 왕자가 대장장이를 데리고 들어와 여쭈었다.

"아바마마, 저희들이 쓸 병기도 완성되었습니다. 금테 두른 제미곤은 무게가 일천 근, 아홉 이빨 달린 쇠스랑과 검정 옻칠 먹인 철봉은 각각 팔백 근씩 됩니다."

세 아들이 병기를 자랑스레 내보이자, 옥화 친왕은 한숨을 내리쉬었다.

"그 병기 때문에 하마터면 우리 부자 네 목숨이 날아갈 뻔했구나."

대장장이들이 두터운 상금을 받고 물러가자, 그날부터 세 형제는 왕자들에게 무예를 가르쳐 며칠 만에 병기 다루는 법과 싸우는 법, 그리고 일흔두 가지 술법에 이르기까지 모두 전해주었다.

떠날 무렵, 옥화 친왕 부자가 금은보화를 한 쟁반 가득 내어다 정표로 보답했으나, 손오공은 껄껄대고 웃으며 사양했다.

"어서 도로 들여가시오! 우리 같은 출가승이 그걸 받아서 무엇에 쓰겠소?"

곁에서 저팔계가 한마디 덧붙였다.

"금은보화는 그만두고, 우리 옷이 사자 발톱과 이빨에 찢겨 누더기가 되었으니, 겉옷이나 한 벌 갈아입게 해주시면 고맙겠소."

왕자들은 곧 바느질 솜씨가 뛰어난 침모(針母)를 시켜 손오공 일행이 입던 옷 모양과 빛깔 그대로 비단 승복 세 벌씩을 지어 올렸다. 세 형제도 그 옷만큼은 기꺼이 받아 입었다.

당나라 스님 일행은 곧바로 행장을 꾸려 홀가분한 마음으로 출발했다. 옥화 현성 안팎에는 남녀노소 가릴 것 없이 모두들 배웅하러 나와 이들의 전도를 빌어주었다.

9. 정월 대보름 등불놀이

당나라 스님과 제자 일행 네 사람은 옥화 현성을 떠난 이래 서행길이 극락세계를 가는 것처럼 줄곧 평온했다. 대엿새쯤 나아갔을 때, 또 한 군데 성채가 나타났다.

동쪽 관문에 이르러 보니, 큰길을 따라 열린 장터에 가게와 술청이 늘어서서 시끌벅적 여간 흥청거리지 않았다. 얼마 안 가서 그들은 사원을 발견하고 발걸음을 멈추었다. 자운사(慈雲寺)라는 절간이었다.

"우리 여기 들어가서 말도 좀 쉬게 해주고 밥 한 끼 얻어먹자꾸나. 어떠냐?"

"그거 좋지요!"

일행은 산문 안으로 들어섰다. 자운사는 규모가 실로 굉장한 사찰이었다. 부처님의 전각은 화려하고도 장엄하며, 승방은 고요하기 이를 데 없었다.

일행 넷이서 한참 바라보고 있으려니, 승려들이 걸어 나오다가 네 사람을 보고 얼른 다가와 신기한 듯이 둘러싸고 물었다.

"노스님께선 어디서 오시는 분입니까?"

"제자는 중화 대국 당나라에서 왔습니다."

승려들은 이 말을 듣더니 다시 한 번 몸을 굽혀 절했다.

"우리 고장 사람들이 열심히 부처님을 받들고 수행하는 까닭은 모두들 중화 땅에 다시 태어나고 싶기 때문입니다. 이제 노스님의 풍채를 뵈니, 과연 전생에 도를 닦아야 그런 복을 누릴 수 있음을 알게 되었습니다. 어서 들어오시지요."

자운사 승려들은 그들 일행을 방장으로 모셔 들였다. 인사치레가 끝나고 차 대접을 받는 자리에서, 당나라 스님은 비로소 궁금하던 것을 물었다.

"이곳의 지명은 뭐라고 부릅니까?"

"이 고장은 천축 외곽 고을에 속하는 금평부(金平府)입니다."

"그렇다면 여기서 천축 도성까지는 거리가 얼마나 되는가요?"

"천축 도성까지는 이천 리 길이나 됩니다. 하지만 도성에서 영취산까지의 길은 가본 적이 없어 몇 리나 되는지 말씀드릴 수 없습니다."

얼마 안 있어 음식상이 나왔다. 식사를 마치고 떠나려는데, 여러 스님들이 간곡히 만류했다.

"노스님, 하루 이틀쯤 예서 편히 쉬셨다가 정월 대보름 명절이나 지내고 떠나셔도 되지 않겠습니까?"

"저희는 그동안 산 넘고 물 건너 하염없이 오다 보니, 세월이 어떻게 흐르는지조차 모르고 지냈습니다. 그런데 정월 대보름 명절이라니요?"

당나라 스님이 깜짝 놀라 다시 묻자, 승려들은 허허대고 웃음보를 터뜨렸다.

"노스님께서 부처님을 찾아뵙는 일에만 전념하시느라, 명절 따위는 염두에 두지 않으셨군요. 오늘이 정월 열나흗날, 그러니까 내일 저녁이 정월 대보름이지요. 내일부터 연등 행사가 열려서 사나흘 계속된답니다. 금평부 태수 어른께서도 백성을 무척 아끼고 사랑하셔서 고을마다 온갖 형태의 등불을 높이 매달고 밤새도록 풍악을 울려 즐기게 해주십니다. 더구나 성내 다리 위에서 열릴 황금 등불 행사는 오랜 옛날부터 전해 내려오는 풍습으로 오늘날까지 한 해도 거르지 않고 계속 이어져왔으니 아주 볼 만하실 겁니다. 저희 사찰이 비록 보잘것없으나 노스님 일행을 대접해드릴 여유는 있으니, 며칠 편히 묵었다 가시지요."

오랜 여행길에 지친 당나라 스님도 생각해보니 괜찮을 듯싶어 며칠 묵기로 작정하고 여장을 풀었다.

그날 밤부터 자운사 불당에서 종과 북을 두드리는 소리가 요란하게 울렸다. 온 마을 신도들이 등을 가져와 부처님께 올리는 행사가 시작된 것이다. 밤이 이슥해지면서 경내에는 온갖 화려한 등이 불을 밝혀, 때 아닌 불야성(不夜城)을 이루었다.

그리고 이튿날, 드디어 정월 대보름 명절이 다가왔다. 자운사 승려들은 삼장법사를 찾아와 권유했다.

"노스님, 대보름날 성내에 들어가 황금 등잔을 구경하시는 것이 어떻겠습니까?"

당나라 스님은 사뭇 홀가분한 마음으로 그 제안을 받아들여 제자들과 함께 자운사 스님들을 따라 성안으로 들어가 등불놀이를 구경하기 시작했다.

과연 며칠 전부터 준비했는지 성안의 장터 길거리가 온통 알록달록 꾸민 꽃 장식등으로 뒤덮였다. 게다가 하늘에 쟁반같이 둥근 보름달이 떠오르자, 등불과 달덩이가 서로 비추어 뭐라고 형언할 수 없이 아름다웠다. 눈꽃과 매화 형태의 등은 물론, 정성스레 수를 놓은 병풍 모양의 등에다 화려한 그림이 그려진 등, 호두처럼 생긴 등, 연꽃 등, 사자, 코끼리, 새우 모양의 등이 있는가 하면, 자라처럼 납작한 등, 양과 토끼 등, 새매처럼 날개 달린 등, 봉황, 두루미, 호랑이, 사슴, 고래 형태로 꾸민 등…… 집집마다 누대를 쌓아올리고 매달아놓은 오색찬란한 등불이 끝도 한도 없이 이어졌다.

이날만큼은 치안순찰대의 야간통행 단속도 없어 무수한 인파가 몰려다니며 아우성치고 제멋대로 흥청망청 놀았다. 덩실덩실 춤을 추는 사람이 있는가 하면, 여자로 변장한 사내, 귀신 가면을 쓴 사람, 코끼리를 타고 다니는 사람들이 이리 밀치고 저리 몰려가며 끝이 보이지 않을 정도로 북적거렸다.

당나라 스님 일행도 모처럼 흥겨운 분위기에 휩쓸려 자운사 승려들이 가자는 대로 따라붙었다. 가까스로 금등교 다리 위에 올라선 나그네들은 다리 난간에 설치해놓은 황금 등잔을 보고 입이 딱 벌어지고 말았다. 등잔은 모두 셋, 하나같이 크기가 물 항아리만 했는데, 얇고도 투명한 유리조각을 한 바퀴 둘러 끼운 이층 누각 형태의 등롱에서 영롱한 빛이 비쳐 나오고 있었다. 그보다 더한 것은 등잔불을 켠 기름이 유별나게 짙은 향기를 뿜어낸다는 점이었다.

"무슨 기름을 쓰기에 이토록 향내가 코를 찌릅니까?"

당나라 스님이 자운사 승려들을 돌아보고 물었다.

"노스님께선 모르실 겁니다. 이 등잔 기름은 보통 기름이 아니고 굳힌 우유를 발효시켜 만든 향유입니다. 한 냥쭝에 은전 두 냥, 그러니까 한 근에 서른두 냥이나 하는 값비싼 기름이지요. 그런데 저 황금 등잔 항아리마다 향유가 오백 근씩 들어가니까, 세 항아리에 도합 일천오백 근, 은전으로 환산해서 무려 사만 팔천 냥이 되는 셈입니다. 우리 금평부와 인근 고을에서 해마다 부역으로 기름을 만들어 공출하는데 무척이나 어려움을 겪고 있답니다. 이 엄청난 분량의 기름으로 겨우 사흘 밤만 등잔불을 켤 수 있으니, 여간 헤픈 것이 아니지요."

손오공은 이 말을 듣고 깜짝 놀라 다시 물었다.

"그 많은 기름을 어떻게 사흘 밤에 다 켜서 없앤단 말이오?"

"솔직히 말씀드리자면 사흘 밤도 못 되지요. 부처님께서 나타나시면 내일 밤에는 기름이 없어져 등잔불이 꺼지게 되니 말입니다."

"아마 부처님께서 기름이 옹색해 거둬 가시는 모양이구려!"

곁에서 미련퉁이가 우스갯소리를 했더니, 승려들은 정색하고 이렇게 말했다.

"예, 그렇습니다. 옛날부터 황금 등잔에 기름이 말라 없어지면 부처님께서 거둬 가시고 대신 일 년 내내 오곡이 풍성하게 자란다고 합니다. 그래서 모든 백성들이 힘들지만 기름을 바치지 않을 수가 없지요."

이런 얘기를 나누고 있을 때였다. 갑자기 반공중에서 '쏴아아, 쏴아아!' 하는 바람 소리가 들려오더니, 등불놀이를 구경하던 사람들이 놀라 뿔뿔이 흩어지기 시작했다. 자운사 승려들도 허둥지둥 나그네 일행을 재촉했다.

"노스님, 어서 돌아갑시다! 바람이 불기 시작했습니다. 이제 곧 부처님께서 등불을 보시러 강림하실 겁니다."

당나라 스님은 영문을 모르고 어리둥절한 기색으로 되물었다.

"부처님께서 등불을 구경하신다는 것을 어떻게 알 수 있소?"

"해마다 똑같습니다. 삼경이 채 못 되어 바람이 불기 시작하면, 사람들은 부처님께서 강림하시는 줄 알아차리고 피하게 되어 있습니다."

그러자 당나라 스님은 딱 부러지게 도리질을 했다.

"저는 부처님이 그리워 염불하고 예배를 드리는 승려입니다. 이제 이렇듯 성대한 행사에 부처님들께서 강림하시어, 우리가 여기서 우러러뵙고 예배를 드릴 수 있게 되었으니, 이 얼마나 잘된 일입니까?"

승려들이 돌아가자고 거듭거듭 재촉했으나, 그는 끝내 말을 듣지 않았다.

얼마쯤 있으려니, 과연 밤바람 속에 부처님 세 분이 나타나더니 황금 등잔 가까이 다가왔다. 이것을 본 당나라 스님은 당황한 나머지 다리 위에 넙죽 엎드려 큰절을 올리기 시작했다.

정신없이 큰절만 하는 스승을 손오공이 붙잡아 일으키면서 깨우쳤다.

"사부님! 저것들은 부처가 아니라 요괴들이에요!"

그 말이 미처 끝나기도 전에 등잔불이 탁 꺼지더니, 어둠 속에서 '쉬익!' 하는 소리와 함께 무엇인가 당나라 스님을 껴안더니 바람을 타고 어디론가 사라졌다.

기절초풍을 한 저팔계가 허겁지겁 다리 양쪽을 뛰어다니며 찾아 헤

매고, 사오정 역시 이리저리 휘둘러보며 외쳐보았으나, 스승은 온데 간데없이 사라진 채 아무런 응답이 없었다.

손오공이 버럭 고함쳐 말렸다.

"이 사람들아! 여기서 아무리 소리 질러도 다 소용없네. 옛말에, 즐거움이 극도에 다다르면 슬픈 일이 찾아든다 했듯이, 사부님도 좋은 일 끝에 벌써 요괴란 놈한테 잡혀가셨네."

자운사 승려들 가운데 몇몇이 두려움에 떨며 물어왔다.

"어르신, 노스님이 요괴한테 잡혀가셨다는 걸 어찌 아십니까?"

손오공이 서글프게 웃으며 대답했다.

"당신들은 범속한 인간들이라 오랜 세월을 두고 알아보지 못한 채 그놈의 요괴들에게 홀려왔던 거요. 방금 바람이 일었을 때 부처님의 모습으로 나타난 자들은 세 마리 요괴들이었소. 그놈들이 기름을 항 아리째 가져가면서 때마침 다리 위에 엎드려 참배하시던 우리 사부님 마저 채뜨려 달아나버렸소. 나 역시 아차 하는 순간에 한발 늦어 그놈 들을 놓치고 말았소."

사오정이 안타까워 발을 동동 굴렀다.

"큰형님, 이 일을 어쩌면 좋소?"

"여기서 허둥대지 말고, 자네 둘은 이 스님들과 서둘러 절간으로 돌아가 마필과 짐 보따리나 잘 지키고 있게. 이 손 선생이 저놈의 바람을 뒤쫓아 가보겠네!"

용감한 손오공은 두 아우에게 당부를 마친 다음, 그 즉시 근두운을 날려 반공중으로 솟구쳐 오르자마자 바람결에 실려 오는 비린내를 맡 으면서 곧바로 뒤쫓기 시작했다. 날 밝을 무렵까지 추격하다 보니 마람이 갑작스레 뚝 그치고 커다란 산이 눈앞에 나타났다. 얼른 보아도 엄청나게 높고 험악하기 짝이 없는 산악이었다.

비탈진 등성이에 내려서서 길을 찾고 있으려니, 때마침 웬 목동 넷이 뭐라고 연신 외쳐대며 언덕 아래로 내려오고 있었다.

손오공이 불덩어리 같은 눈자위, 황금빛 눈동자를 번뜩여 자세히 바라보았더니, 그들은 다름이 아니라 연월, 일시를 맡아보는 신령들이 양치기로 변장하여 나타난 것이었다. 이것을 본 제천대성 손오공은 괘씸한 생각이 들어 당장 여의봉을 뽑아 들고 득달같이 뛰어내려 가며 호통쳐 불러 세웠다.

"너 이놈들! 본색을 감추고 어딜 피해 가는 길이냐?"

신령들은 정체가 들통 나자, 그만 찔끔해서 본모습을 드러냈다.

"용서해주십쇼. 대성 어른의 사부님은 선심(禪心)이 풀어지셨습니다. 그래서 정월 대보름 연등놀이에 빠져 환락을 탐내신 까닭으로 재앙에 부닥치셨습니다. 방심한 죗값으로 요괴한테 잡혀가게 되신 것입니다. 저희들은 대성께서 혹시 산길을 모르지나 않을까 싶어 알려드리러 이렇게 왔습니다."

조바심에 잔뜩 약이 올라 있던 손오공은 갸륵한 생각이 들어 슬그머니 여의봉을 거두고 다시 물었다.

"이 산에 요괴의 소굴이 있는가?"

"있고말고요! 이 청룡산 골짜기에 요괴 세 마리가 들어앉은 동굴이 있습니다. 큰놈의 이름은 벽한 대왕, 둘째 놈은 벽서 대왕, 그리고 셋째 놈은 벽진 대왕이라 부르는데, 모두들 이 산중에 살아온 지 천 년이나 되었습니다. 그놈들은 어릴 적부터 굳힌 우유로 정제한 향유를 무척 즐겨 먹어왔습지요. 그래서 요정이 되던 해부터 이 고장에 나타나 거짓 부처님의 형상으로 금평부 관원들과 백성을 홀려놓고 해마다 정월 대보름날만 되면 부처님으로 둔갑하여 기름을 거둬가곤 했는데, 올해에는 대성 어른의 사부님을 보게 되자 그분이 성스러운 몸인 줄 알아차리고 기름뿐만 아니라 그분마저 납치해간 것입니다. 이제 얼마 안 있으면 그놈들이 당신 사부님을 잡아먹을 모양이니, 대성께서도 한시바삐 손을 쓰셔야 합니다."

손오공은 호통쳐서 신령들을 물러가게 한 다음, 산비탈을 돌아 요괴의 소굴을 찾아 나섰다. 산중을 몇 리쯤 헤매다 보니, 골짜기 한편에 바위투성이 절벽이 나타났는데 그 절벽 밑에 커다란 돌집 한 채가 들어앉아 있었다.

요괴들의 소굴을 찾아낸 손오공은 일단 걸음을 멈추고 동굴 안쪽을 향해 냅다 고함부터 질렀다.

"요괴들아! 어서 빨리 우리 사부님을 내보내드려라!"

반응은 이내 나타났다. 말끝이 떨어지기 무섭게 '덜커덩, 덜커덩!' 돌문 두 짝이 활짝 열리면서 쇠머리 귀신 요정 한 떼가 몰려나왔다. 요정들은 왕방울 같은 눈알을 뒤룩뒤룩 부라리면서 사납게 물었다.

"너는 누구냐? 여기가 어디라고 찾아와 큰소리치는 게냐!"

손오공은 놀란 기색 하나 없이 천연덕스레 신분을 밝혔다.

"나는 서천으로 경을 가지러 가는 삼장법사의 수제자 제천대성 손오공이시다. 우리 사부님을 곱게 돌려보내주면 목숨만은 살려줄 테지만, 내 말을 듣지 않는 날이면 이 소굴을 뒤엎고 네놈들을 모조리 때려죽이고 말 테다!"

부하 요정들은 이 말을 듣더니 부리나케 동굴 안으로 들어가 급보를 전했다.

"대왕님, 큰일 났습니다! 제천대성 손오공이란 놈이 자기네 스승을 찾으러 왔다면서 고래고래 악을 쓰고 있습니다."

요괴 두목 세 마리는 바야흐로 당나라 스님을 향유에 볶아 먹을 궁리를 하고 있다가, 부하들이 외쳐대는 소리를 듣고 깜짝 놀랐다.

"제천대성 손오공이라면, 오백 년 전에 천궁을 소란스레 만들었던 그자 아닌가?"

"글쎄 말일세. 얼른 잡아먹지 않기를 잘했네. 우선 이 당나라 화상을 사슬로 묶어 뒤뜰에 가둬두고, 그놈마저 잡아서 한꺼번에 먹기로 하세."

이윽고 세 마왕은 들소와 물소, 황소 정령들을 동굴 바깥으로 내보낸 다음, 자신들도 갑옷과 투구로 단단히 무장을 갖추고 뒤따라 나섰다.

"어떤 놈이 간 덩어리도 크게 여기 와서 떠드는 게냐! 옳지, 네놈이 바로 천궁에서 대소동을 일으켰다는 손오공이냐? 소문으로만 듣고 만나보지 못했는데, 기껏해야 이따위 변변치 못한 꼬마 원숭이 녀석이었구나!"

손오공은 '꼬마 원숭이'란 소리에 노발대발, 목청을 가다듬어 냅다 꾸짖었다.

"닥쳐라! 등잔 기름이나 훔쳐 먹는 도둑놈들이 혓바닥에 기름을 발랐다고 못하는 소리가 없구나. 허튼소리 작작 지껄이고 어서 우리 사부님을 돌려보내지 못할까!"

무서운 기세로 대들면서 여의봉을 휘둘러 치는 손오공 앞에, 요괴

276

두목 세 마리도 밀리지 않고 저마다 병기를 휘두르며 급히 막아내더니 곧바로 마주쳐왔다. 벽한 대왕은 도끼 한 자루, 벽서 대왕은 큰칼한 자루, 그리고 벽진 대왕은 우툴두툴 옹이 박힌 등나무 몽둥이를 양손으로 거머쥐었다.

이리하여 산비탈 후미진 골짜기에서 한판 싸움이 벌어지기 시작했다. 쩽그랑쩽그랑! 울리느니 큰칼과 도끼 부딪는 쇳소리, 우지끈 뚝딱! 들리느니 금테 두른 철봉이 등나무 몽둥이와 맞부딪는 소리뿐이었다. 아침부터 날 저물도록 싸우고 또 싸워도 누가 이기고 질 것인지알 도리가 없었다.

손오공이 철봉 한 자루만으로 세 마왕과 치고받고 싸우기를 무려 150여 차례, 날이 저물어오는데도 좀처럼 승부가 나지 않았다. 이윽고 벽진 대왕이 깃발을 흔들자, 그것을 신호로 쇠머리 형상의 부하 요정 한 패거리가 우르르 달려나오더니 손오공을 한복판에 몰아넣고 마구잡이로 들이치기 시작했다. 포위망에 갇힌 손오공은 형세가 불리하게 돌아가는 것을 깨닫자 훌쩍 곤두박질쳐 근두운을 일으켜 타고 재빨리 포위망을 빠져나왔다.

상대방이 뺑소니치는 것을 본 마왕 셋은 더 이상 뒤쫓지 않고 부하요정들을 불러 모아 제 소굴로 돌아갔다.

손오공은 구름을 타고 자운사로 돌아오기 무섭게 동료들을 소리쳐 불러냈다.

"여보게, 아우들!"

저팔계와 사오정은 이 궁리 저 궁리 의논해가며 기다리던 판에 손오공이 부르는 소리를 듣고 부리나케 달려나와 영접했다.

"형님, 어딜 갔다가 하루 만에 겨우 돌아오시는 거요? 도대체 사부님이 계신 곳을 알아내기는 하셨소?"

패전지장이 되어 쫓겨온 몸이면서도 손오공은 낙천적인 성격 그대로 껄껄 웃어가며 요괴의 소굴에서 벌어졌던 사연을 느긋이 일러주었다. 그리고 하루 온종일 싸우다 졸개 요정들에게 몰려 가까스로 뺑소니쳐 돌아온 얘기마저 숨기지 않고 솔직히 다 털어놓았다.

저팔계가 얘기를 다 듣고 나더니 고개를 갸우뚱하며 중얼거렸다.

"그렇다면 기름 도둑이 저승사자들이었군그래!"

"아니, 둘째 형님. 그 요물이 어떻게 염라대왕의 부하들이란 말씀이오?"

"생각해보면 모르겠나? 형님 얘기가, 그놈들이 모두 쇠머리 귀신이라니까 염라대왕의 부하들일 수밖에!"

저팔계의 대꾸에, 손오공은 고개를 절레절레 내둘렀다.

"아닐세. 가만 보아하니, 그 세 놈은 하나같이 코뿔소 정령들이었네."

"코뿔소라니! 그렇다면 당장 붙잡아서 값비싼 뿔을 썰어다 팝시다. 은전 몇 냥씩은 톡톡히 받아낼 수 있을 거요."

"우선 잠이나 자두고, 내일 우리 모두 쳐들어가기로 하세!"

그러자 사오정이 옆에서 딴죽을 걸었다.

"큰형님, 그게 무슨 말씀이오? 속담에도 '도둑을 오래 놓아두면 꾀가 늘어나는 법'이라 했는데, 그 요괴들이 오늘 밤 안에 사부님을 해친다면 어찌하겠소?"

저팔계가 이 말을 듣더니 우쭐거리며 대뜸 찬성하고 나섰다.

"막내 말씀이 옳으이! 우리 모두 환한 보름달빛이 비출 때 쳐들어가 그 요사스런 놈들을 항복시키세!"

두 아우가 팔뚝을 걷어붙이고 나서니, 손오공도 그 말에 따르기로 하고, 때마침 저녁상을 차려 내오던 절간 승려들에게 당부했다.

"짐 보따리와 말을 지켜주시오. 우리가 그놈의 요괴들을 잡아와서 이 금평부 태수 앞에 가짜 부처님이란 사실을 증명해 보이고, 앞으로는 이 고장 백성들이 등잔 기름을 바치지 않아도 되게끔 해드리겠소."

"아이고, 그보다 더 좋은 일이 어디 있겠습니까. 아무 걱정 마시고 어서 다녀오십시오!"

마침내 세 형제는 저마다 구름을 일으켜 타고 손오공의 인도 아래 바람같이 치달아, 눈 깜짝할 사이에 청룡산 요괴들의 소굴 앞에 들이닥쳤다. 저팔계가 대뜸 쇠스랑으로 문짝부터 후려 찍으려는 것을, 손오공은 얼른 가로막았다.

"잠깐 기다리게. 우선 내가 들어가 사부님의 생사를 알아보고 나서 다시 놈들과 싸우기로 하세."

말끝이 떨어지자마자, 손오공은 어느새 한 마리의 개똥벌레로 변신하여 꼬리 불빛을 반짝이며 돌 문짝 틈바구니로 날아 들어갔다.

동굴 속에는 몇 마리의 황소가 옆으로 벌러덩 쓰러진 채 하나같이 요란하게 코를 골아가며 단잠에 곯아떨어져 있었다. 뒤꼍으로 돌아가 보았더니, 어디선가 흐느껴 우는 소리가 들려오는데, 바로 당나라 스님이 뒷방 기둥에 사슬로 묶여 울고 있는 소리였다.

손오공은 날개를 떨쳐 스승 곁으로 가까이 날아갔다. 때 아니게 반딧불이를 본 당나라 스님은 의아스러워 울음마저 그치고 중얼거렸다.

"이런! 서방 세계 절기는 우리나라와 딴판이로구나. 지금은 정월이라 벌레들이 땅속에서 겨우 꿈지럭거리기 시작할 무렵인데, 어떻게 반딧불이가 날아다닐 수 있단 말이냐?"

"사부님, 제가 왔습니다!"

당나라 스님이 제자의 목소리를 알아듣고 반색했다.

"오공아, 정월에 웬 반딧불이를 보았나 했더니, 바로 너였구나!"

손오공은 본색을 드러내면서 원망 섞인 말투로 설명했다.

"사부님, 제가 말씀드리지 않았습니까. 그것들은 부처님이 아니라고 말입니다. 그런데도 사부님이 꿇어 엎드려 절하는 바람에, 요괴들이 향유를 훔쳐가는 길에 사부님마저 납치해 이리로 끌고 오게 된 겁니다. 저도 한낮에 진종일 싸우다 돌아가서 지금 저팔계와 사오정을 데리고 다시 왔습니다만, 밤이 너무 깊어 싸우기도 불편하려니와 사부님의 행방부터 알아보려고 혼자 염탐하러 들어왔습니다."

두 제자마저 다 왔다니, 스승은 기뻐 어쩔 바를 몰랐다.

"팔계하고 오정이 지금 바깥에 와 있단 말이냐?"

"예, 동굴 문 바깥에서 기다리고 있습니다. 요괴들은 모두 잠에 꿇아떨어졌으니까 우선 이 쇠사슬을 풀어드리고 사부님을 바깥으로 모셔내겠습니다."

당나라 스님은 고개를 끄덕끄덕하며 고마워했다. 손오공이 술법을 써서 손으로 슬쩍 어루만지니 사슬은 저절로 풀어졌다. 스승을 데리고 막 나가려 할 때였다. 갑자기 대청 쪽에서 무슨 낌새를 챘는지, 요괴 두목이 호통치는 소리가 들려왔다.

"얘들아! 어째서 야경도 안 돌고 징과 딱따기 치는 소리도 들리지 않느냐?"

부하 요정들이 화들짝 놀라 깨었다. 이윽고 뎅그렁뎅그렁 징 두드리는 소리와 함께 졸개 몇 마리가 뒤꼍으로 나오다가 이들 두 사람과 딱 마주치고 말았다.

"이크, 어딜 도망치려는 게냐!"

일이 이쯤 되자, 손오공은 불문곡직하고 여의봉을 뽑아 들기 무섭게 졸개 두 마리부터 단매에 때려죽였다. 엉겁결에 몽둥이질을 피한 졸개들이 기겁을 해서 허둥지둥 대청으로 달려가 문짝을 두드렸다.

"대왕님! 털북숭이 중 녀석이 집 안에 들어왔습니다!"

요괴 두목 세 마리가 한꺼번에 일어나면서 고래고래 악을 썼다.

"그놈 붙잡아라! 놓치지 말고 잡아라!"

요괴 두목이 고함치는 소리에, 당나라 스님은 놀라다 못해 팔다리에 맥이 탁 풀려 그 자리에 주저앉고 말았다. 손오공 역시 당황한 나머지 스승을 돌볼 겨를도 없이 그대로 여의봉을 휘두르며 앞으로 들이쳐 나가기에 바빴다. 그 앞을 가로막으려던 부하 요정들은 무서운 몽둥이질에 얻어맞아 나자빠지고 튕겨나갔다. 손오공은 그 기세를 휘몰아 문짝을 닥치는 대로 열어젖히고 마침내 동굴 바깥으로 뛰어나가, 두 아우와 합류하는 데 성공했다.

요괴 두목들은 당나라 스님을 다시 붙잡아 먼젓번처럼 쇠사슬로 단단히 묶어놓은 다음 껄껄대고 웃었다.

"하하! 우리가 일찌감치 놀라 깨는 바람에 미처 달아나지 못했군그래! 하마터면 놓칠 뻔했지 않나!"

이어서 졸개들을 시켜 동굴 앞뒷문을 닫아걸게 하더니 그대로 조용해졌다.

한편 동굴 안에서 아무런 기척이 없자, 사오정은 애가 타서 두 사형을 재촉했다.

"문을 잠가놓고 조용해진 걸 보니, 아무래도 우리 사부님을 해치고 있는 모양이오. 형님들, 어떻게 손을 써야 하지 않겠소?"

손오공이 툭툭 털고 일어나며 고개를 주억거렸다.

"그러게 말일세. 안 되겠군. 어서 이 돌 문짝부터 때려 부숴버리게!"

미련퉁이 저팔계가 쇠스랑을 번쩍 들더니, 있는 힘을 다해서 돌 문짝을 냅다 후려 찍어 단숨에 박살내고 말았다. 그러고는 무서운 목소리로 고함을 질렀다.

"기름이나 훔쳐 먹는 도둑놈들아! 냉큼 우리 사부님을 내보내지 못하겠느냐!"

손오공 일행이 앞문을 박살냈다는 급보를 듣자, 요괴 두목 세 마리는 약이 올라 갑옷과 투구로 단단히 무장한 다음 졸개들을 휘몰아 동굴 바깥으로 달려나왔다.

때는 벌써 삼경 무렵, 반공중에 둥실 떠오른 보름달이 대낮처럼 밝은데, 요괴 두목 세 마리는 다짜고짜 병기를 휘두르며 세 형제 스님에게 달려들었다. 이편에서도 기다렸다는 듯이 손오공이 여의봉으로 벽한 대왕의 도끼질을 막아내고, 저팔계는 쇠스랑으로 벽서 대왕의 큰칼과 마주치는가 하면, 사오정의 항요보장은 벽진 대왕의 등나무 몽둥이를 선뜻 막아내더니 곧바로 반격해 들어가기 시작했다. 이리하여 정월 대보름 둥근 달이 환히 밝은 가운데 한바탕 볼 만한 싸움판이 벌어졌다.

그러나 보름달이 서녘으로 기울도록 오래 싸우고도 좀처럼 승부를 가릴 수 없게 되자, 벽한 대왕이 외마디 소리를 질러 부하 요정들을 총출동시켰다.

"얘들아, 한꺼번에 덤벼라!"

큰두목의 명령이 떨어지자, 요괴들은 저마다 병기를 휘둘러가며 전후좌우에서 벌떼같이 우르르 달려들기 시작했다. 요괴들이 무서운 기세로 덤벼드는 바람에, 저팔계는 뒤로 벌렁 나둥그러져 버둥거리다가 물소 요정 몇 마리에게 덜미를 잡혀 동굴 속으로 끌려들어가고 말았다.

저팔계가 없어지고 성난 들소 떼들만 으르렁으르렁 소리를 질러가며 미친 듯이 날뛰자, 사오정은 즉시 항요보장을 번쩍 들어 벽진 대왕을 후려치는 척하다가 그대로 돌아서서 도망치려 했다. 그러나 뒤편에서 몰려든 요괴의 무리들이 발목을 걸어 잡아당기는 바람에 앞으로 털썩 고꾸라지더니, 몸을 일으킬 겨를도 없이 붙잡혀 결박당한 채 동굴 속으로 끌려들어가는 신세가 되고 말았다.

졸지에 외톨이가 된 손오공은 일이 어렵게 된 것을 보고 재빨리 몸을 허공으로 솟구쳐 근두운을 일으켜 타고 뺑소니를 쳐야 했다.

사로잡힌 저팔계와 사오정은 동굴 속 당나라 스님이 묶여 있는 기둥 앞으로 끌려들어갔다. 처참한 몰골로 끌려온 제자들을 보고, 당나라 스님은 눈물을 뚝뚝 흘리면서 탄식해 물었다.

"가련하게도 너희들마저 붙잡혀왔구나. 그런데 오공은 어찌 되었느냐?"

사오정이 송구스러운 기색으로 여쭈었다.

"큰형님은 우리가 붙잡히는 것을 보고 달아났습니다."

"도망쳤다면 어디론가 구원병을 청하러 갔을 게다. 하지만 우리 셋이 어느 때에야 요괴들의 그물에서 빠져나가게 되는지 알 수 없구나……"

스승과 두 제자는 참담한 심정으로 손오공이 구출해줄 때만을 막연히 기다려야 했다.

한편, 요괴들의 포위망에서 빠져나온 손오공은 두 번 생각해볼 것도 없이 그대로 하늘 높이 솟구쳐 서천문으로 들이닥치고 있었다. 옥황상제를 만나뵙고 구원병을 요청하기로 마음먹었던 것이다. 때마침 서천문에는 태백금성이 그날 당직을 맡은 증장천왕(增長天王)과 얘기를 나누다가, 뜻하지 않은 말썽꾸러기가 나타나는 것을 보고 모두들 다가와 인사를 건넸다.

"아니, 손 대성께서 웬일이시오?"

마음 다급한 손오공은 인사를 받는 둥 마는 둥 간단히 자기네 일행이 재앙에 부닥치게 된 경위를 얘기해주고, 옥황상제를 만나러 온 용건을 밝혔다.

사연을 다 듣고 난 태백금성이 껄껄대고 웃었다.

"그 요괴들과 싸워보았다는데, 그놈들의 출신 내력은 알아보셨소?"

"물론 알아보기는 했지. 그놈들은 코뿔소의 정령들이었소. 한데 신통력이 대단해서 좀처럼 굴복시키기 어려웠소."

"보기는 제대로 보셨구려. 그놈의 코뿔소 정령들은 하늘의 기상을 타고난 데다 천 년 동안 도를 닦아 참된 신선의 몸을 이루었소. 그래서 손 대성 못지않은 신통력을 지녀서 하늘과 땅속은 물론이요 강과 바다에도 제 마음대로 물길을 트고 헤엄쳐 다닐 수가 있소. 대성께서 그놈들을 굴복시키려거든 '나무 목(木)' 자 항렬을 가진 별자리 넷이 나서야만 효과를 볼 수 있으리다."

이 말에 손오공은 귀가 번쩍 틔어 얼른 태백금성을 부여잡고 내처 물었다.

"여보, 태백금성 영감! '목 자 항렬'의 별자리가 누구누구요? 나중에 한턱 단단히 낼 테니 어서 일러주시구려."

그러나 태백금성은 빙글빙글 웃어가며 딴청을 피웠다.

"옥황상제께 가서 여쭤보면 금방 아실 수 있을 게요."

손오공은 두말 않고 서천문 안으로 뛰어들어 사대 천사부터 만나보았다. 그리고 다시 한 번 급한 사정을 얘기하고 옥황상제를 만나뵙게 해달라고 청하였다. 네 천사는 즉시 손오공을 데리고 천궁으로 들어가 아뢰었다.

옥황상제께서 어느 방면의 천병을 보내주는 것이 좋겠느냐고 묻자, 그는 다소곳이 허리 굽히고 이렇게 여쭈었다.

"방금 서천문에 이르렀을 때 우연히 태백금성과 만났는데, 그가 하는 말이 '코뿔소의 정령은 목 자 항렬을 지닌 별자리 넷만이 굴복시킬 수 있다' 하였나이다."

"그렇다면 '사목금성(四木禽星)'을 두고 한 말이렷다. 천사들은 즉시 두우궁(斗牛宮)의 별자리에 짐의 명을 전하고, 스물여덟 별자리들 가운데 사목금성에게 아래 세상에 내려가 손오공을 도와 요괴들을 항복시키라 일러라."

사대 천사들이 옥황상제의 명을 전하자, 이십팔수(二十八宿) 가운데 '목 자 항렬'에 속하는 네 별자리들이 제천대성 앞으로 달려나왔다. 이무기 태생인 각목교(角木蛟), 사냥개 태생인 두목해(斗木獬), 이리 태생의 규목랑(奎木狼), 그리고 들개 태생의 정목한(井木犴)이었다.

"손 대성, 어느 요괴를 항복시키려고 우리를 지명하셨소?"

"금평부 청룡산 골짜기에 사는 코뿔소 세 마리가 요정이 되어 우리 사부님과 아우들을 붙잡았다네."

이 말을 듣자, 세 별자리가 코웃음 치며 동료 정목한을 가리켰다.

"그따위 보잘것없는 요물이라면, 우리 넷이 다 갈 것도 없이 여기 이 들개 친구 하나만 보냅시다. 이 친구는 산중의 왕 호랑이를 잡아먹기도 하고 바다 속의 고래도 잡아먹으니, 코뿔소 몇 마리쯤은 거뜬히 잡아 자시고도 남을 거요."

"한 사람에게 밀어붙일 것이 아닐세. 그놈들은 보통 소와 비교할 수 없는 괴물이라네. 모두들 천 년 동안 도를 닦아 신통력이 굉장하다니까. 한 사람만 갔다가 그놈들을 잡아 꿇리지 못할 때는 공연히 뒷일만 시끄러워질 게 아닌가?"

손오공의 말이 끝나기도 전에 사대 천사가 꾸짖듯 재촉했다.

"그대들은 지금 무슨 소리를 하고 있는가! 옥황상제의 칙명이 그대들 네 사람한테 떨어졌는데 거역할 작정인가? 어서 빨리 내려가게!"

네 별자리들은 찔끔 놀라 곧바로 제천대성의 뒤를 따라 아래 세상으로 내려갔다. 그리고 요괴들의 소굴 앞에 들이닥치자마자 성미 급하게 재촉했다.

"손 대성, 꾸물대실 것 없이 먼저 나서서 싸움을 걸도록 하십쇼. 그놈들을 바깥으로 끌어내기만 하면, 그다음에는 우리가 알아서 손을 쓰리다."

손오공은 동굴 문 앞에 바짝 다가서더니 냅다 욕설부터 퍼부었다.

"기름이나 훔쳐 먹는 도둑 요괴들아! 냉큼 우리 일행을 돌려보내지 못할까!"

문지기 요괴가 급히 달려가 보고하자, 벽진 대왕이 귀찮다는 듯이 투덜거렸다.

"그놈이 싸움에 지고 뺑소니를 치더니 어째 하루도 못되어 돌아왔을꼬? 아무래도 어디서 구원병을 데려온 모양이로군."

벽한 대왕, 벽서 대왕이 손사래를 홰홰 쳤다.

"아따, 구원병을 데려온들 겁날 게 뭐 있나! 어서 갑옷 투구 꺼내 입고 나가보세. 이번만큼은 절대로 놓쳐선 안 되네."

요괴의 무리들은 죽을지 살지도 까맣게 모른 채 하나같이 병기를 손에 잡고 기세등등하게 졸개들을 휘몰아 뛰어나갔다.

"요 겁도 없는 원숭이 놈아! 어쩌자고 여기 또 나타나서 발악하는 거냐?"

손오공에게 제일 약 오르는 소리가 '원숭이'란 세 글자다. 그는 이를 악물고 손아귀에 들린 여의봉을 번쩍 쳐들더니 그대로 후려갈기면서 대들었다. 세 마왕도 졸개들을 이리저리 풀어 포위망을 쳐놓게 하고 한복판에 손오공을 몰아넣기 시작했다.

이와 때를 같이해서 미리 대기하고 있던 네 별자리들이 병기를 휘두르며 일제히 달려나오더니, 천둥 벼락 치듯 고함쳐 요괴들을 꾸짖었다.

"이 못된 짐승들아! 꼼짝 말고 게 섰거라!"

요괴 마왕 셋은 고개를 쳐들고 소리 나는 쪽을 바라보다가, 그들이 자기네 천적이라는 사실을 깨닫고 그대로 움츠러들고 말았다.

"아차, 큰일 났다! 저놈의 원숭이가 어디서 우리 천적들만 골라 데려왔구나! 얘들아, 다 틀렸다! 각자 목숨이나 건져 도망쳐라!"

두목의 명령 한마디에, 졸개 요괴들은 혼비백산을 하도록 놀라 뿔뿔이 흩어져 달아나기 시작했다. 온 산에 들리는 소리라곤 그저 헐레벌떡 숨 가쁘게 도망쳐 내뛰는 발굽 소리, 거칠게 투레질하며 울부짖는 소리뿐이었다. 본래의 모습을 드러내고 사면팔방으로 달아나는 졸개들의 정체는 야생의 들소 아니면 물소, 황소 떼였다.

마침내 요괴 두목 세 마리도 코뿔소의 본색을 드러내고 네 발굽을 모아 무쇠 포탄처럼 사나운 기세로 도망치기 시작했다. 이편의 손오공은 들개 정목한, 이무기 각목교 두 별자리를 이끌고 놓칠세라 그 뒤를 바싹 뒤쫓았다.

사냥개 두목해와 이리 규목랑은 골짜기 산등성이로 달아나는 들소, 물소, 황소의 정령들을 뒤쫓으며 닥치는 대로 때려죽이거나 산 채로 잡아 모조리 소탕해버린 다음, 곧바로 요괴의 소굴로 쳐들어가 당나라 스님과 저팔계, 사오정을 풀어주었다.

사오정이 두 별자리를 알아보고 반갑게 인사했다. 당나라 스님은 막내 제자가 소개하는 대로 감사의 절을 올리고 나서, 또다시 눈물을 뚝뚝 흘리며 혼잣말하듯 물었다.

"내 제자 오공은 어째서 이리 들어오는 기척이 없을꼬?"

두 별자리가 대신 상황을 알려주었다.

"그 요괴들의 정체는 코뿔소였습니다. 그놈들이 우리를 보기가 무섭게 저마다 한목숨 건지려고 도망쳤기에, 손 대성께서 우리 동료 두 별자리를 거느리고 뒤쫓느라 여기 오지 못하였습니다."

당나라 스님은 거듭거듭 머리 조아려 사례하고 또 하늘을 향해 큰절을 올렸다. 저팔계가 보다 못해 스승을 부축해 일으키면서 핀잔을 주었다.

"사부님, 예의범절을 너무 깍듯이 차리면 속임수가 낀다고 했습니다. 우선 이놈의 소굴을 뒤엎어 뿌리 뽑은 다음, 자운사로 돌아가 형님이 오실 때까지 기다리기로 합시다."

규목랑이 먼저 찬동하고 나섰다.

"천봉원수의 말씀에 일리가 있소. 너무들 고생하셨으니 그대는 권렴대장과 함께 사부님을 모시고 절간으로 돌아가 편히 쉬시오. 우리 두 사람은 제천대성을 뒤쫓아가서 놈들과 한바탕 싸우도록 하리다."

두 별자리가 휑하니 떠난 다음, 저팔계와 사오정은 스승을 안전하게 산등성이에 옮겨 모셔놓고, 다시 나뭇가지를 그러모아 쌓아놓고 불을 질러 멀쩡한 동굴 한 채를 순식간에 잿더미로 만들어버렸다. 그러고 나서 당나라 스님을 모시고 금평부 자운사로 돌아갔다.

뒤늦게 추격전에 가담한 두목해와 규목랑 두 별자리는 구름을 타고 요괴의 행방을 찾아 동북쪽으로 날아갔다. 서양 대해 바닷가에 다다르고 보니, 바다 위 상공에서 고래고래 악쓰는 제천대성의 모습이 내다보였다.

"손 대성, 요괴들은 어디로 달아났소이까?"

뒤늦게 달려온 응원군을 보자, 손오공은 약이 올라 버럭 호통쳐 꾸짖었다.

"이런 맹랑한 친구들 봤나! 자네들은 어째서 뒤쫓아오지 않은 거야? 그리고 이제 와서 나한테 뭘 물어본단 말인가?"

두목해는 차근차근 사정을 설명했다.

"우리 두 사람은 요정의 무리를 모조리 소탕하고 대성의 사부님과 아우분들을 구출해드리느라 늦었소이다. 그리고 나서 한참 기다려도 돌아오시는 기미가 안 보이기에 뒤쫓아 여기까지 달려오는 길이오."

스승이 구출되었다는 말을 듣고서야 손오공은 기뻐하며 두 별자리에게 고마움을 표했다.

"정말 수고들 많으셨네! 한데 그 세 놈의 요괴들은 바닷속으로 뛰어들었다네. 정목한과 각목교 두 별자리가 그놈들의 뒤를 바짝 쫓아 바닷속으로 들어가고, 나는 여기서 그놈들이 쫓겨 나오기를 기다리는 중일세. 마침 두 별자리께서 오셨으니, 내 대신 여기서 퇴로를 맡아 지켜주시게. 이 손 선생도 뒤따라 바닷속으로 들어가보겠네."

바닷속으로 풍덩 뛰어든 제천대성은 여의봉으로 물살을 가르면서 물속 깊숙이 내려갔다. 이리저리 둘러보았더니, 세 마리의 요괴가 바다 밑에서 정목한, 각목교 두 별자리를 상대로 목숨 내걸고 악전고투를 벌이고 있었다. 이것을 본 그는 싸움판을 향해 돌진하면서 냅다 호통부터 질렀다.

"꼼짝 말고 게 있어라! 여기 손 선생이 오셨다!"

요괴 세 마리는 고함 소리를 듣고 흠칫 놀라 간이 콩알만 하게 오그라들었다. 가뜩이나 두 별자리의 공세를 막아내기도 힘겨워 쩔쩔매던 판국인데, 여기에 또 저 무시무시한 제천대성마저 가세했으니, 이걸 무슨 수로 막아낸단 말인가. 세 마리의 요괴는 급히 방향을 바꾸어 바닷속 깊숙한 해구(海溝)로 달아나기 시작했다. 제천대성과 두 별자리들은 포기하지 않고 그대로 힘을 합쳐 추격을 계속했다.

한편, 서양 대해 바닷속을 순찰하던 야차(夜叉)가 때마침 그곳을 지나가다 물살을 헤쳐가며 달아나는 코뿔소의 무리들과 그 뒤를 끈덕지게 뒤쫓는 제천대성 일행을 알아보고 황급히 수정궁으로 돌아가 용왕에게 급보를 전했다.

"대왕님, 코뿔소 세 마리가 제천대성과 하늘의 별자리 두 분께 쫓겨 이리로 도망쳐오고 있습니다."

서해 용왕 오순(敖順)은 이 말을 듣고 즉시 아들인 마앙(摩昻)태자에게 분부하여, 수군 병력을 모조리 이끌고 달려가 제천대성을 돕게 했다. 소집령이 떨어지자, 순식간에 바다거북, 큰 자라, 고래, 상어 장군들과 새우 병사, 바닷게 졸병들이 저마다 창칼을 잡고 모여들더니 마앙태자의 지휘에 따라 일제히 함성을 지르면서 코뿔소 요괴들의 앞길을 가로막아 섰다. 코뿔소 정령 세 마리는 앞으로 나아갈 수 없게 되자 급히 발길을 되돌려 후퇴하려 했으나, 그쪽에도 이미 정목한과 각목교 두 별자리들이 제천대성과 함께 퇴로를 차단하고 있었다. 요괴들은 당황한 나머지 뿔뿔이 흩어져 세 방면으로 달아나기 시작했다. 그러나 얼마 못 가서 벽진 대왕은 진작부터 진을 치고 기다리던 마앙태자가 거느린 병사들의 포위망에 걸려들고 말았다.

멀리서 그것을 바라본 제천대성이 옳다 한 놈 걸려들었구나 싶어 기뻐하며 큰 소리로 명령을 내렸다.

"잠깐만 그 손 멈추게! 산 채로 잡아야지, 죽이면 안 되네!"

마앙태자는 즉시 포위망을 좁혀 벽진 대왕을 자빠뜨려놓고 쇠갈고리로 코뚜레를 꿴 다음, 네 발굽마저 한데 모아 꽁꽁 묶었다.

늙은 용왕 오순은 다시 아들에게 병력을 나누어주고 두 마리 남은 요괴를 한군데로 몰아넣어 두 별자리들이 사로잡을 수 있도록 거들게 했다. 마앙태자가 병사들을 거느리고 달려갔을 때, 정목한 별자리는 벌써 들개의 본색을 드러내어 벽한 대왕을 앞발로 찍어 누른 채 그 커다란 아가리로 마구 뜯어 먹고 있었다. 태자가 고함쳐 말렸으나, 벽한 대왕은 이미 사나운 들개 아가리에 목 줄기를 물어뜯긴 상태였다.

마앙태자는 새우 병사와 바닷게 졸병들에게 분부하여 죽은 코뿔소의 시체를 용궁으로 떠메다 옮겨놓은 다음, 또다시 정목한과 더불어 추격을 계속했다. 때마침 각목교는 마지막 한 마리 남은 벽서 대왕을 몰아오다가 동료 정목한 일행과 맞닥뜨렸다. 마앙태자는 즉시 바다거북, 큰 자라, 상어, 고래 장군들을 휘몰아 키를 벌려놓은 형태로 포위망을 치고 벽서 대왕을 그 한복판에 몰아넣었다.

외톨이로 포위망에 갇힌 벽서 대왕은 투지를 잃어버린 채 앞발굽을 꿇고 애걸복걸 목숨만 살려달라고 빌었다. 정목한이 앞으로 썩 나서더니 코뿔소의 덜미를 움켜잡고 큰칼부터 빼앗아 던졌다.

"네놈을 죽이지는 않으마. 손 대성께 넘겨서 처분하시도록 하겠다."

일행은 수군 장병들과 함께 포로를 이끌고 용궁으로 개선했다.

제천대성이 살펴보니, 한 놈은 정목한에게 덜미 잡혀 꿇리고, 또한 놈은 목이 끊긴 채 피투성이가 되었다.

"흐흠, 이 모가지는 칼날에 베여 끊긴 것이 아니로군."

마앙태자가 껄껄 웃으며 사연을 얘기했다.

"제가 고함쳐 말리지 않았던들, 아마도 몸뚱이까지 정목한 별자리께서 먹어 치워 남아나지 않았을 겁니다."

이윽고 제천대성과 네 별자리들은 서해 용왕 부자와 작별한 다음, 포로들을 이끌고 용궁을 떠났다. 그리고 바닷가에서 지키고 있던 규목랑, 두목해와 만나 함께 안개구름을 타고 곧바로 금평부로 돌아왔다.

금평부 고을 상공에 다다르자, 손오공은 구름을 딛고 반공중에 우뚝 선 채 우렁찬 목소리로 외쳤다.

"금평부 태수와 벼슬아치들, 그리고 백성들은 모두 잘 들어라! 나는 서천으로 경을 가지러 가는 성승의 제자 손오공이다! 해마다 황금등잔을 바치게 하고 부처님으로 가장하여 나타나 값진 향유를 거두어 간 놈들은 진짜 부처님이 아니라, 바로 이 요사스런 코뿔소 정령들이었다. 이 요괴들이 등잔 기름을 훔쳐가는 길에 우리 사부님마저 납치했기에, 내가 천신들을 모셔다 항복시키고 마귀 떼를 일망타진했으니, 이제부터 해악을 끼칠 일은 두 번 다시 없을 것이며 무거운 부역을 감당할 일도 없을 것이다!"

자운사에서 스승을 모시고 기다리던 저팔계와 사오정이 그 목소리를 알아듣고 스승과 함께 부랴부랴 달려왔다. 당나라 스님은 손오공을 보자마자 와락 껴안고 입에 침이 마르게 칭찬을 거듭했다.

"오공아, 네가 보이지 않아 무척이나 걱정했더니, 이제야 돌아왔구나! 여기 계신 두 천신들께서 노고를 아끼지 않고 날 구해주셨단다. 너도 고맙다고 인사드리려무나."

스승과 제자들이 반갑게 만나 얘기를 주고받는 동안, 금평부 태수를 비롯하여 모든 관원들이 그 자리에 촛불을 밝혀놓고 향을 사르면서 당나라 스님 일행과 네 별자리들을 우러러 그칠 새 없이 큰절을 드렸다.

잠시 후, 저팔계가 큰칼을 얻어 들고 달려들더니 아직도 살아 있는 코뿔소 두 마리의 목을 한칼에 베어버렸다. 그리고 톱을 가져다 이미 죽은 벽진 대왕까지 합쳐 세 마리의 뿔 여섯 개를 모조리 썰어냈다. 형 집행이 끝나자 손오공은 미리 생각해두었던 대로 뒤처리를 당부했다.

"네 분 별자리들께선 보고하실 증거물로 이 코뿔소의 뿔 네 개를 가지고 하늘에 오르셔서 옥황상제께 진상하시오. 그리고 나머지 한 쌍은 우리 일행이 대뇌음사로 가져가 여래부처님께 바치도록 하리다."

네 별자리들은 진귀한 뿔을 두 쌍이나 얻게 되자 무척 기뻐하면서 제천대성에게 작별을 고한 다음, 홀가분한 심정으로 채색 구름을 타고 천궁으로 돌아갔다.

금평부 태수와 벼슬아치, 그리고 해마다 무거운 부역에 시달리던 각 고을 부호들은 당나라 스님 일행을 관아에 모셔 들이고 풍성한 잔치를 베풀어 대접했다. 태수는 그날 안으로 곳곳마다 방문을 내걸어, 모든 백성들에게 두 번 다시 황금 등잔을 켜지 못한다는 사실과 값비싼 향유를 헌납하던 부역을 영원히 면제한다는 뜻을 두루 밝혔다.

당나라 스님 일행은 그날부터 달포가 지나도록 금평부에 머무른 채 떠날 수가 없었다. 여러 고을 부호들이 번갈아 사은의 잔치를 열고 날이면 날마다 대접하는 덕분에, 두고두고 먹을 타령만 늘어놓던 미련퉁이를 호강시켜주었던 것이다.

이윽고 당나라 스님이 큰제자에게 분부를 내렸다.

"오공아, 날이 밝기 전에 이곳을 떠나도록 하자꾸나. 영취산 대뇌음사 가는 길을 그르치기라도 하는 날이면 부처님께서 아시고 책망을 내리실 것이다. 그리고 게으른 죗값으로 또 다른 재난이 생긴다면 어쩌겠느냐."

이튿날 새벽, 손오공은 일찌감치 일어나 저팔계를 깨워 떠날 준비를 시켰다. 미련퉁이 녀석은 날마다 술과 밥을 실컷 먹고 잠에 곯아떨어진 뒤끝이라, 흐리멍덩한 목소리로 투정을 부렸다.

"원, 형님도! 잠꼬대 같은 소리 마시구려. 이런 꼭두새벽에 말안장은 놓아서 뭘 하시겠다는 거요?"

손오공이 호통쳐서 다시 깨웠다.

"사부님께서 길을 떠나자고 하셨으니, 어서 일어나게!"

게으름뱅이 저팔계는 두 손바닥으로 푸석푸석해진 얼굴을 문지르면서 투덜투덜 불평을 늘어놓았다.

"이런 제기랄! 저 주책없는 영감님이 정말 고집불통이로군! 이제겨우 서른 몇 끼니밖에 얻어먹지 못했는데, 어쩌자고 또다시 이 저 선생더러 배를 곯아가며 길을 떠나자는 거야?"

당나라 스님이 그 소리를 듣고 호되게 꾸짖었다.

"그저 처먹을 줄만 아는 이 미련한 식충이 놈아! 돼먹지 못한 소리 그만 지껄이지 못하겠느냐! 또 한 번 투정을 부렸다가는 오공이더러 여의봉으로 네놈의 주둥이를 쳐서 이빨을 몽땅 부러뜨리게 만들테다!"

미련퉁이는 매를 때리겠다는 소리를 듣고 기겁을 해서 자리를 박차고 일어났다. 그러고도 투덜거리기는 여전했다.

"이크! 사부님도 이젠 변하셨군! 여느 때는 나만 아껴주시고 역성 들어주시고 미련한 놈일망정 감싸주시고 형님이 나를 때리려 할 때마다 말려주시곤 하더니, 오늘은 어쩌자고 내게 역정을 다 내시고 형님더러 매까지 때리게 한단 말이냐?"

손오공이 옆에서 으름장을 놓았다.

"자네가 먹을 타령만 늘어놓아서 갈 길을 그르치는 것이 마땅치 않아 꾸지람하시는 걸세. 어서 빨리 짐 보따리 챙기고 말안장 얹어 떠날 채비를 차리게. 그래야 매를 맞지 않을 테니까!"

미련퉁이는 진짜 얻어맞을까 겁이 났는지, 얼른 옷을 걸쳐 입고 사오정에게 악을 썼다.

"빨리 일어나게. 자칫하면 얻어맞네!"

가만히 눈치를 살피고 있던 막내도 후닥닥 일어나 저팔계와 함께 출발 준비를 서둘렀다. 이윽고 백마가 대령하자, 당나라 스님은 부리나케 안장에 오르더니 산문이 열리기가 무섭게 바깥으로 달려나갔다.

그렇게 해서 당나라 스님 일행은 도둑질하듯 살그머니 자운사 절간을 벗어나 큰길을 찾아 떠나갔다.

10. 옥토끼와 천축 공주

삼장법사 일행 네 사람은 또다시 비바람 속에 찬이슬 맞아가면서도 아무 일 없이 서행 길을 재촉할 수 있었다.

금평부를 떠난 지 보름 남짓 지났을 때, 어느 날 그들 앞에 또 한 차례 높은 산이 나타났다. 자라 보고 놀란 가슴 솥뚜껑 보고 놀란다더니, 당나라 스님은 또 겁이 나서 제자들을 불러 세웠다.

"얘들아, 저 앞산이 몹시 험준하구나. 모두들 조심해야겠다."

손오공이 웃으며 스승을 안심시켰다.

"부처님 계신 땅에 가까워지고 있는데, 무슨 요괴 따위가 있겠습니까. 아무 걱정 마십쇼."

"얘야, 비록 부처님 땅이 멀지 않다 해도, 일전에 자운사 스님들이 하는 말을 못 들었느냐? 천축 도성까지 이천 리나 되고 거기서 또 영취산은 얼마나 더 가야 하는지 모른다고 하지 않더냐?"

그러나 몇 군데 비탈진 언덕을 넘어서니, 큰길 한 곁에 규모가 제법 커다란 사원이 바라보였다. 스승이 또 제자를 불렀다.

"오공아, 저 앞에 절간이 있구나. 네가 한번 살펴보아라."

크지도 않고 작지도 않은 것이 파란 유리 기와를 얹었으며, 절반쯤 새 집이고 절반쯤은 낡았는데, 가장귀를 덮개처럼 드리운 소나무가 몇천 년 세월을 보냈는지 모를 정도였다. 산문 위에 큼지막한 글씨로 '상고 유적(上古遺跡) 포금선사(布金禪寺)'라고 쓰인 편액이 걸렸다.

"여기는 포금사입니다."

손오공이 여쭙자, 당나라 스님은 한동안 깊은 생각에 빠져 말이 없다가 무릎을 탁 쳤다.

"그렇다면 여기가 바로 사위국(舍衛國) 경내가 아닌가!"

저팔계가 스승을 손가락질하며 껄껄 웃었다.

"거참 신통한 노릇이로군! 제가 사부님을 따라다닌 지 몇 해가 되었어도 길을 전혀 알아보지 못하셨는데, 오늘은 초행길에 지명까지 알아맞히시다니, 정말 대단하십니다그려!"

"아니다! 경전을 읽다 보면, '부처님께서 사위성(舍衛城) 급고독장자(給孤獨長者)의 동산에 계셨다'는 말씀이 자주 나온다. 그 동산은 급고독장자란 분이 땅바닥에 황금 벽돌을 깔아놓고 부처님을 모셨다고 해서 포금원이라 불렀다. 그러니까 내 생각으로는 포금사란 그 옛날얘기에서 따온 이름이 아닌가 싶은 것이다."

산문 아래 빈터에는 등짐을 짊어진 사람, 수레를 세워놓고 앉은 사람 등 수많은 길손들이 옹기중기 모여 있었다. 당나라 스님 일행이 문 안으로 들어서자 모두들 사납고도 흉측하게 생긴 사람 셋이 섞여 있는 것을 발견하고 겁에 질려 슬그머니 길을 틔워주었다.

금강전 뒤편으로 돌아드니, 승려 하나가 맞은편에서 나오다 그들을 보고 얼른 물었다.

"어디서 오시는 장로님들이십니까?"

"소승 일행은 서천으로 부처님을 찾아뵙고 불경을 구하러 가는 길입니다. 도중에 이 앞을 지나치게 되었기에, 하룻밤이나마 잠자리를 빌려 들고 날이 밝는 대로 떠날까 합니다."

"어서 오십시오. 저희는 어느 고장에서 오시는 분이라도 늘 기꺼이 머무르게 해드리지요."

승려가 일행을 반겨 맞으며 방장으로 인도했다. 잠시 후, 머나먼 동녘 땅에서 경을 구하러 가는 스님이 절간에 당도했다는 소식이 나돌고, 그 소문을 들은 승려들이 모두 건너와 인사했다.

차 대접을 마치자 곧 음식상이 나왔다. 스승은 그래도 식사 전의 경을 외우기 시작하는데, 저팔계란 녀석은 벌써부터 마음이 급한 터라 염불이고 뭐고 손에 닥치는 대로 먹어 치우기 시작했다. 이때쯤 되어 방장 안에도 사람이 들끓어 철부지 동자들은 저팔계가 게걸스레 먹는 꼬락서니를 재미있게 구경하며 쑥덕거렸다.

눈치 빠른 사오정이 슬그머니 둘째 사형의 옆구리를 꼬집었다.

"점잖게 좀 구시오!"

느닷없이 꼬집힌 저팔계가 얼떨결에 버럭 소리를 질렀다.

"이런 제기랄! 밤낮 '점잖게 굴어라, 점잖게 굴어라!' 하는데, 내 뱃속이 텅텅 비었는데 어떻게 점잖게만 있으란 말이야?"

식사가 끝난 후, 절간 승려들은 궁금증을 못 이겨 당나라 스님에게 이것저것 묻기 시작했다. 이런저런 얘기 끝에 당나라 스님도 비로소 절간 이름을 어째서 '포금선사'라고 붙였는지 그 연유를 물었다. 처음 만났던 승려가 차근차근 포금사의 유래를 일러주었다.

"이 사찰 터는 애당초 기원정사(祇園精舍)였습니다. 오랜 옛날 급고독장자란 분이 부처님을 모셔다 강경(講經)하실 때 황금 벽돌을 바닥에 깔았기 때문에 지금과 같은 이름으로 고쳐 부르게 된 것이지요. 절간 뒤편에는 아직도 기원정사의 옛터가 남아 있어, 요즈음에도 비가 억수같이 퍼붓는 날이면 이따금씩 땅속에 파묻혔던 금은보화가 빗물에 씻겨 나와, 재수 좋은 사람들이 주워가기도 한답니다."

"허어, 그 얘기가 헛된 소문이 아니라 참말이었구나!"

당나라 스님이 탄성을 지르면서 다시 물었다.

"방금 산문에 들어서다 보니, 그 아래 장사꾼들이 수레와 짐짝을 부려놓고 있던데, 그 사람들은 무슨 일로 여기서 쉬고 있습니까?"

"이 산중에는 지네가 많습니다. 요즈음에도 걸핏하면 길 가는 나그네를 해치기 때문에, 저 장사꾼들도 해 저물녘에 도착하여 우리 절간 바깥에서 하룻밤 지새고 닭이 홰를 칠 때까지 기다렸다가 떠날 모양입니다."

삼장법사는 이 말을 듣고 고개를 끄덕였다.

"그렇다면 우리도 내일 새벽닭이 울거든 저 사람들하고 같이 떠나자꾸나."

한담이 끝났을 때는 벌써 하늘에 상현달이 밝은 빛을 흩뿌리고 있었다. 삼장이 손오공만 데리고 한가로이 달구경하며 산책하고 있는데, 상좌승이 달려와 여쭈었다.

"저희 사찰 원로 스님께서 당나라 장로님을 만나보러 나오셨습니다."

삼장법사가 황급히 돌아서서 바라보니, 늙은 스님 한 분이 대나무 지팡이를 짚고 다가와 인사를 건넸다.

"중국에서 오신 장로님이시오?"

"그렇습니다."

삼장법사가 합장하고 허리 굽혀 대답했다. 늙은 스님이 그를 이모 저모 뜯어보며 찬탄하더니 말없이 두 길손을 인도하여 절간 뒤꼍으로 돌아갔다. 삼장법사는 노승의 뒤를 따라가면서 무심코 이렇게 물었다.

"기원정사 옛터는 어디 있습니까?"

"뒷문 담장 밖이 바로 그곳이외다."

그리고 뒤따라온 승려들에게 문을 열게 했다. 뒷문 밖 빈터에는 아 직도 깨어진 돌멩이로 쌓아올린 담장의 흔적이 남아 있었다.

삼장법사가 수천 년 전 부처님의 자취 앞에 감회 어린 기색으로 두 손 모아 합장하며 탄식할 때였다. 누군가 흐느껴 우는 소리가 들려왔 다. 정신을 가다듬고 조용히 귀를 기울이니, 무슨 괴로운 사연이 있 는지 울음소리에 어버이를 그리워하는 정이 담뿍 서려 있었다.

"누가, 어디서, 이다지도 슬피 울고 있습니까?"

이 물음에, 노승은 뒤따라온 제자 승려들에게 먼저 돌아가 차를 달이라 분부하고, 아무도 없는 것을 확인하자 비로소 무겁게 입을 열었다.

"빈승의 나이 백 살에 이르고 보니 인간 세상사에 다소 통하게 되 었습니다. 그래서 장로님과 제자분을 뵙는 순간, 여러분이 남다르다 는 사실을 알았습니다. 두 분처럼 고명하신 불제자가 아니고서는 그 진상을 밝혀내지 못하리라 생각하고, 이제 저 슬픈 울음소리가 들려온 사연을 말씀드리겠습니다."

"어떤 사연인지 말씀해주시지요."

손오공이 궁금증을 참지 못하고 재촉해 물었다.

"작년 이맘때였습니다. 제가 승방에서 참선하고 있었는데, 별안간 모진 밤바람이 한바탕 불어닥치고 나서 슬픔과 원망에 찬 목소리가 들려왔습니다……"

노스님은 소리가 나는 기원정사 옛터로 나가보았다고 했다. 그 울음소리의 주인공은 뜻밖에도 아리따운 용모에 태도가 단정한 젊은 여인이었다. 노스님이 "뉘 댁 규수가 이 밤중에 여길 왔느냐"고 물었더니, 그녀는 이렇게 대답했다.

"저는 천축국 임금의 딸, 공주입니다. 달빛 아래 꽃구경을 하다가 바람에 휩쓸려 여기까지 날아왔습니다."

노스님은 그녀를 빈방에 가둬놓고 그 둘레를 마치 감방처럼 벽돌담으로 에워싼 다음, 자물쇠를 채운 문에 밥그릇 하나만 겨우 드나들 수 있게 작은 구멍을 하나 뚫었다. 그리고 후배 승려들에게 이런 사실을 전하면서 "요괴가 나타나서, 내가 잡아 가두었다"고 했다. 그리고 "우리는 자비심을 지닌 승려의 몸이니, 아무리 요괴라도 목숨을 해치지 말고 날마다 두 끼니 밥을 주어 연명시켜주라"고 당부했다.

그 여자도 매우 총명한 사람이어서 노스님의 말뜻을 알아듣고, 젊은 승려들이 혹시 집적대거나 몸을 더럽히는 일이라도 생기지 않을까 하여, 일부터 미친 처하고, 진짜 요괴처럼 발광을 떨면서 대소변을 가리지 않고 그 위에 드러누워 잠자기까지 했다. 한낮에는 횡설수설 일아듣지 못할 소리를 지껄이며 두 눈을 멀뚱멀뚱 뜨고 멍청하게 있다가도, 밤이 되어 조용해지기만 하면 부모가 그리워 날이면 날마다 저렇듯 슬피 울어대곤 해왔다는 것이다.

그동안 노스님은 몇 번이나 도성에 들어가 공주에 관한 동정을 수소문해보았으나, 궁궐 안에도 공주가 멀쩡하게 살고 있다는 사실을 알았다. 노스님은 할 수 없이 그녀를 단단히 가두어두고 감시하면서 놓아 보내지 않았던 것이다.

"……이제 다행스럽게도 고명하신 스님께서 이 나라에 오셨으니, 아무쪼록 법력을 널리 베푸시어 이 사건의 진상을 밝혀주시기 바랍니다."

삼장법사와 손오공은 사연을 가슴 깊이 새겨두었다.

이윽고 승려들이 차 준비가 다 되었다고 알려주어, 모두들 방장으로 돌아갔다. 승방에 들어서고 보니, 저팔계가 투덜투덜 불평을 늘어놓고 앉아 있었다.

"젠장! 내일 새벽닭이 우는 대로 길을 떠난다면서, 사부님은 형님하고 어딜 가셨기에 여태까지 돌아와 주무시지 않는 거야?"

손오공이 들어서다 물었다.

"이런 바보 녀석, 뭘 또 구시렁대는 거냐?"

"잠이나 잡시다! 밤이 이렇게 깊었는데, 무슨 구경거리가 있다고 바깥에서 서성대고 계신 거요?"

그날 밤 일행이 잠자리에 든 지 얼마 안 되어, 새벽닭 홰치는 소리가 들려왔다. 산문 아래에서 야영하던 장사꾼들이 웅성웅성 일어나 등불을 밝혀놓고 아침밥을 짓기 시작했다. 부지런한 당나라 스님도 저팔계와 사오정을 깨워 행장을 꾸렸다. 그리고 절간 스님들이 마련해준 음식으로 간단히 요기를 하고 일어섰다.

떠날 채비를 끝내고 작별하는 자리에서, 노스님이 또 아무도 듣지 못하게 손오공을 보고 당부했다.

"간밤에 슬피 울던 그 여자 일을 명심하시고 부디 저버리지 마십시오."

이윽고 장돌뱅이들이 왁자지껄 시끄럽게 떠들며 출발했다. 삼장법사 일행도 그들을 뒤따라 큰길에 올라, 이른 새벽 무사히 고개를 넘어섰다. 그리고 아침나절이 되었을 때 비로소 멀리 천축 도성을 바라볼 수 있었다.

그날 중으로 도성 밖 저잣거리에 들어서자, 장사꾼들은 저마다 객줏집을 찾아 투숙하고, 이들 스승과 제자 네 사람은 곧바로 성내에 들어갔다. 외국인들이 투숙하는 역관을 찾아가니, 아문에서 일을 보는 사람이 즉시 역승에게 알렸다.

삼장법사는 역승과 인사치례를 건넨 다음, 일행의 신분과 용건을 밝혔다. 역승도 그들이 머나먼 동녘 땅에서 왔다는 말을 듣고 반색하여 맞아들였다.

"어서 오십시오! 이 아문은 외국 손님을 접대하기 위해 마련된 곳이니, 당연히 접대해드려야지요."

당나라 스님은 무척 기뻐하며 제자들을 불러들여 인사시켰다. 역승은 그들의 생김새가 흉악한 것을 보고 속으로 찔끔 놀란 나머지 아랫

것들에게 차 대접과 식사를 준비시킨 다음 떨리는 목소리로 조심스레 물었다.

"국사님의 고국 당나라는 어느 고장에 있습니까?"

"남섬부주 중화 땅에 있습니다."

"언제 고향을 떠나셨는지요?"

"올해로 벌써 십사 년을 보냈습니다. 천산만수를 지나며 온갖 고생을 다 겪은 끝에 간신히 이 나라에 도착했습니다."

그 말에 역승은 혀를 내두르며 탄성을 질렀다.

"참으로 훌륭한 고승이십니다!"

"오늘 소승이 천축 황제 폐하께 통행문서 확인을 받고자 하는데, 입궐하여 뵈올 수 있겠습니까?"

"물론 좋지요! 마침 잘됐습니다. 우리 국왕 폐하께 공주가 한 분계신데 올해 스무 살 나신 청춘으로, 지금 네거리 길목에 누각을 높이 세우고 올라가 공 던지기 행사를 벌이고 계십니다. 관습에 따라 그 공을 얻어맞은 사람을 부마로 맞아들이려 하시는 것이지요. 아마 폐하께서도 그 행사 결과 때문에 아직 조정회의를 파하지 않으셨을 터이니, 통행문서에 확인을 받으시려거든 지금 가시면 딱 알맞을 것입니다."

때는 벌써 정오를 넘기고 있었다. 당나라 스님은 장삼가사를 바꿔 입고 일어섰다.

"내가 다녀와야겠다."

"제가 사부님을 모시고 가지요."

손오공도 문서가 담긴 전대를 어깨에 둘러메고 따라나섰다.

길거리에는 벌써부터 사대부 선비와 장사꾼, 농사꾼, 시인묵객(詩人墨客), 어리석은 자나 속된 무리나 할 것 없이 모두들 와글와글 시끄럽게 떠들어대며 어디론가 몰려가느라 북적거리고 있었다.

"공 던지기 구경하러 가자!"

인파가 홍수처럼 밀려가는 동안, 삼장법사는 길 한 곁으로 비켜섰다.

"우리도 구경 가는 것이 어떨까요?"

손오공이 여쭙는 말에 당나라 스님은 펄쩍 뛰었다.

"안 된다! 너하고 나는 옷차림새가 유별난데 주목이라도 끌면 어쩌겠느냐."

"사부님, 어제 기원정사에서 노스님이 하신 말씀을 잊으셨군요. 공던지기 행사를 구경하는 것도 그렇겠지만, 공주의 정체가 진짜인지 가짜인지 가려내는 것도 중요하지 않습니까. 잠깐 다녀오시죠."

삼장법사가 듣고 보니 그럴듯한 얘기라, 결국 손오공을 따라나섰다. 역승의 말대로 네거리는 온통 구경하러 몰려든 각양각색의 인파들로 정신없이 붐볐다. 모두들 행여나 공주가 던진 공에 맞아 이 나라 부마가 될 꿈에 부풀어 있었다.

이야기는 바뀌어서, 천축국 임금은 재작년 이맘때 왕후 비빈들과 무남독녀 공주를 거느리고 어화원에서 달밤을 즐기고 있었는데, 이를 진작부터 노리고 있던 요괴 한 마리가 공주를 납치해 딴 곳에 옮겨다 놓고, 자신이 가짜 공주로 탈바꿈하여 궁궐에 남았었다.

공주로 변신한 요괴는 올해 이날 이맘때 당나라 스님이 천축 도성에 다다를 것이라는 사실을 미리 알아차리고, 네거리 한복판에 채색 누각을 쌓아올린 다음, 공 던지기 풍습을 빙자하여 당나라 스님을 배필로 맞아들이고, 첫날밤 그의 동정(童貞)을 빼앗아 신선이 되기로 음모를 꾸며놓고 기다리던 참이었다. '공 던지기 행사'란 옛날부터 중국에서 유래된 풍습으로, 나이 찬 규수가 배우자를 선택할 때 운명을 하늘에 맡기고 무작위로 공을 던져서 공에 맞은 사내를 배필로 맞아들이는 일종의 짝짓기 행사였다.

때는 바야흐로 정오가 거의 지날 무렵, 삼장법사의 모습이 손오공과 함께 인파에 뒤섞여 누각 아래 나타나자, 그녀는 천지에 축원을 올리면서 그가 좀더 가까이 다가설 때까지 기다렸다. 좌우 양편에는 아리땁게 몸단장한 궁녀들이 비단실로 엮은 공을 여러 개 떠받들고 늘어서 있고, 누각 창문은 사면팔방으로 활짝 열려 있었다.

이윽고 당나라 스님이 가까이 다가왔을 때, 눈 한번 깜빡이지 않고 지켜보던 그녀는 손수 공을 집어 들어 당나라 스님의 머리를 겨냥하고 냅다 던졌다. 비단공이 날아오는 것을 보고 당나라 스님이 깜짝 놀라 피하려 했으나, 그 바람에 승모가 비뚤어지는 통에 얼른 모자를 바로 쓰려다가 그만 공이 소맷자락 안으로 굴러들어가고 말았다.

그와 때를 같이하여 누각 위에서 궁녀들의 환호성이 터졌다.

"맞혔다! 스님을 맞혔다!"

네거리에서 행여나 자신에게 운이 따라줄까 하고 기다리던 수많은 사내들이 그 소리를 듣자 와글와글 떠들면서 공을 빼앗으려고 당나라 스님을 향해 한꺼번에 달려들어 악다구니로 다투기 시작했다. 이것을 본 손오공이 외마디 고함을 지르고 허리 한 번 굽혔다가 불쑥 기지개

를 켜자, 키가 단번에 30여 척이나 되는 거인으로 바뀌었다. 무시무시한 괴물을 본 사람들은 기절초풍하도록 놀라, 고꾸라지고 나자빠지면서 멀찌감치 피해 달아났다.

인파는 삽시간에 흩어졌다. 그제야 손오공도 본모습으로 돌아와 다시 스승 곁에 섰다. 어느새 누각 위에 있던 궁녀와 환관들이 모두 내려와 당나라 스님 앞에 공손히 절했다.

"귀하신 분이여! 어서 당상에 오르시어 축하를 받으소서."

삼장법사는 손오공을 돌아보고 원망했다.

"이 못된 원숭이 녀석! 또 나를 골탕 먹이는구나!"

손오공이 싱글벙글 웃으면서 시침을 뚝 뗐다.

"공이 사부님의 머리에 맞고 사부님의 소매 속에 굴러들어갔는데, 그게 왜 제 탓입니까? 저를 원망하지 마세요."

"그건 그렇다 치고, 이제부턴 어떻게 되는 거냐?"

"사부님, 걱정 마시고 마음 푹 놓으십쇼. 이제 곧 입궐하여 국왕을 만나보시게 될 겁니다. 저는 역관으로 돌아가 두 아우에게 알리고 거기서 기다리겠습니다. 만약 공주가 사부님을 굳이 남편으로 맞아들이겠다고 하거든, 사부님은 국왕에게 '한마디 당부할 말이 있으니, 제자들을 불러들여달라'고 청하십쇼. 그래서 국왕이 저희 셋을 불러들이면, 저는 그 틈에 공주가 진짜인지 가짜인지 가려낼 수 있을 겁니다."

얘기가 이쯤 되니, 삼장법사도 어쩔 수가 없었다. 손오공은 스승을 혼자 남겨둔 채 발길을 돌려 역관으로 돌아가고, 삼장법사는 때맞춰 누각에서 내려온 공주에게 손을 잡힌 채 가마를 함께 타고 궁궐로 들어가는 신세가 되었다.

국왕은 승려가 공에 맞았다는 소식을 전해 듣고 기분이 몹시 언짢았으나, 부마감의 풍채가 의젓한 데다 또 당나라 황제와 의형제를 맺었다는 말에 안심이 되어 기꺼운 마음으로 대하기 시작했다.

"그대가 동녘 땅에서 온 덕이 높은 승려라니, 그렇다면 이야말로 '천리 밖의 인연이 한 가닥 실마리로 맺어진 셈'이로구나. 한데 공주야, 네 뜻은 어떠한지 말해보려무나. 승려의 신분이라 꺼림칙스러우면 거절해도 괜찮으리라."

공주가 머리 조아려 아뢰었다.

"아바마마, 속담에 이르기를, '닭에게 시집가면 닭처럼 울어야 하고, 개한테 시집가면 개처럼 짖어야 한다' 하였나이다. 소녀는 당초 비단실로 공을 엮으면서 '이 공이 천생연분을 맺어줄 것이라' 맹세하였사오며, 천지신명께 축원을 드리고 관습에 따라 공을 던졌나이다. 그 공이 성승을 맞혔은즉, 이는 바로 전생의 연분으로 이승의 배필을 만나게 된 격이오니, 이 스님을 부마로 삼아주시기 바라나이다."

국왕은 그 자리에서 흠천감(欽天監)에게 명하여 좋은 날을 택일하도록 하고 혼수를 장만하는 한편, 이 경사를 천하에 두루 알리게 하였다.

삼장법사는 이거 큰일 났구나 싶어 사은의 예를 올리지도 않고 입이 닳도록 빌기만 했다.

"폐하! 명을 거두시고 통행문서에 국새를 찍어주시어 놓아 보내소서!"

이 말에 한창 흥겨움에 들떴던 국왕이 버럭 역정을 냈다.

"이런 고집불통 화상 봤나! 짐이 그대를 영예로운 부마로 책봉하려는데, 어찌하여 고맙게 받아들이지 않는가! 두 번 다시 물리겠단 말을 입에 담는다면, 당장 끌어내 목을 벨 것이다!"

당나라 스님은 목을 베어 죽인다는 말에 그만 넋이 몸에 붙어 있지 못하고 와들와들 떨면서 급한 마음에 우선 제자가 귀띔해준 대로 아뢰었다.

"폐하의 천은(天恩)에 감격하나이다. 하오나 소승의 제자 셋이 역관에 있사옵니다. 이런 형편에 처하게 되었다는 사실을 그들에게 일러주고 또 당부할 일이 있사오니 제자들을 이리 불러들여주소서. 당부말을 전하고 폐하께서 통행문서에 날인하여주시오면, 곧 서천으로 떠나보내겠나이다."

국왕은 두말없이 관원을 역관으로 보내 그들 제자 셋을 불러들이게 했다.

이리하여 당나라 스님은 섬돌 아래 엉거주춤 서서 큰제자 손오공이 올 때만 기다릴 수밖에 없었다.

한편, 스승과 헤어진 손오공은 싱글벙글 웃으면서 역관으로 돌아왔다.

"아니, 뭐가 그리 좋아서 싱글벙글하시오? 그리고 사부님은 어째 보이지 않소?"

두 아우가 맞아들이며 묻는 말에, 그는 여전히 벙싯벙싯 웃어가며 대답했다.

"사부님께 경사가 났다네."

"경사라니, 목적지에 도달하려면 아직 멀었거니와 부처님도 뵙지 못하고 경을 받아 돌아가는 길도 아닌데, 어디서 기쁜 일이 생겼단 말이오?"

저팔계가 어리둥절 다시 물었더니, 손오공은 낄낄대며 이렇게 말해 주었다.

"사부님을 모시고 누각 아래 당도했는데, 때마침 공교롭게도 공주가 던진 공이 사부님을 맞혔지 뭔가! 이제 그분은 궁궐에 들어가 부마 노릇을 하게 되셨으니, 이런 경사가 어디 있겠나?"

저팔계는 이 말을 듣고 주먹으로 제 가슴을 쳐가며 두 발을 동동 굴렀다.

"이런 제기랄! 진작 그럴 줄 알았더라면 내가 달려가 그 공에 맞았을 텐데. 그럼 공주가 나를 배필로 맞아들이고 연분을 맺었을 게 아닌가!"

사오정이 손바닥으로 둘째 사형의 낯짝을 쓰윽 훑어 내렸다.

"뻔뻔스럽소! 이 잘난 상판을 해 가지고 부마 노릇을 하겠다고? 그 공이 형님을 맞혔다가는 지금쯤 대궐에서 귀신 쫓는 푸닥거리를 하느라 야단법석이 났을 거요."

막내의 핀잔을 듣고서도 미련퉁이는 낯 두껍게 변명을 늘어놓았다.

"자네가 무슨 멋을 알겠나. 내가 비록 못생기기는 했어도 남다른 매력이 있다네. 자고로 '생김새는 우락부락하지만 뼈다귀가 튼튼하고 억세니 다 제 나름대로 써먹을 데가 있다'는 말도 못 들어봤나?"

곁에서 손오공이 듣다못해 야단을 쳤다.

"이런 바보 멍텅구리 같으니! 허튼소리 그만 지껄이고 짐이나 챙기시 못하겠어? 이제 곧 사부님이 다급해서 우리를 부르실 텐데, 지체 없이 궁중에 들어가 보호해드려야 할 게 아닌가!"

이렇듯 떠들썩하게 입씨름을 벌이고 있을 때, 역승이 들어와 기별했다.

"폐하의 어명으로 세 분을 모셔가려고 칙사 대감이 와 계시오."

손오공이 재촉했다.

"어서 궁궐로 들어가세. 사부님을 만나뵙고 상의드릴 일이 있네."

이윽고 세 형제는 칙사를 뒤따라 대궐에 들어섰다. 천축 국왕 앞에 이르러서도 이들 형제는 엎드려 절하지 않았다.

국왕이 그들의 이름을 묻자, 당나라 스님은 제자들을 한 사람씩 짚어가며 이들의 출신 내력과 법명을 아뢰었다. 국왕은 놀라움과 기쁨을 금치 못하고 입이 딱 벌어져 다물 줄을 몰랐다. 무남독녀 외딸이 생불(生佛)을 배필로 맞아들이게 되었다는 사실이야 기쁘기는 하지만, 부마 될 사람의 제자란 것들이 하나같이 요사스런 정령 출신이었다니, 놀랍고도 착잡한 심정이 되었던 것이다.

때마침 흠천감의 관리가 들어와 사흘 뒤가 혼인날로는 길일이니 그날 정식으로 혼례를 올리는 것이 어떠하시냐고 여쭈었다.

국왕은 크게 기뻐하면서 당장 시종관에게 명하여, 혼인날까지 부마와 제자 세 사람이 묵을 수 있게 어화원 정자에 거처를 마련하고 편히 모시도록 했다.

날은 벌써 저물어가고, 숙소로 마련된 정자에는 소찬으로 차린 저녁상이 나왔다. 누구보다 기뻐한 것은 역시 먹성 좋은 저팔계였다.

"오늘도 이제야 겨우 밥을 먹게 되었군!"

얼마 안 있어 등잔불이 밝혀지고 저마다 잠자리에 들었다. 당나라 스님은 주변에 아무도 없게 되자, 또다시 손오공을 원망하며 성난 목소리로 꾸짖기 시작했다.

"오공아, 이 몹쓸 원숭이 녀석아! 이게 무슨 꼴이냐. 이런 사고를 저질러놓고 잠이 온단 말이냐?"

손오공은 쓴웃음을 지으며 한말씀 드렸다.

"기원정사 노스님이 당부하신 말씀을 생각하고, 사건의 진위를 가려내기 위해서는 어쩔 수 없었습니다. 허나 공주를 만나보지 못했으니 진상을 알 수가 없군요."

"공주를 보면 어쩌겠느냐?"

"이 손 선생의 불같은 금빛 눈동자로 꿰뚫어보기만 하면 진짜와 가짜, 선과 악을 단번에 가려낼 수 있습니다. 요괴인지 아닌지 그 자리에서 판가름날 것 아니겠습니까?"

"국왕은 나를 부마로 맞아들이기로 결정했는데, 공주가 진짜라면 어쩔 테냐?"

손오공이 겸연쩍은 기색으로 여쭈었다.

"혼례식 날 신부가 부모님께 절하러 나올 때, 곁에서 가만히 살펴보죠. 만약 진짜 공주라면 사부님께서는 그대로 부마 노릇을 하시며 일국의 부귀영화를 누리시는 것도 좋은 일이겠지요."

당나라 스님은 그 말을 듣고 더욱 성이 나서 펄펄 뛰며 야단쳤다.

"이 못된 놈의 원숭이야! 기어코 날 못살게 굴 작정이로구나. 어디 그래 봐라! 내 당장 '긴고주'를 외워 네놈을 죽지도 살지도 못하게 만들어놓고 말 테다!"

스승이 저 무시무시한 주문을 외우겠단 말에, 손오공은 그 앞에 꿇어앉아 두 손바닥이 닳도록 싹싹 빌었다.

"외우지 마십쇼, 사부님! 만일 공주가 진짜로 판명되면, 혼례식이 시작될 때 저희 형제가 한꺼번에 소동을 벌여 난장판으로 만들어놓고 그 틈에 사부님을 빼내서 떠나겠습니다."

스승과 제자들이 이런저런 얘기를 주고받고 있으려니, 어느덧 밤도 이슥해져 바야흐로 초경(初更. 19~21시)에 접어들었다.

저팔계가 졸음을 못 이겨 성화를 부렸다.

"사부님, 밤이 깊었습니다. 상의는 내일 다시 하고 우리 잠이나 잡시다. 제발 잠 좀 자요!"

이러구러 사나흘이 훌쩍 지나고 드디어 경사스런 혼례식 날짜가 닥쳐왔다.

어명을 받들어 혼사 준비를 끝낸 조정 신하들이 국왕에게 결과를 아뢰었다. 이제 부마의 저택이며 신부의 혼수도 마련되었고, 초례청(醮禮廳)에 잔치 자리도 육식과 소찬으로 두루 차려졌다. 모든 혼인식 준비가 완전히 갖추어졌다는 보고에, 국왕은 속으로 흐뭇하게 여기고 부마를 청하여 혼례식장으로 나가려는데, 내궁의 환관이 달려와 아뢰었다.

"폐하, 왕후마마께서 뵙기를 원하시나이다."

국왕은 무슨 일인가 싶어 부리나케 내궁으로 들어갔다. 국왕의 행차가 이르자, 왕후 비빈들이 공주와 함께 궁녀들을 거느리고 영접하더니, 문안 인사가 끝난 자리에서 공주가 이렇게 여쭈었다.

"아바마마, 요즈음 환관들이 전하는 말을 듣자오니, 부마에게 제자

세 사람이 있는데 그 생김새가 추악하기 이를 데 없다 하더이다. 그들과 혼례식장에서 만나게 되면 두려워서 제대로 식을 올리지 못할 것 같사오니, 그들을 먼저 성 밖으로 떠나 보내주십시오."

국왕도 이 말을 듣고서야 퍼뜩 생각이 났다.

"얘야, 네가 말해주었기에 망정이지, 하마터면 잊을 뻔했구나. 오늘 궁전에 불러들여 통행문서에 국새를 찍어 주고 혼례식이 시작되기 전에 세 사람 모두 도성 밖으로 떠나보내마."

국왕은 내궁을 나오는 즉시 정자로 시종관을 보내 부마와 그 제자들을 모두 불러들이게 했다.

한편 그날이 드디어 다가오자, 당나라 스님은 날이 밝기도 전에 제자들을 불러다놓고 대책을 상의했다.

"오늘이 혼삿날인데, 이 일을 어찌하면 좋으냐?"

손오공이 여쭈었다.

"제가 오늘 공주의 얼굴을 볼 수만 있다면 그 자리에서 진짜인지 가짜인지 알아낼 수 있습니다. 하지만 국왕은 이제 곧 저희들을 궁궐에 불러들여 통행수속을 마쳐주고 혼례식 전에 도성 밖으로 떠나보낼 것이 분명합니다. 그렇게 되더라도 사부님은 두려워하지 마시고 거기 그대로 계십쇼. 제가 아무도 모르게 되돌아와서 보호해드릴 테니 걱정하실 것 없습니다."

얼마 안 있어 과연 조정에서 시종관이 의장대를 이끌고 일행을 모시러 나타났다. 짐 보따리를 챙긴 당나라 스님과 제자들은 말고삐를 끌면서 시종관을 따라 입궐하여 섬돌 아래 이르렀다.

국왕이 손오공 일행 셋만 앞으로 가까이 불러들였다.

"통행문서를 이리 내놓으시오. 짐이 국새를 찍고 서명해서 노잣돈을 두둑이 얹어 드릴 터이니, 그대들은 이 길로 떠나 영산에 가서 부처님을 만나뵙도록 하시오."

손오공이 막내에게 통행문서를 꺼내 올리게 하자, 그는 대충 훑어본 다음 국새를 찍고 손수 서명하더니, 금과 은 덩어리를 한 쟁반 곁들여서 내려주었다.

손오공은 절 한 번 꾸벅하고 받아 들었다. 그리고 돌아서서 떠나려는데 당나라 스님이 허둥지둥 달려오더니 제자들의 손을 덥석 부여잡고 매달렸다.

"이놈들아, 날 모른 척 내버려두고 너희들끼리만 떠날 작정이냐?"

손오공은 스승의 손바닥을 지그시 꼬집고 눈을 찡긋해 보이면서, 남들이 모두 알아듣게 일부러 큰 소리로 작별 인사를 했다.

"사부님은 여기서 느긋이 마음 잡수시고 편히 지내기나 하십쇼. 저희들이 경을 받아 가지고 돌아오는 길에 다시 찾아뵙지요."

그러나 스승은 도무지 갈피를 잡을 수가 없어 손을 놓으려 하지 않았다.

그 광경을 본 국왕이 부마를 떼어놓게 한 다음, 여러 관원들에게 명했다.

"부마의 제자 세 분을 속히 궐문 밖까지 전송해드려라!"

어명이 내려졌으니, 당나라 스님도 어쩔 도리가 없는 터라 제자의 손을 놓아주었다.

이윽고 손오공 일행 셋은 신하들의 배웅을 받으면서 대궐 문을 나섰다.

"형님, 우리 정말 이렇게 떠나는 거요?"

저팔계가 붙잡고 물었다. 그는 아무 대꾸 없이 걸음만 부지런히 옮겨 역관으로 돌아왔다. 그제야 손오공은 두 아우에게 넌지시 귀띔을 했다.

"자네 둘은 잠자코 여기서 기다리게. 절대로 바깥에 얼굴을 내밀지 말게. 또 나한테는 아무 말도 건네면 안 되네. 이제 나 혼자 사부님을 보호해드리러 가겠네."

앙큼스런 제천대성은 그 자리에서 솜털 한 가닥을 뽑아 들더니 숨결 한 모금 불어넣고 외마디 소리로 외쳤다.

"변해라!"

솜털은 눈 깜짝할 사이에 손오공의 모습으로 바뀌어 저팔계, 사오정과 함께 역관에 남았고, 자신은 허공으로 뛰어올라 어느새 꿀벌로 탈바꿈했다.

꿀벌로 변신한 그는 가볍게 날아서 대궐로 돌아갔다. 당나라 스님은 국왕 곁에 앉았는데 이맛살을 잔뜩 찌푸린 것으로 보아 몹시 조바심을 내고 있는 모양이었다.

꿀벌은 스승의 모자 위에 내려앉은 후 살금살금 귓전으로 기어가 속삭였다.

"사부님, 제가 왔으니 걱정하지 마세요."

스승도 제자의 목소리를 알아듣고 그제야 조바심이 풀렸다.

얼마 안 있어 시종관이 만반의 준비가 갖추어졌노라고 아뢰자, 국왕은 싱글벙글 웃으면서 부마의 손을 잡아 이끌고 초례청이 차려진 내궁으로 건너갔다.

당나라 스님이 근심걱정에 싸인 채 국왕을 따라서 내궁에 들어서자 풍악이 울리고 향 냄새가 코를 찌르기 시작했다. 궁궐이 온통 기쁨에 들떴으나, 그는 목석같이 고개를 숙인 채로 그저 걷기만 할 따름이었다. 곁눈질 한번 않는 스승의 몸가짐에 손오공은 속으로 찬탄을 금치 못했다.

'훌륭한 스님이시다! 참으로 훌륭한 내 스승이다! 몸은 비단 폭에 싸였어도 여색을 탐내는 마음이 없고, 두 발은 옥구슬을 디디면서도 부귀에 미혹되지 않는다더니, 과연 그 옛 말씀대로구나……!'

얼마 안 있어 왕후 비빈들이 공주를 에워싸고 초례청에 나타났다.

이때 손오공은 공주의 머리 위에 한 가닥 요사스런 기운이 감돌고 있음을 알아차렸다. 비록 흉악하고 사나운 것은 아니었으되, 요기(妖氣)는 분명 요기였다. 그는 부리나케 스승의 귓전으로 다가가 속삭였다.

"사부님, 공주는 가짜입니다!"

스승도 속삭여 물었다.

"가짜라면 어떻게 그 정체를 드러내게 할 것이냐?"

"제가 당장 본모습으로 돌아가 저것을 잡아 꿇리면 그만이죠!"

"안 된다, 안 돼! 그럼 국왕과 왕후 비빈들이 놀랄 것이 아니냐? 저분들이 모두 자리를 뜨거든, 그때 가서 법력을 쓰도록 해라."

그러나 평생토록 성미가 조급한 손오공이 그런 소리를 귀담아들을 턱이 없었다. 그는 스승의 말이 미처 다 떨어지기도 전에 벌써 본모습을 드러내고 대갈일성 호통을 치더니 득달같이 공주 앞으로 달려들어 움켜잡았다.

"요 못된 짐승아! 가짜 년이 농간을 부려 공주 행세를 하면 그것으로 흡족한 줄 알아야지, 무엇이 또 부족해서 우리 사부님마저 파계시키려 하느냐!"

느닷없는 호통 소리에 국왕은 기절초풍하다 못해 그 자리에 얼어붙었고, 왕후 비빈과 궁녀들은 엎어지고 자빠지고 야단법석이 났다. 이리하여 경사스런 공주마마의 혼례식장이 순식간에 아수라장으로 바뀌고 말았다.

삼장법사는 얼이 빠져 허둥거리는 국왕을 부여안은 채 같은 소리만 거듭 외쳤다.

"폐하, 두려워 마십시오! 저것은 소승의 제자가 법력을 써서 진짜 공주인지 가짜 공주인지 알아내려고 하는 짓이니, 부디 겁내지 마소서!"

한편, 공주로 변신해 있던 요괴는 사태가 재미없게 돌아가자, 손오공에게 움켜잡힌 손길을 홱 뿌리치더니, 혼례복과 면사포, 머리장식 노리개를 모조리 벗어 내동댕이치면서 화원 한 귀퉁이 토지신의 사당 안으로 뛰어들었다. 그리고 잠깐 사이에 절굿공이처럼 생긴 짤막한 몽치를 한 자루 꺼내 들고 다시 뛰쳐나와 손오공을 닥치는 대로 후려갈겼다. 손오공도 여의봉을 휘둘러 정면으로 맞받아쳤다. 둘이 고래고래 악을 써가며 화원 한복판에서 맞붙어 싸우더니, 나중에는 제각기 신통력을 발휘하여 안개구름을 일으켜 타고 허공으로 치솟아 무섭게 싸우기 시작했다. 인간 세상 사람들에게는 그야말로 평생을 두고 다시 보지 못할 공중전이 벌어진 것이다.

난데없이 중천에서 대판 싸움을 벌였으니, 그 바람에 천축 노성 안

의 백성들이 놀랍고 불안하여 술렁대기 시작했고, 대궐 안의 문무백관들조차 겁이 나서 움츠러들었다.

당나라 스님은 여전히 국왕을 부여잡은 채 똑같은 소리만 되풀이했다.

"폐하, 놀라지 마십시오! 공주는 틀림없이 가짜입니다. 소승의 제자가 저 요정을 잡아 꿇리고 나면 시비도 분명히 가려질 것입니다."

이때 궁녀들 가운데 제법 담보가 두둑한 여인이 땅바닥에 흩어진 옷가지와 노리개 장식 따위를 주워 왕후에게 보이면서 이렇게 아뢰었다.

"마마, 이것들은 공주께서 입고 계시던 옷과 노리개 장식입니다. 이제 옷을 다 벗어던지고 벌거벗은 알몸으로 저 스님과 하늘 위에서 싸우는 걸 보니, 부마 어르신의 말씀대로 인간이 아니라 요괴가 틀림없는 모양입니다."

이때서야 천축 국왕과 왕후 비빈들도 겨우 정신을 가다듬고 하늘을 바라보며 싸움의 결과를 조마조마하게 지켜보기 시작했다.

한편, 요정은 손오공을 상대로 반나절이 넘도록 맞서 싸웠으나 좀처럼 승부가 나지 않았다. 약이 오를 대로 오른 손오공 역시 조급한 성미를 견디지 못하고 손에 들고 있던 여의봉을 내던지며 버럭 호통을 쳤다.

"에잇, 변해라!"

주문을 외우자, 여의봉은 삽시간에 한 자루가 열 자루, 백 자루, 천 자루로 자꾸 늘어나더니, 반공중에서 구렁이처럼 마구 날뛰면서 요괴의 전후좌우 가릴 것 없이 닥치는 대로 후려갈겼다.

사태가 급작스레 바뀌자, 요괴는 당황한 나머지 막아낼 엄두를 내지 못하고 허둥거리다가 한줄기 맑은 바람으로 변하여 까마득히 높은 창공으로 도망치고 말았다.

손오공은 여의봉을 다시 한 자루로 만들어 쥐고 곧장 요괴를 뒤쫓기 시작했다. 이윽고 서천문이 가까워졌다. 눈부시게 펄럭이는 천궁의 깃발이 보이자, 그는 버럭 고함쳐 알렸다.

"여보게, 문지기들! 요괴 한 마리가 그쪽으로 도망치니 앞길을 막아주시게!"

과연 서천문에는 호국천왕이 사대 원수 별자리들을 거느린 채 당직을 서고 있다가 제천대성의 목소리를 알아듣고 재빨리 문 앞에 늘어서서 병기를 꺼내 들었다.

달아날 길이 막히자, 요괴는 급히 돌아서서 또다시 자루 짧은 절굿공이로 제천대성과 맞서기 시작했다.

"네놈이 오백 년 전에 천궁을 크게 뒤엎었던 필마온 원숭이인 줄 다 알고 있다! 남의 다 된 혼사를 망쳐놓았으니 불구대천지 원수나 다름없는데, 내 어찌 그냥 넘어갈 듯싶으냐?"

제천대성 손오공의 약을 올리려면 마구간지기 '필마온'이란 호칭보다 더 지독한 욕설은 없을 터, 과연 그는 이 소리를 듣기가 무섭게 속에서 울화통이 머리끝까지 치솟아 도무지 참을 수가 없었다. 제천대성은 어금니를 뿌드득 갈아붙이면서 여의봉을 치켜들더니 혼신의 기력을 다 쏟아 부어 요괴의 면상을 후려갈겼다. 그러나 요괴도 밀리는 기색 하나 없이 절굿공이를 사납게 휘두르며 마주쳐 나왔다.

이리하여 서천문 앞에서 독이 오를 대로 오른 쌍방이 또 한바탕 격전을 벌이기 시작했다. 요괴는 제천대성을 상대로 치고 받고 10여 차례를 더 싸웠으나, 결국 이겨내기 어렵다는 사실을 깨닫고 허세로 절 굿공이를 번뜩 휘두르더니, 상대방이 멈칫하는 틈에 훌쩍 몸을 뒤채 어 곧바로 남쪽을 향해 달아나기 시작했다.

그 뒤를 쫓아서 제천대성의 추격이 시작되었다. 그러나 어느 이름 모를 커다란 산꼭대기 상공에 다다르자, 요괴는 어떤 재간을 부렸는 지 산중턱 어디론가 사라져 순식간에 자취를 감추고 말았다.

손오공은 요괴가 슬그머니 딴 길로 천축 도성으로 되돌아가 스승을 해치지나 않을까 걱정스러운 나머지, 구름의 방향을 바꾸어 도성으로 돌아갔다.

때는 어느덧 이른 저녁 무렵, 이 나라 국왕은 삼장법사를 부여잡고 와들와들 떨면서 안타까운 목소리로 애걸하고 있다가, 손오공이 구름 위에서 툭 떨어져 내리는 것을 발견했다.

"성승, 짐을 좀 구해주시오!"

당나라 스님도 그를 반갑게 맞아들이면서 물었다.

"얘야, 가짜 공주를 쫓아간 일은 어찌 되었느냐?"

손오공은 국왕과 스승 앞에 가짜 공주가 요괴임을 밝히고 그동안의 경위를 낱낱이 말씀드렸다. 국왕이 다급하게 물었다.

"공주가 요괴라면 내 진짜 공주는 어디 있소?"

"조금만 더 기다리십시오. 제가 그 가짜 공주를 잡게 되면, 폐하의 진짜 공주님은 저절로 나타나시게 될 겁니다. 저는 이 길로 다시 요 괴를 잡으러 떠날 테니, 사부님은 두 아우를 대궐로 불러들여 함께 계십쇼."

이 말을 듣고 국왕은 역관으로 사람을 보내 저팔계와 사오성을 궁

궐로 불러들이는 한편, 서둘러 소찬으로 음식상을 마련하여 대접하게
했다.

또다시 남쪽으로 곧장 날아간 제천대성은 앞서 눈여겨 보아두었던
산속을 샅샅이 뒤져가며 요괴의 행방을 찾기 시작했다. 그러나 요괴
는 싸움에 패하고 도망쳐온 직후 제 소굴에 틀어박힌 채 바깥에는 얼
씬도 하지 않았다.

아무리 찾아 헤매도 요괴의 동정이 보이지 않는 터라, 조바심이 난
손오공은 생각다 못해 진언을 외워 이 산중의 토지신과 산신령을 죄
다 끌어냈다.

얼마 안 되어 두 신령이 허겁지겁 나타나더니 머리를 조아리고 사
죄했다.

"대성 어르신, 왕림하신 줄 모르고 뒤늦게 문안드립니다. 부디 용
서해주십쇼!"

"자네들을 때리지는 않겠네. 한 가지 물어볼 것이 있는데, 이 산중
에 요괴나 정령들이 살고 있는가? 사실대로 얘기하면 늦은 죄를 눈감
아주세."

으름장 섞어 묻는 말에, 토지신과 산신령은 부들부들 떨어가며 이
실직고했다.

"대성 어르신, 이 산중에는 토끼굴이 세 군데 있을 뿐 흉악한 마귀
나 요괴 따위는 없었습니다. 하지만 혹시 토끼가 요정으로 둔갑했을
지도 모르니, 소신들이 토끼굴로 안내해드리겠습니다."

"흐흠, 일리가 있는 말일세. 그 요괴 년이 서천문까지 달아났다가

앞길이 막혀 이리로 쫓겨왔는데, 어째서 보이지 않는지 모르겠군. 아무튼 자네들이 앞장서시게."

두 신령은 제천대성을 데리고 토끼굴 세 군데를 하나씩 뒤져가며 요괴의 행방을 찾기 시작했다. 산기슭 밑에서부터 뒤진 끝에 마지막 세번째 토끼굴이 산꼭대기 정상에 뚫려 있는 것을 발견했다. 과연 그곳에는 커다란 바윗돌 두 덩어리가 출입구를 단단히 막아놓고 있었다.

"여기가 요괴의 소굴이 분명합니다. 어서 들이치십쇼."

손오공은 여의봉을 휘둘러 단번에 바윗돌을 밀어붙였다. 아니나 다를까, 굴 속에 웅크려 있던 요괴가 '휙!' 하는 소리와 함께 후닥닥 뛰쳐나오더니, 약초 찧는 절굿공이를 번쩍 치켜들고 사납게 덤벼들었다. 손오공도 여의봉을 수레바퀴 돌리듯 마구 휘둘러가며 절굿공이의 공세를 막아냈다. 그 바람에 산신령은 기절초풍하도록 놀란 나머지 허둥지둥 뒷걸음쳐 물러나고, 토지신은 재수 없이 얻어맞을까 봐 머리통을 감싸 안은 채 무작정 뛰어 달아났다.

요괴가 그들을 발견하고 냅다 욕설을 퍼부었다.

"이런 고약한 녀석들! 누가 너희더러 이놈을 여기까지 데려오라고 했느냐!"

안간힘을 다 써서 여의봉의 공세 앞에 억지로 버티던 요괴는 한편으로 싸워가며 슬금슬금 뒤로 물러나더니, 마침내 공중으로 도망쳐 올라갔다.

바야흐로 위급한 상황이 절정에 다다랐을 때, 날이 또 저물어왔다. 독이 오를 대로 오른 손오공은 이 약아빠진 요괴를 단매에 때려잡지 못하는 자신이 원망스러운 터라, 어떻게 해서든지 뒤따라 잡으려고 이를 갈아붙이면서 악착같이 추격했다.

이때였다. 까마득히 높은 하늘 위에서 누군가 손오공을 부르는 소리가 들려왔다.

"대성, 잠깐 멈추시오! 그 몽둥이질을 잠시만 멈춰주시오."

손오공이 황급히 고개를 돌려 보니, 자기를 부른 이는 다름 아닌 달나라 광한궁의 주인 태음성군(太陰星君), 그 뒤로 몇몇 항아(姮娥) 선녀들을 이끌고 채색 구름을 낮추어 눈앞에 내려서는 것이 아닌가?

당황한 손오공이 부랴부랴 여의봉을 거둬들이면서 허리 굽혀 문안 인사를 건넸다.

"태음성군 영감, 어딜 가시는 길이오? 이 손 선생이 미처 길을 비켜드리지 못해 죄송하게 되었소."

달나라 주인이 간곡한 말씨로 다시 부탁했다.

"대성과 맞서 싸우던 요물은 사실 내 광한궁(廣寒宮)에서 약초를 절구에 찧던 옥토끼였소. 그것이 제멋대로 월궁을 도망쳐 나온 지 벌써 일 년이 되었구려. 내가 손꼽아 따져보니 저것이 오늘 여기서 목숨을 잃어버릴 운수라, 내 저것의 목숨을 구해주고자 여기까지 달려왔으니, 대성께서는 이 늙은이의 낯을 보아서라도 부디 저것의 목숨만은 살려주시기 바라오."

손오공은 시큰둥하게 두서너 번 고개를 끄덕끄덕하더니, 나중에는 절레절레 도리질을 했다.

"원 천만에, 별 말씀을 다 하시는구려! 어쩐지 저것이 약 찧는 절굿공이를 곧잘 쓴다 했더니 달나라 옥토끼였네그려. 허나 영감은 저

것이 천축 임금의 공주를 납치해 숨겨놓고 자신이 가짜 공주로 둔갑해서 우리 사부님의 동정을 빼앗아 파계시키려고 한 짓은 모를 텐데, 내 어찌 가벼이 용서해줄 수 있단 말이오?"

"그 역시 대성께서 모르고 하시는 말씀이외다. 천축 국왕의 따님 역시 사실은 범속한 인간이 아니라, 원래 월궁에서 일하던 궁녀 소아(素娥)였소. 여러 해 전에 소아가 옥토끼를 손바닥으로 한 대 때려준 일이 있었는데, 그 업보 탓으로 속세를 그리워하여 아래 세상으로 내려가 천축 왕비의 뱃속에 잉태되어 인간으로 태어나게 되었던 것이오."

"호오, 그런 일이 다 있었구려. 한데 저 요물은 어떻게 지상에 내려왔소?"

"옥토끼란 놈은 소아에게 따귀를 한 대 얻어맞은 것이 분하고 원통해서, 그 앙갚음으로 작년에 광한궁을 몰래 빠져나와 소아를 납치해서 황량한 들판에 내동댕이쳤소. 하지만 제 분수에 넘치게 당나라 스님까지 유혹해서 배필로 삼으려 했으니, 그 죄 하나만큼은 면할 수 없게 되었소. 경위야 어쨌거나, 내 체면을 보아서 저것의 죽을죄는 일단 용서해주시구려. 그럼 내가 수습해서 데려다 벌하리다."

손오공은 그제야 너그럽게 웃으며 그 청을 선선히 받아들였다.

"그런 인과관계가 있었다니, 이 손 선생도 더는 억지를 부리지 못하겠구려. 허나 옥토끼를 이대로 데려간다면 천축 국왕이 모든 사실을 믿으려 하지 않을 테니, 번거로우시더라도 영감께서 월궁의 항아 선녀님들과 함께 저것을 데리고 가서서 임금 앞에 증명해주시면 고맙겠소."

"좋소! 대성의 말씀이 그렇다면, 내 믿고 따르리다."

태음성군도 한마디로 시원스레 응낙했다. 그리고 손가락으로 요괴를 가리키며 엄하게 호통쳤다.

"이 못된 짐승아! 일이 이 지경이 되었는데도 내게 돌아올 줄 모르고 무얼 망설이는 게냐!"

주인에게 한마디 호통을 듣자, 요괴는 그 자리에서 팔딱 재주를 넘더니 떼굴떼굴 한 바퀴 구르고 나서 본래의 모습을 드러냈다. 과연 요괴의 정체는 그야말로 귀엽고 앙증맞기 이를 데 없는 옥토끼였다. 입술은 언청이, 앞니는 뽀족한데 기다란 두 귀에 수염이 듬성듬성 나고, 몽실몽실한 몸뚱이에 보드라운 털이 백옥처럼 하얗다. 새빨간 두 눈동자가 투명한 빛깔로 반짝이는데, 아무리 밉게 보려 해도 밉상은 아니었다. 손오공은 귀여운 옥토끼를 마주 대하고 보니, 그동안에 골탕 먹어 쌓였던 분노가 한순간에 봄눈 녹듯 스러졌다.

그는 홀가분한 심정으로 구름을 딛고 허공에 오른 다음, 앞장서서 길을 인도했다. 태음성군은 그가 안내하는 대로 따라서 월궁 항아 선녀들과 함께 옥토끼를 데리고 곧바로 천축 경내에 들어섰다.

때는 벌써 황혼에 접어들 무렵, 동편 하늘에 달그림자가 덩그러니 떠오르고 있었다. 국왕은 아직도 당나라 스님과 마주 앉아 얘기를 나누고, 저팔계와 사오정은 문무백관들과 더불어 섬돌 앞에 늘어서 있었다. 그런데 남쪽 하늘가에 채색 노을이 떠돌기 시작하더니 어둑어둑 땅거미가 지던 하늘이 갑작스레 대낮처럼 환히 밝아왔다. 뭇사람들이 깜짝 놀라 고개를 쳐들고 바라보았더니, 제천대성 손오공의 고함소리가 천둥 벼락 치듯 들려왔다.

"천축 국왕 폐하! 어서 나와 보십시오! 여기 계신 분이 달나라 광한궁의 주인 태음성군이시고, 선녀들은 달 속의 항아님입니다. 그리고 이 옥토끼가 폐하의 궁전에서 공주 노릇을 하던 요괴로서 이제 주인의 손에 붙잡혀 참모습을 드러냈으니, 자세히 살펴보십시오!"

국왕은 급히 내궁으로 사람을 달려보내 왕후 비빈들과 궁녀들을 불러낸 다음, 모두들 하늘을 우러러 참배의 예를 올리게 했다. 그리고 자신도 당나라 스님과 함께 문무백관을 이끌고 내려서서 허공을 바라보며 감사의 절을 드렸다.

모든 사람이 넋을 잃은 채 하늘을 바라보고 있을 때, 저팔계 녀석은 또다시 옛날 천봉원수 시절에 월궁 항아를 희롱하던 때가 그리웠는지, 허공으로 훌쩍 뛰어오르더니 선녀를 덥석 끌어안으며 주책없는 소리를 지껄였다.

"이것 봐요, 아가씨. 우리 옛날부터 잘 아는 사이가 아니오? 어디 또 한번 놀아봅시다."

손오공이 대뜸 저팔계의 멱살을 움켜잡고 따귀를 두어 대 올려붙이며 꾸짖었다.

"이런 시골뜨기 천치 녀석! 어딜 감히 엉큼스레 망발을 떠는 게냐!"

미련퉁이는 손오공에게 멱살을 붙잡힌 채 투덜투덜 변명을 늘어놓았다.

"하도 따분해서 심심풀이로 좀 놀아보자고 했을 뿐이오! 그게 뭐 잘못됐소?"

태음성군은 항아 선녀들과 함께 옥토끼를 데리고 월궁으로 돌아갔다. 그제야 손오공이 저팔계 녀석을 흙먼지 구덩이에 메다꽂았다.

국왕은 다시 전상에 올라 손오공에게 사례하며 일이 어떻게 된 것인지 물었다.

"신승께서 법력을 크게 베푸시어 가짜 공주를 잡아주신 은혜 참으로 감사하오. 그렇다면 짐의 친딸 진짜 공주는 어느 곳에 있단 말씀입니까?"

손오공은 그동안 공주와 요괴 사이에 얽힌 인과관계를 차근차근 일러주었다. 공주는 전생에 월궁의 소아 선녀, 요괴는 옥토끼였으며, 피차 따귀 한 대 때리고 맞은 업보로 인간 세상에 내려와 납치당하고 앙갚음하게 된 사연을 태음성군에게서 들은 대로 낱낱이 말해주었던 것이다.

사연을 다 듣고 나서 국왕은 송구스러운 마음에 눈물만 철철 흘려가며 탄식했다.

"아아, 불쌍한 내 딸은 지금 어디서 고생하고 있을꼬?"

손오공이 빙그레 웃으며 국왕을 안심시켰다.

"지금 폐하의 공주는 도성 밖 포금선사 절간 뒤꼍 기원정사 옛터에 갇혀 미치광이 행세를 하며 살고 있습니다. 아침에 날이 밝는 대로 제가 공주님을 찾아서 폐하께 돌려보내겠습니다."

이튿날 새벽 동이 트자, 마음 다급한 국왕은 조정회의를 마치기가 무섭게 당나라 스님 일행을 모셔 들이게 했다.

"어제 말씀하신 대로, 수고스럽지만 신승 여러분께서 내 딸아이 공주를 찾아주시기 바라오."

이때서야 당나라 스님은 천축 도성에 도착하던 그날 포금사 노승에게서 들었던 일들을 말씀드렸다. 기막힌 사연을 알게 된 국왕은 소나기처럼 눈물을 펑펑 쏟아가며 당장 시종관에게 어가를 대령하라는 명령을 내렸다.

국왕과 왕후 비빈의 거둥이 대궐 문을 나서는 것을 본 손오공은 곧바로 허공에 뛰어오르더니 눈 깜짝할 사이에 60리 떨어진 포금사에 먼저 들이닥쳤다. 절간 승려들이 황급히 달려나와 영접하자, 그는 대뜸 노스님부터 찾았다.

"당신네 원로 스님은 어디 계신가? 이제 곧 국왕 폐하의 거둥이 도착하실 터이니, 얼른 그분을 모셔 내오고 어가를 맞아들일 채비나 갖추시오."

노스님이 지팡이를 짚고 달려나와 인사하며 일이 어찌 되었느냐고 물었다. 손오공은 그동안 있었던 사연을 간략히 얘기해주고 천축 국왕이 직접 공주를 만나러 오고 있다는 사실을 일러주었다.

포금사 승려들은 이때가 되어서야 비로소 뒤꼍 골방에 가두어놓은 것이 요괴가 아니라 여자라는 사실, 그것도 국왕 폐하의 따님이신 공주라는 것을 알고 모두들 기쁨과 놀라움을 감추지 못하였다.

신바람이 난 승려들이 범종을 울리고 북을 치랴, 장삼가사를 꺼내 입으랴, 산문 밖에 향로를 옮겨다 늘어놓으랴 한바탕 야단법석을 떠는 가운데 국왕의 행차가 산문에 이르렀다. 삼장법사 일행 역시 뒤따라 당도했다. 포금사 승려들은 일제히 땅바닥에 무릎 꿇고 엎드려 영접했다.

노스님은 몸소 국왕을 인도하여 절간 뒤꼍 골방으로 돌아가 자물쇠를 열었다. 굳게 잠긴 골방 안에서 공주가 인기척을 느끼고 여전히 미치광이 행세를 하며 허튼소리를 지껄이기 시작했다.

"여기 계신 분이 작년 이맘때 회오리바람에 휩쓸려 오신 공주마마이십니다."

이윽고 방문이 활짝 열렸다. 공주를 발견한 국왕과 왕후는 이내 그 모습을 알아보고 와락 뛰어들더니 더러운 것도 마다않고 딸을 얼싸안으며 울음보를 터뜨렸다.

국왕은 공주를 깨끗이 목욕시킨 다음 미리 준비해간 옷으로 갈아입혔다. 그리고 수레에 함께 올라 승려들의 전송을 받으며 도성으로 돌아갔다.

그날 밤 천축 도성 왕궁에서는 임금 내외분이 공주와 다시 단란하게 모인 이날을 경축하느라 성대한 잔치가 열렸고, 당나라 스님 일행과 조정의 문무백관들이 다 같이 기쁨에 넘쳐 그 밤이 새도록 한껏 즐겼다.

이튿날 아침 조정회의에서, 국왕은 공주를 구해 돌보아준 늙은 스님에게 '보국승관(報國僧官)'이란 벼슬을 책봉하여 대대로 세습시키고, 해마다 쌀을 36섬씩 내려주게 하여 그 은덕에 보답했다. 그리고 단청에 솜씨가 뛰어난 화공을 불러들여 당나라 스님 일행 네 사람의 초상화를 그리게 하여 누각에 받들어 모셔놓은 다음, 공주에게 새롭게 몸단장을 하고 나와 자신을 고난에서 구해준 성승 일행의 은혜에 감사드리게 했다.

사은의 예식이 끝나자, 당나라 스님은 국왕에게 하직 인사를 드리고 서쪽으로 떠날 채비를 마쳤다. 국왕은 부처님을 만나뵙고자 하는 그들의 마음이 간절한 것을 보고 더는 머무르게 할 수 없음을 깨달았다. 금은보화를 내왔으나 그것마저 털끝만치도 받아들이지 않는 터라, 하는 수 없이 어가를 대령시켜 삼장법사를 모셔 앉힌 다음, 왕후 비빈들과 공주에게 수레바퀴를 밀게 하여 도성 밖까지 배웅하게 했다.

천축 도성을 떠나 큰길에 오르자, 당나라 스님 일행은 포금사 승려들의 전송을 받으며 또다시 서쪽으로 하염없는 길을 떠나갔다.

11. 천축 대뇌음사

스승과 제자 일행이 서쪽으로 계속 나아가다 보니, 때는 바야흐로 봄철도 다 지나고 어느덧 초여름에 접어들고 있었다.

서방 세계는 부처님의 땅이라 과연 다른 고장과는 사뭇 달랐다. 눈에 띄는 것은 기화요초 아름다운 풀밭이요, 오래된 잣나무, 울창하게 짙푸른 소나무 숲이었다. 집집마다 착한 일에 마음 쓰고 찾아드는 곳마다 승려들에게 기꺼이 재(齋)를 베풀어주었다. 감돌아 나가는 산기슭마다 도를 닦는 수행자들이 눈에 띄었으며, 숲 속에서도 불경을 외우는 나그네들을 만날 수 있었다.

스승과 제자들은 밤이면 잠자리를 찾아들고 이른 아침부터 걷기를 재촉했다. 또다시 여드레쯤 가다 보니, 홀연히 앞길에 하늘을 찌를 듯이 높이 솟은 누각과 몇십 층짜리 웅장한 전당이 즐비하게 늘어서 있는 것이 보였다.

오랜 세월 기나긴 여로에 지칠 대로 지친 삼장법사는 무심코 채찍을 높이 들어 멀리 그곳을 가리켜 보이며 하염없이 찬탄을 늘어놓았다.

"오공아, 참으로 훌륭한 곳이로구나!"

손오공이 싱긋 웃으며 대꾸했다.

"사부님, 지난번 소뇌음사 거짓 부처가 있는 곳에서는 기어코 말에서 내려 공손히 절하시더니, 오늘 진짜 부처님의 나라, 참된 부처님이 계신 곳에 이르러서는 도리어 안장에서 내리실 줄 모르니, 이게 어찌 된 노릇입니까?"

짓궂게 묻는 제자의 말에, 삼장법사는 깜짝 놀라 허둥지둥 말안장에서 뛰어내리기 무섭게, 언제 그런 힘이 생겼는지 순식간에 1백여 척 높이나 까마득히 치솟은 누각 문턱까지 달려갔다.

어느덧 산문 앞에는 도사 차림을 한 동자 하나가 비스듬히 기대서서 일행을 기다리고 있었다.

"거기 오시는 분, 혹시 동녘 땅에서 경을 받으러 오신 분 아니십니까?"

삼장법사는 영문을 모른 채 어리둥절하고 바라보는데, 손오공이 먼저 그를 알아보고 스승에게 외쳐 알렸다.

"사부님, 저분은 영취산 기슭에서 수행하시는 옥진도관 금정대선이십니다. 우리를 마중하러 나오신 모양입니다."

삼장법사도 그제야 깨닫고 부랴부랴 옷매무새를 가다듬더니 그 앞으로 나아가 예를 차렸다.

금정대선이 웃으면서 이렇게 말했다.

"성승께서 금년에야 도착하셨군요. 저는 관세음보살에게 깜빡 속았습니다. 그분이 십여 년 전 부처님의 법지를 받들어 동녘 땅으로 경을 가지러 올 사람을 찾으려고 떠나실 때 하는 말씀이, '한 이삼 년이면 당도할 것'이라 하시기에, 저는 해마다 기다려왔는데 소식이 묘연하더니, 뜻하지 않게 올해에야 겨우 만나뵙습니다그려."

삼장법사는 두 손 모아 공손히 사례했다.

"대선의 두터우신 정성에 그저 감격하고 감격할 따름입니다."

이리하여 네 사람은 말고삐를 끌고 짐 보따리를 짊어진 채 도관으로 들어갔다. 금정대선은 어린 동자들에게 차와 음식상을 마련하라이른 다음 또다시 물을 따뜻하게 데워 성승을 목욕시켰다. 이른바 목욕재계하여 깨끗한 몸과 마음으로 부처님의 땅에 오를 수 있게끔 배려해준 것이었다.

스승과 제자들이 목욕을 마쳤을 때는 어느덧 해가 어둑어둑 저물고있었다. 그들은 옥진도관에서 하룻밤을 편히 쉬었다.

이튿날 아침 일찍 새 옷으로 갈아입은 당나라 스님이 겉에 장삼가사를 걸치고 승모를 쓴 다음, 손에는 고리 아홉 달린 석장(錫杖)을 짚고 나섰다. 금정대선은 흐뭇한 미소를 띠며 새삼스레 삼장법사의 자태를 뜯어보았다.

"어제까지 남루하던 모습이 오늘은 말끔해지셨군요. 그 모습을 뵈니 참으로 부처님의 제자다우십니다."

삼장법사가 큰절을 드리고 작별하려 하자, 금정대선은 이렇게 말했다.

"잠깐만 기다려주시오. 제가 배웅을 해드리겠소이다."

곁에서 손오공이 사양했다.

"전송까지 해주실 것은 없습니다. 이 손 선생이 길을 잘 알고 있으니까요."

그러나 금정대선은 절레절레 도리질을 했다.

"그대가 아는 길이란, 구름 타고 오가는 길뿐이오. 성승은 아직 구름길에 오르지 못하실 터이니, 본래 걸어오신 그대로 땅을 딛고 가셔야 할 것이오."

금정대선이 돌아서서 당나라 스님의 손목을 잡아끌고 법문(法門)으로 올라갔다. 이제 보니, 그 길은 산문 바깥으로 나가는 것이 아니라 뒤편으로 통하는 길이었다.

금정대선은 영취산을 가리켰다.

"성승, 저길 보시오. 반공중에 상서로운 광채가 오색찬란하게 빛나고 아지랑이처럼 에워싸인 곳이 바로 영취산 높은 봉우리요, 불조(佛祖)께서 거처하시는 거룩한 대뇌음사 경지외다."

설명을 듣자, 당나라 스님은 그 자리에 엎드려 또다시 영취산 정상을 향해 큰절을 드렸다. 손오공이 웃으며 스승에게 또 핀잔을 주었다.

"사부님, 큰절할 곳은 아직 멀었습니다. 산꼭대기에 올라설 때까지 절만 하시다가는 앞으로 몇백 번이나 머리를 조아리셔야 할지 모르겠네요."

금정대선이 여기서 한마디 건넸다.

"성승, 그대와 제천대성, 천봉원수, 권렴대장은 이제 영산을 바라볼 수 있게 되셨으니, 저는 이만 돌아가겠소이다."

삼장법사는 대선과 작별했다. 이윽고 제천대성 손오공이 당나라 스님 일행을 이끌고 느린 걸음걸이로 천천히 산에 오르기 시작했다. 그러나 미처 오륙 리도 못 갔을 때, 그들의 눈앞에는 한줄기 세찬 강물이 굽이치며 무서운 속도로 흘러내리고 있었다. 강폭은 어림잡아 10리쯤 되어 보이는데, 사방을 둘러봐도 인적이 없었다.

삼장법사는 속으로 찔끔 놀라 제자에게 물었다.

"오공아, 길을 잘못 든 것 같구나. 대선이 잘못 가르쳐준 것은 아니냐? 강물이 이렇듯 너르고 사납게 소용돌이쳐 흐르는데, 배 같은 것이라곤 한 척도 찾아볼 수 없으니 이 물을 어떻게 건너간단 말이냐?"

"길을 잘못 든 게 아닙니다. 저길 보세요! 큰 다리가 하나 있지 않습니까? 저 다리 위로 건너가셔야 공덕을 이루실 수 있는 겁니다."

스승과 제자 일행이 더 가까이 가보았더니, 강변에 '능운도(凌雲渡)'라 쓰인 말뚝이 박혀 있는데, 다리라는 것이 놀랍게도 통나무 한 가닥 걸쳐놓은 외나무다리가 아닌가! 멀리서 바라보면 허공을 가로지른 들보 같았으나, 가까이 굽어보니 강물의 흐름을 끊어놓을 것처럼 수면 위에 거의 닿도록 걸쳐놓은 썩어빠진 뗏목 같았다. 보기만 해도 가느다랗고 미끄럽기 짝이 없어 도무지 건너갈 엄두가 나지 않는데 사람이 무슨 수로 이걸 딛고 건널 수 있단 말인가?

"오공아, 이건 사람이 건너다닐 다리가 아니다. 우리 다른 길을 찾아서 건너가자꾸나."

당나라 스님은 가슴살이 떨리고 오금이 저려 제자를 돌아보며 하소연했다. 그러나 손오공은 빙그레 웃으며 도리질했다.

"이게 바로 그 길입니다. 죄를 짓지 않고 착하게 살아온 사람이라면 누구나 쉽사리 건너갈 수 있지요."

저팔계도 겁먹은 기색으로 다시 물었다.

"이게 길이라면 어느 누가 감히 건너간단 말이오? 강폭도 어지간히 너른 데다 파도까지 흉흉하게 용솟음치는데, 외나무다리가 저토록 가늘고 미끄러우니 어디 한쪽 발이라도 붙일 수 있겠소?"

"모두들 여기서 기다리고 있게. 이 손 선생이 한번 두 발로 건너가 볼 테니까."

손오공은 슬금슬금 발길을 떼어놓더니 외나무다리 위에 훌쩍 뛰어 올라섰다. 통나무 다리가 휘청휘청 흔들렸다. 그러나 손오공은 눈 깜짝할 사이에 맞은편으로 뛰어가더니 그쪽 언덕 기슭에서 동반자들을 소리쳐 불렀다.

"건너와요, 건너오라니까!"

하지만 당나라 스님은 손사래를 홰홰 치고, 두 아우는 손가락을 입에 문 채 절레절레 도리질쳤다.

"안 되겠소, 안 되겠어! 정말 어려운 일이야!"

손오공이 다시 그쪽으로부터 뛰어오더니 저팔계를 잡아끌며 야단쳤다.

"이런 바보 멍텅구리 녀석! 날 따라오라니까!"

그러자 저팔계는 아예 땅바닥에 벌렁 나자빠지며 버텼다.

"미끄러워 못 가겠소! 미끄러진단 말이오. 형님, 날 좀 살려주시오. 제발 구름을 타고 건너가게 해주시구려!"

"여기가 어딘 줄 알고 함부로 구름을 타고 간단 말이야? 반드시 두 발로 걸어서 이 다리를 건너야 부처님이 될 수 있단 말일세!"

"형님, 부처님이 못 될망정, 나는 정말 건너가지 못하겠소."

두 사람이 다리목에서 잡아당기랴 끌어당기랴 옥신각신 다투고 있으려니, 사오정이 보다 못해 쫓아와서 뜯어말렸다.

삼장법사가 무심결에 흘끗 고개 돌리고 보니, 상류 쪽에서 웬 사람 하나가 나룻배를 저어 오며 큰 소리로 외쳐 부르고 있었다.

"건네드리지요! 제가 건네드려요!"

삼장법사는 기뻐 어쩔 줄 모르고 제자들을 불렀다.

"얘들아, 저기 나룻배가 온다!"

세 형제가 그쪽을 바라보니 과연 배 한 척이 다가오기는 하는데, 뜻밖에도 밑바닥이 없는 배가 아닌가!

손오공의 불같은 눈자위, 황금빛 눈동자는 그 사공이 인간을 해탈시켜 맞아들이는 길잡이 부처님인 줄 진작 알아보았으나, 일행들에게 그 신분을 밝히지 않고 그저 외쳐 부르기만 했다.

"이리 저어 오시오! 배를 이리 갖다 대시오!"

나룻배는 삽시간에 강기슭으로 다가들었다.

삼장법사는 눈앞에 가까이 다가온 나룻배를 보고 가슴이 철렁 내려앉았다.

"밑바닥 없는 배로 어떻게 사람을 건네줄 수 있단 말이오?"

그러자 사공은 이렇게 큰소리쳤다.

"내 나룻배는 끝도 시작도 없으니 풍파가 제아무리 휘몰아쳐도 평온하고 억만 겁을 두고두고 무사태평하게 자유자재로 떠다닌다오. 밑바닥 없는 배라 해도 고통의 바다에서 창생을 건네주어왔다오."

손오공이 합장하고 감사의 예를 드렸다.

"우리 사부님을 인도해주시러 오신 그 호의에 진정 감사드립니다. ……사부님, 어서 배에 오르십시오. 이 나룻배는 밑바닥이 없긴 해도 오히려 안전합니다."

당나라 스님이 놀랍고 의심스러워 계속 머뭇거리자, 손오공은 팔뚝을 덥석 부여잡아 배에 올려 태웠다. 스승은 과연 발붙이고 서 있지 못한 채 꾸르륵 하고 물속에 가라앉았다. 노를 젓던 사공이 한 손으로 그 덜미를 움켜 끌어올리더니, 배 위에 우뚝 일으켜 세웠다. 하마터면 물귀신이 될 뻔했던 스승님은 흠뻑 젖은 옷자락의 물기를 툭툭 털어내면서 속으로 투덜투덜 손오공을 원망했다.

스승이야 원망하거나 말거나, 손오공은 말고삐를 잡은 사오정과 짐보따리를 짊어진 저팔계마저 차례차례 이끌어 배에 올려 태웠다. 일행이 모두 나룻배 한복판에 자리 잡고 서자, 사공은 가볍게 노를 젓기 시작했다.

이때 상류 쪽에서 죽은 사람의 시체 한 구가 둥실둥실 떠내려왔다. 당나라 스님은 그것이 자신의 몸뚱이라는 것을 알아보고 대경실색했으나, 손오공은 껄껄거리며 통쾌하게 웃었다.

"하하! 사부님, 두려워 마십쇼! 저 시체는 알고 보면 사부님이 벗어놓은 살과 뼈로 뭉쳐진 육신이랍니다!"

사오정과 저팔계도 신기한 듯이 소리쳤다.

"그렇구나, 사부님이다! 사부님, 바로 당신이십니다!"

노를 젓던 사공도 장단가락 맞춰가며 이렇게 말했다.

"저것은 그대의 육신이외다. 축하드리오!"

"사부님의 경사를 축하드립니다!"

제자 세 사람도 덩달아 소리 맞춰 화답했다.

나룻배는 노를 저은 지 얼마 안 되어 아주 평온무사하게 능운도를 건너 마침내 대안에 이르렀다. 삼장법사는 그제야 몸을 돌이키더니 맞은편 언덕으로 거뜬히 뛰어올랐다. 이를 가리켜 어미의 태중에서 벗어나 육신의 모든 부정(不淨)한 사물을 말끔히 씻어버리고, 수행의 길을 다 채워 비로소 부처님의 경지에 든다는 것이다.

네 사람이 언덕에 올라 고개를 돌리고 보니, 사공은 물론이요 밑바닥 없는 나룻배마저 온데간데없이 사라져 보이지 않았다. 손오공은 그제야 늙은 뱃사공이 속세의 인간을 해탈시켜 인도해주시는 부처님이었다는 사실을 밝혔다.

제자의 일깨움에, 당나라 스님은 혀가 닳도록 감사해 마지않았다.

"고맙구나, 참으로 고마운 일이다!"

어느새 일행은 몸이 거뜬해져 날랜 걸음걸이로 영취산에 오르기 시작했다.

이윽고 대뇌음사 고찰(古刹)이 내다보이는 곳에 이르렀다. 정상은 까마득히 높은 하늘을 어루더듬고, 산자락은 이 세상의 중심인 수미산(須彌山)에 잇닿았다. 기암괴석 바윗돌은 울퉁불퉁 고르지 못한데, 깎아지른 절벽 아래 기이한 꽃 풀이 숲을 이루고 보랏빛 향기로운 난초가 무더기를 이루었다. 복사나무 숲에 과일 따는 원숭이와 소나무 가지에 깃든 흰 두루미, 채색 날개를 접은 봉황새가 하늘을 바라보며 우짖는데, 동서남북 어디를 돌아보나 옥구슬로 지은 궁궐 전당 누각이 아무리 보아도 끝 간 데를 모르겠다.

스승과 제자들은 절경에 담뿍 취하여 쉴 새 없이 여기저기 돌아보며 영취산 정상으로 올라갔다. 짙푸른 소나무 숲 그늘, 비취빛깔 잣나무 숲 속에는 선남선녀 신도들이 줄지어 늘어서서 일행을 맞아들였다.

드디어 목적지에 다다른 당나라 스님은 기쁨에 겨워 덩실덩실 춤추며 수제자의 뒤를 따라 대뇌음사 산문 밖에 이르렀다. 그곳을 지키고 있던 금강보살 네 분이 마중 나오며 일행의 앞길을 가로막았다.

"성승께서는 잠시 기다리십시오. 저희가 우선 여쭙고 허락이 떨어지거든 모셔 들이겠습니다."

금강보살은 둘째 문을 거쳐 문지기 보살에게 전갈했다.

"당나라 스님께서 당도하셨소."

세번째 산문을 지키던 신승이 부리나케 대웅전으로 달려가 석가모니 여래부처께 아뢰었다.

"당나라 조정에서 보낸 성승이 경을 받으러 방금 영산에 당도하였나이다."

여래부처님은 크게 기뻐하면서 즉시 여덟 보살, 사대 금강, 오백 나한, 삼천 대중을 두 줄로 늘어세우고 당나라 스님 일행을 맞아들이게 했다.

"성승은 들어오시오!"

이렇듯 당나라 스님은 수제자 손오공, 저팔계, 사오정과 함께 백마를 이끌고 세 군데 산문을 차례로 거쳐 대웅보전에 들어섰다.

초지일관 뜻을 세운 뒤 당나라 임금께 하직을 고하여 궁궐을 떠나온 것이 어느 해였던가. 머나먼 십만 팔천 리 길 숱한 물을 건너고 험산준령을 넘어 요괴 마귀들의 장애를 물리치고 공덕을 이룩하려는 일념만을 가슴에 품은 채 하염없이 걷고 또 걸어 오늘에야 비로소 여래부처를 만나볼 수 있게 되었으니, 실로 감회 깊은 순간이 아니고 무엇이랴.

대웅보전 앞에 다다른 일행 네 사람은 석가모니 여래부처를 대하자 몸을 굽혀 공손히 큰절을 올린 다음, 무릎 꿇고 통행문서를 받들어 올렸다. 여래부처는 문서 내용을 찬찬히 살펴보고 나서 삼장법사에게 돌려주었다.

삼장법사가 무릎 꿇고 이마를 조아린 채 아뢰었다.

"제자 현장은 동녘 땅 당나라 황제 폐하의 성지를 받자옵고, 참된 경전을 얻어다 중생을 구하고자 왔나이다. 바라옵건대 불조께서는 은혜로이 참된 경전을 내리시어 한시바삐 귀국하도록 허락하여주소서."

여래부처는 자비를 크게 베풀어 가엾이 여기는 말씨로 이렇게 말하였다.

"네가 태어난 동녘 땅 남섬부주는 기후가 좋고 땅이 기름져 물산이 풍부하고 인구가 조밀하나, 탐욕과 살생, 음란함과 속임수가 많으며, 남을 업신여기고 거짓말하는 자가 너무나 숱하다. 그러므로 하늘과 땅을 공경하지 않고 오곡을 소중히 여기지 않으며, 충성되지 못하고 효도하지 않으며, 의롭지 못하고 어질지 못한 까닭에, 양심을 속이고 됫박과 저울눈을 속여 남을 해치기에 거리낌이 없었다. 이렇듯 한없는 악업을 쌓았으니 그 죄악이 가득 차고 넘쳐 지옥의 재앙을 초래하기에 이르렀다. 그런 까닭으로 영원히 저승세계 지옥에 떨어져 온갖 고통을 받다가, 털가죽을 덮어쓰고 머리에 뿔 돋친 여러 가지 짐승으로 다시 태어나 그 짐승의 몸으로 전생의 빚을 갚느라 육신이 찢겨 뭇사람들에게 나누어 먹히는 형벌을 받게 된 것이다."

당나라 스님은 여래부처의 훈계를 들으며 두려움에 겨워 몸이 떨렸다.

"내 이제 삼장(三藏)의 경전을 내려줄 것이니, 그것으로 모든 괴로움과 번뇌에서 초탈하고 재앙과 지난날의 모든 허물을 풀어버릴 수 있으리라. 삼장 가운데 일장은 하늘의 법도를 논하고, 일장은 땅의 도리를 설파하며, 일장은 귀신의 원혼을 건져준다. 모두가 사물의 참된 도리를 닦는 경전이요, 착한 것을 올바르게 세우는 법문이라 할 것이다. 너희들은 이 경전을 동녘 땅에 널리 전하여 길이 크나큰 은덕을 펼칠 수 있게 하여라."

말씀을 마치자 여래부처는 아난과 가섭 두 제자를 지명해 불렀다.

"너희 둘이서 이들을 데려가 음식을 대접하고 장경각을 열어, 삼장 가운데 동녘 땅 사람들에게 알맞은 경전을 몇 권씩 가려 뽑아주어라."

아난과 가섭 두 존자는 즉시 그들 네 사람을 진루(珍樓)에 데리고 갔다. 공양을 맡은 신령들이 음식상을 차려 내오는데 하나같이 속세의 음식과는 전혀 다른 진수성찬이었다. 스승과 제자들은 극락세계의 온갖 음식을 맛보았다. 저팔계야말로 운수대통을 했고 사오정 역시 적지 않게 덕을 본 날이었다. 올바른 수명을 길이 늘이고 속세와 전혀 색다른 모습으로 바뀌는 환골탈태(換骨奪胎)의 음식을 배부르게 먹을 수 있었으니 말이다.

두 존자는 식사를 마친 일행을 장경각으로 데려갔다. 문이 활짝 열리자, 노을빛과 상서로운 기운이 천만 겹으로 뒤덮이고 채색 구름이 자욱이 퍼져 나왔다. 그들은 당나라 스님을 인도하여 책꽂이에 가지런히 놓인 경전을 한 바퀴 둘러보게 하더니, 마지막에 가서 이런 요구를 해왔다.

"성승께서 동녘 땅에서 여기까지 오셨으니, 무엇인가 저희들에게 주실 선물을 가져오셨겠지요?"

삼장법사는 그 말을 듣고 난처한 기색을 지었다.

"제자 현장은 여기까지 오는 길이 너무나 멀어 예물 같은 것을 준비해오지 못했습니다."

그러자 두 존자는 껄껄대고 웃었다.

"이거 정말 큰일 났네그려! 빈손으로 오신 분께 참된 경전을 공짜로 내드린다면, 후세 사람들은 모두 굶어 죽어야겠군!"

삼장법사는 송구스러움을 이기지 못하여 고개 숙인 채 대꾸할 말을 찾지 못하였다. 그러나 다음 순간 퍼뜩 생각나는 것이 있어 사오정더러 보따리를 풀게 했다. 그리고 당나라 황제가 내려주었던 놋쇠 바리때를 꺼내 두 존자에게 바쳤다. 부처님의 경전이란 가벼이 전수해서도 안 되는 것이요, 또한 빈손으로 거저 받아가서도 안 된다는 도리를 깨우쳤던 것이다.

"제자는 사실 춥고 배고프게 머나먼 길을 옷 입은 그대로 오느라 인사를 차릴 것이 없습니다. 이 놋쇠 바리때는 불초 제자가 십사 년 동안 동냥하는 데 써온 물건입니다. 바라옵건대 존자께서 이를 받아주시고 참된 경전을 내려주십시오."

아난과 가섭 존자는 두말 않고 염치없이 선뜻 받아 들더니 그제야 빙그레 미소를 지었다. 당나라 스님이 지난 14년간 하루도 거르지 않고 동냥을 받아 연명해왔다면, 세상 사람들의 두터운 공덕이 담겨 그 어느 보물보다 더 귀중한 선물이었던 것이다.

이윽고 두 존자가 경전을 한 권 한 권씩 가려 뽑아 그들에게 넘겨주기 시작했다. 열반경, 화엄경, 대반야경, 유마경, 금강경, 법화경,

유가경…… 두 존자들이 내려준 불경은 도합 35부(部), 5천하고도 48권이나 되었다.

당나라 스님은 넘겨받은 경전을 단단히 꾸려서 말안장에 싣고 나머지도 한 보따리로 묶어 저팔계가 짊어지게 했다. 손오공이 말고삐를 끌고 나섰다. 당나라 스님 일행은 다시 여래부처 앞에 나아가 두 손 모으고 작별을 고하였다.

여래부처는 당나라 스님에게 마지막 당부 말씀을 내렸다.

"네가 받은 경전 가운데에는 신선이 되고 도를 온전히 깨치는 오묘한 진리가 담겨 있으며, 사물의 변화 생성을 이끄는 기이한 방법이 적혀 있다. 아무쪼록 남섬부주에 도착하거든 절대로 경솔히 다루어서는 안 된다."

삼장법사는 머리 조아려 당부 말씀을 경건히 받아들였다. 그리고 제자들과 함께 여래부처 앞을 물러나와 귀국 길에 올랐다.

삼장법사 일행을 떠나보내고 사흘이 지난 후, 여래부처는 묵묵히 생각에 잠겨 있다가 급히 여덟 금강보살을 불러들여 분부했다.

"당나라 성승 일행이 오늘쯤 무서운 재난에 부닥쳤을 터이니, 팔대 금강은 이 길로 뒤쫓아 악귀들의 장애를 물리치고 그들을 구하여 당나라 도성까지 무사히 호송하여라. 그리고 경전을 전달한 다음에는 즉시 성승 일행을 데리고 서천으로 돌아오되, 절대로 지체함이 없도록 할 것이다."

한편 대뇌음사 산문을 나온 당나라 스님과 제자들은 영취산 아래 다다르자, 제각기 구름을 일으켜 탔다. 삼장법사 역시 능운도 나루터에서 육신을 벗고 해탈한 몸이라, 홀가분히 막내 제자 사오정의 구름에 함께 올라탈 수 있었다. 일행 네 사람은 소중한 경전 보따리가 실린 백마를 에워싼 채 이제 동녘 땅 그리운 고향을 바라고 쏜살같이 날아가기 시작했다.

온갖 우여곡절 끝에 수행을 원만히 이룩한 당나라 스님의 감회야말로 뭐라고 형언할 길이 없었다. 아득히 높은 창공을 꿈결처럼 날아가면서 눈 아래 스쳐 지나가는 속세를 굽어보는 동안 그의 가슴속에 불쑥불쑥 떠오르는 기억들을 지워버리기 어려웠다. 천축 도성이 내다보이고 가짜 공주가 던진 공에 맞아 마음에도 없는 부마 노릇을 할 뻔했던 추억, 거짓 부처님으로 변장하여 기름 도둑질하던 코뿔소 요괴들에게 끌려가 죽임을 당할 뻔했던 금평부, 사자 요정들에게 물려가 온갖 곤욕을 치렀던 옥화현……

어디 그뿐이랴, 멸법국에서는 임금이 승려들을 모조리 죽인다는 소문에 놀라 무더운 여름철 답답한 궤짝 속에 처박혀 죽을 고생을 하던 일, 무참하게 어린것들의 심장을 도려내 보약으로 먹으려던 비구국의 어리석은 임금, 거미와 지네 요정들의 함정에 빠져 독살당할 뻔했던 끔찍스런 사흘 낮과 밤…… 당나라 스님은 이제 생각만 해도 식은땀이 부쩍 돋아났다. 하지만 주자국 왕궁에서 임금의 고질병을 고쳐주었던 수제자의 돌팔이 의원 솜씨를 떠올리니 자기도 모르게 웃음이 흘러나왔다. 이어서 제새국 도성 금광사에서 십삼층 불탑을 청소하다 요괴를 붙잡던 일, 화염산 불길에 가로막혀 파초선을 구하느라 동분서주하던 안타까운 나날, 가짜 손오공에게 얻어맞고 까무러쳤던 나무 숲, 암컷 전갈 요정에게 납치되어 유혹당하던 비파 동굴, 여자들만 사는 나라에서 아름다운 여왕의 억지 청혼에 시달렸던 일, 자모하 강물을 떠 마시고 사내의 몸으로 잉태했던 어처구니없는 사건…… 하지만 이제 그 모든 시련과 역경은 꿈같이 다 지나가고 십사 년 전에 하염없이 떠났던 고국으로 금의환향하는 길이 아닌가……!

구름은 동쪽을 향해 쉬지 않고 끊임없이 날아갔다. 아침 해가 뜨고 하루가 지나서 저녁 달이 떠오르고, 한낮이 가면 어두운 밤이 찾아들었다. 그런데 당나라 스님은 시장한 줄도 몰랐다. 먹성 좋기로 둘째가라면 서러워할 미련한 제자 저팔계 녀석마저 어찌 된 일인지 신통하게도 배고프다는 말 한마디 입에 담지 않았다.

낮과 밤이 세번째 바뀌던 날 저녁 무렵, 당나라 스님 일행이 서쪽으로 뉘엿뉘엿 기우는 해를 등지고 하염없이 날아가고 있을 때였다. 갑자기 시커먼 안개가 뭉게뭉게 피어나더니 삽시간에 일행의 눈앞을 가렸다. 얼마나 짙은 안개 장막인지 한 치 앞을 내다볼 수가 없었다. 곧이어 세찬 돌개바람이 휘몰아쳤다. 구름을 난생처음 타보는 당나라 스님은 발치 밑의 구름장이 바람결에 조각조각 흩어지면서 중심을 잡지 못하고 기우뚱거리다가 그만 아래 세상으로 떨어져내리기 시작했다.

"앗! 얘들아……!"

"사부님!"

무심코 앞만 바라보고 치닫던 사오정은 물론이요 손오공과 저팔계도 깜짝 놀라 외마디 소리를 지르면서 뒤따라 지상으로 곤두박질쳐 내려갔다.

땅바닥에 들이박히기 직전, 당나라 스님은 제자의 재빠른 손길에 잡혀 무사히 두 발로 땅을 딛고 내려설 수 있었다. 한창 신바람 나게 구름을 타고 날아가다 속세의 땅을 딛고 보니, 저도 모르게 속이 뜨끔해졌다. 저팔계는 물정도 모르고 껄껄대며 웃음보를 터뜨렸다.

"암, 이것도 좋겠지! 너무 조급하게 서두르면 도리어 늦어진다, 이 말 아닌가?"

사오정도 놀란 가슴을 쓸어내리며 덩달아 한마디 덧붙였다.

"됐습니다, 우리가 너무 길을 서두르니까 한숨 쉬었다 떠나라는 조짐이겠죠."

그러나 손오공은 무슨 생각이 들었는지 심각한 표정으로 얼굴을 굳힌 채 맞장구를 치지 않았다.

"여기가 어디냐?"

스승의 물음에, 사오정이 사방을 두리번거리더니 이내 소리쳤다.

"여기가 거깁니다! 사부님, 저 물소리 좀 들어보십쇼."

그제야 손오공이 피식 웃었다.

"물소리가 들린다면, 아마도 자네 조상들이 사는 곳인 모양일세."

저팔계도 한마디 빠뜨리지 않았다.

"이 친구 고향은 유사하인걸!"

두 사형이 이죽대자, 사오정은 고개를 절레절레 내둘렀다.

"아니, 아니요. 여기는 통천하요!"

"얘들아, 저편 기슭을 좀더 자세히 살펴보려무나."

스승이 분부했다. 손오공은 훌쩍 몸을 솟구쳐 허공으로 뛰어오르더니, 손바닥을 이마에 얹고 자세히 둘러본 다음 지상으로 내려와 여쭈었다.

"사부님, 막내의 말이 맞습니다. 여기는 통천하 서쪽 기슭입니다."

"옳거니! 나도 생각이 나는구나. 동편 기슭에는 진가장 마을이 있었지!"

사오정은 스승에게 다시 구름을 타고 통천하를 건너가자고 말씀드렸으나, 당나라 스님은 고개를 가로저었다.

"얘야, 나는 오금이 저려 이젠 구름을 타기가 겁이 나는구나. 여기서 잠시 쉬었다가 딴 방도를 찾아보자."

스승이 막무가내로 버티니 제자들은 더 이상 강권하지 못하고 그저 마음을 돌이킬 때까지 기다릴밖에 딴 도리가 없었다. 손오공은 얼굴빛이 다시 굳어지기 시작했다.

스승과 제자들이 강변에서 서성대고 있으려니, 갑자기 물가에서 이들을 부르는 소리가 들려왔다.

"당나라 성승님들, 이리 오십쇼!"

네 사람이 소스라치게 놀라 고개를 쳐들고 소리 나는 쪽을 바라보았다. 사방에 인적이라곤 하나도 없고 배 한 척 보이지 않는데, 어둠 속에서 무엇인가 희끄무레한 것이 끄덕끄덕 고갯짓을 하고 있었다. 커다란 머리통에 몸뚱이와 등딱지가 하얀 자라 한 마리가 강변 물속에서 연신 머리통을 끄덕이며 부르고 있었던 것이다.

"노스님, 제가 스님을 몇 해 동안이나 여기서 기다리고 있었는데, 이제야 돌아오시는군요."

손오공이 껄껄 웃으면서 반갑게 인사를 건넸다.

"하하! 자라 친구, 몇 해 전에 자네한테 폐를 끼치고 올해 또 만나게 됐네그려!"

당나라 스님도 기뻐 어쩔 줄 모르는데, 손오공이 다시 자라를 손짓해 불렀다.

"여보게, 친구. 우리를 건네줄 생각이 있거든 이 언덕 위로 올라오게나."

흰 자라는 그 무거운 몸뚱이를 들썩거리며 강물에서 기어 나왔다. 손오공은 백마를 끌어다 등딱지에 올려 태우고 저팔계와 사오정은 스승을 부축해 올라탔다. 손오공이 늙은 자라의 등덜미를 딛고 소리쳤다.

"조심해서 가야 하네, 자라 친구!"

이윽고 자라는 네 다리를 쭉 펼치더니 수면 위를 평지 걷듯 백마까지 합쳐 다섯 식구를 등에 태우고 곧바로 동쪽 기슭을 향해 헤엄쳐 나가기 시작했다. 물결에 요동치는 기미도 없이, 그야말로 배를 탄 것보다 더 평온하고 안전한 물길이었다.

늙은 자라가 물살을 헤치며 반나절 남짓 나아갔을 때 어둠이 짙게 깔리기 시작했다. 동쪽 기슭에 가까워질 무렵, 열심히 헤엄쳐 가던 자라가 불쑥 물어왔다.

"노스님, 제가 몇 해 전에 스님께 서방 세계에 가시거든 여래부처님께 제 앞날에 대해서 한 말씀 여쭤봐주십사고 부탁드린 적이 있었지요? 제 수명이 얼마나 되는지 여쭈어보셨습니까?"

느닷없는 물음에, 당나라 스님은 속이 뜨끔해졌다.

"어어, 그기······"

그도 그럴밖에, 이 어수룩한 장로님은 당초 서천 땅에 도착하면서

부터 옥진도관에서 목욕재계하랴, 능운도 나루터에서 육신의 껍질을 벗으랴, 영산 꼭대기까지 걸어 올라가랴, 일심전력으로 여래부처님께 참배하랴, 또 극락세계의 진수성찬으로 음식 대접을 받고 장경각에서 오로지 참된 경전을 받는 데만 정신이 팔렸을 뿐 그 밖의 딴 일은 털 끝만치도 생각해본 적이 없었으니, 어느 겨를에 늙은 자라의 남은 수명 따위를 여쭤볼 수 있었겠는가. 그렇다고 거짓말로 꾸며댈 수는 없고 대꾸할 말도 없어서 꿀 먹은 벙어리가 된 채 우물쭈물 입속으로만 얼버무리고 있었다.

늙은 자라는 당나라 스님이 자기를 위해 부처님께 여쭙지 않았다는 것을 금세 알아차렸다. 철석같이 믿고 믿었던 기대감이 허물어지자, 늙은 자라는 아무 소리 않고 몸뚱이를 홀쩍 뒤집더니 '첨벙!' 하는 물보라 소리와 함께 그대로 물속에 조용히 가라앉았다. 그 바람에 맥을 놓고 있던 당나라 스님 일행 넷과 백마, 그리고 짐 보따리 할 것 없이 모조리 물속에 빠지고 말았다.

"어이쿠, 물에 빠졌다!"

그나마 천만다행인 것은 당나라 스님이 도를 이루고 환골탈태한 몸이었다는 점이다. 예전 같았으면 돌덩어리처럼 무거운 육신이 벌써 물밑바닥에 가라앉았을 테지만, 육신의 껍질을 벗어버린 지금에 와서는 가볍기가 날짐승의 깃털과 같아 그런 낭패를 당하지 않아도 되었던 것이다. 백마 역시 본래가 용신이요, 저팔계와 사오정도 자맥질 솜씨를 타고난 하늘의 장수들이라 이내 수면 위로 떠오를 수 있었다. 손오공 역시 껄껄대며 신통력을 드러내더니 스승을 한 손에 덥석 움켜 물 밖으로 들어올린 다음, 맞은편 동쪽 기슭으로 거뜬히 부축해 올라갔다. 그러나 경전 보따리와 옷가지, 말안장은 물에 흠뻑 젖어버리고 말았다.

스승과 제자들이 강변 둔덕에 올라가 행장을 수습하고 있을 때였다.

갑자기 어디선가 한바탕 미치광이 돌개바람이 휘몰아쳐오더니 다섯 손가락이 보이지 않을 만큼 짙은 어둠이 눈앞을 가리고 시커먼 안개가 눈 깜짝할 사이에 일행을 에워싸버렸다. 어디 그뿐이랴, 캄캄해진 하늘빛에 번갯불이 번쩍번쩍 떨어지는 가운데, 천둥 벼락이 요란하게 귀청을 때리는가 하면, 모진 바람결에 바윗돌이 데굴데굴 구르고 모래먼지가 뿌옇게 일어 온 세상을 뒤덮는 것이 아닌가!

그것은 실로 인간들이 평생 겪어보지 못한 엄청나게 무서운 광경이었다.

세찬 돌개바람이 한바탕씩 하늘과 대지에 휘몰아칠 때마다 고막을 찢는 천둥소리가 산천을 통째로 뒤흔들어놓았다. 번갯불이 시뻘건 회초리가 되어 구름을 뚫고 내리꽂혀 사면팔방으로 불꽃을 흩날리는가 하면, 회오리바람이 통천하 강물을 휘저어 훌떡 뒤집힌 파도가 용솟음치고, 벼락 때리는 소리에 맞춰 번갯불은 하늘을 가로질러 달아나는 듯싶다가는 그대로 곤두박질쳐 통천하 강물 밑바닥까지 훤히 들여다보이도록 밝게 비추었다. 자욱하게 드리운 안개 장막이 까마득히 높은 하늘마저 가려 보이지 않게 만들고, 허공은 온통 혼돈 속에 잠겨 캄캄절벽 암흑 세계로 만들었다. 이상하게도 비는 한 방울도 내리지 않았다.

공포에 질린 당나라 스님은 경전 보따리를 잔뜩 부여잡고 웅크렸는가 하면, 사오정 역시 경전이 들어 있는 등짐을 양 팔뚝으로 찍어 누르고, 저팔계는 백마의 고삐를 단단히 붙잡고 자라목을 움츠렸다. 제천대성은 양손으로 여의봉을 부여잡고 스승 곁에 우뚝 서서 이를 악문 채 불 같은 눈으로 어두운 하늘을 노려보고만 있었다.

그렇다, 난데없이 불어닥친 회오리바람과 안개장막, 뇌성벽력과 번갯불은 다름 아닌 음마(陰魔)의 무리가 암흑 속에서 당나라 스님이 얻어가는 경전을 탈취하려고 난동을 부리기 시작한 것이었다. 천상에서 쫓겨난 악령들, 저승세계 지옥에서 빠져나온 악귀들이 부처님의 참된 경전이 동녘 땅에 두루 전파될 것을 꺼리고 시기한 나머지, 세상의 온갖 요괴 마귀들과 힘을 합쳐 당나라 스님 일행의 수중에서 불경을 빼앗아 벼락불로 태워버리려고 한꺼번에 들이닥쳤던 것이다. 천지를 뒤엎을 듯 무서운 악령, 악귀들의 공격은 그날 밤새도록 그치지 않고 계속되었다.

그런데 어림잡아 이른 새벽에 가까워졌을 무렵이었다. 서편 하늘 먹구름 사이사이로 불기둥 같은 금빛 광채 여덟 줄기가 허공을 가로지르고 쏜살같이 날아들더니, 음마의 무리들과 어우러져 무섭게 싸우기 시작했다. 곧이어 고막을 찢어버릴 듯이 울려 퍼지던 뇌성벽력조차 무색할 정도로 엄청난 굉음이 '꽈다당, 꽈다당!' 그칠 새 없이 하늘과 대지를 뒤흔들었다. 지상에 우뚝 서서 어둠속 허공을 뚫어져라 노려보고만 있던 제천대성이 그 즉시 공중제비를 한 바퀴 돌더니 근두운을 일으켜 타고 반공중으로 치솟아 두 손으로 부여잡은 여의봉을 정신없이 휘두르기 시작했다. 여덟 줄기 금빛 광채, 석가여래의 분부를 받들고 급히 달려온 팔대 금강보살과 합세하여 천상의 악령, 지옥의 악귀들을 몰아내는 것이었다.

시간이 얼마나 지났을까, 밤새도록 난동을 부린 음마들의 기세가 차츰 수그러들더니 동틀 무렵쯤 되자 겨우 잠잠해지기 시작했다. 날이 밝아오면서 양기(陽氣)가 성해짐에 따라 순음(純陰)의 마귀들도 더는 발악하지 못하고 팔대 금강보살과 제천대성의 공세에 몰려 끝끝내 불경을 빼앗아 없애지 못한 채 물러가기 시작한 것이다.

마침내 온 하늘을 뒤덮었던 먹구름이 걷히고 짙은 안개가 스러지면서 동쪽 하늘 새벽빛이 물고기 뱃가죽처럼 희부옇게 밝아왔다.

당나라 스님이 강물에 흠뻑 젖은 옷을 말리지도 못하고 엄동설한에 사시나무 흔들리듯 정신없이 온몸으로 와들와들 떨고 있는데, 수제자 손오공이 하늘에서 뚝 떨어져 내렸다.

"오공아, 이게 도대체 어찌 된 일이냐?"

"사부님은 모르실 겁니다. 저희들이 사부님을 보호하여 참된 경전을 손에 넣게 해드렸다는 사실은 바로 천지조화(天地造化)의 공덕을 귀신들의 손이 닿지 못하게 빼앗았다는 얘기가 됩니다. 그렇기 때문에 하늘의 악령, 지옥의 악귀들이 시샘하고 꺼리게 되어 암흑을 틈타, 죄악으로 가득 찬 남섬부주 인간 세상으로 보내지는 부처님의 경전을 빼앗아 없애려고 이렇듯 밤새도록 덤벼들었던 것입니다. 때마침 서방 세계 팔대 금강보살께서 달려와 저들의 세력을 몰아내고 경전을 보호해 주셨으니 얼마나 다행스러운 일인지 모르겠습니다."

삼장법사와 저팔계, 사오정은 그제야 비로소 연유를 깨닫고 저마다 손오공에게 감사해 마지않았다.

얼마 안 있어 하늘에 눈부신 태양이 떠오르자, 네 사람은 경전 보따리를 높다란 언덕으로 옮겨다 풀어놓고 햇볕에 쬐어 말리기 시작했다. 경전 한 권 한 권이 꾸둑꾸둑 거의 다 말랐을 때, 난데없이 반공중에서 향기로운 바람이 감돌더니 갑작스레 우렁찬 목소리가 들려왔다.

"동녘 땅으로 경을 가져가시는 분들, 우리를 따라오시오!"

금강보살 여덟 분이 한 목소리로 외쳐 부르는 소리였다.

스승과 제자 네 사람은 서둘러 보따리를 꾸리고 일어섰다. 뒤미처 당나라 스님 일행의 몸이 거뜬해지면서 구름 위에 둥실둥실 떠오르더니, 어느새 여덟 줄기 금빛 광채를 따라서 동쪽 하늘로 쏜살같이 날아가기 시작했다.

12. 공덕을 다 이루고 부처님의 반열에 오르다

　　팔대 금강은 그들 네 사람을 하루도 못 되는 사이에 동녘 땅으로 호송하여, 마침내 당나라 제국 장안(長安) 도성이 바라보이는 곳까지 데려갔다.

　　삼장법사는 꿈에도 모르고 있었지만, 당 태종 이세민은 의형제를 맺은 삼장법사 현장 스님을 도성 밖까지 배웅하여 떠나보낸 후 3년째 되던 해부터 공부(工部) 소속 관원들을 시켜 관문 서쪽에 '망경루(望經樓)'를 세워놓고 경전 받아들일 준비를 갖추고 있었다. 그리고 해마다 직접 그곳에 거둥하여 누각에 오르곤 했었는데, 공교롭게도 이날 역시 어가를 타고 망경루로 행차하던 중이었다.

　　당 태종이 누대에 올라 서녘 하늘가를 바라보고 있을 때였다. 갑자기 상서로운 아지랑이가 온 하늘에 가득 차더니, 서편으로부터 향기로운 바람이 한 차례씩 그치지 않고 불어오기 시작했다.

　　그 무렵, 팔대 금강은 공중에 멈춰 서서 당나라 스님 일행에게 큰

소리로 지시를 내렸다.

"성승, 여기가 장안성입니다. 우리는 내려가지 않겠습니다. 손 대성과 두 제자 분들도 가실 것 없이, 성승께서 혼자 경전을 가지고 가셔서 임금님께 전하시고 곧장 되돌아오십쇼."

제천대성이 반대하고 나섰다.

"우리 사부님 혼자서 어떻게 저 많은 경전 보따리를 짊어지실 수 있겠으며, 또 이 말은 어떻게 끌고 가시겠소? 아무래도 우리들이 함께 모시고 가야 하니, 존자들께서는 이 공중에 잠시 기다리고 계시오."

금강이 고개를 갸우뚱했다.

"천봉원수가 부귀영화를 탐내어 지체할까 걱정스럽소."

이 말을 듣고 저팔계는 어이가 없어 껄껄대고 웃었다.

"사부님이 성불하시고 나 또한 부처 되기를 바라는 몸인데, 부귀 따위를 탐낼 까닭이 어디 있단 말이오. 이 경전을 넘겨주고 나서 곧장 되돌아올 테니, 사람 너무 얕잡아보지 마시구려!"

이윽고 미련퉁이가 짐 보따리를 선뜻 짊어졌다. 그 뒤를 따라서 사오정이 말고삐를 잡아 끌었다. 손오공은 스승을 모시고 형제들과 같이 구름을 낮추어 망경루 가까이 내려섰다.

당 태종은 여러 관원들과 함께 이 광경을 보더니, 황급히 누각 아래로 내려와 일행을 맞이하였다.

"어제(御弟)! 그대가 돌아왔는가?"

당나라 스님이 허물어질 듯 그 자리에 엎드리면서 큰절부터 올렸다. 당 태종은 급히 부여안아 일으키며 다시 물었다.

"이들 세 사람은 누구인가?"

"도중에 얻은 제자들입니다."

당태종은 크게 기뻐하며 당장 시종관에게 어명을 내렸다.

"짐의 어가를 끌던 말 한 필에 안장을 얹어라! 어제를 마상에 모셔 태우고 짐과 더불어 환궁할 것이다."

삼장법사는 사은하고 말 위에 올랐다. 제천대성은 여의봉을 휘두르며 스승 곁에 바짝 따라붙었다. 저팔계와 사오정은 경전 보따리가 실린 말고삐를 끌고 등짐을 걸머진 채 어가의 뒤를 따라 장안 도성으로 들어섰다.

이야말로 삼장법사에게 있어 공덕을 원만히 이루고 금의환향하는 감격스러운 순간이었다.

도성 안에는 벌써 경을 구하러 떠난 승려가 돌아왔다는 소문이 파다하게 퍼져, 그 사실을 모르는 이가 없게 되었다. 장안 성내 현장법사가 옛날에 거처하던 홍복사 승려들은 이날 아침 소나무 몇 그루가 하나같이 가장귀마다 동쪽을 향해 구부러져 있는 것을 보고 깜짝 놀라 웅성거렸다.

"괴이한 일이로구나. 간밤에 바람도 세차게 불지 않았는데, 어째서 나뭇가지 끝이 휘었을까?"

그들 가운데 현장법사의 옛날 제자 한 사람이 있었다. 그는 스승이 떠날 무렵 당부하던 말씀을 떠올리고 후배들에게 재촉했다.

"어서 빨리들 새 옷으로 갈아입어라! 경을 구하러 천축으로 떠나셨던 사부님께서 돌아오셨다."

"어떻게 그런 줄 아십니까?"

후배들이 의아해 물었더니, 그는 이렇게 대답해주었다.

"그해 사부님께서 떠나실 때 이런 말씀을 남기셨다. '내 떠난 뒤에 삼 년이나 오 년, 아니면 칠 년쯤 되어서 저 소나무 가지들이 동쪽으로 향하거든, 그때 내가 돌아오는 줄 알라' 하셨는데, 그래서 나도 알게 된 것이다."

홍복사 승려들이 부랴부랴 새 옷을 갈아입고 달려나와 서쪽 거리에 이르렀을 때는 벌써 소문이 거기까지 퍼져오고 있었다.

"경을 가지러 가셨던 분들이 방금 도착하셨다! 폐하께서 영접하시어 함께 성내로 들어오셨다!"

여러 스님들이 그 소리를 듣고 헐레벌떡 뛰어오다가 그만 황제의 거둥 행렬과 딱 마주치고 말았다. 어가를 본 스님들은 감히 나서지 못하고 멀찌감치 뒤따라 대궐 문 밖에까지 쫓아갔다.

이윽고 현장법사는 말에서 내려 궁궐로 들어가 다시 천자에게 사은의 예를 올렸다. 그리고 제자들에게 경전 보따리를 가져오게 한 다음, 손오공과 두 제자가 경전을 한 권씩 꺼내 바치는 대로 시종관이 받아서 위에 올렸다.

당 태종이 또 물었다.

"어떻게 이 많은 경전을 받아 가지고 돌아왔는가?"

현장법사는 대뇌음사에 도착한 이후 보고 들었던 일들을 차근차근 모두 아뢰었다. 그리고 마지막에 가서 경전의 수를 말씀드렸다.

"경전은 도합 삼십오 부, 각 부별로 몇 권씩 가려 뽑아 주신 것인데, 모두 합쳐 오천사십팔 권이옵니다."

당 태종은 더욱 기뻐하며 신하들에게 교지를 내려 이들의 노고에 보답하는 뜻으로 큰 잔치를 베풀게 했다. 그런 다음에야 아직도 섬돌 아래 서 있는 제자 세 사람의 용모가 보통 사람들과 크게 다른 것을 발견하고 현장법사에게 또 물었다.

"제자분들은 모두 어느 나라 사람인가?"

"수제자는 성이 손씨요 법명을 오공이라 하옵는데, 본래 동승신주 오래국 화과산 수렴동 요괴 출신으로, 오백 년 전 하늘나라에서 대소동을 일으킨 죗값으로 부처님께 사로잡혀 서번(西蕃) 땅에 있는 양계산 돌 궤짝 아래 갇혀 고생하다가 관음보살의 권유하심에 힘입어 불문에 귀의하였나이다. 소신이 그곳을 지나가던 도중 구출하게 되어 문하제자로 받아들였습니다만, 이 제자에게 신세를 많이 졌나이다."

그다음으로 저팔계를 가리키며 이렇게 소개 말씀을 올렸다.

"둘째 제자는 성이 저씨요 법명은 오능이며, 저팔계라고도 일컬어왔나이다. 본디 복릉산 운잔동 요괴 출신으로 손오공의 힘을 빌려 굴복시키고 역시 문하에 거두어들였사옵니다. 서천까지 가는 길 내내 힘들여 짐 보따리를 짊어졌사오며, 특히 물을 건너는 데 큰 공을 세웠나이다."

마지막으로 사오정 차례가 되었다.

"셋째 제자는 성이 사씨요 법명을 오정이라 하옵는데, 본래 유사하 깊은 강물에서 요괴 노릇을 하다가 역시 보살님의 권유하심 덕분에 불교를 받아들이게 되었나이다. 그리고 저 백마는 폐하께서 하사하신 말이 아니옵니다."

"털빛이 똑같은데 어찌 아니라 하는고?"

"소신이 사반산 골짜기에서 강을 건너려 하였을 때, 본래 타고 가던 말은 이 백마에게 통째로 잡아먹혔나이다. 애당초 서해 용왕의 아들로서 죽을죄를 지어 천벌을 받게 된 것을, 보살님께서 힘써 구해내시어 소신이 타고 가도록 용마로 변하게 해주셨사옵니다."

당 태종은 이 말을 듣는 동안 신기하여 탄복을 그치지 않았다.

"머나먼 서방 세계까지 다녀왔는데, 가는 여정이 얼마나 되었는가?"

"보살님의 말씀대로 십만 팔천 리나 되는 먼 길이었습니다. 도중에 겪은 햇수를 다 기억하지 못하겠사오나, 추운 겨울철, 무더운 여름철을 열네 차례 보낸 줄 아옵니다. 서천까지 가는 도중 몇 나라 국왕을 배알하옵고 그때마다 통행문서에 확인을 받아두었나이다."

그리고 제자들을 시켜 통행문서를 꺼내 바치게 했다.

당 태종이 펼쳐보니, 바로 14년 전에 자신의 손으로 발급한 문서였다. 통행문서에는 보상국, 오계국, 차지국, 서량여국, 제새국, 주자국, 비구국, 멸법국 임금들의 옥새가 차례차례 찍히고 또 천축 옥화주 친왕, 금평부 태수의 직인과 마지막으로 천축 국왕의 어보(御寶)가 찍혀 있었다.

문서를 다 읽고 접어놓았을 때, 시종관이 연회석으로 자리를 옮길 것을 청하였다. 당 태종은 현장법사의 손을 다정하게 부여잡고 나란히 걸어 잔치가 차려진 자리로 나아갔다.

중화대국 당나라 황제가 베푸는 국연(國宴)은 서역 땅 오랑캐 나라의 잔치와는 전혀 다르게 풍성하고 다채로웠다. 저팔계는 오랜만에 허리띠 끌러놓고 포식할 기회를 맞이했으나, 어찌 된 일인지 진수성찬이 차려진 상 앞에 앉았어도 식탐을 내지 않고 점잖아졌으니 별일이었다.

위로의 잔치는 그날 해 저물녘에야 끝났다. 현장법사 일행은 홍복사로 돌아가 승려들의 융숭한 영접을 받으며 숙소에 들었다. 그리고 14년에 걸친 여독(旅毒)을 하룻밤 새 다 풀 수 있었다.

다음 날 입궐한 자리에서 당 태종은 분부를 내렸다.

"그대는 이제 원통하게 죽은 이들의 넋을 위해 수륙재 법회를 열고, 부처님의 대승경을 강론해봄이 어떠한가?"

그리고 신하들을 돌아보고 물었다.

"장안 성내의 사찰 가운데 어느 절간이 가장 정결한가?"

그러자 문관 반열 중에 태학사(太學士)가 선뜻 나서서 아뢰었다.

"도성 내에 안탑사(雁塔寺)란 절간이 가장 정결하옵니다."

사흘 후, 당 태종은 어가를 준비시키고 안탑사로 거동할 채비를 갖추었다. 신하들은 저마다 경전을 한 권씩 두 손으로 떠받든 채 당 태종의 어가를 뒤따라 절간으로 나아갔다. 어느새 쌓아올렸는지 사원에는 강대(講臺)가 높이 세워지고 법회를 열 수 있게끔 모든 설비가 두루 갖추어졌다.

안탑사에 다다르자, 당나라 스님은 제자들에게 넌지시 분부했다.

"저팔계와 사오정은 용마를 이끌고 언제든지 떠날 수 있도록 행장을 꾸려두어라. 그리고 오공은 내 곁에서 잠시도 떨어지지 말고 있어라."

그는 다시 태종에게 아뢰었다.

"폐하께서 참된 경전을 온 천하에 널리 전파하시려거든, 따로 사본 (寫本)을 베껴 쓰심이 옳을까 하나이다. 원본은 진귀한 소장품으로 간직해두시고 경솔히 내놓아 더럽혀서는 아니 되옵니다."

당 태종은 웃으며 그 청을 받아들였다. 그리고 즉석에서 한림원 학사들과 중서성 관원들을 각각 불러들여 경전을 베껴 쓰는 사업에 착수하는 한편, 도성 안에 등황사(謄黃寺)라는 이름으로 사찰을 세워 그 사업을 계속 추진하게 했다.

이윽고 현장법사가 몇 권의 경전을 떠받들고 강대에 올라섰다. 그리고 이제 막 경전 한 권을 펼쳐 읽으려 할 때였다. 별안간 하늘에 훈풍이 소용돌이치면서 반공중에 팔대 금강보살이 모습을 드러내더니 큰 소리로 당나라 스님을 외쳐 불렀다.

"경을 읽으시려는 분! 책을 내려놓으시고 우리를 따라 서천으로 돌아가십시다!"

바로 그 순간, 강대 아래 서 있던 손오공과 두 아우, 백마까지 모두 넷이 평지에서 벌떡 솟구쳐 반공중으로 올라갔다. 현장법사 역시 경전을 내려놓고 곧바로 하늘로 솟아오르더니 순식간에 까마득하게 날아가 보이지 않았다.

느닷없는 승천 장면에 기겁을 한 당나라 태종 황제와 문무백관들은 그저 허공을 우러르며 그 자리에 엎드려 예배할 따름이었다.

현장법사 일행이 서천으로 떠난 후, 당 태종은 따로 덕망 높은 고승을 가려 뽑아 수륙재 법회를 준비시키고, 대승경을 강론하여 저승 세계 지옥에서 고통을 받고 신음하는 원통한 넋들을 건져주게 하였다. 그리고 이후 선정(善政)을 널리 베풀었다.

한편, 여덟 분의 금강보살은 향기로운 바람을 타고 당나라 장로님 일행 네 사람과 백마까지 다섯 식구를 인도하여 다시 영취산 대뇌음사로 돌아왔다.

여덟 금강이 그들 일행을 데리고 대웅보전에 들어가 아뢰자, 석가모니 여래부처는 현장법사 일행을 연화대 아래 가까이 불러들이고 이렇게 분부했다.

"성승, 그대는 원래 전생에 나의 둘째 제자로서, 이름을 금선자(金蟬子)라 일컬었다. 그대가 설법을 듣지 않고 내 큰 가르침을 소홀히 다루었기에, 그 죗값으로 좌천시켜 동녘 땅에 다시 태어나게 했던 것이다. 이제 환생하여 다시 나의 가르침에 따라 참된 경전을 동녘 땅 남섬부주에 전파하는 데 자못 큰 공을 세웠으므로, 그대를 전단공덕불(旃檀功德佛)로 삼겠다."

다음 두번째로 손오공을 돌아보며 말씀하셨다.

"손오공, 그대는 천궁에서 큰 소동을 일으킨 탓으로 내가 법력을 써서 오행산 아래 눌러두었으나, 다행히 하늘이 내린 재앙의 기한을 다 채우고 불문에 돌아왔다. 그리고 기쁘게도 악한 성품을 감추고 착한 마음씨를 온전히 드러내어, 서천으로 오는 도중에 숱한 요괴 마귀들과 싸워 굴복시키는 데 적지 않은 공을 세웠으므로, 그대를 투전승불(鬪戰勝佛)로 삼겠다."

세번째는 저팔계 차례가 되었다.

"저오능, 그대는 본디 은하계 물의 신령으로 천봉원수를 지냈다. 반도연회 석상에서 술 취하여 주정을 부리고 선녀를 희롱한 죗값으로 아래 세상에 떨어져 짐승과 같은 몸이 되었다. 복릉산 운잔동에서 악업을 쌓았으되 개과천선하여 우리 불문에 들어왔으며, 비록 어리석은

370

마음과 색정을 다 씻어내지는 못하였으나 성승이 여기까지 오는 도중에 줄곧 보호하고 짐을 지는 데 공로를 세웠으므로, 이제 그대를 정단사자(淨壇使者)로 삼겠다."

저팔계가 이 말씀을 듣고 입속으로 투덜투덜 불평을 늘어놓았다.

"남들은 다 성불했는데, 어째서 저 한 사람만 기껏해야 제사상이나 청소하는 심부름꾼 노릇을 시킵니까?"

여래부처가 타일렀다.

"그대는 입심도 세고 몸은 게으르나 식탐이 엄청나게 크다. 이 세상 천하 큰 대륙 네 군데에는 나의 가르침을 우러러 받드는 사람이 적지 않게 많다. 모든 불사(佛事)에 있어 제단을 깨끗이 수습하는 임무를 그대에게 맡겼으니, 역시 얻어먹을 것이 있는 직분이 될 터인데 어째서 좋지 않다는 것이냐?"

네번째로 사오정을 돌아보고 이렇게 말씀하셨다.

"사오정, 그대는 본디 천상에서 옥황상제를 모시는 권렴대장이었다. 반도연회 석상에서 유리잔을 깨뜨린 죗값으로 아래 세상에 떨어져 귀양살이를 하게 되었으나, 살생을 저지르고 사람을 잡아먹는 등 몹쓸 짓을 많이 저질러왔다. 이제 다행히도 나의 가르침을 받아들여 성심으로 내 뜻을 공경하게 되었으며, 성승을 보호하여 험산준령을 오르내리고 견마(牽馬) 잡이 노릇을 하는 데 큰 공로를 세웠으므로 금신나한(金身羅漢)으로 삼겠다."

마지막으로 용마를 불렀다.

"그대는 본디 서양 대해 용왕의 아들이었다. 그러나 부친의 명을 거역하고 불효의 죄를 저질러 죽임을 받기에 이르렀으나, 다행스럽게도 뉘우쳐 우리 불문에 귀의하고 날이면 날마다 성승을 태워 서천으로 오는 데 힘썼기에, 이제 그대의 본모습을 바꾸어 팔부천룡(八部天龍)으로 삼겠다."

당나라 스님 일행 네 사람은 다 함께 머리 조아려 그 은혜에 감사 드렸다. 여래부처는 다시 신령에게 명하여 백마를 영취산 뒤쪽 낭떠러지 아래로 데려가 화룡지(化龍池) 연못에 밀어 넣게 하였다. 물속에 들어간 백마는 삽시간에 말가죽이 벗겨지고 머리에 뿔이 돋치면서 온몸에 금빛 찬란한 비늘이 돋아났다. 그리고 네 발톱에 상서로운 구름이 서리서리 감돌았다. 본래의 용신이 된 백마가 훌쩍 날아 연못에서 뛰쳐나오더니, 대뇌음사 하늘을 떠받치는 기둥에 몸뚱이를 친친 휘감았다.

손오공이 다시 당나라 스님을 바라보고 이렇게 여쭈었다.

"사부님, 저도 이제 사부님과 마찬가지로 성불했으니, 머리에 씌운 이 빌어먹을 금테 좀 벗겨주십쇼. 제 여의봉으로 두 번 다시 딴 사람을 골탕 먹이지 못하게 산산조각 때려 부숴놓겠습니다."

당나라 스님이 빙그레 웃으며 성미 급한 제자를 타일렀다.

"그때에는 너를 다루기가 어려워 부득이 그런 수단으로 속박할 수밖에 없었다. 이제 너도 성불했으니 당연히 벗겨져야 할 터, 어디 네 손으로 머리를 만져보려무나. 그것이 아직껏 네 머리에 씌워져 있을 리 있겠느냐?"

손오공이 대뜸 손바닥으로 머리통을 더듬어보니, 과연 그 애물덩어리가 어디로 사라졌는지 이미 온데간데없었다.

이리하여 전단공덕불, 투전승불, 정단사자, 금신나한은 다 같이 공덕을 원만히 채워 올바른 결실을 이루고, 팔부천룡으로 바뀐 백마 역시 스스로 참된 도리에 귀의하여 다 함께 극락세계에서 길이 머물게 되었다.

　서유기를 여기서 끝마친다.

『서유기』의 탄생

　지금으로부터 약 1400년 전, 그러니까 중국 당나라 제2대 황제인 태종 즉위 3년째 되던 해(서기 623년)에, 승려 한 사람이 장안(長安) 도성을 떠나 서쪽으로 여행하기 시작했다. 그는 당시 나라에서 정한 출국 금령(禁令)을 어기고 국경 관문을 빠져나가 홀몸으로 고비사막을 건너고 험악한 설산을 넘는 등 온갖 어려움을 다 겪으면서 서역(西域) 지방으로 나아갔다.

　승려의 이름은 '현장(玄奘),' 당시 26세의 한창 젊은 나이였다. 그는 당시 '천축(天竺)'으로 불리던 부처님의 나라 인도에 가서 불교 학문을 배우고 불경을 중국으로 가져와 전파하겠다는 일념으로 그 어려운 여행길에 목숨을 걸고 떠났던 것이다. 오늘날 실크로드(Silk Road)로 일컫는 무역상들의 비단길을 따라 서역 일대를 거쳐 지금의 중앙아시아

우즈베키스탄 남부 지역과 아프가니스탄, 파키스탄, 인도에 이르는 길을 무려 3년 동안 여행한 끝에, 현장 스님은 북인도의 불교 최고 학부였던 날란다 사원(那爛陀寺院)에 유학생으로 들어가 5년간 학문을 닦았으며, 그로부터 10여 년 동안 여러 나라를 순방하면서 부처님의 유적과 성지를 참배하고 불교의 진리를 깨쳤다. 그리고 수많은 불교 경전을 구하여 17년 만에 고국으로 돌아왔다.

현장 스님의 고행은 당시 중국 전역을 크게 일깨웠다. 이에 감동한 당 태종은 현장 스님을 적극적으로 지원하여 불경 번역 사업에 착수할 수 있게 도와주었다. 현장 스님은 그로부터 세상을 떠날 때까지 19년 동안 불경을 도합 1,330권이나 번역하여, 중국은 물론 훗날 한반도와 일본에까지 전파되어 동아시아 불교가 크게 번창하는 데 이바지했다.

위대한 여행가이며 불경 번역가, 불교학자로서 중국 역사상 이름을 떨친 일명 삼장법사(三藏法師), 즉 현장 스님은 당시 미지의 세계인 서역 지방과 중앙아시아, 천축(인도)에 큰 관심을 품고 있던 당 태종의 요구에 따라 서역과 천축 일대 135개국의 역사 지리와 풍토를 보고 들은 대로 저술하여 바쳤는데, 이것이 중국 역사상 가장 유명한 기행문인 『대당서역기(大唐西域記)』이다. 이 여행기에는 서쪽 여러 나라와 인도에서 보고 들은 설화·전설과 신기한 이야기들이 많이 담겨 있다. 그리고 현장 스님의 제자 두 사람이 스승의 행적을 바탕으로 전기를 지어 책으로 발간했는데, 이것 역시 중국 전기문학의 으뜸으로 손꼽히는 『대자은사 삼장법사전(大慈恩寺 三藏法師傳)』이다. 이 전기에는 현장 스님의 출신 내력과 인도로 불경을 구하러 떠나게 된 동기와 과정이 자세히 기록되었을 뿐 아니라, 스승의 행적을 미화시키려는 뜻에서 온갖 어려움을 극복해 나가는 여행길을 기이하고도 괴상야릇한 전설로 색칠하여 종교적인 신비스러움을 돋보이게 만들었다.

현장 스님이 세상을 떠난 후, 『대당서역기』와 『대자은사 삼장법사전』은 불교 사원에서 책으로 발간되어 승려와 신도들을 가르치는 강의 교재 형태로 존속되었는데, 그 후 속세에 내려오는 승려들이 그 내용을 민간에 전파하기 시작했다. 이때부터 차츰 신기한 내용만이 돋보이고 여러 가지 상상적인 이야기가 덧붙여지면서 현장 스님의 종교적인 업적과 역사적 사실은 차츰 밀려나게 되었다고 한다. 그리고 사람의 가슴을 설레게 만드는 기이한 에피소드가 자리바꿈한 끝에, 현장 스님이 세상을 떠난 지 3백 년도 못 되는 사이에 급작스레 신화 전설로 모습이 바뀌어 이른바 '신령과 마귀 스토리'로 발전하기에 이르렀다.

독자들이 잘 아는 『삼국지(三國志)』 『수호전(水滸傳)』도 그렇지만, 『서유기(西遊記)』 역시 탄생하는 과정이 독특하다. 중국의 고대 장편소설, 특히 역사소설은 저마다 같은 주제를 바탕으로 삼아 오랜 세월 동안 여러 형태의 단편적인 자료들이 쌓이고 쌓였다가 마지막에 와서 일관된 줄거리가 확정되고 어느 천부적인 재능을 가진 문학인의 손에 의해 책으로 씌어졌다는 특징을 가지고 있다. 중국 고대 장편소설의 기원은 대략 11세기 송나라 때의 설화예술, 그러니까 장터의 직업적 이야기꾼들이 역사적 사실을 바탕으로 삼고 여기에 예술적인 픽션을 가미시켜 다채롭고 풍부한 내용으로 만들어낸 것이다. 『삼국지』는 왕조의 흥망성쇠와 그 패권을 다투는 역사적 사실을 연출한 것이고, 『수

호전』은 양산박 영웅호걸의 이야기를 줄거리로 삼고 또 역사적 사실을 배경으로 당시 사회 생활상을 묘사한 것이다. 『서유기』는 당나라 스님인 삼장법사가 불경을 구하러 서역 천축 인도로 여행했다는 역사적 사실을 모티브로 삼았지만, 그 역사의 테두리에서 완전히 벗어나 '신괴(神怪) 소설' 또는 '신마(神魔) 소설'이라는 독창적이고도 새로운 장르의 문학작품으로 발전된 것이다.

7세기 당나라 스님인 삼장법사의 역사적 사실이 명나라 중엽에 와서 장편 신마소설 『서유기』로 완성되어 이 세상에 나오기까지는 무려 7백 년이라는 아주 오랜 세월에 걸쳐 민간에서 갈고 닦고 내용이 덧붙여지는 발전 과정을 겪어야 했다. 그 과정은 크게 셋으로 나눠볼 수 있다.

첫째 단계는, 11세기 송나라 때부터 유행하기 시작한 장터의 직업적 이야기꾼이 쓰던 대본 형태이다. 이 이야기 대본의 특징은 소설 『서유기』의 원형을 이루었으나, 주인공은 단순히 삼장법사 한 사람이었고, 손오공의 이미지는 '흰 옷 입은 원숭이 행자'로 등장하는 조연급에 지나지 않았다. 그리고 저팔계는 아예 그림자도 비치지 않았다.

둘째 단계는, 12~13세기 원나라 중엽부터 명나라 전기에 이르기까지 약 2백여 년에 걸쳐 연극 대본인 희곡 형태로 나타난 것이다. 처음에는 단편적인 에피소드로 몇 대목씩 나왔으나, 신종 만력(1614)에는 스물네 마당이나 되는 대규모 희곡으로 발전했다. 그리고 이 무렵부터 서사 산문체 형식의 소설 형태도 나타나기 시작했다고 한다. 여기에 저팔계와 사오정이 등장하기 시작하는데, 흥미로운 점은 사오정이 당나라 스님의 둘째 제자로, 저팔계가 막내 제자 역할을 맡았다는 사실이다. 이런 위상은 저팔계의 활약이 손오공과 콤비를 이루면서 원나라 말엽에서 명나라 초엽에 이르는 동안 희곡 대본을 목판본으로 새기던 사람들에 의해 두 제자의 서열이 바뀌었으리라고 학자들은 추정한다.

셋째 단계는, 16세기에 40회와 60회로 내용을 압축시킨 중편 형태의 『서유기』들이 나타나고, 임진왜란 직전인 1587년을 전후해서 1백 회짜리 완성된 장편소설이 우리나라에도 처음 소개되었다. 그것이 이른바 '세덕당본(世德堂本)『서유기』'이다. 그 후로 여러 가지 판본의 『서유기』가 연거푸 출간되었으며, 1664년 청나라 시대에 접어들면서는 비평과 주해를 붙인 판본들이 여러 종 나타나기 시작했다.

내용과 주제는 무엇일까?

독자들이 방금까지 읽은 『서유기』는 편역자가 이해하기 쉽게 중요한 내용만을 간추리고 압축해서 45회 분량으로 줄인 것이지만, 원래 1백 회짜리 장편 『서유기』의 얼개는 크게 세 부분으로 나눌 수 있다.

첫째 부분은 '돌 원숭이'로 태어난 제천대성 손오공의 출신 내력과 천궁에서 대소동을 일으켰다가 부처님께 사로잡히는 과정으로, 제1회부터 제7회까지 수록되어 있다.

그리고 둘째 부분은 삼장법사, 곧 현장 스님이 불경을 구하러 서천으로 떠나게 된 사연과 인연, 그리고 백마까지 포함해서 경을 구하러 가는 다섯 일행의 출신 내력을 소개한 것으로, 제8회부터 제12회까지 수록되어 있다.

마지막으로 셋째 부분은 서천으로 가는 도중 40여 차례의 재난에 부닥치고 그것을 극복해 나간 끝에 목적을 달성하는 과정으로, 제13회부터 제100회까지가 수록되어 있다.

　이 세 부분을 연결시켰을 때 소설『서유기』는 서로 의존하며 긴밀하게 연결되는 하나의 총체를 이루면서, 또 각각 독립적인 스토리를 구성하기도 한다. 특히 서천으로 불경을 구하러 가는 세번째 과정이 주된 줄거리를 형성하고, 여기에 포함된 41개의 작은 에피소드가 저마다 길게는 3~4회, 짧게는 1~2회씩 기승전결(起承轉結)을 가진 스토리를 이루어, 나름대로 짜임새와 격식을 갖추었다는 점이 특색이다.

　『서유기』는 한마디로 낭만주의 문학의 결정판이라고 할 수 있다.
　독자들이 보았다시피, 그 내용은 범속을 뛰어넘는 상상력으로 묘사된 신화 속의 환경이다. 손오공이 태어난 화과산(花果山)의 비경이라든가, 천신들이 사는 하늘의 궁전, 신선들이 사는 신비로운 섬, 또 서천으로 가는 도중 삼장법사 일행의 앞을 가로막는 온갖 험산준령과 기괴한 요지경, 새의 깃털도 가라앉는 유사하(流沙河), 먹물처럼 시커먼 흑수하(黑水河), 기암괴석으로 둘러싸인 요괴 마귀들의 소굴, 불길로 뒤덮인 8백 리 아득한 화염산, 이 모든 것을 묘사한 기법이 그야말로 환상적이다.

　또 내용 전반에 걸쳐 신비스러움과 기발함을 극대화시킨 초자연적인 과장법도 우리의 상상력을 뛰어넘는다. 손오공과 저팔계, 그리고 요괴 마왕들이 몸뚱이를 마음대로 늘이고 줄이는 능력, 다른 물체로 바뀌는 변신술법, 굵기와 길이를 주인 뜻에 따라 하늘 끝까지 늘이기도 하고 귓속에 넣고 다닐 만큼 가느다랗게 줄이기도 하는 여의봉, 온 세상의 강물과 바닷물을 모두 담을 수 있는 관음보살의 정병, 그리고 남자가 마셔도 아기를 배는 신비한 강물, 또 곳곳마다 등장하는 요괴 마귀들의 과장된 모습과 이미지들이 그렇다.

손오공은 언뜻 원숭이의 몸으로 등장하지만 인간을 표상하고 있기도 하다. 그는 인간성을 터득하고 사람의 말과 예의범절을 익혔으며, 인간처럼 기쁨과 슬픔, 노여움과 즐거움 등 모든 감정을 갖추었다. 또 신령으로서 인간에게 없는 서른여섯 가지 변화술법과 신통력의 소유자이기도 하다. 그뿐 아니라 등장인물 거의 모두가 동물성과 인성(人性), 신성(神性)의 세 가지 품성을 모두 갖추어 『서유기』 전편을 통해 황당무계한 변모를 구성하는 특징적인 요소로 작용한다.

내용 전반에 걸쳐서는 풍자와 유머, 골계와 해학 같은 여러 가지 형식의 희극적 품격이 『서유기』의 가장 큰 특징을 이룬다.

무엇보다 먼저, 날카롭기 짝이 없는 풍자를 들 수 있다. 예컨대, 당나라 스님인 삼장법사는 일행의 정신적 리더로서 굳센 의지를 지니고 있다. 선량하고도 너그러우며 동정심이 풍부한 '어른'이다. 하지만 자비심과 사랑을 너무 앞세워 선악의 대상을 가리지 않고 요괴 마귀들에게조차 선행을 함부로 베푸는 무원칙성을 남발한다. 그러기에 충성스러운 제자 손오공은 걸핏하면 무고한 질책을 받고 '긴고주'의 형벌에 고통을 당하기 일쑤이다.

농도 짙은 유머 속에도 풍자와 조롱은 여전하다. 돌팔이 의원 손오공이 주자국 임금에게 말 오줌 섞어 만든 알약을 먹인 것은 못나고 어리석은 임금에 대한 조롱이다. 또 하룻밤 새 멸법국 임금과 신하들을 까까중으로 만든 것은 분별없이 종교를 말살하려는 통치자의 폭거에 대한 조롱이라 할 수 있을 것이다.

손오공과 저팔계가 보여주는 낙관주의, 낙천주의는 유머의 정신적 기둥이 된다. 특히 손오공을 상대로 어수룩한 척하고 바보 미련퉁이 노릇을 하는 저팔계의 역할이 두드러진다. 그 익살 가운데 우화적(寓話的)인 의미를 띤 것도 골계라 할 수 있을 것이다. 손오공과 마찬가지로 저팔계 역시 동물과 인간, 신령의 세 가지 형상이 교묘하게 융합된 인물이다. 외형적으로 추레한 생김새와 투실투실 비곗살이 낀 우람한 몸집, 시커먼 얼굴에 짧은 터럭, 비죽 내민 주둥이에 부채질도 할 수 있을 만큼 커다란 두 귀, 굼뜨고 우둔한 동작은 돼지의 전형적인 특징이다. 게다가 식탐을 즐기는 잠꾸러기의 습성은 내면적인 특징이라 할 수 있겠다. 남에게 비웃음을 받는 바보스러움과 아둔한 동작에도 스스로 영리한 척, 용감한 척하는 특성을 연출함으로써 웃음거리가 되는 불협화음이 주제를 이루는 것이다.

『서유기』의 주인공들

『서유기』에 등장하는 주인공들의 출신 내력, 그리고 특성이 바뀌는 과정을 좀더 구체적으로 살펴보면 다음과 같다.

제일 먼저 당나라 스님 삼장법사이다.

역사상의 실제 인물인 현장 스님은 속세의 이름이 '진위(陳褘)'이다.

그는 대대로 명문이었던 고위 관료 집안의 후예로서, 태어난 시기는 서기 600년이다. 부친 '진혜(陳慧)'는 우수한 학업을 바탕으로 강릉군(江陵郡) 진류현(陳留縣)의 현령을 지냈으며, 자식들을 교육시키는 데 힘써 현장 스님도 어릴 적부터 유교 학문을 익혔다고 한다. 그러나 일찍이 승려가 된 둘째 형 '진장첩(陳長捷)'의 권유를 받아들여 13세 어린 나이로 출가하여 불교에 입문했다.

정식으로 계율을 받고 학승(學僧)이 된 현장 스님은 불교 학문을 연구하는 데 전력을 다 기울였으며, 약관 23세의 나이로 전국의 고승들을 두루 찾아다니면서 가르침을 구했다. 그러고도 부족함을 느끼게 되자, 불교의 발원지인 인도에 직접 가서 불교 경전을 연구하기로 결심하고, 서역 천축으로 구법(求法) 여행길에 올랐다. 그리고 홀몸으로 히말라야 북단의 험산준령과 뜨거운 모래바람이 휘몰아치는 고비사막을 가로질러 나아가는 동안 배화교도(拜火敎徒)를 비롯한 외도의 무리들과 비적 떼를 만나 죽을 고비를 무수히 넘기면서 서역과 중앙아시아 여러 나라를 지나 마침내 3년 후 천축(인도)에 다다를 수 있었다.

그로부터 5년간 당시 인도 불교의 최고 학부인 날란다 사원에서 '계현법사(戒賢法師)'로 풀이되는 주지 스님 '실라바드라'를 비롯한 여러 고승들의 지도를 받았으며, 도합 17년간 27개국을 직접 답사하면서 불교 성지를 참배하고 부처님의 유적을 탐방했다. 훌륭한 고승이 된 현장 스님은 인도 전역에서 수많은 종교계 명사들과 경전 토론을 벌여 명성을 크게 떨치고, 계일왕(戒日王, 실라디티야 왕), 구마라왕(鳩摩羅王, 쿠마라 왕)을 비롯한 인도 강대국 임금들의 스승으로 떠받들리기에 이르렀다.

기약한 목적을 달성하자, 현장 스님은 다시 설산과 망망한 사막 지대를 거쳐 19년 만에 고국인 당나라 장안으로 돌아왔다. 그리고 당나라 조정의 전폭적인 지원을 받아가며 이후 19년 동안 경전 번역 사업에 종사했으며, 당나라 고종 인덕 원년(664)에 65세를 일기로 타계했다. 이렇듯, 현장 스님은 불굴의 의지로 국가 금령을 어겨가며 황량한 사막과 험산준령을 넘어 목숨 걸린 여행 끝에 구사일생으로 이국 타향 인도에 들어가 17년 동안 부처님의 법을 구하고 귀중한 경전을 구해 돌아온 역사 속의 위대한 인물이다.

그러나 7백 년 세월이 흐르고 나서 소설 『서유기』에 등장하는 당나라 스님 삼장법사의 이미지는 인간적인 측면에서 너무나 다르다. 그는 세상물정도 모르고 나약하기 짝이 없는 고루한 스님으로 묘사되고 있다. 담보가 작은 겁쟁이라서 제자들이 사고를 칠까 봐 늘 두려워하고, 요괴 마귀들에게 붙잡힐 때마다 비굴하게 무릎 꿇고 애걸하는 등 속세의 인간들에게 나타나는 온갖 결함들을 특징적으로 지닌 인물로 묘사되고 있기 때문이다.

하지만 이렇듯 숱한 결점의 소유자이면서도 당나라 스님은 경건한 불교 신도의 특장만큼은 잃지 않고 있다. 또한 죽음의 위험을 무릅쓰면서 물러서지 않는 굳센 믿음, 천축 영취산에 올라 부처님을 뵙겠다는 명확한 목적에 있어서 흔들리지 않는 신념을 지녔으며, 부귀영화의 유혹에도 굽히지 않는 모범적인 태도를 잃지 않고 있다. 그리고 사납고도 고집 센 제자들을 훈계하여 배반하지 못하도록 단속하고 초지일관으로 신념을 지켜나갈 수 있게 늘 격려한다. 그리하여 이런 못난 제자들을 데리고 험난한 장애와 싸워 이긴 끝에 마침내 목적을 달성하기에 이른다.

그다음은 제천대성 손오공이다.

손오공은 사실 고대 중국 설화와 인도 설화의 원숭이 피가 섞인 혼혈종이다. 중국에는 옛날부터 원숭이 토템 신앙과 그에 관련된 설화가 매우 발달해 있었다. 그중에서 당나라 때부터 '회수(淮水)의 신령'으로 일컫는 '무지기(无支祇)'란 원숭이는 금빛 눈에 흰 몸뚱이를 가졌으며 그 힘이 코끼리 아홉 마리보다 더 세고, 씨름과 주먹질, 도약과 달리기를 잘했다고 한다. 여기에 상고시대 위대한 인물이 신령한 돌에서 태어났다는 전설이 합쳐지고, 도교에서 신선술을 익힌 원숭이 악령의 설화가 보태지면서 천천히 손오공의 이미지가 형성되기 시작했다.

그런데 여기에 또 2500년 전 상고시대 인도 최고의 서사시인 「라마야나」에 등장하는 원숭이 대왕 '하누만'의 설화가 10세기경 당시 인도와 밀접한 교류를 해왔던 중국 당나라 말엽의 민간에 전래되면서, 손오공의 초기 형태에 합쳐져 이야기꾼의 대본과 희곡에 등장하는 '흰 옷 입은 원숭이 행자'의 모델로 등장했다. 하누만은 고대 인도 원숭이 나라의 대왕으로서, 그 신통력이 놀라워 공중을 날아다닐 수도 있고, 몸뚱이 크기를 자유자재로 늘렸다 줄였다 할 수 있으며, 한 번 도약에 인도에서 실론까지 뛰어갈 수 있을 뿐 아니라, 히말라야 산을 뽑아 등짐 지고 달리는가 하면, 늙은 요괴의 뱃속에 삼켜졌다가 그 귓속을 뚫고 빠져나왔다는 등 여러 가지 사례가 제천대성 손오공의 행적을 연상하게 만든다.

원숭이 임금 손오공은 원나라 때 당나라 스님의 행적을 노래하는 희곡과 서사체 산문에서 온갖 행패를 일삼는 사악한 정령으로 묘사되었다. 그러나 장편소설 『서유기』의 저자는 그 못된 이미지를 도교와 불교의 신화적인 측면에서 아름다운 품격을 부여하여 세상을 뒤덮는 영웅적 존재로 탈바꿈시켰다. 이때부터 손오공은 순수한 대자연의 아들로 새롭게 태어나 정의를 위해 활약하는 이미지를 얻게 된 것이다.

우리는 손오공에게서 생생한 자연인의 이미지를 찾아볼 수 있다. 손오공은 중세시대의 신화나 종교의 틀 속에 억압되어 있던 인간의 자연스러운 재능과 총명함을 통해 해내지 못할 것이 없는 만능의 경지로까지 승화시킨다. 그리고 현실생활에 불만과 한계를 느끼고, 죽음의 속박에서 벗어나기 위해 불로장생의 도를 배우고자 망망대해를 건너간다. 이것은 불우한 삶을 살아야 했던 『서유기』의 저자가 당시 봉건 세력의 속박을 깨뜨리려는 신흥 시민사회의 갈망과 새롭고 자유스러운 발전을 획득하려는 진취적 욕구를 대신 말해주는 것이라 하겠다.

저승사자에게 붙잡혀 지옥으로 끌려가 생사부에 적힌 이름을 강제로 지워버린 손오공의 의지와 정신력은 심령 해방을 부르짖는 우리의 모습일 수도 있으며, 비록 미수에 그쳐 사로잡히기는 했지만 하늘나라 궁전에서 대소동을 일으킨 행위는 기존 사회의 삼엄한 위계질서와 유능한 이를 업신여기고 인재를 등용할 줄 모르는 옥황상제의 처사에 반항하는 손오공의 자유 평등 관념 때문이라 할 것이다. 서천까지 가는 길 내내 '긴고주'의 속박을 받으면서도 자신의 독립적인 지위와 인격을 내세우고, 맞닥뜨리는 요괴 마귀들을 철저히 때려 부수는 손오공이야말로 투쟁적인 영웅의 화신이라 할 것이며, 그 지혜와 용감성,

그리고 악에 맞서 용전분투하는 기질과 의로운 정신은 한마디로 진취적이면서도 동심(童心)을 갖춘 참된 인간의 모습이라 하겠다. 그러나 4백여 년 전 당시 봉건사회의 억압에 눌려 살아야 했던 저자로서는 이런 참된 인간의 모습을 구현하지 못하고, 그저 한낱 원숭이의 형태와 그런 이미지로밖에 표현할 수 없었던 것이 한계였다.

　세번째로 저팔계를 살펴보자.

　앞서 낭만주의 소설 『서유기』의 이미지를 구성하는 예술적 품격이 해학과 풍자, 골계와 유머에서 나온다는 사실을 살펴보았다. 아마도 그렇게 만드는 대표적인 인물이 당나라 스님의 둘째 제자인 저팔계일 듯하다. 그는 익살맞고 못난 이미지의 소유자로 결함과 약점을 수두룩하게 지닌 복잡한 성격의 인물이다.

　손오공의 경우처럼, 저팔계 역시 동물과 인간, 신령의 세 가지 형상이 교묘하게 융합된 인물이다. 사실 그는 중국 상고시대 모든 사람들에게 가장 두려움을 주었던 거대한 뱀과 야생 멧돼지를 숭상하는 토템 신앙의 대상으로, '사람의 머리에 돼지 몸뚱이' 또는 '돼지 머리에 사람의 몸뚱이'를 지닌 형태로 설화에 나타나기 시작했다. 저팔계의 겉모습은 멧돼지의 특징을 그대로 답습했으며, 내면적인 습성으로는 식탐과 잠꾸러기의 특성, 그리고 남에게 조소를 받는 바보스러움과 굼뜬 동작에 스스로 영리한 척, 용감한 척 허세를 부리는 집돼지의 추레함을 연상시킨다.

　저팔계의 이미지를 구성하는 최초의 형태는 11세기 송나라 때 당나라 스님의 행적을 다룬 이야기꾼의 대본이나 12세기 원나라 때 희곡

극본에는 전혀 보이지 않는다. 그러다가 서사 산문체 소설이 나오면서 '검정 돼지 요정 주팔계(朱八戒)'란 이름으로 처음 등장한다. 하지만 명나라 때 들어서서 그는 '주팔계'란 성씨와 이름을 잃게 된다. 명나라 건국 태조인 주원장(朱元璋)을 비롯하여 역대 황제의 성이 모두 '주씨'였기 때문에 이를 기피했던 것이다. 실제로 명나라 황실에서도 황제의 성씨와 같은 이름으로 불리는 돼지에 대해 엄격한 조치를 내려 한때 전국적으로 돼지를 팔거나 도살하는 행위를 금지시키고, 이를 어겼을 때는 일가족이 변방 극한지대로 유배당하여 국경수비대 졸병으로 복무하게 했다고 한다. 그래서 한동안 저팔계의 멧돼지 모습은 임시방편으로 불교 설화에 나타나는 신령 범천(梵天)의 아들을 수호하는 '금빛 돼지 형상의 장군'이란 어정쩡한 신분으로 탈바꿈되었다가, 그로부터 40여 년이 지난 1562년에야 중국어로 '붉을 주(朱)' 자와 발음이 같은 '돼지 저(猪)' 자로 바뀌어 저팔계란 명칭을 되찾게 되었고, 다시 그로부터 30여 년이 지나 검정 돼지 정령으로서 본래의 빛깔과 이미지로 재등장하기 시작했다.

소설 『서유기』에서 손오공이 도교 원숭이 요정으로부터 하늘의 정기를 받아 저절로 태어난 '돌 원숭이'로 변화 발전한 것과 마찬가지로, 저팔계도 검정 멧돼지 요정으로부터 은하수 8만 수군을 거느리는 '천봉원수의 환생'으로 다시 태어나게 된다. 이들 두 주인공의 이미지를 비교해보면, 하나는 돼지의 정령, 하나는 원숭이의 정령으로 그 모습이나 성격이 전혀 상반된다. 손오공이 비쩍 마른 왜소한 몸집에 눈치 빠르고 행동이 민첩한 원숭이라면, 저팔계는 거칠고 뚱뚱한 미련퉁이 돼지로서 더할 나위 없이 타고난 콤비를 이루고 있다. 불경을 구하러 가는 스토리가 손오공의 개인적 영웅담으로 발전함에 따라, 그에 상응해서 저팔계는 조역을 맡아 중요한 파트너가 된 셈이다.

저팔계가 지닌 생태적 특성은 느긋한 천성이다. 우직하면서도 미련한 성격, 그다음은 식탐과 잠꾸러기 근성이다. 먹성 좋은 잠꾸러기 돼지는 농민들이 좋아하는 동물의 습성이다. 포식으로 배를 채울 수 있다는 것은 일상생활에서 늘 굶주림을 참고 견뎌야 하는 노동자 고유의 심성을 대변한다. 또한 잠꾸러기 기질은 하루 온종일 고통스럽게 일하면서 마땅히 취해야 할 휴식을 바라고 날마다 수고롭게 노동하며 잠잘 때를 목마르게 기다리는 노동자 농민들의 심리를 동정으로 가득 찬 마음으로 저팔계를 통해 묘사한 희극적 형식이라 할 것이다.

저팔계가 지닌 사회적 속성은 무엇보다 먼저 교활하면서도 솔직 무던함과, 게으르면서도 부지런함이라 할 수 있다. 여색을 좋아하면서도 진정성을 잃지 않고, 난관을 두려워하면서도 굳세고 확고하여 흔들리지 않는 의지의 소유자이기도 하다. 이기적이고 사리사욕을 탐내면서도 큰 의리를 잃지 않는 이런 이율배반적인 성격을 지닌 것이 바로 저팔계다. 어떻게 보면 그 교활함은 농민의 보잘것없는 교활함일 수도 있고, 무지할 정도로 커다란 어리석음일 수도 있다. 저팔계의 식탐과 잠꾸러기 습성은 여행길에 지칠 대로 지쳐 극도로 피로가 쌓인 짐꾼이 무거운 짐을 내려놓고 나서 느끼는 나른함일 수도 있을 듯하다. 이런 저팔계의 결점은 우리 인간세상의 보통사람이라면 누구나 지닌 약점을 반영한 것이라 할 것이다.

절묘한 콤비요 파트너이면서도, 손오공과 저팔계는 극명하게 대비되는 점이 여러모로 많다. 하나는 이상을 품고 있는 반면, 하나는 현실적인 세속에 빠져 있다. 하나는 일에 닥칠 때마다 담력과 식견으로 임하는 반면, 하나는 주로 경험에 의존한다. 하나는 용감무쌍하게 전진하는 반면, 하나는 앞뒤를 고루 생각해서 임한다. 하나는 명분을 중요시하고 이익을 도모하지 않는 반면, 하나는 실리를 도모하고 명예를 숭상하지 않는다. 하나는 바람만 마셔도 시장한 줄 모르는 대범한 성격인 반면, 하나는 먹성이 엄청나게 크다. 하나는 눈치 빠르고 기민한 성격의 소유자인 반면, 하나는 순박하고 무던한 성격을 지녔다. 하나는 각박하고 도량이 너그럽지 못한 반면, 하나는 교활한 꾀를 곧잘 부린다. 하나는 말주변이 뛰어나고 입바른 소리를 잘하는 반면, 하나는 스승인 당나라 스님만큼이나 어눌하고 말재주가 없다. 결국, 손오공은 도시민의 정신을 드러내는 반면, 저팔계는 시골 농민의 심리를 대변한다고 할 수 있겠다.

마지막으로 사오정이다.

소설 『서유기』 속의 사오정은 그 이미지가 손오공이나 저팔계처럼 뚜렷하고 활동적인 것이 아니라 창백할 정도로 희미하게 나타나 있다. 하지만 사오정의 존재는 저팔계보다 먼저 당나라 스님 이야기에 등장한다.

11세기 원나라 시대 장터 이야기꾼의 대본에 등장하는 사오정의 초기 형태는 불경을 구하러 천축으로 가던 현장 스님의 전신(前身)이 윤회를 거듭하는 동안 두 번씩이나 잡아먹은 악마로서, 죄를 짓고 사막에 떨어져 귀양살이를 하는 하늘의 장수 출신이다. 그리고 나중에 죄를 뉘우쳐 모래가 강물처럼 흐르는 유사하에서 "뜨거운 불길과 사나운 모래폭풍이 꾸역꾸역 휘몰아치는 가운데, 천둥 벼락을 치고 나타나 현장법사 일행에게 금빛 다리를 놓아주어 건너가게 해주었다"는 키가 30척이나 되는 '심사신(深沙神)'이란 신령이다. 12~13세기 서사 산문체 소설과 희곡 대본, 그리고 17세기 말엽에 1백 회짜리 장편소설 『서유기』로 완성되는 동안, 고비사막의 사나운 모래폭풍은 끝없이 흐르는 유사하 강물로 바뀌고, 심사신의 존재는 새의 깃털도 뜨지 못하고 가라앉는 그 강물에서 사람을 잡아먹는 검둥이 요괴 사오정으로 변화 발전하게 되었다.

『서유기』의 내용을 전반적으로 보았을 때, 막내 제자 사오정의 특성은 대략 품위가 그리 높지 않은 전형적인 하급 관리라고나 할 수 있겠다. 그러니까 현대적인 이미지로 규정하자면 원칙을 잘 지키고 열심히 일하는 '샐러리맨'의 이미지이다. 사오정은 오로지 속죄하기 위하여 부처님의 법(法)만을 추구하며 고행하는 승려이다. 제자 삼형제를 비교해본다면, 아마 사오정의 성격과 의지를 더욱 쉽사리 알 수 있을 것이다.

손오공이 요괴 마귀를 볼 때마다 때려잡는 의도는 다분히 명예를 얻기 위해서였을 뿐 이익 같은 것을 헤아리지 않았다. 반면 저팔계는 명분보다 실리에 집착했다. 그러나 사오정은 명예나 이익을 위해서도 아니고 두 마음을 품지도 않았으며, 오로지 주어진 직분에만 충실히 일하는 소박하고도 맑은 심경으로 일관하고 있다.

손오공은 과거 원숭이 임금, 제천대성의 위엄과 기세를 버리지 못하고 심지어 천궁에서 대소동을 일으켰던 행적까지 내세우는 등 자만심이 대단하다. 저팔계는 비록 불문에 들어와 당나라 스님을 보호하면서도 제 욕심을 버리지 못하여 온갖 추태를 일삼는다. 반면, 사오정은 지극히 경건한 신자만이 지닐 수 있는 믿음의 소유자로서 강렬한 속죄의식만을 품고 있다. 손오공은 악을 뿌리 뽑는 일을 자신이 마땅히 해야 할 의무로 삼았기 때문에 요괴나 도적 떼를 만날 때마다 가차 없이 때려잡고 살생을 저지른다. 저팔계 역시 위풍을 뽐내기만 좋아하고 제 능력을 과시하는 데 집착해서 하찮은 졸개 요괴라도 보기가 무섭게 쇠스랑으로 후려 찍을 뿐 자비심 따위는 염두에 두고 있지 않다. 그러나 사오정은 불교 신도로서 법도를 지켜 좀처럼 살생을 저지르려 하지 않는다. 손오공이 스승과 번번이 맞부딪쳐 갈등을 빚고 저팔계는 스승을 충동질하여 손오공에게 여러 차례 해코지를 하지만, 사오정은 오로지 스승의 뜻만을 충실히 받드는 제자이며, 두 형님들처럼 스승과 갈등을 빚거나 스승의 약점을 이용해서 분란을 일으키지도 않는다. 그는 화목을 최고의 덕목으로 삼았으며, 동료들 가운데 당나라 스님을 가장 잘 이해하고 알뜰히 보살필 줄 안다. 손오공과 스승의 의견이 충돌하면, 그는 대체로 '존중하는 분'의 뜻에 따르는 것을 올바른 제자의 길이라고 생각한 것이다.

　사오정의 처사는 대체로 신중하면서도 외유내강한 것이라 할 수 있다. 조용한 가운데 담백한 기질이면서도 견인불발의 굳센 정신력으로 일행 가운데 제일 침착한 태도를 지녔다. 중요한 고비마다 둘째 형님 저팔계를 타이르고 권면할 만큼 의젓한 막내이다. 그에게는 탐욕도 번뇌도 없다. 기꺼운 마음으로 아랫자리에 처해 있으면서도 가슴속에는 언제나 대국을 생각하는 너그러운 도량의 소유자가 곧 사오정이라 할 것이다.

『서유기』의 저자 오승은

　보통 작품과는 달리, 소설 『서유기』에는 그 어느 시대 어느 판본을 막론하고 저자의 이름이 명백히 기록되지 않아 미스터리로 남아 있다. 1590년대 장편소설로 처음 발표된 이래 근대에 이르기까지 모든 판본에는 교열과 수정을 가하거나 서문과 비평을 붙인 사람의 이름만 수록되었을 뿐, 끝끝내 원저자가 누군지 그 실체가 밝혀지지 않아 많은 논란을 불러왔다. 그러나 1920년대에 들어서서 중국 백화문학의 선구자인 루쉰(魯迅) 선생과 후스(胡適) 박사가 명대(明代)의 여러 가지 문헌자료를 연구하고 고증한 결과, 1백 회짜리 최초 『서유기』는 명대의 세종 재위 시기(1522~1566)에 지금의 저장 성(浙江省) 화이안(淮安) 출신의 문학가인 오승은(吳承恩)의 작품이라고 결론을 내리게 되었다.

　앞서 말한 것처럼, 『서유기』는 서기 620년대 중엽 당나라 현장 스님이 천축으로 불경을 구하러 간 여행기와 전기에서 힌트를 얻어 장터 이야기꾼의 입을 통해 전파되던 고사가 11세기 이후 연극 대본으로 발전되고 산문체 소설 형태가 되는 등, 약 7백여 년에 걸쳐 무수한 사람들의 손으로 내용이 보충되고 변화 발전을 거듭한 끝에 한 권의 장편소설로 완성된 작품이다. 그러니까 어느 한 개인의 독창적인 저술이 아니라 수백 년 동안 쌓이고 쌓인 내용들이 수정되다가 마지막으로 1백 회짜리 장편소설 형태로 완성된 만큼, 엄밀히 말해서 오승은은 창작자라기보다는 '최후의 개정자' 또는 '저작권의 소유자'라고 불러야 마땅할 것이다.

아무려나 오승은은 지금까지 『서유기』를 집대성한 장본인으로 인정되고 있기 때문에, 그의 행적과 생애를 추적해보는 것도 무의미한 일은 아닐 듯하다.

오승은이 태어난 시기는 학자들의 견해에 따라 조금씩 다르지만, 명나라 효종 홍치 13년(1500) 또는 17년(1504), 세상을 떠난 해는 대략 신종 만력 10년(1582)으로 추정된다. 그러니까 『서유기』가 목판본으로 인쇄 발행된 1590년대는 그가 죽은 지 8년에서 10년쯤 지난 뒤인 셈이다.

오승은은 저장(浙江) 지방의 선비 집안에서 태어났으나, 가세가 몰락하여 부친 대에 와서는 상인이 되었다고 한다. 그래도 오승은은 정식으로 유학 교육을 받고 자랐으며, 성격이 예민하고 지혜로워 소싯적부터 화이안(淮安) 지방에서 글 잘하기로 명성을 떨쳤다고 한다. 청년기에는 모든 서적을 두루 섭렵하여 학식을 넓히고 저장 일대에 천재적인 재능을 떨쳤다.

그는 벼슬에 올라 공명을 추구하고 재능을 널리 펼쳐 자신의 포부를 실현해볼 야망으로 과거 길에 발을 내디뎠다. 그러나 그 시절의 명나라는 극단적인 전제군주의 통치 아래 정치는 부패할 대로 부패하고 봉건적인 통치계층이 갈수록 타락하던 시절이었다. 황제는 무도한 폭군이었으며, 도교 신앙에 미혹되어 환관들과 권세 있는 간신들이 조정의 권력을 독차지했다. '동창'과 '서창'이라는 특수 정보감시기관이 횡행하고, '금의위'라는 탄압부대가 전국을 휩쓸며 백성들에게 해악을 끼쳤다. 그러기에 중앙의 조정뿐만 아니라 지방 관원들마저 부패하고, 황실 인척과 토호 세력이 백성들의 농토를 마구 빼앗았으며 부역과 세금은 날이 갈수록 무거워졌다. 도탄에 빠진 백성들이 저항하고 대규모로 폭동을 일으킨 것은 당연한 추세였다. 그리하여 민란과 폭동이 한때는 명나라 황실을 거의 전복시킬 지경에 이르기까지 했다.

이런 정치 사회적 격동기에, 과거제도가 제대로 시행되었을 리 없다. 청운의 뜻을 품었던 오승은은 과거시험에 번번이 낙방하면서 젊은 시절을 다 보냈다. 그리고 40대의 중년이 되어서야 겨우 지방고시에 합격하여 세금을 거두어 나라에 바치는 '세공생(歲貢生)'이란 벼슬을 받을 수 있었다. 그리고 60여 세 만년에 이르러서야 8품직 지방관으로 장흥(長興) 고을의 현승(縣丞)이 될 수 있었다. 현승이라면 지방군을 양성하기 위해 군량과 말먹이를 관리하고 조달하면서 치안 유지를 담당하던 순포관의 미관말직이다. 그런데 부임한 지 2년 후, 상관에게 아부할 줄 모르는 오승은은 권세 높은 귀족들이나 상관들을 영접하는 데 진력이 나고 비굴하게 허리 굽혀 사는 것이 치욕스러워 소매를 훨훨 떨치고 벼슬에서 물러났다. 때마침 오승은의 강직한 성격에 불만을 품은 상관이 징세 담당관의 뇌물수수 사건에 그를 연루시켜 처벌하려 했지만, 무죄가 입증되어 형식상 면직 조치로 물러났다고 한다.

벼슬에서 물러나온 그는 호북 지방의 황실 친척인 '형왕(荊王)'에게 초빙되어 '기선(紀善)'이란 직분을 받고 한때를 보내게 되었다. 그러나 '기선'은 왕부의 빈객으로서, 왕족들에게 올바른 예의범절이나 완곡히 일깨워주는 한직에 지나지 않았다. 그렇기에 오승은은 얼마 후 낙향하여 세상천지를 떠돌아다니며 시를 읊고 술잔으로 시름을 달래던 끝에, 후손 하나 두지 않고 불우한 만년을 보내다가 외롭고 쓸쓸하게 세상을 떠났다.

그는 평생을 두고 남에게 연민의 정을 받기 싫어했으며, 아무리 어려운 역경에 처해서도 항상 껄껄 웃으며 비탄의 노래를 부를 만큼 오연한 기백의 소유자였다고 한다. 평생토록 불운에 부닥쳐 세상의 쓴맛을 골고루 맛보았기 때문에 자신이 그렇게밖에 살 수 없었던 타락한 시대를 업신여기고 염량세태를 무시하면서 남에게 속박당할 줄 모르는 자유분방한 기질을 잃지 않았다. 이렇듯 불우한 시대는 오히려 그를 단련시켜 강직한 성격을 길러내게 만들었다. 그는 세속에 대한 미움과 울분을 쏟아내야 할 필요가 있었다. 이리하여 신마소설『서유기』의 저술을 통해 현실에 대한 울분과 불평, 세속의 추악한 인간군상에 대한 미움을 남김없이 발산하게 되었던 것이다. 『서유기』이외에도 그가 남긴 작품으로 시문집 한 권이 있는데, 그 안에 수록된 장시「이랑수산도가(二郞搜山圖歌)」와 「우정지서(禹鼎志序)」도, 그 내용들이『서유기』의 줄거리와 연결되어 있다고 한다.

1981년, 중국 정부 당국이 화이안 지역에서 오승은의 무덤을 발굴 조사한 바 있다. 그리고 무덤에서 발견된 두개골을 중국과학원 소속 고대인류연구소의 감정을 거친 후, 그 자료를 바탕으로 오승은의 상반신 입체 조각상을 빚어 세워, 오늘날까지 고전 명작『서유기』의 저자로 공인하기에 이르렀다고 한다.

지난 2003년에 문학과지성사 대산세계문학총서 시리즈로『서유기』전 10권을 완역 출간하고, 이제 7년 만에 새로운 모습의『서유기』전 3권을 선보이는 감회가 새롭다. 원서에 충실했던 완역판에는 한시(漢詩)와 주석(註釋)이 많이 붙어 있어 자못 '전문가용'이었다면, 지금 선보이게 된 『서유기』는 젊은 독자층의 요구에 따라 스토리 위주로 쉽게 풀어 엮은 '보급판'이랄 수 있겠다. 그리고 내용에 걸맞는 삽화를 중간 중간 삽입하여 독자들의 이해를 도왔다. 모쪼록 새로이 번역하여 엮은 『서유기』가 더욱 친근한 모습으로 젊은 독자들에게 다가갈 수 있는 계기가 되기를 바라는 마음 간절하다.

2009년 12월, 강화에서

임 홍 빈